MIWSIG
MOSS MORGAN

SIÂN LEWIS

bwthyn
GWASG Y BWTHYN

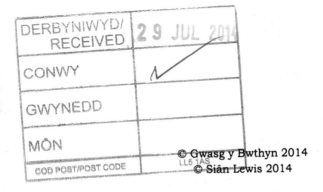

© Gwasg y Bwthyn 2014
© Siân Lewis 2014

ISBN 978-1-907424-60-1

Cyhoeddwyd gyda chymorth ariannol
Cyngor Llyfrau Cymru

Dyluniad y clawr: Olwen Fowler

Cyhoeddwyd ac argraffwyd gan Wasg y Bwthyn, Caernarfon
gwasgybwthyn@btconnect.com

I Richard

DIOLCHIADAU

Diolch yn fawr i Marred Glynn Jones am y gwahoddiad ac am ei chymorth hynaws; i Marian Beech Hughes am olygu'r copi mor ddeallus a thrylwyr; i Olwen Fowler am ddylunio'r clawr; i feirniaid Gwobr Goffa Daniel Owen 2013 am eu geiriau calonogol; i Richard am bopeth.

Flip, flop and fly
I don't care if I die

Charles E. Calhoun / Lou Willie Turner

Fflipian

1.

Billie Holiday oedd yn cadw cwmni i Moss Morgan y bore hwnnw, a 'Don't Explain' oedd y gân a grwnai yn ei glust wrth iddo adael y traeth a throedio'r lôn gefn heibio i ardd Bron Jenkins.

Nid bod ots am hynny.

Yn bendant chlywodd Bron 'run nodyn. Welodd hi mo Moss chwaith. Er, efallai, o edrych yn ôl, iddi weld ei gysgod, drwy gil ei llygad, yn dawnsio'n chwim dros baent gwyn glân sil ffenest ei stafell wely.

Ychydig eiliadau cyn i Moss fynd heibio, roedd Bron wedi agor y llenni ac wedi disgyn yn ôl ar erchwyn y gwely. Roedd hi'n dal yno bum munud yn ddiweddarach, pan gleciodd y blwch llythyron.

'Bron?' Treiddiodd crawc Dafina drwy'r cyntedd. 'Bron?' Disgynnodd amlen ar y llawr pren. 'Bron?' Caeodd y blwch.

Am hanner munud arall symudodd Bron ddim. Hanner o munud o wrando ar ei chalon yn trio bylchu'i hasennau, cyn codi a chripian ar draws y landin tuag at ffenest y stydi i weld a oedd Dafina wedi mynd go iawn.

'Haaaaa!' Daeth sgrech o'r stryd islaw. Roedd Dafina'n sefyll ar y palmant gyferbyn, ei chefn at afon Berwan a'r haul yn mudlosgi ym melyn beiddgar ei gwallt. 'Dales i ti! Agor y drws, y diogyn!'

Cilagorodd Bron y ffenest. 'Dwi ...'

''Sdim esgus 'da ti,' bloeddiodd Dafina ar ei thraws. 'Ti'n dal ddwy flynedd yn iau na fi.'

'Dwi heb gael cawod.'

'So? Os na ddoi di lawr, dwi'n mynd i weiddi ar dop fy llais. Mae Bronwen Jenkins yn bum deg pump oed heddi. Mae ...'

'Bydda i 'na nawr.' Ildiodd Bron a chau'r ffenest cyn i Dafina dynnu sylw'r stryd gyfan. Codai arogl sur o dan ei cheseiliau ac, i'w guddio, aeth yn ôl i'w stafell wely i edrych am ŵn gwisgo Tref. Ar ganol chwilota drwy'r cwpwrdd, cofiodd ei bod wedi'i olchi a'i blygu'n dwt yn barod i'w roi i siop yr hosbis. Roedd Dylan, ei mab ieuengaf, a'i bartner, Mel, wedi prynu gŵn gwisgo newydd iddi, un gwyn, sgleiniog, oer fel neidr. Llithrodd y papur lapio i'r llawr wrth iddi ei blycio o'r drôr a'i roi amdani.

'Whit-whiw!' Gwibiodd chwiban Dafina drwy'r cyntedd. Rholiodd dwy lygad las yn ffrâm y blwch llythyron. 'Heeeei!' Cyn gynted ag yr agorodd y drws, gafaelodd yn Bron a byseddu'r gŵn sidanaidd. 'Hei!' meddai eto. 'Beth yw hyn, 'rhen slwt? Oes gen ti ddyn lan stâr? Wps!' Gwasgodd ei llaw dros ei cheg ar ôl sylwi ar wyneb ei ffrind. 'Sorri, bach.' Cusanodd hi. 'Fi a'n hen geg. Ti'n ocê?'

'Mi fydda i,' meddai Bron. 'Ar ôl i fi gael fy ngwynt ata i.'

'Agor dy garden 'te, wedyn fe gei di fynd i gael dy gawod a gwynto a beth bynnag, tra bydda i'n gwneud brecwast i ti.'

'Daf, 'sdim ...'

'Oes, gwlei.' Cododd Dafina'r amlen o'r llawr a'i gwthio i'w llaw. Â gwên slei ar ei hwyneb gwyliodd Bron yn ei hagor ac yna'n neidio wrth i ddwy fron fawr sboncio tuag ati ar sbrings, y ddwy wedi'u Tippexio'n wyn. 'Spring is busting out all over' canai'r perchennog, gan wincio'n fingoch.

'Bron wen. Bronnau gwynion. Get it?'

'Yn glir ac yn groch,' meddai Bron.

'Ti 'di pasio 'te. Gradd 4. Gyda chywilydd. Fe gei di dy dystysgrif yn y man a bydda i'n disgwyl ei gweld hi lan ar y wal fan'na.' Gwasgodd Dafina'i bys ar y wal gyferbyn â'r drws ffrynt. 'Tystysgrif Cwrs Carlamus Dafina. Yn y dosbarth cyntaf Bronwen Jenkins, slwtwraig, slotwraig, rhegwraig. Sawl blwyddyn wyt ti wedi bod wrthi nawr?'

'Dwy,' meddai Bron. Dwy flynedd ers iddi hi a Tref werthu'r fferm a dod i fyw drws nesa ond tri i Dafina Ellis, gynt Mills. Prin fod llwybrau'r ddwy wedi croesi tan hynny, ond roedd hi'n amhosib osgoi Dafina ar Stryd y Marian. Ers dwy flynedd roedd hi wedi targedu Bron a Tref, ac roedd ei hymweliadau mynych wedi dod â gwên brin i wyneb Tref. Am hynny roedd Bron yn fodlon maddau popeth iddi, hyd yn oed jôc syrffedus y Cwrs Carlamus.

Dafina oedd sefydlydd ac unig diwtor y cwrs, a Bron ei hunig ddisgybl. Y cwricwlwm oedd y tair Rh, sef Rhyw, Rhegi a Rhiojan, a'i amcan oedd 'Cyflwyno Bron i'r Byd Modern a'i Stopio rhag bod yn Hen Ddiawl Sych'. Prin bod angen y cwrs ar neb oedd yn berchen teledu ac yn gwylio rhaglenni min nos. Felly, ar wahân i lymaid o Rioja yn awr ac yn y man, ddysgodd Bron ddim byd carlamus, ond fe ddysgodd am ei thiwtor. Er syndod iddi, roedd Dafina bron mor ddiniwed â hi ei hun. Mwy o dwrw nag o daro. Felly dros y ddwy flynedd roedd hi a Dafina wedi dod yn ffrindiau, ac erbyn hyn, doedd y Cwrs Carlamus ond yn codi'i ben ar adegau lletchwith fel heddiw. Heddiw roedd Bron yn bum deg pump oed. Ei phen-blwydd cyntaf ers claddu Tref wyth mis ynghynt.

'Cer i gael dy gawod 'te.' Cipiodd Dafina'r garden a'i gosod mewn man amlwg ar y bwrdd bach yn y cyntedd. 'Rhywbeth i'w ddangos i'r pregethwr. Bronwen Jenkins yn cael cerdyn secsi! Fe geith siom ddifrifol.'

Tra oedd Dafina'n dal i glegar, brysiodd Bron i'r stafell fyw a chipio'r llun o Tref oddi ar y ford goffi. Hwnnw oedd wedi'i chadw ar ddi-hun drwy'r nos. Dihangodd lan y grisiau a'i stwffio i ddrôr desg y stydi. Caeodd y drôr yn glep, a theimlo'r dirgryniad ym mêr ei hesgyrn. Brysiodd i'r stafell 'molchi, a chamu o dan lif cystwyol y gawod.

Pan gyrhaeddodd hi lawr stâr ddeg munud yn ddiweddarach, yn beraroglus a thawel, roedd dau rosyn mewn llestr ar ford y gegin, dau hanner grawnffrwyth yn chwysu, a Dafina'n arllwys diod fyrlymus i wydrau uchel.

'Champagne breakfast,' meddai Daf gan foes-ymgrymu.

'Daf!'

'*Elderflower cordial* yw e, yr ast! 'Sdim ise i ti chwythu fel'na. T'weld, o'n i'n gwbod y byddet ti'n gwneud ffys. Oni bai am hynny byddwn i wedi prynu siampên go iawn. Dere! Yf. 'Swn i wrth fy modd yn cael *champagne breakfast*. Glywest ti?'

'Do.' Gwenodd Bron, a derbyn y gwydr roedd Dafina'n ei gynnig iddi. Sniffiodd yn gynnil heb wynto dim alcohol.

'I Bron.' Cododd Dafina'i gwydr yn uchel. 'I Bron a'i hoed llawn addewid.'

'Ac i Dafina 'run fath.'

Cleciodd y ddwy ac yfed.

'Iesgyrn!' Igiodd Dafina'n uchel. 'Dda at godi gwynt. Iste.'

Disgynnodd Dafina i'r gadair gyferbyn ac amneidio ar Bron i godi'i llwy a dechrau ar y grawnffrwyth.

''Swn i wedi hoffi cael *oysters* yn ogystal â siampên,' meddai. 'Ond na, medde fi. Pen-blwydd Bron yw hwn. Keep it simple. Fel Bron ei hun.' Gwenodd yn ddanheddog dros ei gwydr.

'Oes 'da ti ddiwrnod i ffwrdd o'r gwaith?' gofynnodd Bron.

'Na, dim ond awr. Bydda i'n ôl yn slafo am ddeg o'r gloch. Felly byta lan.'

'Gymerest ti awr i ffwrdd?'

'Byta!' chwyrnodd Dafina.

'Diolch, ta beth.'

Snwffiodd Dafina a brathu'i gwefus. Fel arfer fe fyddai wedi dynwared y 'Diolch, ta beth' sidêt, call, parchus, *boring*. Ond dim heddi. Dim bore 'ma o leia, achos roedd golwg od o anniddig ar Bron. Colli Trefor oedd hi'r peth bach. Felly, yn lle dynwared, fe winciodd a dweud, ''Sdim ise i ti ddiolch i fi. Wele'n gwawrio! Beth yw dy gynllunie di?'

'Be?' Neidiodd dau smotyn coch i fochau Bron.

Oedodd Dafina am hanner eiliad cyn bwrw 'mlaen. 'Beth yw dy gynllunie di, hen berson? Be sy ar y gweill?'

'O'n i'n meddwl ...' Doedd hynny ddim yn wir. Doedd Bron ddim wedi meddwl o gwbl. Fe ddaeth y geiriau yn ffrwd o nunlle. 'O'n i'n meddwl falle gallen i wahodd pobl i ginio dydd Sul. Pobl sy wrth eu hunain. I gasglu arian tuag at glefyd Tref.'

'Y?' Llithrodd darn o rawnffrwyth dros ymyl llwy Dafina.

'Cancr yr ysgyfaint.'

'Ie?'

Syllodd y ddwy ar ei gilydd fel dau geiliog mewn talwrn.

'Ie?' gwichiodd Dafina eto. Am barti pen-blwydd! Be oedd hyn?

'Wel ...'

'Rwyt ti'n mynd i agor caffe?!'

'Na! Dim caffe.'

'Be 'te?'

'Darllenes i yn y papur ...' Roedd hynny o leia'n wir. Roedd hi wedi darllen. 'Darllenes i yn y papur fod ciniawau dydd Sul wedi mynd allan o ffasiwn.'

'Pa bapur?' wfftiodd Dafina. 'Y *Mars Echo* neu'r *Mercury Star*? Mae pob tafarn ffor' hyn yn gwneud cinio dydd Sul.'

'Ydyn, mae tafarnau'n gwneud.'

'Tafarnau'n gwneud.' Brathodd Dafina'i gwefus. Rhy hwyr. Roedd hi wedi dynwared. 'A be sy'n bod ar dafarnau?'

'Dim. Ond dyw cinio dydd Sul ddim yn ddigwyddiad teuluol fel roedd e. Hyd yn oed o fewn teuluoedd.'

'Bron fach.' Estynnodd Dafina'i llaw a gwasgu braich ei ffrind. 'Dwi'n gwneud cinio bob dydd Sul, ti'n gwbod 'ny. Galli di ddod draw ata i a Dei pryd bynnag ti'n moyn.'

'Na. Does dim ishe cinio dydd Sul arna i,' meddai Bron. 'Syniad i godi arian yw e.' Llyncodd lond ceg o wynt. 'Dyw cinio tafarn ddim 'run fath â chinio cartre, ac o'n i'n meddwl falle bydde rhai pobl yn fodlon talu ychydig bach mwy am ginio cartre. Wedyn fe fyddwn i'n rhoi'r arian tuag at yr ymchwil i'r clefyd.'

Arhosodd i Dafina ddweud gair, ond ddwedodd Dafina ddim, dim ond nodio'n araf a'i llygaid yn llydan agored.

'Be ti'n feddwl?' gofynnodd Bron o'r diwedd.

'Wel ...' Roedd pob math o feddyliau'n corddi ym mhen Dafina, ond doedd hi ddim yn bwriadu rhannu 'run ohonyn nhw â Bron y funud honno. 'Ond be am y capel?' gofynnodd. 'Be fydd yn digwydd i'r capel, os wyt ti'n rhedeg *soup kitchen* bob dydd Sul?'

'Dim pob dydd Sul. Dim ond un dydd Sul.'

'A!' Llonnodd Dafina. 'One off?'

'Ie.'

'Waw! Cynnig unwaith ac am byth. Cinio dydd Sul yng ngastro-pyb Bron Jenkins. Bydd pawb ise dod.'

'Fydd pawb ddim yn cael dod,' meddai Bron. 'Dim ond pobl fydde ddim fel arfer yn coginio iddyn nhw'u hunain.'

'Fel?' meddai Dafina.

Doedd Bron ddim wedi ystyried hynny. Suodd sêt fawr Rehoboth o flaen ei llygaid. 'Emlyn, falle. Emlyn Richards.'

'Mm.' Nodiodd Dafina'n ddeallus, a phlygu dros ei grawnffrwyth i guddio'r wên oedd yn plycio corneli'i gwefusau. Iesgyrn, roedd Bron yn ges a hanner. Iesgyrn, 'na jôcs fyddai'n mynd ar led pan glywai trigolion Aberberwan fod Bron Jenkins yn denu hen lanciau'r dre i'w ffau. Roedd Bron yn gatsh, petai ond yn gwybod hynny. Petai ond yn steilio'i gwallt yn lle gadael iddo hongian yn gudynnau i lawr ei chefn. A phetai ond yn gwisgo rhywbeth heblaw'r siwmperi a'r trywsusau a sgertiau *boring* oedd yn gwneud iddi edrych yn sgwâr. Ocê, roedd ganddi ffrâm weddol sgwâr hefyd – yn wahanol i Dafina ei hun oedd fel llyngeren – ond rhwng y bronnau cadarn a'r pen-ôl cadarnach fyth roedd 'na ganol siapus. Ond ta beth, doedd Dafina ddim am wneud jôcs am *knocking shops* na dim byd felly nawr. Felly, fe ymatebodd yn gadarnhaol – 'Wel, ie. Mae e'n syniad da. Dwi'n siŵr y bydde Tref wrth ei fodd.'

Yn ddiweddarach, fe ddifarai ei bod wedi dweud y fath beth, yn enwedig ar ôl clywed am Moss Morgan.

2.

Sam Evans, neu Sam Sheds, perchennog cwmni siediau a gwaith coed, oedd y cyntaf i synhwyro'r newid mawr ym mywyd un o'i weithwyr, Moss Morgan. Sam, ymhen hir a hwyr, fyddai'n tanio'r fflam a wibiai drwy strydoedd Aberberwan. Er bod Sam ar drothwy'i bedwar ugain ac wedi cael trawiad ar ei galon, roedd e'n codi'n brydlon cyn saith bob bore ac yn pwyso ar y gât wrth fynedfa'i iard erbyn i'r cyntaf o'i ddynion gyrraedd. Moss oedd y cyntaf bob amser, a fe oedd y cyntaf y bore Llun hwnnw, ei lygaid ar y llawr a'r teclyn tragwyddol yn sownd wrth ei glust.

Jazz. Poerodd Sam wrth feddwl am y nadu utgornllyd oedd yn arllwys i ben Moss druan. Bob dydd roedd e'n beio'i hunan am helpu i gyflwyno'r rwtsh i'r crwt. Fe, Sam, am gwta chwe mis, oedd wedi cyflogi Jake Jackson, yr hipi hanner call a dwl ddaeth i dreulio'r gaeaf mewn carafán yn Aberberwan. Roedd rhai hipis yn gwthio cyffuriau, ond roedd Jake wedi gwthio *jazz*. Roedd hynny bymtheg mlynedd yn ôl, a Moss sbel dros ei ddeg ar hugain oed, yn dal i fyw gyda'i fam ac wedi gweithio i Sam am bron hanner ei oes. Roedd y crwt yn awchu am dipyn o gyffro ac wedi llyncu'r *jazz* fel gwennol yn llowcio cwmwl o wybed. Gwasgodd Sam ei ddannedd gosod yn dynn nes bod y Polo mint yn ei geg yn ffradach. Gwgodd ar Moss, oedd yn symud yn fân ac yn fuan tuag ato a'r iPod gythraul yn ei glustiau. Roedd e'n teimlo mor grac tuag at yr iPod, sylwodd e ddim fod Moss wedi dod o ochr y môr yn hytrach nag o'i gartre. 'Be sy arnat ti'r crwt dwl?' chwyrnodd gan wybod na fyddai Moss yn clywed gair nes iddo godi'i ben a'i weld.

Chododd Moss mo'i ben tan y funud ola. Ar y funud ola safodd yn stond a syllu ar y ddwy lygad fach ddu o dan y cap pig oedd brin ugain centimetr oddi wrth ei lygaid e.

'Moss, 'chan,' ebychodd Sam.

Dal i syllu wnaeth Moss, a thynnodd e mo'r iPod o'i glust, sylwodd Sam. Fel arfer fe fyddai'n tynnu'r iPod yn syth, achos roedd Moss wedi cael magwraeth dda gan ei ddiweddar fam.

'Moss 'chan!'

Y tro hwn fe dynnodd Moss yr iPod, ond anghofio'i droi i ffwrdd. Dihangodd y synau aflafar o'r teclyn a chwythu fel cawod o ddrain dros y dref. Crymodd Sam ei gefn a dychmygu'r drain gwenwynig yn treiddio i groen diniwed trigolion Aberberwan, yn llechu yno am hydoedd nes ffrwydro – BANG! Bron na allai deimlo'i wythiennau'i hun yn llosgi. Crebachodd. Gwasgodd ei ddyrnau.

'Sorri!' Diffoddodd Moss yr iPod, ac aros yn amyneddgar. Roedd e wedi hen arfer â sioe grebachu Sam Sheds. Ond am unwaith, yn lle sythu ar ei union, fe hoeliodd Sam ei lygaid ar drenyrs Moss. Roedd tywod ar y trenyrs. Anadlodd Moss yn dawel bach, bach, a dychmygu llais Billie'n ei gysuro. 'Bore braf,' meddai o'r diwedd.

'Debyg iawn.' Cododd llygaid Sam ac oedi ar ei wyneb. 'Wyt ti wedi bod lawr ar y traeth yn nofio?'

'Ydw.'

'Be gododd yn dy ben di?'

Ystyriodd Moss, a chyn iddo orffen ystyried, roedd
Sam wedi rhoi pwniad i'w fraich. ''Sdim ise gofyn be sy
yn dy ben di. Yr hen sŵn afiach 'na. 'Sdim rhyfedd bod
dy frêns di wedi drysu, Moss bach. Dim ond dyn dwl
sy'n nofio ddechrau mis Mehefin. Dyw'r môr ddim wedi
twymo, 'chan. Paid ti â chael annwyd nawr. Mae 'da ni
ordors di-ri.' Tynnodd ddarn o bapur o'i boced a'i daro
yn llaw Moss. 'Ti a Lewis lan yn Disgwylfa'r peth cynta.
Iawn?'

'Iawn.' Cymerodd Moss arno astudio'r cyfarwydd-
iadau ar y papur, a dianc cyn cael ei holi ymhellach. O
ganlyniad fe âi diwrnod crwn heibio cyn i Sam
sylweddoli bod Moses John Morgan, ar ôl pedwar deg
naw o flynyddoedd ar y ddaear hon, wedi gadael y tŷ lle
y'i ganed, wedi codi'i bac ac wedi mynd i fyw mewn
cilfach o graig uwchben y môr.

3.

Chlywai trigolion Stryd y Marian mo'r hanes am ddiwrnod crwn arall, er bod Moss yn cerdded fore a nos heibio i gefnau eu tai. Roedd hi'n fis Mehefin. Ben bore, ac yn syth ar ôl gwaith, heidiai syrffwyr ar hyd y lôn gefn, a sylwodd neb ar yr un dyn yn eu plith heb fwrdd o dan ei gesail.

Sylwodd Bron ddim, er bod llenni ei hystafell wely'n llydan agored. Am ddeuddydd yn olynol roedd hi wedi mynd at y cyfrifiadur yn y bore bach ac wedi e-bostio Gwyn, ei mab hynaf. Roedd Gwyn yn gweithio ar brosiect ecolegol yn yr Antarctig ac ar hyn o bryd yng nghyffiniau'r Falklands. Y tro cyntaf iddi ei e-bostio, fe gafodd neges yn ôl yn syth bìn. Yr eildro fe soniodd am ei chynllun Cinio Dydd Sul a'i bwriad o wahodd Emlyn Richards a'i debyg. Roedd hi'n dal i ddisgwyl ateb i'r e-bost hwnnw.

Yr ochr draw i'r dref, heb freuddwydio bod ei enw ar e-bost oedd yn gwibio i begwn arall y byd, eisteddai Emlyn Richards wrth fwrdd ei gegin yn blasu colofn farwolaethau'r *Western Mail.*

Gweithiwr banc wedi ymddeol oedd Emlyn, gŵr tawedog, gofalus, a llywaeth i bob golwg. Fe drigai yn Rhif 3, Stad y Blawd, stad fechan a godwyd ddeng mlynedd ynghynt ar safle hen warws. Chwe thŷ yn unig oedd ar y stad, a swatiai'r chwech yn gylch twt, fel wagenni yn niffeithwch y Gorllewin Gwyllt, a'u cefnau at wyntoedd y môr ac at fwrlwm y strydoedd cyfagos. Er bod Emlyn wedi byw yno ers codi'r stad, go brin y byddai ymwelydd dieithr wedi sylweddoli hynny. Heblaw am y gegin, y stafell fyw ac un stafell wely, roedd gweddill stafelloedd Rhif 3 yn hanner gwag, a dim ond dodrefnyn neu ddau yn eu britho. Roedd Emlyn wedi bwriadu mynd i MFI lawer tro i lenwi'r bylchau, ond tra oedd e'n dal i bendroni, fe gaeodd y siop, a hyd yma doedd e ddim wedi magu'r awydd na'r pender-fyniad i fentro i unman arall.

Roedd hi wedi naw o'r gloch ac Emlyn newydd gyrraedd y dudalen chwaraeon, pan ymwelodd y postmon â Rhif 3. Ar alwad y blwch llythyron, plygodd y papur ac aros i sŵn traed y postmon dawelu cyn anelu yn ôl ei arfer i'r cyntedd. Gorweddai pedair amlen ar wasgar ar y llawr pren, tair ohonyn nhw'n amlenni swyddogol heb na stamp na sgrifen ddynol ar eu cyfyl. Ar draws y bedwaredd rhedai craith ddofn, ddu.

Nesaodd Emlyn yn ofalus a darllen y cyfeiriad ar y papur glas o dan y graith. 'Emlyn Richards, Draingwynion, Cwmceulan, Aberberwan, Cardigan-shire, Pays de Galles.' Draingwynion? Ei hen gartre? Blinciodd nes bod y gronynnau euraid o lwch yng nghyntedd Rhif 3 yn dawnsio o gylch ei ben. Roedd yr un beiro ag a oedd wedi naddu'r graith wedi ychwanegu 'Try 3 Stad y Blawd, Aberberwan'.

Wrth i Emlyn blygu i godi'r amlen, teimlodd gorwynt yn ei daro. Pwysodd yn syth ar ganllaw'r stâr i'w sadio'i hun, a chodi'r llythyron bob yn un ac un gan guddio'r amlen las o dan y pentwr. Er gwaetha'i ystryw, yn y gegin fe ddihangodd y llythyron o'i law a disgynnodd yr amlen honno wyneb i waered ar y ford. Ailruodd y corwynt, a chyn i Emlyn gael cyfle i ddal gafael, fe'i cipiwyd yn ôl dros hanner canrif a'i ollwng mewn neuadd ysgol yn nwyrain Ffrainc yng nghanol criw o'i gyfoedion o Form IV, Ysgol Uwchradd Aberberwan.

Loetran fel ifaciwîs yr oedd y Cymry, gan lygadu'r criw o Ffrancod gyferbyn, a gwrando ar y ddau athro, Edwards French a Mademoiselle Vittver, yn galw enwau'r parau oedd i dreulio wythnos yng nghwmni'i gilydd. Roedd Gareth, ffrind Emlyn, newydd groesi'r llawr at Jean-Luc heglog ac Emlyn yn gwylio'r ddau'n crechwenu ar ei gilydd, pan glywodd Edwards French yn galw 'Emlyn Richards – Pau...' ac yna'n oedi.

'Paule,' adleisiodd Mademoiselle Vittver yn sionc, cyn i Edwards gydio yn ei braich a sibrwd yn ei chlust. Yn y cyfamser roedd merch fach fochgoch, gyffredin yr olwg, wedi camu 'mlaen ac yn gwenu'n swil ar Sarah Foster, oedd yn sefyll yn ymyl Emlyn a'i gwallt brown yn globyn o nyth cacwn am ei phen.

'Paule!' galwodd Mademoiselle Vittver eto, ac amneidio ar y ferch i gamu'n ôl.

'Aros di fan'na, Emlyn,' galwodd Edwards French. 'Fe setlwn ni hyn nawr.'

Erbyn hyn roedd pawb yn synhwyro beth oedd o'i le, a dechreuodd y gwenu a'r procio ledu rownd y neuadd.

'Fyddai ots 'da ti aros 'da Paule?' meddai Edwards, wedi hir ymgynghori a llygadu Emlyn a Paule, yr unig ddau oedd yn dal i sefyllian heb gymar.

'Na,' mwmianodd Emlyn.

A chyda bloeddiadau o gymeradwyaeth a chwerthin yn eu clustiau fe sgubwyd Emlyn a Paule o'r neuadd, fel priodfab a phriodferch.

Fis yn ddiweddarach fe ddaeth y Ffrancod draw i Gymru, a threuliodd Paule wythnos yn Nraingwynion gyda Mam yn ffysan ac yn sibrwd, 'Ydy hi'n iawn? Ydy hi'n lico'r bwyd? Gofyn iddi, Emlyn.'

Ie, gofyn iddi, Emlyn. Ar ôl ychydig o lythyru ysbeidiol, stiff a bratiog – 'Yesterday I go to cinema with my friend' ac ati – roedd Paule wedi rhoi'r gorau i sgrifennu ato bron hanner can mlynedd yn ôl. Felly pam sgrifennu nawr? Cododd Emlyn yr amlen a'i byseddu'n dyner, gan graffu ar y cyfeiriad anghyfarwydd ar y cefn. Roedd cyfenw awdur y llythyr yn anghyfarwydd hefyd, ond mi fyddai wedi adnabod y 'P' gyrliog yn unrhyw le.

Agorodd y llythyr â chyllell lân, a gafael yn yr un dudalen blyg o bapur tenau. Wrth ei thynnu allan, llithrodd llun drwy'i fysedd a sglefrio ar draws y ford. Ar unwaith llifodd gwres y corwynt drwy Emlyn. Daliodd y llun at y golau. Paule. Er bod y gwallt yn wyn, roedd e'n cofio'r wyneb sgwâr, fel 'tai ddoe, a'r coesau fel dwy goeden fach braff. Safai Paule yn ymyl coeden rosys, mewn ffrog ddu oedd yn hongian o dan y pen-glin. 'Here is me in my garden' oedd y geiriau o dan y llun. Roedd hi'n gwenu.

Gollyngodd Emlyn y llun a throi'n sydyn at y llythyr. Roedd ei hanner e yn Ffrangeg. Yn ystod yr hanner can mlynedd ers ei llythyr diwetha doedd Saesneg Paule wedi gwella fawr ddim, a Ffrangeg Emlyn bron â mynd i ebargofiant. Stryffagliodd drwy'r ddwy dudalen ddwyieithog. Roedd Paule wedi bod yn nyrs. Roedd ganddi un ferch oedd yn byw yn yr Almaen. Roedd ei gŵr wedi marw, ac roedd hi wrthi'n rhoi trefn ar ei hatgofion ac ati. Tra oedd hi'n gwneud hynny, roedd hi wedi dod ar draws llun o Emlyn. 'I see the photo and I think where is Emlyn. So I write and maybe I will find him. It will be well.'

Cododd Emlyn ei ben, a theimlo gwên ar ei wefus, yn curo'i hadenydd. Fe âi i Swyddfa'r Post i brynu stamp Ewrop ac i Smith's i brynu papur sgrifennu deche. Gwnâi. Pam lai? Dim rheswm o gwbl! Ei fusnes e oedd e. Clywodd lais Edwards yn gofyn unwaith eto, 'Oes ots 'da ti?' Nag oes. Nag oes. Tynnodd ei law dros ei wallt prin.

Bum munud gwta'n ddiweddarach, cyn cael amser i chwarae meddyliau, roedd e wedi gwisgo'i gôt fach ac yn troi'r gornel i'r Stryd Fawr â'r llythyr yn ei boced.

'Emlyn!'

Arafodd Emlyn, edrych dros ei ysgwydd a gweld Bronwen Jenkins yn hwylio tuag ato. Trodd yn gefnsyth i'w chyfarch, a'i wên yn sglefrio'n sionc ar draws ffenest siop y cemist.

'O'n i ar fy ffordd i tŷ chi,' galwodd Bron.

'O?' Cofiodd Emlyn mai prin wyth mis oedd wedi mynd heibio ers colli Trefor Jenkins, a lleddfodd y wên, cyn diflannu'n gyfan gwbl, pan sylweddolodd ei bod hi'n parablu am ryw ginio dydd Sul.

'Meddwl o'n i falle bydde pobl sy'n byw wrth eu hunain yn gwerthfawrogi cinio cartref,' meddai Bron.

'Meals on wheels?' mwmianodd Emlyn.

'O, nage.' Ailgychwynnodd Bron ar ras. Casglu arian. Salwch Trefor. Gwahodd pobl fyddai ddim fel arfer yn trafferthu i wneud cinio dydd Sul, ac wedi meddwl amdano fe.

Dros ei hysgwydd gwelodd Emlyn y pen crwban yn ffenest y cemist.

'Chi'n meddwl y bydde gan rywun ddiddordeb?' gofynnodd Bron.

Nodiodd y pen crwban.

'Diolch.' Anadlodd Bron yn ddwfn a sgubo cudyn o wallt gwlyb o'i thalcen. 'Os gallech chi basio'r neges ymlaen, mi fyddwn i'n ddiolchgar dros ben. Nid ar gyfer y dydd Sul hyn fydd e, ond y dydd Sul ar ôl hynny.'

'Y dydd Sul ar ôl hynny,' ategodd Emlyn.

'Ffonia i chi'n nes mla'n. Diolch, Emlyn.' Gwasgodd ei fraich a brysio i ffwrdd.

Trodd Emlyn yn ffwdanus a tharo yn erbyn llanc mewn crys Guinness. Gwaeddodd hwnnw 'O'reit?' yn ei glust, cyn mynd ar ei ffordd a'i adael yn simsan ar ymyl y stryd.

Dihangodd Emlyn o'r Stryd Fawr heb brynu na stamp na phapur sgrifennu. Croesodd Stryd y Felin, troi i'r chwith ac anelu lan Lôn Ropos. Erbyn cyrraedd tŷ Wil Parry, hanner ffordd lan y rhiw, roedd ei anadl bron â'i dagu. Canodd y gloch, a gwasgu'i law dros ei frest.

Ymhen hir a hwyr crafodd blaen cyllell fara ar draws y ffenest i'r chwith o'r drws a symud y llenni les. Daeth wyneb cuchiog i'r golwg a gwibiodd dwy lygad barcud i gyfeiriad y gadair blastig oedd yn sefyll ger y palmant o flaen y tŷ. Doedd Wil Parry ddim wedi gyrru ers ei strôc ddwy flynedd ynghynt, ond roedd e'n dal i warchod ei le parcio fel llew. Nodiodd a gollwng y llenni. Sychodd Emlyn y chwys oddi ar ei dalcen a gwrando ar draed ei hen ffrind ysgol yn llusgo at y drws, a'r allwedd yn troi'n slic yn y clo.

'Cloia'r drws ar dy ôl,' rhygnodd Wil, a gofalu bod Emlyn yn gwneud cyn troi am y gegin gefn.

Ar fwrdd fformica glas y gegin roedd mŷg o de'n stemio a pherfeddion cloc yn gorwedd ar dudalen o'r papur bro, ynghyd â set o dŵls a thun o WD40. Ar y cownter uwchben y ffrij safai torth ar sbeic, a chawod o friwsion.

'Ces i frecwast cyn saith, ac o'n i ishe bwyd,' meddai Wil, gan droi'n drafferthus yn y gofod cyfyng rhwng y ford a'r sinc. 'Paned?'

'Dim diolch.'

'Stedda 'te.' Pwyntiodd Wil y gyllell fara at gadair wrth y bwrdd a gwylio'i ymwelydd yn disgyn iddi. 'Be sy'n bod? Ti'n chwythu fel megin.'

'Wedi dringo'r rhiw braidd yn rhy glou,' cyfaddefodd Emlyn.

'Pam? Be sy 'da ti?' Pwysodd Wil ei fraich iach ar gefn yr un gadair arall.

'Dim byd mawr,' meddai Emlyn.

'Be oedd pwynt hastio 'te?'

'Dim.' Rhwbiodd Emlyn ei wegil a chiledrych ar y gyllell fara. Yn ôl y sôn roedd y nyrs fach gynta ddaeth i edrych am Wil ar ôl ei strôc wedi dychryn drwy'i chroen. Doedd Emlyn yn synnu dim, er y gwyddai'n iawn nad oedd Wil erioed wedi gwneud drwg i neb. 'Be amdanat ti? Unrhyw newydd?' gofynnodd yn ofalus.

Estynnodd Wil ei fraich, a gwthio blaen y gyllell fara o dan y llythyr oedd yn gorwedd yn ymyl y dorth. Hedfanodd y llythyr drwy'r awyr a glanio ar berfedd y cloc. Ffliciodd Wil e tuag at Emlyn. 'Darllen!'

Oedodd Emlyn, gan gofio am y llythyr yn ei boced ei hun.

'Be sy'n bod arnat ti?' cyfarthodd Wil. 'Dim ond llythyr yw e. Darllen.'

Cododd Emlyn yr amlen a thynnu cerdyn allan. 'Apwyntiad 'sbyty?'

'Ie.'

'Bore 'ma dda'th e?'

'Ie.'

'Be ...?'

'Mae 'da fi hernia.'

'Wyddwn i ddim.'

'Wel, ti'n gwbod nawr. Gorfod cael *operation*.'

'Wel,' meddai Emlyn, gan ymbalfalu am y geiriau ystrydebol. 'Dyw *operation* hernia fawr o beth erbyn hyn, fel dwi'n deall ...'

'Ti'n deall dim.' Yn ei dymer herciodd Wil yn erbyn y bwrdd. Llifodd ton o de dros ymyl y mỳg a boddi ymylon y papur bro. Gollyngodd y gyllell, codi'r papur a'i gynnwys ag un llaw a'u sodro ar y sinc. Pwysodd yn erbyn y gadair nes bod y coesau'n crynu yn erbyn y llawr a gwthio'i wyneb piws i wyneb Emlyn. 'Pryd fuest ti mewn hospital? Pryd fuest ti'n styc mewn gwely a'r diawled yn tynnu dy lun di?'

'Wel ...'

'Wel, ca' dy ben.'

'Ie, ond trio dy wella di maen nhw, Wil.'

'Shwd ma' llunie'n mynd i 'ngwella i?'

'Achos mae *X-rays* ...'

'Wedes i ddim byd am *X-rays*!' Rhoddodd Wil blwc i'r gadair a disgyn yn drwm iddi gan daro'r bwrdd yn erbyn y wal. 'Llunie wedes i. Cameras. Ffotograffwyr. Welest ti mohonyn nhw neithiwr yn yr Heath yn poeni'r creadur bach 'na oedd yn sownd wrth hanner dwsin o bibelle?'

'Yn yr Heath?' Syllodd Emlyn arno'n ddryslyd.

28

'Sôn am y newyddion wyt ti?' gofynnodd o'r diwedd.

'Ie. Blydi jyrnalists. Ond ddweda i hyn wrthot ti ...'
Ysgydwodd y gyllell fara drwch blewyn o drwyn Emlyn.
'Os bydd unrhyw jyrnalist yn dod i ofyn cwestiyne i fi,
bydda i'n mynd ag e i'r cwrt. Bydda.'

Ystyriodd Emlyn ei ffrind.

'Ofan y bydd rhywun yn dy gyf-weld di yn yr ysbyty
wyt ti, ife?' gofynnodd.

''Sda nhw ddim hawl!' Disgynnodd y dwrn a'r gyllell
ar y ford. 'Pan aeth Sid Mathews i'r hospital, fe dynnon
nhw'i lun e gyda'r MP a'r roi yn y papur. A doedd Sid
ddim hyd yn oed wedi fotio drosto fe! Maen nhw'n
meddwl, am dy fod ti yn dy wely'n ffaelu cyffro, y gallan
nhw wneud be fynnon nhw â ti. Wel, fe ffeindian nhw
ma's yn ddigon clou. Fe gân' nhw lythyr cyfreithiwr.'

'Dwed ti hynny wrth y nyrsys.'

'Fe wna i. Paid â becso.' Tasgodd poer dros y ford.

'Iawn.' Arhosodd Emlyn nes i anadl y llall dawelu. 'Ta
beth. Mae gen i neges i ti.'

'Ie?'

Gafaelodd blinder affwysol yn Emlyn. Be oedd yr iws?
'Neges oddi wrth Bronwen Jenkins,' meddai o'r diwedd.
'Cwrddes i â hi yn y dre. Mae hi'n mynd i wneud cinio
dydd Sul yn ei chartre i godi arian. Meddwl o'n i y
buaset ti ...'

'Na.'

'Meddwl o'n i y buaset ti ise mynd.' Ciledrychodd
Emlyn ar ei ffrind, a gweld y wên faleisus yn lledu ar
draws ei wyneb.

'O't ti ddim yn meddwl shwd beth,' meddai Wil yn
fodlon, a phwyso'n ôl yn ei gadair. 'Neu ti'n hanner call.'

'Dim ond cinio bach cartrefol fydd e.'

'Na.'

'Ond mae hi ise codi arian at salwch Trefor.'

'Os yw hi ishe arian, fe geith hi arian. 'Sdim rhaid i fi fyta'i bwyd hi, oes e?'

'Allen i dy gasglu di yn y car. Mae'n gogyddes dda.'

'Mae'n ddigon hawdd gweitho cinio dydd Sul,' wfftiodd Wil. 'Pam mae hi'n boddran. Ife achos Moss?'

'Moss?'

'Moss Morgan. Wedi cael digon o fyw ar bysgod a chregyn, yw e?'

Doedd Emlyn ddim yn deall. 'Moss?'

'Ie, Moss! Ti ddim wedi clywed?' Daeth gwên go iawn i'r llygaid blin am y tro cynta ers i'r postmon gyrraedd ben bore. Roedd Emlyn fel llo. Jyst y teip i iste yn ei byjamas a chrawcian atebion i jyrnalist yn ei lais ara, trwynol, fel grafel mewn rhidyll, am ei fod e'n rhy lwfr i wrthod. A nawr roedd ei geg yn llydan agored. Er mwyn iddo gau'i big, dwedodd Wil yn swta, 'Mae Moss wedi gadael Gwynfa, ac wedi mynd i fyw mewn twll yn y graig uwchben Traeth y Cregyn.'

Doedd y geg ddim wedi cau. Ochneidiodd Wil ac egluro am yr eildro yn araf er yn ddiamynedd. 'Sam Sheds sylwodd ei fod e'n dod i'r gwaith â thywod ar ei sgidie, ac yn dod o ochre'r môr. Felly fe ofynnodd iddo fe. Mae e wedi bod yn cysgu ar y graig am dair nosweth.'

'Ond pam?' gofynnodd Emlyn.

Cododd Wil ei ysgwyddau eto. '*Change* fach, 'na ddwedodd e.'

'Faint o amser mae e'n meddwl aros?'

'A,' meddai Wil a gafael yn y mỳg te. 'Dyna'r cwestiwn.' Cymerodd lwnc o'r te oer. 'Fe wna i deboted arall i ni. Sa' fan'na.' Cododd a mynd i lenwi'r tegell.

Bron awr yn ddiweddarach, â the a thafell o fara brith yn ei fol a'r cwestiwn yn dal ar ei feddwl, fe gerddodd Emlyn i lawr y rhiw tuag at yr afon. Dilynodd yr hewl darmac ar hyd glannau afon Berwan, heibio'r Ship a'i maes parcio nes i'r hewl gulhau a throi'n lôn garegog. Fan'ny ar ben y lôn swatiai tŷ llwyd y tu ôl i gloddiau taclus a llenni les.

Dychmygodd Emlyn y tŷ'n cracio fel plisgyn wy a Moss yn codi ohono.

Codi fel ffenics a hedfan.

4.

Roedd Dafina newydd glywed y newyddion yn siop y garej ac yn sefyll yn gegrwth y tu ôl i'w chownter. Moss Morgan yn cysgu ym mhen pella Traeth y Cregyn! Ers tair noswaith! Roedd hi'n colli'i gafael. Sut ar y ddaear oedd hi wedi colli Moss, a'r bygyr yn pasio'i thŷ? Pam na ddwedodd un o'r cymdogion wrthi? Bron, er enghraifft.

Bron! Hwyliodd wyneb Bron o flaen ei llygaid a'r olwg od oedd arno ddydd Llun, pan soniodd hi am y busnes cinio dydd Sul. Oedd hi'n gwybod am Moss, ac ife trio'i achub e oedd hi drwy'i ddenu i gael cinio? Roedd Bron yn llawer rhy barod i drio achub pobol. Dyna sut oedd hi wedi landio gyda Tref, ac roedd hynny wedi costio gyrfa golegol iddi.

Tynnodd Dafina'i ffôn o'i phoced a morthwylio rhif Bron.

'Dwi'n mynd i brynu dau becyn o frechdanau a mynd â ti i'r traeth amser cinio,' meddai'n swta.

'Iawn. Fe ddo i â fflasg a chacen,' meddai Bron.

'Fflasg a chacen,' dynwaredodd Dafina'n ffyrnig wedi diffodd y ffôn. 'Blydi cacen, myn uffarn i.'

Y diwrnod y cyrhaeddodd Tref a Bron Stryd y Marian, roedd Dafina wedi mynd draw â chacen iddyn nhw, er ei bod hi bron â gwlychu'i hunan wrth wneud. Petai Bron wedi cau'r drws yn ei hwyneb, fyddai hi wedi beio dim arni. Ond, wrth gwrs, roedd Bron yn rhy gall a pharchus a charedig i wneud shwd beth. Dyna'r union reswm pam roedd hi wedi mynd o dan groen Dafina yn yr ysgol. A dyna pam, pan aeth hi'n ffleiar ar yr iard wrth iddi frysio i agor drws i Huw Hanes a fflachio'i nicyrs call nefi blw, y sgrechiodd Dafina 'Nyrs Nicyrs!'

'Nyrs Nicyrs' fuodd hi i Dafina a'i chriw am hir wedyn, ond os oedd Bron yn cofio, ddwedodd hi 'run gair. A nawr roedd y ddwy'n ffrindiau, a Dafina wedi sylweddoli bod Bron yn ferch iawn. Roedd hi wedi bod yn wraig dda i Tref am dros dri deg a thair o flynydd-oedd. Gwraig dda, mam dda, cymdoges dda, bla bla bla ... a nawr, ym marn Dafina, roedd hi'n bryd iddi fyw drosti'i hunan. A gwireddu'i breuddwydion. Roedd hi'n rhy hwyr i Dafina wneud hynny, heblaw bod rhyw dŷ ffasiwn yn rhywle yn chwilio am fodel oedd yn tynnu at ei thrigain, â dau ddant gosod, ac â chefn braidd yn grwca am ei bod hi'n dalach na'i gŵr ac wedi arfer â cherdded yn gam. Ond doedd hi ddim yn rhy hwyr i Bron. Ar ôl gadael ysgol, roedd Bron wedi mynd i goleg hyfforddi ac yna, er sioc i bawb, wedi gadael yng nghanol yr ail flwyddyn er mwyn priodi Tref. A dyma hi'n bygwth gwneud yr un math o beth eto. Ers marw Tref roedd Bron wedi datgan ei bwriad o ailgydio mewn cwrs coleg. Felly, pam ddiawl oedd hi'n dechrau ymhél â bwydo hen grinciaid?

'Asen grop!' ochneidiodd Dafina wrth glecian yn ei sodlau main dros gerrig crynion Stryd y Marian a gweld Bron yn disgwyl amdani â'r fasged bicnic dwt ar ei braich o dan orchudd o liain gwyn. Roedd Bron mor drefnus, roedd hi'n ddigon i wneud iddi chwydu. Ond wnaeth hi ddim, dim ond taflu'r brechdanau ar ben y lliain, dweud 'Hei, hop!', bachu'i braich ym mraich Bron, a'i llusgo ar hyd yr harbwr ac i lawr y lôn fach oedd yn cysylltu â'r lôn gefn. Wedyn i'r dde nes cyrraedd Traeth y Cregyn a'i dywod llwyd a'i dwmpathau o froc môr.

Er ei bod hi'n fis Mehefin, roedd gwynt main yn chwipio'r traeth, ac yn cosi plu'r piod môr oedd yn bracso yn y tonnau.

'Wyt ti'n siŵr dy fod ti'n ddigon cynnes?' gofynnodd Bron, pan gododd tiwnig llaes Dafina a chwyddo fel balŵn.

'Ydw,' snwffiodd Dafina, a gadael i'r tiwnig chwyddo. 'Ond dwi'n disgwyl *triplets*. Ddwedes i ddim wrthot ti?'

'Gallwn ni fynd 'nôl i'r tŷ ...'

'Gallwn, ond so ni'n mynd i wneud.'

'Na?' Gwyliodd Bron sodlau main ei ffrind yn diflannu i'r tywod graeanllyd nes bod dim ond y blodyn gwyn ar flaen ei sandalau yn y golwg, a dwy res o fodiau coch. Be oedd wedi codi i ben Dafina i ddod allan a hithau ddim wedi gwisgo ar gyfer picnic? Sylwodd fod llygaid ei ffrind wedi'u hoelio ar y graig ym mhen draw'r traeth. Edrychodd Bron i'r un cyfeiriad a gweld ffigwr mewn siwmper las yn dod i lawr y llwybr serth o'r copa. 'Wyt ti'n disgwyl rhywun?' gofynnodd yn siarp.

'Triplets.' Gwasgodd Dafina'r tiwnig yn dynnach at ei bol.

'Daf...'

Trodd Dafina a thaflu cwestiwn i'w hwyneb.

'O't ti'n gwbod am Moss?'

'Moss?' Cipedrychodd Bron unwaith eto ar y ffigwr glas.

'Moss Morgan ... A!' Roedd y tiwnig wedi codi. Gafaelodd Bron yn ei odre a'i dynnu i lawr i guddio'r bra piws, ond fe blyciodd Dafina e'n chwyrn o'i llaw. 'O't ti wedi clywed, yn do't ti? Pam na ddwedest ti wrtha i?'

'Clywed be?' Gwibiodd llygaid Bron tuag at wyneb ei ffrind. Er ei holl siarad, doedd Daf erioed wedi bod yn anffyddlon i Dei, ei gŵr. Ond be oedd hyn?

'Mae e wedi mynd i fyw draw fan'na.'

'Moss?'

'Moss!' chwyrnodd Dafina. Roedd Bron yn syllu arni fel llo. 'Moss!' chwyrnodd eto.

'Be am Moss?' Roedd y ffigwr mewn siwmper las wedi cyrraedd gwaelod y graig ac yn symud yn hamddenol tuag atyn nhw. Edrychodd Dafina dros ei hysgwydd.

'Dim hwnna yw e.'

'Moss?'

'Os dwedi di Moss unwaith eto!' sgrechiodd Dafina.

'Ti ddechreuodd! Dechrau eto.'

Llyncodd Dafina lond ceg o awyr môr. Crafodd ei gwallt o'i hwyneb. Roedd Bron yn dal i edrych ar y boi oedd yn cerdded y llwybr. Camodd o'i blaen a'i guddio o'i golwg.

'Mae Moss Morgan wedi gadael ei dŷ ac wedi mynd i fyw mewn rhyw dwll yn y graig draw fan'na,' chwyrnodd. 'Paid dweud wrtha i nad o't ti ddim yn gwbod.'

'Moss?'

'Grrrrr ...'

'Mae e wedi gadael ei dŷ?'

'Ydy.'

'Pam?'

'Be?'

'Pam?' mynnodd Bron.

'Shwd ydw i'n gwbod?'

'O.' Chwarddodd Bron.

'Pam ti'n chwerthin?' sgrechiodd Dafina.

Roedd Bron yn chwerthin am ei bod hi wedi chwarae meddyliau, ond fu dim raid iddi rannu'r meddyliau hynny â Dafina, gan i ddyn y siwmper las aros yn eu hymyl. Dieithryn oedd e, brown fel cneuen, a phâr o finociwlars am ei wddw. Cyfarchodd nhw'n serchog a phwyntio â balchder gwybodus tuag at y piod môr.

Wedi iddo fynd, meddai Bron, 'Dwed wrtha i eto am Moss.'

'Dyw e ddim wedi bod adre am dair nosweth,' meddai Dafina. 'O'dd Sam Sheds wedi sylwi ei fod e'n dod i'r gwaith a'i drenyrs yn dywod i gyd. Fe ofynnodd e pam, a dwedodd Moss ei fod e'n cysgu allan dros dro.'

'Mewn pabell?'

'Na, blydi *camper-van*.' Gwasgodd Dafina'i dyrnau ac apelio i'r nefoedd am ras. 'Cysgu mewn rhyw ogof mae e,' snwffiodd, 'ond ei bod hi hanner ffor' lan y graig. O't ti ddim yn gwbod, wir?'

'Na,' atebodd Bron.

Craffodd Dafina arni'n fanwl. Doedd Bron byth yn dweud celwyddau, a doedd hi ddim yn dweud celwydd nawr. 'Wel, fel'na mae,' ochneidiodd, gan droi a syllu tuag at ben pella'r traeth lle roedd y tonnau'n torri'n fwâu dros y creigiau chwâl. 'Blydi styntyr! T'ise mynd draw i weld a welwn ni ei lojins e?'

'Ife 'na pam ddest ti lawr i'r traeth?' gofynnodd Bron.

'Nage, Disgusted of Aberberwan,' hisiodd Dafina. 'Des i lawr i'r traeth i weld a o't ti'n gwbod mwy nag ydw i.'

'Wel, dwi ddim!'

'Alla i weld 'ny!'

'Druan o Moss.'

'Hm.' Camodd Dafina allan o'i sandalau, a phlygu i'w plycio o'r tywod.

'Colli'i fam mae e, siŵr o fod,' ochneidiodd Bron uwch ei phen.

'Be ti'n siarad?' Sythodd Dafina. 'Mae Magi Morgan wedi marw ers dros flwyddyn.'

'Ydy,' meddai Bron. 'Ond fe weles i raglen am bobl oedd yn cysgu ar y stryd, achos o'n nhw'n methu dygymod â byw mewn tŷ gwag. O'dd well 'da nhw gysgu ar y palmant nag o fewn pedair wal.'

'Wel, gobeithio nad yw Moss yn bwriadu aros fan'na am byth. Na! 'Sbosib. Tipyn bach o law ac fe fydd e adre fel siot.' Ysgydwodd Dafina'i sandalau a phwyso yn erbyn Bron wrth eu hailwisgo. 'Ti'n gwbod be? O'n i'n meddwl mai Moss oedd wedi rhoi'r syniad dwl o ginio dy' Sul yn dy ben di.'

'Moss?' Trodd Bron mor sydyn nes bod un o'r sandalau'n disgyn o law Dafina.

'Asen grop!' sgrechiodd.

'Pam wyt ti'n dweud ei fod e'n syniad dwl?' gofynnodd Bron, wedi brifo. 'Mae'n ffordd o godi arian.'

'Ydy.' Brwsiodd Dafina'r tywod o'i dwylo a llygadu wyneb siomedig ei ffrind. 'Ond faint o arian wnelet ti, cyw?' meddai'n dyner. 'Nesa peth i ddim ar ôl talu am y cig a'r fejis ac ati.'

'Fe wnelen i rywfaint,' meddai Bron. 'Ta beth, dwi wedi gofyn i Emlyn nawr, a mae e'n pasio'r neges mla'n.'

Ochneidiodd Dafina'n hir ac yn drwynol. 'Dwi ddim yn deall pam ...'

'Dwi'n mynd i gynnal y cinio!' mynnodd Bron yn chwyrn.

Bois bach. Yn uchel fe ymddiheurodd Dafina. 'Sorri. Caria di mla'n. Os wyt ti am wneud cinio, gwna di ginio.

Dyw e ddim busnes i fi. Ddweda i ddim rhagor. Wel, fe ddweda i un peth. Dwi wedi newid fy meddwl am y blydi picnic. Dere i fynd adre i tŷ ni. Mae 'da fi rywbeth i ddangos i ti, rhywbeth ges i gan Sal. Ocê?'

Nodiodd Bron yn swta, a cherddodd y ddwy mewn tawelwch ar hyd y lôn a'r gwynt yn eu cefnau nes cyrraedd gardd Dafina.

Agorodd Dafina'i gât a llywio Bron ar hyd y llwybr cul rhwng y gwelyau llysiau, a thrwy'r drws cefn i'r gegin. 'Paid boddran â'r fflasg. Rho'r tegell arno. Wedyn fe gei di edrych ar hon tra bydda i'n golchi 'nhraed.' Estynnodd Dafina am y daflen oedd yn pwyso yn erbyn llun Sali, ei merch, ar ben y cwpwrdd llestri. Taflodd y daflen ar y ford a dianc.

Gollyngodd Bron ei basged ar y cownter, a llenwi'r tegell. Estynnodd ddau fŷg, dau blât, dwy gyllell a'u trefnu'n ofalus ar y ford. Dim ond wedyn, ar ôl cael amser i ddod ati'i hun, y cododd hi'r daflen maint cerdyn post. Ar y daflen, uwchben llun cam a gwelw o *digger* bach coch, roedd y pennawd: PALU MLAEN. O dan y llun mewn print llai roedd y geiriau: Byddwch chi'n palu chwerthin! – ac oddi tanyn nhw res o wynebau botymog yn gwenu.

Roedd cefn y daflen yn wag. 'Sal fach!' mwmianodd Bron ac edrych ar y ferch fach fywiog mewn gwisg ysgol oedd yn gwenu arni o ben y cwpwrdd. Llun priodas oedd yn arfer bod yn y ffrâm, nes i Ben Banner-Hopkins godi'i gwt fore Calan a gadael Sali a'u dau blentyn ar dyddyn organig oedd yn mynd â'i ben iddo. Roedd Dafina wedi rhwygo'r llun hwnnw yn ei hanner, a defnyddio llun Ben Bastad i gynnau sigâr gafodd Dei Nadolig. Doedd hi ddim fel arfer yn smocio.

'Wel?' Daeth Dafina i mewn yn droednoeth pan oedd Bron ar ganol arllwys dŵr i'r tebot. 'Be ti'n feddwl am yr atyniad newydd yn Aberberwan? Y Parc Diggers?' Nodiodd at y daflen.

'Wel, mae'r syniad ...'

'Yn grêt,' meddai Dafina a dynwared un o ferched y sianeli siopa. 'Cyfle i weithwyr ymlacio. Di-streso ar ôl diwrnod yn y swyddfa. Gyrru *diggers* a rhwygo'r tir yn lle rhwygo'u dillad. Cael hwyl. Bla bla bla bla.' Cuchiodd. 'Ond ti'n gwbod weithith e ddim. Rhywle posh, taclus a saff – dyna be sy ise i ddenu'r pynters. A ti'n gwbod be sy gyda hi.'

Oedd, roedd Bron yn gwybod. Cae llwm a thri hen *digger* brynodd Ben mewn arwerthiant.

'Syniad y Bastad oedd y parc *diggers* i ddechre, a doedd gan Sal ddim diddordeb yn y peth o gwbl, ond nawr dwi'n credu ei bod hi ise dweud twll dy din di a dangos ei bod hi'n gallu llwyddo ar ei phen ei hun.' Ffliciodd Dafina'r daflen â blaen ei bys. 'Ti'n meddwl y gallet ti siarad sens â hi? Dweud wrthi am stopo nawr? Falle gwrandawith hi arnat ti. Wrandawith hi ddim arna i. Dwi'n teimlo fel ... wel, ti'n gwbod.'

Oedd, roedd Bron yn gwybod heb i Dafina ddweud gair. Roedd Dafina'n teimlo fel gwneud yr union beth wnaeth ei mam iddi hi, sef llusgo'i merch adre a'i chadw'n ddiogel. Roedd hanes Dafina Mills, bymtheg oed, yn trio dianc i Lundain i fod yn fodel yn rhan o fytholeg Ysgol Aberberwan. Yn ôl y stori, roedd ei mam wedi'i llusgo allan o gerbyd trên wrth bod y trên yn symud.

'Dere 'da fi bore fory,' meddai Dafina gan godi'r tebot ac amneidio ar i Bron eistedd. ''Sdim iws i fi fynd â Dei.

Wrandawith hi ddim ar ei thad chwaith. A 'sda Dei ddim clem am beirianne.'

'Na fi,' meddai Bron yn syn.

'Na, ond mae Alwyn, dy frawd yng nghyfraith, yn deall popeth, yn dyw e?'

'A!' meddai Bron. 'Felly ishe Alwyn wyt ti, nid fi?'

'Na ... W!' Sugnodd Dafina'i gwynt. Roedd diferyn wedi dianc o big y tebot a disgyn ar y daflen. 'Sycha hwnna glou.' Taflodd rolyn o bapur cegin at Bron. 'Dwi ddim ise dangos 'mod i'n amharchu'r peth. Na, dwi ise'r ddau ohonoch chi, ti ac Alwyn. T'weld, os wyt ti'n methu'i pherswadio hi, gall e ddweud wrthi fod y *diggers* sy gyda hi'n rhacs. Wedyn fydd hi ddim yn gallu cario mla'n, fydd hi?'

'Ond ti'n gwbod wneith Alwyn ddim dweud hynny,' meddai Bron. 'Bydd e'n potsian.'

'Fe geith e botsian tan Sul y pys. Erbyn hynny falle bydd Sal wedi gweld synnwyr.' Disgynnodd Dafina i'w chadair. 'Gawn ni weld ta beth.' Pwysodd tuag yn ôl a thynnu'i bysedd drwy'i gwallt tonnog, rhy felyn. 'A dweud y gwir, 'tawn i'n eistedd wrth olwyn *digger* nawr, fydde dim ots 'da fi rwygo rhywbeth. Beth amdanat ti?'

'Na fi,' meddai Bron.

Gwenodd y ddwy ar ei gilydd.

''Na gobs y'n ni, ontefe?' meddai Dafina. 'Mae'r byd yn llawn o gobs. Idiots yn chwythu yn y gwynt!' Taflodd becyn o frechdanau draw at Bron.

Safodd Bron wrth ddrws ei thŷ a gwylio coesau gwyrdd-las Dafina'n brasgamu'n ôl tuag at y dref. Clecian ei sodlau oedd yr unig sŵn ar Stryd y Marian. Yr ochr draw i'r afon roedd y stryd yn botes o liw ac o sŵn, ymwelwyr yn gwichial, byrddau metel Caffi Carol yn wincian, gwylanod barus yn cylchdroi uwchben mastiau'r cychod, a cheir yn cripian yn obeithiol tuag at faes parcio'r harbwr.

Adlamai pelydrau'r haul oddi ar ffonau lôn a chamerâu. Dychmygodd Bron yr ymwelwyr yn syllu arni drwy'u lensys. Be welen nhw? Hen fenyw fach Cydweli yn sefyll ar drothwy'r drws a'i basged ar ei braich? Nyrs Nicyrs? Cywilyddiodd, dianc i'r tŷ a gollwng ei basged. Roedd ffôn y cyntedd yn canu.

'Bronwen?'

'Ie?' ebychodd, gan nabod y llais ar ben draw'r lein.

'Bronwen?' meddai'r ffoniwr yn betrus.

'Ie, ie,' atebodd. 'Fi sy 'ma.'

'O't ti'n swnio'n wahanol.'

'Newydd ddod i'r tŷ.'

'A!' Ymlaciodd Huw Harris, cyn-filfeddyg a ffotograffydd amatur. 'Dwi newydd weld Emlyn.'

'Ie?'

'A soniodd e am y cinio.'

'O?'

'Wythnos i ddydd Sul ddwedodd e. Ydy hynny'n iawn?'

'Ydy.'

'Wel, mae'n ddrwg ofnadwy gen i, Bronwen ... Wyt ti'n dal 'na?' Roedd sŵn tebyg i ochenaid hir wedi cosi'i glust.

'Ydw, ydw, Huw, ond 'sdim rhaid i ti boeni,' meddai Bron yn llon.

'Mi fyddwn i wedi dod fel siot o achos Trefor ...'

'Dwi'n gwbod!'

41

'Ond dwi wedi addo tynnu llunie ym mhriodas fy nith.'

'Wyt.'

'A fydda i ddim 'nôl.'

'Na, dwi'n gwbod,' meddai Bron. 'Dwedest ti wrtha i am y briodas nos Sul, pan ddest ti â llun Tref i fi. Wir i ti, 'sdim ishe poeni.'

'Ond fe ddo i draw ag arian.'

''Sdim ishe,' meddai Bron yn bendant. ''Sdim ishe o gwbl. Mwynha dy hun. Gobeithio cewch chi dywydd braf.'

Gollyngodd y ffôn ac aros i gael ei hanadl. Roedd hi'n crynu. Gadawodd ei basged ar y ford ac estyn gwydraid o ddŵr o'r gegin cyn dianc lan y grisiau i'r stydi. Tra oedd yn disgwyl i'r cyfrifiadur danio, pwysodd ar gefn ei chadair a gwylio cangen braff o goeden ysgaw yn sboncio ar lif yr afon. Am braf fyddai rhoi naid ar ei chefn a hwylio rownd Iwerddon ac i'r de tuag at Gwyn. Petai hi ond yn fodlon mentro. Roedd ffenest y stydi'n isel, ac o'r man lle safai, doedd hi'n gweld dim byd ond dŵr.

Estynnodd dros y gadair a chlicio ar yr e-bost. Doedd dim neges oddi wrth Gwyn. Anfonodd neges arall, ta waeth, yn sôn am Sal a'r parc *diggers*. Wedi'i hanfon, aeth lawr stâr i baratoi dau focsaid o bice bach.

Erbyn i Dafina ddod adre o'r gwaith, roedd y pice'n oeri a Bron 'nôl lan llofft. Cnociodd Dafina ar y drws, ond chafodd hi ddim ateb. Cyn cyrraedd ei thŷ roedd hi wedi tecstio: 'Edrych mas am Moss!!!' Atebodd Bron mo'r tecst chwaith, er mai dyna'n union beth oedd hi'n ei wneud. Edrych ma's am Moss Morgan. Roedd hi yn y stafell sbâr, yn penlinio ychydig i'r dde o'r ffenest ac yn sbecian drwy'r bwlch rhwng y llenni a'r wal.

Cyffiodd ei choesau. Gwasgai'r carped ei flew i'w chrimogau. Roedd hi'n binnau bach i gyd, ac yn gwaredu'i bod hi'n gwneud y fath beth, pan welodd hi gysgod yn dawnsio ar hyd cerrig y lôn. Cerddai Moss tuag ati mor dawel â'i gysgod, â'i ên ar ei frest. Siglai bag Spar yn ei law a sleifiai gwifren o boced dop ei oferôls a diflannu i'w glustiau. Pan oedd e o fewn cam neu ddau i'w gât gefn, fe gododd ei wyneb tua'r haul, ac fel glöyn, hedfanodd ei wên drwy'r bwlch a glanio'n dyner ar ei bochau.

Canodd y ffôn yn y cyntedd islaw. Gadawodd iddo ganu. Cripiodd i ochr arall y ffenest a'i bochau'n gynnes a gwylio Moss yn troi'r gornel at y traeth.

5.

Ffoniodd Dylan y peth cynta fore drannoeth. 'Mam!' cwynodd. 'Pam na ddwedest ti dy fod ti'n mynd i wneud ciniawau?'

'Shwd clywest ti?'

'Gwyn. Pam na ddwedest ti wrtha i?'

'O'n i'n mynd i ...'

'Pam wyt ti'n boddran 'neud nhw ta beth?' Roedd Dylan yn grintachlyd ac ar frys. Dychmygodd Bron e'n bustachu drwy'i fflat yng Nghaerdydd, yn casglu allweddi'i gar, gwaith cartre plant ei ddosbarth, a gwneud stumiau ar Mel, ei bartner – y cyfan yr un pryd.

'Casglu arian ...' meddai Bron.

'Ie, dwi'n gwbod. Ond pam ti'n boddran?'

'Pam lai?'

Cleciodd y ffôn a daeth llais ysgafn Mel i lawr y lein. 'Ie, pam lai? Paid â gadael iddyn nhw dy haslo di, Bron. Ti'n iawn?'

'Ydw, dwi'n iawn. Dwi ddim yn mynd i agor caffe,' atebodd yn sych. 'Dim ond gwneud un cinio dydd Sul.'

'Iym!' meddai Mel.

O'r cefndir daeth sŵn pentwr o lyfrau'n disgyn a Dyl yn bytheirio. Un lletchwith fu Dylan erioed. Er ei fod e'n fachgen mawr cryf, a'i ddwylo fel rhofiau, doedd e'n dda i ddim ar y cae rygbi – y bêl yn disgyn o'i ddwylo, fel dŵr drwy ridyll. Tybed a ddaliai'i afael ar Mel, meddyliodd Bron. Gweithio i gwmni cysylltiadau cyhoeddus yn

Llundain roedd Mel, nes i dorcalon ei gyrru adre i Gymru ac i harbwr ei freichiau.

'Cymer ofal,' meddai Mel, a chwarddodd Bron. Ar ôl eiliad fach o embaras fe chwarddodd Mel hefyd. 'Na, paid â chymryd gofal,' meddai. 'Bydd rydd!'

Bydd rydd, wir. Gollyngodd Bron y ffôn a gwenu ar ei hadlewyrchiad yn y drych ffrâm bren oedd wedi'i dilyn o'r ffermdy. Cododd gwr y tywel oedd yn hongian am ei gwddw a sychu'r diferion oedd yn treiglo o'i gwallt gwlyb. Ar ganol sychu, brysiodd i'r gegin, ac edrych ar y cloc. Roedd hi wedi colli Moss. Cadarnhaodd Dafina hynny hanner awr yn ddiweddarach, pan ddaeth i'w chasglu.

'Roedd e'n edrych yn eitha teidi,' oedd barn Dafina. 'Wel, mae gyda fe uffarn o *en suite*, yn does? Bathrwm enfawr reit o flaen ei ddrws. 'Sdim rhyfedd ei fod e'n sheino.'

Roedden nhw yng nghar Bron yn gyrru lan y bryn i'r dwyrain o'r dref, y ffenestri ar gau a thu mewn i'r car yn drewi o bice bach. Daliai Dafina focsaid mawr o bice ar ei phen-glin ac roedd bocsaid bach arall ar y sedd gefn.

Tair milltir y tu allan i'r dref ac roedd y tir eisoes yn dangos ei ddannedd. Tair milltir arall ac roedden nhw wedi dringo i fil o droedfeddi uwchben y môr a defaid carpiog yn eu gwylio'n llygadwyllt dros y cloddiau cerrig.

''Sneb yn mynd i ddod ma's fan hyn i chwarae ar *diggers*, oes e?' mwmianodd Dafina, wedi cyrraedd y lôn gul oedd yn arwain at Fryn Barcud. 'Bryn Blydi Barcud. Pam newid yr enw o'r Foel? A pham mynnu'i roi e'n ddwyieithog? 'Drycha.' Pwyntiodd at yr arwydd crand mewn ffrâm fetel bwrw yn y clawdd. 'Bryn Barcud Kite Hill Farm, myn uffarn. Pam 'se Sal wedi cwrdd â rhyw fachgen bach cyffredin, yn lle mynd am Ben Bastad-Balŵn-Hopkins? Doedd e'n ddim byd ond gwynt yn y diwedd. Gwynt a dim arian.' Gwasgodd ei bysedd ar sil y ffenest a throi i edrych ar y gât agored ar y chwith. Cipedrychodd Bron a gweld pentwr o bolion a chortyn yn gorwedd yn y borfa flêr yn ymyl hen Portakabin. Ddwedodd yr un ohonyn nhw air, dim ond gwrando ar duchan y car yn hercian dros y lôn dyllog. Wedi troi'r gornel daeth Bryn Barcud i'r golwg, yn llechu fel mochyn daear mewn pant. Roedd ei hanner e'n llwyd a'i hanner e'n wyn, am fod Ben Bastad wedi gadael ar ganol peintio, a doedd Dei, ei dad yng nghyfraith, ddim am orffen y gwaith nes i ddyfodol y tŷ gael ei setlo.

Cyn gynted ag y cyrhaeddon nhw'r clos, agorodd y drws cefn a daeth Sali allan a Tomos bach yn ei breichiau. Gwingodd hwnnw a rhoi naid at ei fam-gu.

Daeth Sali at Bron, a gwasgodd Bron hi'n dynn. Doedd y ferch yn ddim byd ond asgwrn, cysgod gwelw o'i mam fel stamp inc wedi'i ddefnyddio ddwywaith. Roedd ei gwallt yn syth ac yn llwydfrown, ei dillad yn tsiêp a di-liw a'i chroen heb fymryn o bowdwr na phaent.

'Lot o lapswchan dwl,' sibrydodd Daf yng nghlust ei hŵyr a'i wasgu'n dynnach, gan awchu am gofleidio'i fam. Roedd gan Daf bedwar o blant, ond Sali oedd yr unig ferch. A nawr roedd Ben Bastad a'i *diggers* wedi tyrchu ffos ddagrau rhyngddyn nhw, ac roedd ar y ddwy ofn ei chroesi rhag boddi. 'Reit 'te.' Roedd Tomos wedi cael llond bol o'r gwasgu ac yn trio plymio dros ysgwydd ei fam-gu. 'Mae Anti Bron wedi dod â rhywbeth neis neis i de.' Gadawodd i Tomos lithro i'r llawr ac estyn y bocs pice i'w merch.,

'Waw!' Agorodd Sali'r bocs a gwynto. 'Mmm. Diolch, Bron.'

'Maaaa...' gwaeddodd Tomos a'i law'n agor a chau.

''Co ti.' Gwthiodd Sali bicen i'w law a brysio i'r tŷ a'i gwallt yn neidio dros y crys-T llwyd â'i hysbyseb Americanaidd. 'Sefwch fan'na!' galwodd dros ei hysgwydd. 'Gawn ni baned yn yr haul.'

Aeth Dafina i nôl y ford fach oedd wrth dalcen y tŷ a'i chario'n nes at y drws cefn. Brwsiodd y ffrwcs oddi arni a sibrwd o gornel ei cheg, 'Gostiodd hon blydi ffortiwn. Dwedes i wrthyn nhw am brynu un blastig. Nawr, 'drycha.' Pwyntiodd at y crac yn y sgwaryn gwydr o fewn y ffrâm fetel wen.

'Sh, nawr,' meddai Bron.

Snwffiodd Dafina a thynnu tair cadair fetel ffansi at y ford.

'Iste,' meddai, a disgyn i gadair ei hunan. 'Iesgyrn!' Siglodd y gadair oddi tani.

'Howld on!' Rhoddodd Bron naid amdani a'i sadio. Cododd Dafina a symud y gadair i dir mwy gwastad.

Erbyn i Sali ddod â hambwrdd ac arno dri phaned o goffi a phlataid o bice, roedd ei mam a'i ffrind yn eistedd yn gysurus wrth y ford a Tomos yn eistedd ar ei phen yn dysgu sut i ganu 'Mynd drot drot'. Ar ganol yr ail 'drot' bachodd bicen arall, a dododd ei fam e ar y llawr i'w bwyta.

'Wel?' Eisteddodd Sali ar y gadair wag, a lapio'i dwylo am ei choffi. 'Pa newydd sy gyda chi o'r dref fawr?' Nodiodd at y llymaid o fôr yn y pellter islaw a'r cwch a wibiai fel gwreichionen ar ei draws. Roedd y cwch yn anelu am harbwr Aberberwan, o'r golwg dan gesail y bryniau.

'Dim ond bore 'ma siarades i â ti, groten,' meddai'i mam.

'Ie, ond 'na i gyd wnest ti bryd hynny oedd siarad am Moss.' Ysgydwodd Sali'i phen ar Bron. 'Mae hi'n pipo arno fe. Fel "peeping Tom".'

'Allwn i ddim help ei weld e!' protestiodd Dafina. 'Mae e'n mynd lawr y lôn gefn. Y'n ni'n gymdogion. Bron, Moss a fi. "We are my favourite people".'

Chwarddodd Tomos wrth glywed ei fam-gu'n canu.

'A ti, Tomos. Rwyt ti'n un ohonyn nhw hefyd,' meddai Daf.

'Moss gododd ein tŷ gwydr ni,' meddai Sali wrth Bron. 'Yr un lle mae'r mefus.'

Edrychodd Bron dros ei hysgwydd. Safai'r horwth o dŷ gwydr ar ynys fach yng nghanol y rhychau o chwyn yn y cae drws nesa, a rhesi o blanhigion mefus yn blodeuo y tu ôl i'r paenau brwnt.

'O'dd e'n foi tawel iawn, nes i Ben ddechrau siarad ag e am *ja...*' Trodd Sali i edrych yn gyhuddgar ar ei mam, gan ddychmygu ei chlywed hi'n snwffian. 'O'dd Ben yn dwlu ar *jazz* hefyd, a buodd e'n helpu Moss i lawrlwytho miwsig. O'dd y ddau ohonyn nhw i fod i fynd 'da'i gilydd i Gaerfyrddin i glywed rhyw combo, ond yn y diwedd aethon nhw ddim.'

'Combo,' meddai Dafina, a snwffian yn agored ond heb falais. 'Combo! Sa i'n deall *jazz*, Bron. Wyt ti?'

'Na.'

'Rhyw gabolach yw e, ife ddim? Pawb yn gafael yn y tiwn ac yn gwneud be fynnon nhw.'

'Dim cliw,' atebodd Bron.

'Ta beth.' Torrodd Sali ar eu traws. 'Os nad oes gyda chi newyddion i fi, mae 'da fi a Tomos newyddion i chi, yn does e, Twm-twm?' Winciodd ar ei mab bach, sythu'i hysgwyddau ac anelu'i gwên at Bron. 'Y'n ni wedi bod yn siarad â dyn o Drenewydd bore 'ma ar y ffôn, dyn sy â chwrs beicie cwad ar ei fferm, a mae e wedi bod yn dweud wrthon ni sut i fynd ati i baratoi'r parc *diggers*. A dwedodd e 'swn i'n symud yn glou, fe allwn i gael popeth yn barod cyn y gwylie.'

Gwibiodd llygaid Dafina tuag at Bron. 'Pa wylie?' gofynnodd mewn llais main.

'Haf, wrth gwrs,' atebodd Sali. ''Sdim cymaint â hynny o waith paratoi, a bydde'n drueni colli'r ymwel-wyr.'

Llyfodd Dafina lwmp bach o fenyn oddi ar ei gwefus. 'Bydd raid i ti wneud yn siŵr fod popeth yn saff, cof...'

'Dwi ddim yn dwp, Mam!' Diflannodd y wên. 'O'n i'n meddwl y gofynnen i i dy fòs di i tshecio'r *diggers*. Be ti'n feddwl?'

'Dyw Ron Garej yn gwbod dim byd am beirianne fferm,' meddai Dafina.

'Mae e bownd o fod yn gwbod rhywbeth,' protestiodd Sali.

'Ac fe gostith. Ti'n gwbod shwd un yw Ron.'

'Ocê, fe dala i. O'n i'n golygu talu.'

'Talu.' Chwarddodd Tomos.

'Ie, talu,' meddai'i fam yn swta.

Cipedrychodd Bron ar wyneb tyn Dafina, ac yna ar ei merch. 'Licet ti i Alwyn edrych drostyn nhw gynta?' cynigiodd. 'Alwyn, fy mrawd yng nghyfraith.'

Cliciodd gwddw Sali, a chaeodd Dafina'i llygaid.

'Alwyn Nant-ddu,' meddai Bron. 'Mae e wedi arfer trwsio peirianne.'

'Alwyn.' Rhwbiodd Sali'i gwegil. 'Ti'n meddwl bydde fe'n fodlon?' gofynnodd mewn llais bach.

'Bydde Alwyn yn joio. Fe ofynna i, os ti'n moyn.'

'O, ti'n angel, Bron.' Daeth y wên yn ei hôl a phlannodd Sali gusan fawr ar foch Bron.

'Y! Rhagor o lapswchan!' meddai Dafina, a wincio ar ei hŵyr oedd yn eistedd wrth ei thraed. Cododd Tomos a tharo'i ben. Glawiodd coffi dros y ford.

'Iesgyrn!' gwaeddodd Dafina. 'Tomos Glyn! Wyt ti fel *bulldozer*, grwt!' Syllodd Tomos arni â'i wefusau'n crynu. 'Fel *bulldozer*!' meddai'i fam-gu gan ei gipio o'r llawr a goglais ei fol.

'Fe wna i baned arall,' meddai Sali.

'Fe wna i e,' meddai Dafina. 'Fi a Tomos. Cer di â Bron i'r sgubor i weld y *diggers*.'

'*Diggers*!' gwaeddodd Tomos.

'*Diggers*!' gwaeddodd ei fam-gu'n uwch a'i daflu dros ei hysgwydd.

'Dere 'te, Sal.' Cododd Bron ac estyn ei llaw. Gafaelodd Sali ynddi heb ddweud gair a cherddodd y ddwy fraich ym mraich i lawr yr iard bantiog, garegog, oedd wedi'i llyfu'n wyn gan y gwynt. 'Mae golygfa wych 'da ti fan hyn,' meddai Bron yn galonnog. 'Alla i ddim dod dros yr olygfa. Roedd ein ffarm ni ar waelod cwm.'

''Na pam ddaethon ni fan hyn.' Lapiodd Sali'i dwy fraich am fraich Bron. 'Er o'dd Ben yn mynnu bod yr olygfa wedi cael ei sarnu. Doedd e ddim yn lico'r rheina, t'weld.' Nodiodd i gyfeiriad y melinau gwynt oedd yn darnio'r haul ar y gorwel.

'O'dd 'na rai ar y bryn gyferbyn â ni,' meddai Bron.

'Pan oedd Dyl tua thair oed, o'dd e'n meddwl mai angylion wedi mynd yn sownd yn y ddaear oedden nhw, a phan wele fe lwybr awyren, o'dd e'n dweud mai Duw oedd yn taflu rhaff i drio'u hachub.'

Gwenodd Sali. 'Shwd ma'r hen Dyl?'

'Mae e'n iawn. Yn brysur.'

'A Mel? Mel yw ei henw hi, yntefe?'

'Mae hithe'n iawn hefyd.'

'Dwed helô wrthyn nhw. A dwed wrthyn nhw y cân' nhw dro ar y *diggers* am ddim. Os y'n nhw ise.' Gwasgodd fraich Bron. 'Mae Mam ise i fi adael 'ma,' sibrydodd. 'Mae hi'n meddwl 'mod i'n boncyrs, a mae hi'n meddwl bod y busnes *diggers* yn mega-boncyrs.'

'Poeni amdanat ti mae dy fam.' Rhwbiodd Bron ei llaw.

'Ie, ond os na wna i drio, fydda i byth yn gwbod a yw'r syniad yn gweithio,' meddai Sali. 'Ti'm yn meddwl ei bod hi'n werth trio, yn lle difaru am weddill dy oes?'

'Ydw,' meddai Bron, â gwên fach. 'Ydw,' meddai eto. 'Ac os dwedi di hynna wrth dy fam, dwi'n siŵr y bydd hi'n deall.'

'Wyt ti?' Edrychodd Sali i fyw ei llygaid.

'Ydw,' meddai Bron.

'Diolch, Bron.' Gwenodd Sali, gollwng gafael a sboncio yn ei blaen i'r sgubor. Safodd yn y drws ac estyn ei llaw tuag at y pen pella. 'Da-dang!'

Sbeciodd Bron heibio iddi, a gweld y tri *digger* yn sefyll dan y gawod o belydrau haul a ddiferai drwy'r tyllau yn y to.

'Dere'n nes.' Camodd Sali drwy'r gawod, sefyll rhwng dau beiriant a'u mwytho. 'Mae ise'u glanhau nhw a rhoi rhwbiad fan hyn a fan 'co, ond maen nhw'n gweithio, wir. Ta beth, ti ddim yn disgwyl iddyn nhw fod yn sgleinio. Dyw *diggers* ddim fod i sgleinio. 'Na'r pwynt. A ma' 'da fi bentwr o oferôls a hetiau caled brynodd Ben mewn sêl, felly fydd neb yn dwyno'u dillad. Bydda i'n dweud wrth bawb am ddod yn eu hen ddillad hefyd. Shabby chic.' Plyciodd allwedd o'i phoced. 'T'ise cael go ar un ohonyn nhw?' Dawnsiai'r haul ar ei hwyneb a gwreichioni dros ei gwefus.

'Fe gym'ra i dy air di,' meddai Bron.

'Ma'n nhw'n ddigon glân. Wir!'

'Dwi'n gwbod 'ny.' Ond edrychai Sali fel tylwythen deg yn y gawod aur, a doedd hi ddim am ddifetha'r hud. Gwyliodd hi'n codi'i breichiau a'u hymestyn fel adenydd.

6.

Ar dyddyn Nant-ddu, bum milltir i ffwrdd, roedd Alwyn Jenkins yn disgwyl ymweliad gan ei chwaer yng nghyfraith. Roedd Bronwen wedi ffonio i ddweud ei bod hi'n dod, achos roedd hi'n gwybod nad oedd e'n hoffi syrpreisys.

Serch hynny roedd syrpréis ar ei ffordd. Fe wyddai Alwyn hynny i sicrwydd, yn union fel y gwyddai fod ffanbelt ar dorri neu olwyn cloc yn gwegian. Ers i Bronwen lanio mor ddiniwed o wyrthiol yng nghegin fferm Pantygwiail dri deg pump o flynyddoedd ynghynt, roedd Alwyn wedi'i hanwylo a'i gwerthfawrogi o hirbell, heb erioed deimlo awydd i gymryd lle'i frawd.

Wrthi'n pwyso dros berfedd y peiriant torri porfa yn y sied oedd e, pan welodd fflach y car glas hanner milltir i ffwrdd. Yn ei boced roedd y llythyr a gawsai o'r banc ddeuddydd ynghynt. Synhwyrai mai dyna'r rheswm dros ymweliad Bronwen.

Erbyn i gloch y drws ganu roedd Alwyn wedi cyrraedd y tŷ, wedi golchi'i ddwylo a'u sychu, ac wedi gwylio cysgod Bronwen yn siffrwd dros y sgwaryn o ardd ffrynt.

'Alwyn!' Roedd e wedi agor y drws yn rhy sydyn a hithau heb gael ei gwynt ati. Gwelodd lygaid mawr euog a bochau gwritgoch. Lapiodd Bronwen ei breichiau'n dynnach am y bocs cacennau. 'Alwyn!' meddai eto. Fel'na roedd hi wedi dweud ei enw pan alwodd hi i ddweud bod Trefor wedi marw. Bryd hynny roedd hi wedi rhoi ei breichiau amdano a phlannu cusan ar ei foch.

Aeth yr eiliadau heibio ond troi i ffwrdd wnaeth hi yn y diwedd, a dweud mor bert oedd y rhosys wrth y llwybr. Wedyn brysio i'r gegin a rhoi'r bocs cacennau ar y ford.

'Ti'n iawn?' Roedd hi wedi troi yn ei hôl cyn i Alwyn orffen cau'r drws.

'Dw.' Clywodd Alwyn ei hun yn ateb yn llais ei frawd. Rhyw hanner snwffiad anifeilaidd ei naws. Rhai gwael am drin geiriau fu'r ddau ohonyn nhw erioed. 'Ydw. Dwi'n iawn.' Gwnaeth ymdrech i lunio sgwrs. 'Ti?'

'Ydw.' Gwenodd Bron. Roedd hithau'n gwneud ymdrech hefyd 'Ydw, iawn ond ychydig yn hŷn. Diolch am y garden a'r presant.'

'O'dd e ddim lot.'

'Mwy na digon.'

'Chei di ddim llawer am bum punt ar hugen.'

'Wrth gwrs y ca' i. A diolch am y pot mefus. Dwi wedi'i roi e'n saff rhag y malwod a'r adar.'

''Sdim byd yn saff.'

'Na.'

Ciliodd Alwyn yn drwsgl i'r stafell fyw, a Bronwen yn ei ddilyn. Ers marw Trefor mynnai ei ddychymyg ei bod hi wedi tyfu'n fwy solet. Mor solet nawr â phan ddaeth Trefor â hi adre i Bantygwiail. Trefor, y brawd iau, wedi cwrdd â hi mewn dawns Ffermwyr Ifainc ar ôl i Mari'r Hendre, un o arweinyddion y Clwb, eu taflu i freichiau'i gilydd. Ar ôl Bronwen, ddaeth 'na'r un wraig arall i'r fferm.

'Iste,' meddai wrthi. Ac ar ôl iddi eistedd yn un o'r

ddwy gadair freichiau â chefnau uchel, fe eisteddodd e wrth y ford a gwylio'i chysgod yn nofio'n nwyfus dros wydr y ffenest.

'Dwi newydd alw yn Bryn Barcud,' meddai Bronwen. 'Y Foel fel ag oedd e.'

'Lle Hopkins.'

'Sali, merch Dafina, yw ei wraig e.'

'Debyg.'

'Mae'r gŵr wedi mynd. O'dd e wedi meddwl gwneud lle i bobl ddod i yrru *diggers*.'

'Palu Mlaen?'

'Ie.' Cryndod bach yn y llais. Roedd Bronwen yn gwenu. Fel'na roedd hi bob tro. Roedd Bronwen wastad yn falch ei fod e'n gwybod be' oedd be'. Trodd a gwenu'n ôl arni.

'Rwyt ti'n amsugno gwybodaeth o'r pridd, Al.'

'Falle.'

'Ta beth.' Ochneidiodd Bronwen. 'Mae gan Sali dri *digger*, cae gwag, llond pen o freuddwydion a dim cliw beth i'w wneud. O'n i'n meddwl falle gallet ti edrych ar y *diggers*. Os nad y'n nhw'n ffit, mae ishe iddi gael gwbod, cyn iddi wastraffu arian.'

'Rhagor o arian.'

'Ie. Rhagor o arian.' Roedd Ben Bastad wedi cael grant i ddechre'r busnes, a'r rhan fwya ohono wedi syrthio drwy dwll yn ei boced.

'Fe alwa i draw 'te,' meddai Alwyn.

'Pan fydd amser 'da ti.'

'Prynhawn 'ma.'

'Ti'n halen y ddaear, Al.'

Nodiodd Alwyn, ond dim ond er mwyn dangos bod y rhan honno o'r sgwrs ar ben. Plyciodd lythyr o'i boced.

'Da'th hwn bore ddoe.' Gwyliodd ei llygaid yn gwibio dros yr amlen, ac yna'r wên ymdrechgar yn glynu wrth ei gwefus. 'Mae'r arian i mewn.' Tynnodd y llythyr o'r amlen a dangos y £5,000 a adawodd Trefor iddo yn ei ewyllys yn gorwedd yn ei gyfrif banc.

'Da iawn.'

'Dwi ddim ishe fe.' Gwasgodd y papur yn ei ddwrn.

'Alwyn. Y'n ni wedi trafod ...'

'Ond wna'th Trefor ddim trafod â fi.'

'O'dd e'n gwbod y byddet ti'n gwrthod, 'na pam.'

''Sdim ishe fe arna i. Mae 'da fi bopeth.'

'Alwyn, plis.' Estynnodd ei llaw at y ford. 'Mae 'da finne bopeth hefyd. Rwyt ti wedi bod yn dda wrthon ni. O'dd Tref ishe i ti wbod hynny.'

'Ie, ond 'sdim ishe'r arian.'

'Alwyn,' plediodd. 'Fe roist ti dy siâr o'r ffarm i ni. Beth yw pum mil o'u cymharu â hynny? Os na gymeri di'r arian, bydda i'n torri 'nghalon. Wir!'

Ticiodd y cloc yn ddigynnwrf ar y silff-ben-tân.

'Wir!' mynnodd. 'Wnei di addo'i gymryd e?'

Nodiodd Alwyn o'r diwedd, a rhegi'i frawd yn ddistaw. Y brawd oedd yn syllu'n ôl arno o baen y ffenest. Y llygaid gwyliadwrus lloaidd mewn talp o glai tawdd. Cefnodd arnyn nhw a dechrau codi.

'Paned?'

'Fe wna i'r te.'

'Na.' Doedd e ddim am iddi wneud. Sgubodd yn erbyn ei chadair wrth fynd heibio.

'Alwyn.' Dilynodd ei llais e i'r gegin. 'O'dd 'da fi rywbeth arall i'w ddweud wrthot ti.'

Safodd Alwyn a'r tegell yn ei law. Roedd hi wedi'i ddilyn at y drws. Crynodd y tegell yn erbyn y sinc.

'Ar ddiwrnod fy mhen-blwydd o'n i'n meddwl am Tref, ac o'n i ishe gwneud rhywbeth er ei fwyn e.'

Edrychodd Alwyn dros ei ysgwydd.

'Cinio dydd Sul.' Disgynnodd y geiriau chwerthinllyd o ddiniwed i'r gofod rhyngddyn nhw.

'Sul?' adleisiodd Alwyn.

'Cinio i godi arian. Cyfle i rywrai sy ddim yn gwneud cinio iddyn nhw'u hunain gael tipyn o goginio cartre.'

Stopiodd y crynu.

'Dim ond syniad bach oedd e,' meddai Bron. 'Dwi bron â difaru nawr, ond mae'n rhy hwyr i dynnu'n ôl, achos dwi wedi gofyn i Emlyn Richards. Wythnos i ddydd Sul mae e. Mae croeso i ti ddod, ond fyddwn i ddim yn disgwyl i ti dalu.'

'Gei di arian yn lle,' meddai ar hanner gwynt.

'Dwyt ti ddim ishe dod?'

'Rywbryd arall.' Cymerodd drueni drosti. 'T'ishe letysen? Cer i edrych am un yn y ffrâm.'

'Diolch.'

'Cer nawr, os wyt ti'n moyn.'

Cliciodd drws y bac. Gwyliodd Alwyn hi'n prysuro i lawr llwybr yr ardd, ac yna'n sefyll yn stond. Disgwyliodd glywed ei llais yn galw 'Al! Mae dy datws di'n dod mla'n!' neu'n tynnu sylw at y cafn roedd e wedi'i naddu o hen foncyff a'r *geraniums* oedd yn tyfu ynddo.

Ond wnaeth hi ddim.

O achos cinio dydd Sul.

Pam oedd hi'n poeni am ginio dydd Sul?

Pan ddaeth hi'n ôl i'r tŷ, roedd y te'n barod, a bag ar gyfer y letysen ar y sinc. Wrth roi'r letysen yn y bag, fe drodd ato a gofyn, 'O, Alwyn. Wyt ti wedi clywed am Moss Morgan?'

Nodiodd Alwyn. Oedd, roedd e wedi clywed am Moss Morgan, ond peth arall oedd hynny.

Fflopian

7.

Doedd Moss erioed wedi ystyried gwthio'i fiwsig ar neb. Cyn dyfodiad yr iPod, fe wrandawai ar y miwsig naill yn ei gar neu yn ei stafell, gan ofalu bod y drysau a'r ffenestri ar gau rhag i'r nodau ddianc fel swigod o botel bop.

Roedd y car dan glo yn y garej yng Ngwynfa, heb ei drethu ers chwe mis. Ers pythefnos roedd y tŷ hefyd dan glo, ond roedd y borfa'n dal i dyfu. Ar y dydd Sadwrn cynta ar ôl gadael ei hen gartre, aeth Moss draw i'w thorri. Roedd allwedd y sied yn y tŷ. Agorodd Moss y drws ffrynt a gweld chwydiad o lythyron ar lawr y pasej. Fyddai'i fam byth wedi dioddef y fath annibendod. Cododd y llythyron a'u gwthio i fag yn barod i'w lluchio i'r bin o flaen siop Spar. Hysbysebion oedden nhw i gyd. O achos y llythyron penderfynodd alw yng Ngwynfa bob dydd ond dydd Sul.

Ers hynny, bob nos ar ôl gwaith roedd Moss yn agor y drws ffrynt. Os nad oedd llythyr ar y llawr, roedd e'n cau'r drws heb gamu dros y trothwy. Unwaith yn unig, ar ôl diwrnod o law trwm, fe fentrodd i'r llofft i weld a oedd 'na ddŵr wedi chwythu dan y deilsen gam yng nghefn y tŷ a diferu i'r stafell sbâr. Doedd 'na ddim. Roedd y stafell sbâr yn sych gorcyn ac yn arogli o sebon lafant ei fam. Yn ei stafell wely ei hun gorweddai un deigryn o ddŵr ar sil y ffenest yn wincian yn yr haul. Roedd y stafell wely, fel gweddill y tŷ, yn llawn celfi ac eto'n affwysol o wag. Yn y gofod, meddai rhyw wyddonydd ar y teledu, doedd dim posib clywed miwsig. Dim aer, dim sŵn. Allai Moss ddim dychmygu hynny ar y pryd, ond ar ôl marwolaeth ei fam, roedd yr aer wedi'i sugno o Wynfa, a'r miwsig wedi dianc o'i glyw.

Aeth Moss at y cwpwrdd dillad lle gorweddai'r hen dapiau a berthynai i'r car yn llonydd a mud yn eu bocs rhesog, plastig. Dododd nhw mewn sach ddu gydag ychydig o ddillad a thrugareddau'i fam yn gwmni.

Gwenodd Duke Ellington arno o ddyfnder y sach. Gwenodd Moss yn ôl. Dychmygodd y Duke yn dawnsio eto dros fryn a dôl gan adael ruban o nodau o'i ôl. Gwibio, dawnsio, chwerthin, dianc.

Yn nychymyg Moss roedd ei ffrind Jake Jackson hefyd yn dal i ddawnsio, Jake a'i *jazz*.

8.

Draw yn Stryd y Marian roedd Dafina'n sefyll ar batio Bron ac yn gwgu ar ddau bysgotwr oedd yn mynd ar hyd y lôn. 'Mae Moss wedi bod ar y traeth am bythefnos gron,' cwynodd. 'Mae'n siriys, t'mbod. Mae Sam Sheds wedi cynnig iddo fe fynd i fyw ato fe a Mrs Sam, ond dyw e'n gwrando dim.' Edrychodd dros ei hysgwydd. Doedd Bron ddim yn gwrando chwaith. Roedd hi'n tynnu llysiau o'i bag siopa ac yn eu rhoi mewn rhes ar y cownter. 'Sawl un sy'n dod i'r cinio fory 'te?' gofynnodd, gan gau'r drws cefn a disgyn yn bwdlyd i gadair.

'Pedwar,' meddai Bron.

'Pedwar?' gwichiodd Dafina.

'Pedwar.'

'Iesgyrn!'

Dim ond pedwar o westeion oedd gan Bron ar gyfer ei chinio dydd Sul. Roedd yr holl beth yn fflop. Allai Dafina ddim credu'r peth. Roedd Bron yn un o hoelion wyth y gymuned, yn y *Guinness Book of Records* (wel, mi ddylai fod) am goginio cacennau tuag at achosion da, wedi ymweld â mwy o gleifion na Florence Nightingale, wedi bod yn ysgrifennydd neu drysorydd cymdeithasau di-ri, yn helpu yn siop yr hosbis ers tri mis. Pam oedd diawled pobol y dre ddim yn ei chefnogi hi? Wrth gwrs, ers iddi briodi roedd hi wedi bod yn byw allan yn y stics, ond hyd yn oed wedyn ...

'Gofynnes i i Gwyneth Edwards a Phyllis, ond roedd y ddwy'n mynd ar drip y côr i Fryste,' meddai Bron.

Culhaodd llygaid Dafina a syllodd ar gefn ei ffrind. Roedd Bron yn gwybod yn iawn am drip y côr, felly pam gofyn i Gwyneth a Phyllis?

'I bwy arall ofynnest ti?'

'Wel, a bod yn onest ...' meddai Bron, ac edrych dros ei hysgwydd.

Ond dwyt ti ddim yn onest, meddyliodd Dafina mewn syndod.

'A bod yn onest ... Fe wnes i gamgymeriad.' Sglefr-iodd llygaid Bron ar draws wyneb Dafina a glanio ar y ffenest. Roedd awel fain yn chwythu a'r rhosyn gwyllt oedd yn tyfu ar y wal gefn yn tap-tapian ar y paen. 'Gofynnes i i Emlyn ledaenu'r neges, yn lle gwneud hynny fy hunan. Wedyn o'n i'n ofan gofyn i ormod o bobl achos o'n i ddim yn gwbod faint o atebion oedd Emlyn wedi'u cael.'

Nodiodd Dafina, a'i thafod yn procio'i boch. Ystyriodd a oedd Bron yn dioddef o iselder ysbryd.

'A neithiwr ffoniodd e.'

'Hm,' snwffiodd Dafina. Roedd Bron yn dal i syllu ar y rhosyn. 'Tell me the worst. Pwy yw'r pedwar?'

'Wel, Emlyn ...'

'Ie?'

'Ieuan James.'

'Ieuan y 'letrics?'

'Ie.'

Fflopiodd gên Dafina ar ei brest, a bu tawelwch am ennyd heblaw am grafiadau'r rhosyn. 'Gofala fod hwnna'n dy dalu di cyn cael cegaid o fwyd, neu weli di byth mo dy arian,' rhygnodd o'r diwedd. Doedd hi ddim eisiau danto Bron, ond allai hi ddim help. 'Glywest ti?' Prociodd Bron â'i throed.

'Henry Otley,' meddai Bron. ''Na un arall sy'n dod.'

'O, ma' fe'n annwyl.' Llonnodd Dafina. 'Mae e'n dod i'r siop. Mae e wastad yn serchog a wastad â gwên ar ei wyneb.'

'A Richie Rees.'

Richie Rees. Ffurfiodd gwefusau Dafina'r geiriau. Llyncodd a dweud 'Richie Rees' yn uchel ac yn bwyllog. 'Reesh Cawl Pysh?'

'Ie.'

'Faint yw ei oed e?'

'Wel, mae e wedi bod yn dysgu yn yr ysgol uwchradd ers pum mlynedd ar hugen o leia, yn dyw e?' Cipedrychodd Bron ar ei ffrind, ond heb gyfaddef ei bod hithau wedi gofyn yr un cwestiwn. 'Dyw e ddim mor ifanc â hynny.'

'Pedwar deg wyth?'

'O leia.'

'A! Dwi'n gwbod.' Disgynnodd dwrn Dafina ar y ford. 'T'ise iddo fe dy gynghori di sut i gynnig am goleg, yn dwyt?'

'Nadw ddim!' Llithrodd y bag moron drwy ddwylo Bron a chlecian ar y cownter. 'Nadw ddim!' protestiodd. 'A phaid ti meiddio dweud gair wrtho fe 'mod i'n meddwl am wneud.'

'Ti ise toi boi 'te?'

'Pam? Ti'n jelys?'

'Hy!' Ochneidiodd Dafina a sobri. ''Sen i'n dod i'r cinio, wir i ti,' meddai. 'Ond dwi a Dei wedi addo mynd at Elfyn achos mae pen-blwydd yr un fach. Ond gei di arian.'

'Dwi ddim ishe arian!'

'Wrth gwrs dy ...'

'Dim o gwbl!'

'Ie, ond 'drycha ...'

'Dafina! Fe dafla i ti ma's.'

'Waw! Tria hi.' Chwarddodd Dafina. 'Dwyt ti ddim wedi gofyn i Moss 'te?'

'Na.' Gwywodd gwên Bron. 'Na,' cyfaddefodd. 'Ti'n meddwl dylwn i?'

'Ti'n meddwl daethe fe?'

'Na.'

'Wel, 'na ni 'te,' meddai Dafina, a siglo'n ôl yn ei chadair. 'O'dd Sal ar y ffôn gynnau fach. O'dd hi wedi gweld ei gyfnither e, Dilys Waunbêr, yn Tesco's. Mae honno fel rhyw din iâr. Yn llawn ffys a "Shwd y'ch chi'n dod i ben, Sali fach?" mewn llais posh. Mae'i gŵr hi'n perthyn i Ben Bastad, t'weld. Mae Dilys yn meddwl bod cerrynt trydan yn dod allan o'r iPod ac yn effeithio ar frêns Moss. Mae hi ise iddo fe fynd am sgan. Fel dwedodd Sal, ti'n gallu gwrando ar fiwsig, pan fyddi di'n cael MRI sgan. Mi fydde Moss wrth ei fodd. Cwtsh bach clòs a'r miwsig yn lapio amdano fe. Neis.' Lapiodd Dafina'i breichiau amdani'i hun. Gadawodd i goesau'r gadair glecian i'r llawr, a phwysodd ei phen ar y ford.

O'r fan'ny fe wyliodd hi Bron yn tynnu'r moron o'u bag, yn eu sychu a'u rhoi i anadlu ar y cownter.

Ffysan fu Bron drwy'r prynhawn. Ar ôl te fe aeth i dwtio'r stafell fwyta a gosod y ford ar gyfer drannoeth. Ei thad oedd wedi prynu'r 'set of dining room furniture' yn anrheg, ac er bod y ford mahogani, y seidbord a'r cadeiriau yn rhy fawr a thrwm i stafell fwyta 5, Stryd y

Marian, allai Bron ddim meddwl am eu gwerthu. Roedd llun ei thad a Tref ar y seidbord a hithau yn y canol – fel 'cwmwl niwclear' chwedl Dylan – yn ei ffrog briodas. Golwg wedi rhewi ar Tref, a Dad yn gwenu'n ddewr.

Rhoi llechi ar ben garej Dr Corfield oedd ei thad, pan ddwedodd hi wrtho ei bod am roi'r gorau i'w chwrs coleg. Roedd hi wedi mynd i chwilio amdano amser cinio, a'i weld o bell yn bwyta'i docyn yn ei fan. Cofiodd e'n codi'i ben, y frechdan yn crynu yn ei law a'r llaw'n glanio ar ymyl y bocs bwyd. Agorodd Bron ddrws y teithiwr, a disgyn yn ei ymyl, y gwres yn byrlymu o'i chroen. Cododd niwl dros y ffenest flaen ac ynysu'r ddau. Roedd Dad wedi gwrando arni'n dweud ei bod am briodi Tref a'i briodi'n fuan, ac yna, heb edliw'r siom i'w ddiweddar fam, petai hi'n gwybod bod ei hunig blentyn wedi gwrthod y cyfle i gael addysg, na'i siom ei hunan, fe ofynnodd, 'Ti'n siŵr?' Dyna'r cyfan: 'Ti'n siŵr?'

Mi oedd hi, wrth gwrs. Yn ifanc ac yn siŵr.

Tinciodd ei ffôn symudol, a'i llusgo'n ôl i'w phresennol canol-oed. Roedd hi wedi gadael y ffôn ar ei gwely, ac erbyn iddi gyrraedd ato roedd ei gân wedi tewi. Gwasgodd fotwm a chlywed llais sionc Jo, rheolwraig siop yr hosbis. 'I've just had a call to say there's a bag on the doorstep. I'm on my way south, so if it's convenient, can you check it out, Bron bach? Thanks. I know it's a nuisance. People, eh?'

Roedd siop yr hosbis yn cau am ddau o'r gloch ar brynhawn Sadwrn, a neges mewn print mawr ar y drws yn rhybuddio pawb rhag gadael sachau ar garreg y drws. Yn ymyl y geiriau roedd llun gwylan â'i phig mewn sach, er nad ar y gwylanod roedd y bai am bigo fel arfer. Nid ar y gwylanod roedd y bai am fethu darllen chwaith. Ond dim ots. Roedd Bron yn falch o'r esgus i fynd allan.

Roedd hi'n noson braf, yr harbwr yn cysgu dan garthen o haul, a'r gwylanod yn dawel a swrth ar y reilins yn ymyl Caffi Carol. Ym mhen pella Stryd y Marian roedd Beti Minafon yn stryffaglio o'i char, allwedd yn ei cheg a bagiau llwythog ym mhob llaw. Gollyngodd y bagiau ar garreg ei drws a thynnu'r allwedd. 'Wedi gwario lot gormod o arian 'to,' sibrydodd, ac amneidio'n gyfrinachol i gyfeiriad y tŷ.

Aeth Bron yn ei blaen dan chwerthin. Dim iws i Beti sibrwd. Roedd ei bagiau swnllyd bradwrus eisoes wedi hysbysu'i gŵr fod ei chyfrif banc yn dipyn llai.

Trodd y gornel i'r Stryd Fawr. Roedd y stryd yn gwacáu'n sydyn fin nos, a chysgodion yn byseddu'r toeau. Byrlymai llafn o haul ar hyd y lôn fach rhwng y banc a'r arcêd, gan chwythu'i blwc ymhell cyn cyrraedd siop yr hosbis. Roedd y siop yn sgleinio ohoni'i hun, ta beth. 'Trysor y môr-ladron' oedd thema'r ffenest ers mis bellach. Nofiai môr-forwyn yn awchus drwy donnau tryloyw at gist oedd yn gorlifo o fwclis a sgarffiau amryliw. Hedfanai dau barot uwchben a dringai mwncïod drygionus dros balmwydd lliwgar.

Wrth i Bron nesáu, gwelodd ddau wyneb yn gwenu arni rhwng brigau'r palmwydd. Safai gwraig ifanc a'i phlentyn ar y palmant. Roedd bys y ferch fach ar y ffenest a braich ei mam amdani. Trodd y fam at Bron.

'Yn dyw'r arddangosfa yn y ffenest yn ddigon o ryfeddod?' meddai'n serchog.

'Ydy, mae.' Safodd Bron yn eu hymyl.

'Dwi'n methu cael Loti i symud o'ma, ydw i Loti?'

Ysgydwodd Loti'i phen a rhyfeddu at adlewyrchiad ei gwallt yn sglefrio dros y tonnau. Ysgydwodd ei phen eto.

'Jo, rheolwraig y siop, sy'n addurno'r ffenest,' eglurodd Bron. 'Mae hi wedi astudio celf. Roedd hi'n arfer bod yn gynllunydd setiau.'

'Waw!' meddai'r fam. 'Mae'n wych.'

'Mi ddweda i wrth Jo,' atebodd Bron â gwên. 'Dwi'n gweithio yn y siop bob prynhawn dy' Llun. Wedi dod draw i gasglu'r sach ydw i.' Dangosodd y sach blastig, ddu oedd yn gorwedd yn ddioglyd ar garreg y drws.

Chwipiodd gwallt Loti yn erbyn y ffenest. 'Sach drysor,' meddai mewn llais babi, gan syllu ar y sach â llygaid mawr. 'Sach drysor.'

'Gawn ni weld nawr,' meddai Bron.

A Loti'n hopian wrth ei phenelin, gafaelodd yn y sach a datod y cwlwm yn ei gwddw. Ar unwaith cododd rhyw arogl cyfarwydd sur-felys i'w thrwyn. Cyn iddi allu'i nabod, 'Pw!' meddai Loti a phlygu dros y sach. Estynnodd y plentyn ei llaw i mewn a'i thynnu'n ôl yn sydyn. 'O! Dim trysor,' wfftiodd, a rhwbio'i llaw ar ei chrys-T pinc.

'Dim i ti, Loti,' meddai'i mam yn frysiog, 'ond falle bydd rhywun arall yn hoffi be sy yn y sach.'

Falle, meddyliodd Bron. Dillad a chasetiau oedd ynddi. Fyddai neb yn debygol iawn o ddwyn dillad, ond roedd casetiau'n fater gwahanol, hyd yn oed yn oes y CDs a'r iPods. Ailglymodd geg y sach a'i chodi dros ei hysgwydd. Yna'n slei bach gwthiodd ei llaw i'w phoced a thynnu punt o'i phwrs. Smaliodd dynnu'r bunt o'r tu ôl i glust Loti.

'Trysor arbennig i ti,' meddai.

'A! Diolch, Siôn Corn,' meddai'r plentyn. Gwasgodd

y darn arian yn ei llaw a rhoi pwt bach drygionus i'r sach.

'Loti!' rhybuddiodd ei mam.

Chwarddodd Bron a ffarwelio'n gynnes â'r ddwy. Hedfanodd ei thraed am adre a'r sach yn canu tôn lon ar ei chefn. Dododd hi yn y sied ar waelod yr ardd a chloi'r drws arni.

Y noson honno breuddwydiodd Bron am Moss Morgan yn colli sachaid o dywod ar y lôn gefn. Deffrodd yn yr oriau mân a mynd at y ffenest, ond roedd y lôn yn dawel.

9.

Ganol y bore, tra oedd wrthi'n crafu tatws Sir Benfro, a'r cig oen yn tasgu yn y ffwrn, cipiwyd Bron yn ôl yn ddirybudd i'w dyddiau ysgol. Roedd hi'n fore oer ym mis Tachwedd a Moss Morgan, Dosbarth I, yn llusgo'n ddigwmni drwy'r gât yn ei siaced rhy fawr a'r bag ysgol boliog yn hongian ar ei ysgwydd. Hi, Bronwen Morris, Dosbarth VIA, oedd un o'r swyddogion ar ddyletswydd, ac roedd hi'n stampio'i thraed i gadw'n gynnes, pan glywodd gynnwys y bag yn rhaeadru ar lawr.

Stopiodd y fflyd plant oedd yn dylifo drwy'r gât a throi i lygadrythu'n watwarus ar Moss, oedd yn edrych fel petai'r byd ar ben, ac ar y blerwch o lyfrau a phensiliau wrth ei draed. Yng nghanol y pentwr roedd sgarff wau nefi blw yn gwingo fel peth byw.

Bron symudodd gynta. Bron gipiodd y sgarff a'i gwthio, ynghyd â phâr o fenig gwau, i waelod y bag lle roedd Moss wedi gwneud ei orau glas i drio'u cuddio. Hi ddwedodd y peth cynta ddaeth i'w phen. (Roedd protest arwyddion ffyrdd Cymdeithas yr Iaith wedi cael sylw ar y teledu'r noson cynt.) 'Hei, Moss. Be ti'n wneud? Protestio yn erbyn gwaith cartre?' 'Ieeee!' Daeth si cefnogol a chwerthin o'r dyrfa blant. 'Moss yw'r bòs,' gwaeddodd rhywun, ac fe sgubwyd Moss i ffwrdd yn un o'r criw.

Druan â'r hen Moss, meddyliodd Bron. Roedd ei fam yn orofalus, a'i syniadau hen ffasiwn wedi'i droi'n destun sbort. Dim rhyfedd ei fod e wedi cymryd amser i setlo yn yr ysgol. Ond mi wnaeth setlo, yn do? Taflodd Bron daten i'r sosban, a llenwi'r sosban â dŵr.

Am bum munud ar hugain wedi deuddeg tynnodd Bron y cig o'r ffwrn a brysio i'r llofft i newid i'w ffrog lwydfrown â'r sbrigau o flodau mân, gwyn. Newydd dynnu'r ffrog dros ei phen oedd hi pan ffoniodd Daf i ddymuno'n dda ac i ganu 'My Boy Lollipop' yn ei chlust.

'Be yw'r sŵn 'na?' gwaeddodd Daf, ar ôl clywed siffrwd y ffrog dros ei chluniau.

'Dwi ar hanner gwisgo.'

'Be? *Negligée*?'

'Beth arall?'

'Yn hollol. Fydd dim ise dim byd arall arnat ti. Ti'n mynd i adael dy wallt i lawr?'

'Na.'

'O.'

Ar y pryd roedd ei gwallt yn llifo'n beraroglus dros ei hysgwyddau. Roedd e'n dal yn frown dail-yr-hydref â dim ond ychydig o flew gwyn. Wedi i Dafina fynd, fe gydiodd ynddo a'i droi'n fynen. Aeth i'r bathrwm i dynnu gwlanen dros ei hwyneb coch, i olchi arogl tatws oddi ar ei dwylo ac i roi mymryn o bersawr ar ei gwddw. Mel, partner Dylan, oedd wedi rhoi'r persawr iddi ar ei phen-blwydd. Magnifique oedd ei enw, ac roedd Bron wedi synnu at ei bris.

Anelu am dop y stâr roedd hi pan glywodd sŵn traed. Doedd hi ddim yn un o'r gloch eto. Cipedrychodd drwy ffenest y stydi a gweld pedwar dyn yn dod tuag ati. Daliodd ei gwynt a chymryd arni mai dieithriaid oedden nhw, cymryd arni y gallai sefyll yn ei hunfan a gwrthod ateb y drws.

Symudai'r pedwar yn un clwstwr, a'r haul yn neidio oddi ar dri phâr o sgidiau lledr. Henry Otley oedd yr unig un mewn dillad hamdden. Dyn bychan oedd e, ychydig dros bum troedfedd o daldra, mewn siwmper wau â phatrwm o streipiau glas a gwyrdd tywyll ar ei thraws. Richie Rees oedd ar flaen y gad, yn parablu'n ddi-baid. Roedd Richie wedi dechrau siarad gormod ers i'w fam symud i gartref gofal, a rhai'n awgrymu mai ar y pop roedd y bai. Gwenai Ieuan James yn amddiffynnol, yn esgus gwrando, a gwenai Henry mewn gobaith. Y tu ôl i Henry llusgai Emlyn, ei wyneb yn ddifynegiant a'i law dde dan labed ei siaced. Heb yn wybod i neb ond Emlyn ei hun, roedd y llaw honno'n gafael yn dynn mewn amlen.

O un i un fe ddiflannon nhw o olwg Bron. Clywodd bystylad eu traed a theimlo'r cyffro ar baen y ffenest. Ochneidiodd a brysio i'r landin. Tonnai cysgodion dros ffenest afloyw'r drws ffrynt a thros garped y pasej. Ar ei ffordd i lawr tuag atyn nhw, clywodd sŵn sibrwd, a rhywun – Richie, mae'n debyg – yn carthu'i lwnc. Yna galwad daer y gloch a'r llwch yn dirgrynu'n ronynnau aur.

Teimlodd gigl o nerfusrwydd yn codi o wadnau'i thraed, ac yna rywsut fe drodd i mewn i'w mam-gu, a gwichian ei sandalau ar y llawr yn adlais o wichiadau staes. Roedd hi'n hen ac ifanc a chanol oed yr un pryd. Agorodd y drws led y pen, a gweld llaw Richie'n codi uwch ei phen a photel o win yn disgleirio'n gochlyd.

'Bronwen!' Gwthiodd Richie'r botel i'w breichiau drwy dawch o *aftershave*.

'O, Richie, doedd dim ...'

'Sh, nawr!' Gwasgodd ei llaw a wincio.

'Diolch am ddod,' meddai, a'r gwaed yn pympio yn ei bochau. 'Mewn fan hyn y'n ni.' Dangosodd y stafell fwyta i'r dde o'r drws. 'Os licech chi wneud eich hunain yn gyffyrddus, fydda i ddim chwincad. Dewch â'ch cotiau.'

Dwy anorac yn unig, gan fod Emlyn mewn siwt. Gadawodd y botel ar gwpwrdd y cyntedd, mynd â'r ddwy anorac i'r stafell fyw, a'u rhoi ar gefn y gadair. Pan gyrhaeddodd hi'n ôl atyn nhw, doedd yr un o'r pedwar wedi symud cam. Safai pawb fel delwau a'u hwynebau at y drws ffrynt agored.

'Mae ...' Tawodd Bron, gan fod Richie wedi gwasgu'i fys ar ei wefus.

Roedd rhywun yn cripian ar hyd Stryd y Marian. Llithrodd cysgod dros ffenest y stafell fwyta a chrynu ar y nenfwd. Sleifiodd dros drothwy'r drws.

'A!' Sgrechiodd Dafina. Agorodd ei llygaid mewn braw wrth weld pum wyneb mud yn syllu arni. Gwasgodd ei llaw dros ei chalon. 'O, fe roesoch chi sioc i fi, yn sefyll fan'na mor dawel.'

Gwenodd Bron a theimlo'r tensiwn yn llacio yn ei hysgwyddau. Dyna wers i Daf i beidio â busnesa.

'Mae Dafina'n mynd i barti pen-blwydd ei hwyres,' meddai Bron. 'Oni bai am hynny mi fyddai hi yma gyda ni.'

'Byddwn,' meddai Daf yn gadarn. Sniffiodd yn ddwfn. 'Mmm. Chi'n mynd i gael gwledd, yn dy'ch chi?'

'Dim ond cinio dydd Sul cyffredin yw e,' meddai Bron yn frysiog, ond ar anogaeth Dafina roedd ei phedwar gwestai wedi troi tuag at y gegin, ac yn amsugno'r hen aroglau cysurus, cyfarwydd, cyfoethog. Prin y clywodd neb wichiad Daf, 'Bon appétit i chi i gyd.' Caewyd y drws a dylifodd y pedwar dyn fel pedair dafad swci i'r stafell fwyta nes dod i stop wrth y ford, lle roedd pum set o gyllyll a ffyrc, a phum napcyn.

'Rwyt ti'n bwyta gyda ni, yn dwyt ti?' gofynnodd Richie gan droi'n sydyn at Bron.

'Ydw.'

Ysbaid o dawelwch a phedwar pâr o lygaid yn ei gwylio.

'Ydw, ydw,' meddai Bron, a dangos y pum set o gyllyll a ffyrc.

'Pan glywon ni'r sŵn traed tu fa's, o'n ni'n meddwl mai Moss o'dd 'na, t'weld.' Roedd Richie'n dal i'w llygadu.

'Wnes i ddim gwahodd Moss,' meddai Bron.

'Na?'

'Na. Dwi ddim wedi siarad ag e o gwbl,' mynnodd Bron, a chlywed si o ryddhad yn ei chlust.

''Sdim posib siarad ag e o achos y miwsig, ta beth,' meddai Ieuan yn llednais. Sglefriodd y geiriau o'i geg a sglefriodd yr haul dros ei fochau sgleiniog, a thros graith y cap baseball ar ei dalcen. ''Se Magi'n gwbod ei fod e wedi gadael Gwynfa, be wede h...?' Gwywodd y cwestiwn ar ei wefus, a ffromodd y trydanwr o dan ei wên, wrth i Bron droi ar ei sawdl a ffoi am y gegin.

Newydd sylweddoli beth oedd yr arogl yn y sach ddu o siop yr hosbis roedd Bron. Arogl Magi Morgan oedd e, y cymysgedd o sebon lafant a mothballs a dreiddiai o'i dillad capel. Dim rhyfedd ei bod hi wedi breuddwydio am Moss. Dim rhyfedd o gwbl. Safodd yn y drws cefn i gael ei gwynt ati.

'Bron?'

'Ie?' Neidiodd wrth i law Richie ddisgyn ar ei hysgwydd.

'Sorri, cariad,' meddai Richie. 'O'n i ddim yn meddwl rhoi braw i ti. Oes gen ti gorcsgriw?'

'Oes.' Sadiodd, a throi'n ôl am y gegin. 'Mae e yn nrôr y seidbord yn y stafell fwyta. Mae'r gwydrau yn y seidbord hefyd.'

'Iawn.' Tynnodd Richie ei sbectol niwlog a blincio. 'T'ishe help?'

'Na.'

'Wyt!' Disgynnodd llygaid Richie ar y cig. 'Alli di ddim gwneud popeth dy hunan. Fe dorra i hwnna i ti nawr.' Torchodd lewys ei grys a gafael mewn cyllell.

'Richie!' gwichiodd Bron. Er gwaetha'r gwallt brown oedd yn dechrau britho, y sbectol ymyl ddu, y crys glas ag ôl smwddio a'r trywsus siwt, edrychai Richie fel bachgen ysgol afrosgo a di-glem. 'Gad i fi wneud hynna,' meddai a chydio yn ei arddwrn. 'Dwi wedi hen arfer ar y ffarm. Ond dwi ddim wedi arfer â gwin, felly cer di i edrych am wydrau. Sycha nhw â hwn.' Tynnodd glwtyn llestri o'r drôr a'i roi yn ei law.

'Ai.ai, capten.' Saliwtiodd a throi ar ei sawdl.

'Fe gaea i'r drws ar dy ôl di o achos y stêm.'

Chwyrlïodd y stêm a'i dilyn ar draws y gegin. Achubodd Bron y tatws a'r moron cyn iddyn nhw orferwi, dododd y pys a'r ffa mewn dŵr berwedig, a rhoi'r blodfresych-mewn-caws i aildwymo yn y meicrodon. Torrodd y cig yn dafelli sgleiniog, taclus a rhoi ffoil drostyn nhw. Didolodd y llysiau i'r bowlenni gorau, y rhai gwyn siâp petalau blodyn, a'u rhoi yn y ffwrn i gadw'n dwym. Gwibiodd gwenynen i mewn drwy'r drws, hedfan drwy'r stêm a dianc eto gan daflu'i chysgod chwyddedig ar y wal.

Pan agorodd hi'r drws i'r cyntedd o'r diwedd, doedd dim smic i'w glywed. Arhosodd nes gweld cysgod yn ymestyn o'r stafell fwyta, a hwnnw'n symud. O leia doedden nhw ddim wedi dianc. Trodd yn ei hôl, gafael yn y platiau cynnes a'u cario at y ford.

Roedden nhw'n eistedd gyferbyn â'i gilydd, Richie ac Ieuan a'u cefnau at y seidbord, a Henry ac Emlyn a'u cefnau at y ffenest oedd yn dechrau niwlo. Ei lle hi oedd ar ben y ford, nesa at y drws. Cyn iddi osod y platiau ar y ford, roedd Richie wedi codi.

'Fe wna i gario ...'

'Na, na. 'Sdim ishe.' Llwyddodd i'w berswadio i aileistedd. 'Dwi'n mynd i nôl y bowlenni a bydda i ishe i chi ddechrau helpu'ch hunain ar unwaith cyn i'r bwyd oeri. Plis!' Brysiodd i nôl y plât cig. Tewychodd y niwl, ac aeth i agor y ffenest dop y mymryn lleia. Roedd Tref wastad yn gyndyn i agor y ffenestri ffrynt, rhag ofn i'w eiriau hedfan drwy'r agen a disgyn ar glustiau dieithriaid. Cawsai ei eni a'i fagu ar fferm Pantygwiail, a'i hoff le yn y tŷ yn Stryd y Marian oedd y gegin, lle roedd gardd gyfan i'w gysgodi rhag pobl yn mynd a dod.

'Wel, y bois bach,' meddai Richie, wrth weld y bowlenni'n llenwi'r ford. 'Wel, y bois bach, bach. Ti wedi mynd i drafferth, Bron.' Tynnodd ei sbectol a'i rhwbio.

Disgleiriodd pedwar wyneb drwy'r stêm. Roedd Bron wedi arfer bwydo dynion gwydn a lyncai'u bwyd mor ddi-hid ag ieir, ond roedd y rhain yn flodau yn ymestyn at yr haul. Bosib iawn ei bod wedi gwneud cymwynas wedi'r cyfan. Cymerodd ei lle wrth y bwrdd. Ar unwaith nodiodd Richie a wincio. Codwyd pedwar gwydr.

'I Bron Jenkins,' meddai Richie. 'Cogyddes o fri.'

'I Bron Jenkins.' Llyncwyd cegaid o win.

'Wel, i chi mae'r diolch,' meddai Bron.

'Twt.' Cododd Richie ei fys i'w thawelu, ac estyn y tatws iddi. Roedd platiau'r dynion yn llwythog.

'Bytwch,' meddai wrthyn nhw. 'Plis.'

'Wel ...' Roedd y gwin wedi'i yfed ers tro. Cododd Richie ei wydraid o ddiod llugaeron. 'I'r anffodusion gollodd wledd.'

'I'r anffodusion,' adleisiodd y lleill.

Pesychodd Emlyn. Er syndod iddo, roedd e wedi mwynhau'r bwyd. Teimlai'n feddal, yn hiraethus ac yn obeithiol yr un pryd. Gwasgodd ei law yn erbyn ei siaced a theimlo'r llythyr yn y boced fewnol yn gorwedd yn esmwyth dros ei galon. Doedd e ddim wedi'i ateb eto. Ers wythnos a hanner roedd y cinio wedi hofran yn gwmwl myglyd uwch ei ben. Un fel'na oedd e, yn gwneud môr a mynydd heb eisiau, a neb ddim callach. Fe sgrifennai fory. Ochneidiodd.

'Ti'n iawn, Em?' meddai Richie.

'Ydw,' meddai'n amddiffynnol.

'Digon o le 'da ti i bwdin?'

Roedd Bron wedi dod â dwy darten i'r ford, un afal ac un fafon. Gorweddai'r sudd mafon yn haenen falmaidd ar grwst brau.

'Nawr 'te,' meddai Bron. 'Beth mae pawb ishe?'

Mafon. Mafon. Mafon. Mafon. Unwaith eto disgynnodd tawelwch dros y ford. Doedden nhw wedi siarad fawr ddim ers dechrau'r pryd, dim ond canmol y bwyd rhwng estyn bowlenni. Cafodd pawb sleisen o darten afal yn ogystal, un fach yn achos Emlyn. Tybiai, wrth godi'r ffrwyth euraid, tryloyw ar ei lwy, y gallai sôn am y pryd hwn wrth Paule. Digon posib fod ei fam wedi gwneud tarten 'fale iddi, er na allai yn ei fyw gofio, chwaith.

Dros baned o de, dechreuodd y sgwrs lifo. Moss Moss Moss. Roedd Moss fel rhes o gerrig ar draws afon. Allen nhw ddim cyrraedd yr ochr draw heb yn gyntaf fynd i'r afael ag e.

'Blwyddyn yn hŷn na fi yw Moss,' meddai Richie. 'Oedd e'n dod i'r Ysgol Sul, yn doedd e, Em? Wel, ti'n ei gofio fe hefyd, yn dwyt ti, Bron?'

'Ydw. Dwi'n ei gofio fe'n dod gyda'i fam.' Estynnodd Bron blataid o After Eights.

'O'dd e'n dod i'r capel yn selog hefyd nes i'w dad farw. Debyg bod marwolaeth Stan wedi'i fwrw'n galed.'

Snwffiodd Ieuan yn ddirmygus. Crychodd ei drwyn, tra daliai'i wên i arnofio'n gwch bach ysgafn rhwng tonnau disglair ei fochau. 'Debycach mai Stan ei hunan oedd yn ei fwrw e'n galed, ac mai mynd i'r capel i ddianc oddi wrth ei dad oedd e. Un garw oedd Stan Morgan.' Roedd Sam wedi gweld bai annheg ar waith Ieuan pan oedd e'n brentis trydanwr, ac wedi'i alw'n ddiawl twp o flaen criw o gwsmeriaid yn siop Jewson's. Doedd Ieuan ddim wedi anghofio.

'Roedd cwch pysgota 'da fe,' eglurodd Richie wrth Henry, yr unig un o'r cwmni nad oedd wedi'i eni yn yr ardal. 'Cyn hynny roedd e yn y Merchant Navy. Oedd tipyn o oed arno pan gafodd Moss ei eni.'

Cliciodd y geiriau'n araf i'w lle. Dysgwr oedd Henry. 'Druan bach,' meddai o'r diwedd. Bwriadai ychwanegu ei fod wedi cyfarch Moss fwy nag unwaith wrth gerdded dros y graig, ond cyn iddo allu trefnu'r brawddegau, fe siaradodd Ieuan.

'Pwy yw'r truan bach? Moss neu Stan?' gofynnodd, a'r geiriau'n syrffio dros ei dafod.

'Wel, Moss nawr,' atebodd Henry'n addfwyn.

'Moss erioed,' meddai Ieuan, a chymryd After Eight arall.

'Roedd tad-cu Moss yn gapten llong,' meddai Richie. 'Capten Seth Morgan. Roedd 'da fe long yn cario blawd i Aberteifi, ac roedd ei dad e, Humphrey, yn gapten ar long fwy fyth. Hwyliodd honno dros y byd. Humphrey Morgan gododd y tŷ mawr, Heli-gân, yr ochr draw i'r ysgol. Yr enw yn ei amser e oedd ...' Cliciodd ei fysedd.

'Forward,' meddai Bron.

'Forward!' adleisiodd Richie a chodi'i fawd arni. 'Os darllenwch chi lyfr Joe Williams, mae'r hanes i gyd fan'ny. Joe Williams's book, Henry. Do you know it?'

'Ie,' meddai Henry, a oedd wedi gweithio'i ffordd drwy bob cyfrol yn adran hanes lleol llyfrgell y dref, ac wedi cwrdd ag Ieuan wrth y silffoedd fwy nag unwaith. Tîm rygbi Cymru oedd prif obsesiwn Ieuan, ond pan nad oedd llyfrau rygbi ar gael, fe borai mewn llyfrau hanes o bob math.

'Disgwyl i Henry sgrifennu llyfr ydw i,' meddai Richie'n llon. 'Goodness gracious me, yntefe?'

'Richie!' rhybuddiodd Bron a gwasgu'i droed dan y ford.

Naw mlynedd ynghynt roedd Henry Otley a'i ddiweddar wraig, Lily, wedi ymddeol o'u gwaith ym maes awyr Birmingham ac wedi dod i Aberberwan i chwilio am ddaioni. Credai Henry a Lily fod daioni'n bodoli yn y bydysawd fel cerrynt anweledig, a her fawr y ddynoliaeth oedd darganfod sut i'w switsio ymlaen. Daethai'r ddau i Aberberwan, nid am ei fod yn lle mwy rhinweddol na Birmingham, ond am ei fod yn dawelach. Ymhell o ru awyrennau, gobeithient allu synhwyro daioni a'i rwydo. Yn ystod eu hwythnos gyntaf yn y dref fe ddigwyddon nhw sôn am eu gobaith wrth eu cymdoges. Gan mai llysenw'r gymdoges honno oedd 'YouTube', aeth y stori ar led drwy'r dref. O fewn deuddydd roedd y ddau wedi'u bedyddio'n 'Goodies' ac yn destun sawl jôc. Yn eu diniweidrwydd wydden nhw mo hynny, ac wrth weld gwenau llydan ar wynebau'r trigolion, tystiodd y ddau wrth ffrindiau a theulu fod Aberberwan yn lle bach croesawgar tu hwnt.

Triodd Bron brocio troed Richie am yr eildro, ond roedd Richie wedi symud ei gadair, yn pwyso tuag yn ôl ac yn llacio coler ei grys llewys cwta. 'Henry?' meddai.

'Ie.'

'Be ti'n feddwl ddigwyddith pan ffeindi di ddaioni?'

Crychodd wyneb Henry.

Ailadroddodd Richie'r geiriau'n araf. Tynnodd ei sbectol a syllu'n fyrolwg ar y dyn bach. 'Ti'n meddwl bydd pobl yn falch? Byddi di'n falch, dwi'n gwbod, ond beth am bobl eraill? Bydd hi fel y melinau gwynt, yn bydd? Maen nhw i fod i achub yr amgylchfyd, ond does neb ishe nhw.'

'Na, achos maen nhw'n swnllyd,' meddai Ieuan.

'Dim ond os wyt ti'n mynnu gwrando.' Anadlodd Richie ar ei sbectol a'i glanhau â'i napcyn papur.

'Os yw'r sŵn yn rhuo yn dy glustie di ddydd a nos, alli di ddim help.'

'Come off it. Dy'n nhw ddim yn rhuo. Ta beth, be sy

'da ti yn erbyn sŵn? Mae 'na ddigon o ruo yn Stadiwm y Mileniwm.'

'Dim ond ar adege penodol.'

'Ie, ond meddylia.' Winciodd Richie'n gynllwyngar ar Henry. 'Mewn byd llawn daioni, pan fydd Sais yn baglu ar y cae rygbi, bydd raid i Warburton ddweud "O, mae'n ddrwg gen i, gyfaill," rhoi'r bêl yn ei law a'i gario dros y llinell gais.'

Snwffiodd Ieuan, a gwahodd y lleill i fwrw eu gwawd ar Richie. Gwenodd Henry'n ddiddeall.

'Na,' meddai Richie. 'Os bydd Henry'n darganfod daioni'r prynhawn 'ma, betia i ti y bydd Undeb Rygbi Cymru wedi dod ag *injunction* yn ei erbyn e erbyn nos. Yn y bôn 'sneb ishe daioni. Be ti'n ddweud, Bron?'

'Petaen ni'n llawn daioni,' meddai Bron, 'mi fydden ni'n gweld y byd mewn ffordd wahanol. Y'n ni'n methu dychmygu hynny nawr am ein bod ni fel y'n ni.'

'Mae Bronwen yn ei deall hi,' meddai Ieuan.

'Ieuan!' meddai Richie. 'Wnaet ti ddim para hanner awr mewn byd llawn daioni.'

'Pam?' O dan ei wên ffromodd Ieuan unwaith eto.

'Wel, 'drycha arnat ti. Ti'n edrych yn barod i roi bonclust i fi nawr. Petaen ni mewn tafarn ...'

'Ti sy'n gwbod am dafarne.'

'Fydde 'na dafarne mewn byd llawn daioni, Henry?' Trodd Richie ei sylw at y dyn bach.

Edrychodd Henry arno'n ddryslyd.

'Mae pawb yn y bôn ishe bod yn well nag y'n nhw,' meddai Bron.

'Na 'dyn,' meddai Richie. 'Maen nhw'n jyst ishe bod yn well na phawb arall. Ceffylau blaen. Ta beth.' Sythodd yn ei gadair a rhoi tap cyfeillgar i ysgwydd

Ieuan. 'Chi'n gwbod be y'n ni'n 'neud y funud 'ma, bois? Y'n ni'n cynnal Ysgol Sul. This is what we used to do in Sunday School, Henry. We used to discuss things. Richard Dawkins, bring it on! Be ti'n 'weud, Emlyn?'

Ystyriodd Emlyn, ac erbyn iddo orffen ystyried, roedd Richie'n siarad eto. Cwpanodd ei law dros ei boced a theimlo'i galon yn curo drwy lythyr Paule.

10.

Roedd hi bron yn saith ar Dafina'n cyrraedd adre. Daeth draw'n syth at Bron â photel o sieri yn ei llaw. Er i Bron brotestio, fe arllwysodd ddau wydraid go hael cyn cyrlio'n droednoeth ar y soffa.

'Wel?' gofynnodd. 'Pryd aethon nhw?'

'Tua thri.'

'Waw! Be wnaethoch chi am yr holl amser yna?'

'Siarad.'

'Ie?'

'Am bob math o bethe.'

'Pob math o bethe a dim byd yn y diwedd, ife? Siarad paent glaw fydde Mam yn galw peth fel'na. Siarad sy'n golchi i ffwrdd heb adael dim ôl.'

Chwarddodd Bron.

'Gest ti dy arian?'

'Do. Iych!' Tynnodd Bron wyneb. 'Dwi erioed wedi gofyn i neb dalu am gael bwyd yn tŷ ni o'r blaen.'

'A betia i ti dy fod ti wedi dweud wrthyn nhw am beidio boddran,' meddai Dafina.

'Do, ond pallon nhw wrando. A mynnodd Richie fod pawb yn talu £20. Dim ond £12 o'n i wedi gofyn.'

'Eitha reit hefyd.' Nodiodd Dafina'n fodlon. 'Wel, 'na ni 'te,' meddai. 'Mae hwnna drosodd 'to.' Pwysodd ei phen yn ôl.

Roedd Bron wedi gadael y drws cefn ar agor drwy'r prynhawn er mwyn i'r oglau bwyd gael dianc. Roedd y stêm wedi hen sychu a'r haul yn goreuro'r ffenestri. Hawdd iawn fyddai cyrlio fel Daf yn ei chadair, ond 'Daf,' meddai.

'Mmmmm?' suodd Daf.

'Casgles i sach o stepen drws siop yr hosbis ddoe.'

'Roc a rôl ddwywaith.'

'Moss oedd wedi'i gadael hi.'

'Moss?' Cododd pen Dafina fymryn.

'Wnes i ddim sylweddoli tan gynnau fach. Pryd 'ny wnes i nabod yr arogl.'

'Arogl?'

'Lafant a *mothballs*.'

'O!' Disgynnodd gwegil Dafina'n ôl ar y soffa. Gwthiodd ei llaw drwy'i gwallt a'i dynnu'n uchel uwch ei phen. 'O'n i'n meddwl am funud dy fod ti'n mynd i ddweud dy fod ti wedi arogli cregyn a gwymon a physgod wedi marw. Arogl Magi oedd e 'te?'

'Ie.'

'Mae e'n taflu'i dillad hi?'

'Ydy. A chasetiau.'

'Casetiau?' Gorweddodd Dafina'n hollol lonydd a'i llaw yn yr awyr. '*Jazz*?' gofynnodd o'r diwedd.

'Ie. Wel, fe weles i Duke Ellington.'

Trodd Dafina'i phen tuag ati. 'Pam bydde fe'n taflu casetiau?'

'Mae gyda fe iPod.'

'Oes, ond ...' Swingiodd Dafina'i choesau dros ymyl y soffa, codi ar ei heistedd ac estyn am ei sandalau. 'I don't like it. Be wnest ti â'r sach?'

'Mae hi yn y sied.'

'Ti'n fodlon i fi gael sbec?' Heb aros am ateb, anelodd Daf am y drws.

Dilynodd Bron hi i'r gegin a'i gwylio'n brasgamu i lawr llwybr yr ardd fel jac y lantar yn ei thrywsus melyn. Roedd dau ddyn ifanc mewn siwtiau rwber yn cerdded ar hyd y lôn. Trodd pennau'r ddau pan glywson nhw ddrws y sied yn agor, ond arhoson nhw ddim i weld Dafina'n dod yn ei hôl a'r casetiau'n clecian i gyfeiliant y gleiniau lliwgar oedd yn hongian am ei gwddw. Gollyngodd y sach ar y ford. Caeodd Bron y drws. Erbyn iddi droi roedd yr arogl lafant wedi llenwi'r gegin a Dafina'n dal casét yn ei llaw.

'Thelonious Monk,' meddai Dafina'n araf, gan boeri'r cytsain olaf dros ei gwefus. 'A 'drycha.' Trodd y casét tuag ati.

Sbeciodd Bron ar y pianydd serchog yn yr het ddu. Sbeciodd yntau'n ôl arni drwy'i sbectol gwdihŵ, ei ddwylo'n annaturiol o gam ar yr allweddau. 'Dwi'n gwbod dim byd am ...' dechreuodd.

'Na. Paid edrych arno fe. Edrych ar y sticer.' O flaen bys Dafina roedd sgwaryn bach gwyn ac arno ddau sgwigl du. 'J.J.'

'Jake Jackson?'

'Ie, ond os mai Jake roiodd hwn i Moss, pam mae Moss yn ei daflu e, y?'

Am ei fod e'n hen, meddyliodd Bron. Roedd llond basged o gasetiau tebyg yn siop yr hosbis, sawl un â chasyn wedi cracio a'i bapur wedi melynu, a sawl un yn gorffen ei oes yn y bin. 'Faint o amser sy ers i Jake farw?' gofynnodd

'Pymtheg mlynedd? Un ar bymtheg? Beth yw'r ots?' meddai Dafina'n ofidus. 'Y cwestiwn yw pam mae Moss yn taflu'r casetiau nawr, ac yn symud ma's yr un pryd? Ti'm yn meddwl bod hynna'n od? Ti'm yn meddwl?'

Plymiodd ei llaw 'nôl i'r sach a thynnu allan ffrog Crimplene werdd â broetsh coch ar y frest. Wedi'i bachu'n sownd wrth ei godre, roedd ffrog arall liw *beige* â diemwntiau bach brown. Sgubodd eu harogl dros Bron a'i chipio'n ôl i Gapel Rehoboth a Magi Morgan yn arwain Moss bach i'r festri, ei wallt yn codi'n don seimllyd ar ei ben, ei wyneb yn welw wyliadwrus a'i grys mor wyn â'r eira. Tisiodd, a chwalodd y llun. Hedfanodd y ddwy ffrog heibio'i thrwyn a glanio ar gefn cadair. Disgynnodd sgert bletiog nefi blw a blowsen wen yn bersawrus ar eu pennau.

Pesychodd Dafina a thynnu'i dwylo dros ei breichiau, fel petai'n torchi'i llewys, er nad oedd yna lewys i'w torchi. Gwisgai dop straplyd, blodeuog. Yn dawel a defodol fe estynnodd i'r sach a thynnu'r casetiau allan fesul un, tri ar ddeg ohonyn nhw, a'r neclis am ei gwddw'n canu cnul rhwng pob un. Dododd nhw i sefyll ar y ford fel rhes o gerrig beddau pitw bach: Thelonious Monk, Dizzie Gillespie, Charlie Parker, Billie Holiday, J. J. Johnson â chylch beiro am y J.J., Dave Brubeck, Duke Ellington ... Symudodd gwefusau Bron a blasu'r enwau anghyfarwydd. Syllodd i fyw llygaid disglair, deallus.

Suodd y sach wag i'r llawr. Lapiodd Dafina'i dwylo am fraich Bron.

'I don't like it,' mwmianodd gan lygadu'r casetiau. 'Cyw bach ei fam oedd Moss, a fuodd e erio'd yn canlyn, am wn i. Ar ôl gadael ysgol cha'th e ddim llawer o ffrindiau chwaith, heblaw Jake. Ti yn cofio Jake, yn dwyt?'

'Nadw,' cyfaddefodd Bron.

'Dim o gwbl?' Edrychodd Dafina arni'n syn. 'O, wrth

gwrs, o't ti ma's yn y stics. Biti. Byddet ti wedi'i lico fe. O'dd pawb yn lico Jake.' Llithrodd gwên fwythus dros ei hwyneb. 'Do'dd e ddim ... wel, do'dd e ddim yn pin-yp o bell ffordd. O'dd 'da fe wallt pert, cyrliog, du, ond o'dd ei wyneb e'n fain ac yn edrych fel 'tai e wedi llithro ychydig bach i un ochr wrth ddod allan o'r mowld. Do'dd e ddim yn salw chwaith, jyst ... tybed a oes llun ohono fe 'da Huw Harris? Hei!' Ysgydwodd fraich Bron. 'Gofyn iddo fe. Chi'n ffrindie ...'

'Na,' meddai Bron.

'Ie, cer mla'n! Licen i 'i weld e 'to.'

'Fydde hynny ddim yn deg i Moss,' protestiodd Bron.

Crychodd ceg Dafina. 'Na, falle dy fod ti'n iawn,' cyfaddefodd, ac ail-lapio'i braich. 'Falle dy fod ti'n iawn.' Ochneidiodd. 'Fydde llun ddim yn gallu dweud wrthot ti sut un oedd Jake, ta beth. O'dd e mor llon, t'weld, fel sioncyn y gwair, llawn cynllunie a hapus yn ei groen. Chwe mis fuodd e 'ma, ond fe gafodd e waith gan Sam am y chwe mis a 'na shwd cwrddodd e â Moss. Wedyn, off ag e i Southampton. Ise mynd i America, i New Orleans i ganol y *jazz*, oedd e yn y pen draw, ond ...' Torrodd ei llais. Sugnodd anadl wichlyd. 'Ond y peth nesa glywon ni, o'dd e wedi marw. Lorri wedi mynd ar ben palmant a'i wasgu yn erbyn wal. Sam Sheds ddwedodd wrth Moss. O'dd e'n dwlu ofan dweud, ond t'mbod be? Ddwedodd Moss ddim gair. Fe gynigiodd Sam iddo fe gael amser i ffwrdd o'r gwaith, ond chymerodd e ddim munud. Aeth e ddim i'r angladd chwaith. O'n nhw'n dweud bod Magi'n pallu gadael iddo fe, ond sa i'n gwbod a o'dd hynny'n wir. Falle mai gwrthod derbyn bod Jake wedi marw oedd e. O'dd Jake mor wahanol iddo fe, t'weld. Fel arian byw. Ti ddim yn disgwyl i rywun fel'na gael ei ddiffodd fel cannwyll, wyt ti?' Gollyngodd ei gafael ar Bron, ac estyn am ddarn o bapur cegin. Chwythodd ei thrwyn. 'Dwedon nhw fod Moss wedi cael carden oddi wrtho fe'r diwrnod ar ôl iddo fe farw. Wel, do'dd e ddim ...' Gwibiodd ei llygaid at y drws cefn.

'Sneb 'na,' meddai Bron.

'Weles i rywun.'

'Cysgod.'

'Ysbryd?'

'Nage,' ochneidiodd Bron. 'Y gwynt sy wedi dechrau codi a chwythu'r rhosys. 'Drycha.' Gwingodd y rhosys o flaen y ffenest a dawnsiodd eu cysgod deiliog dros y casetiau gan wneud i fochau chwyddo, i fysedd wibio ac i Ella Fitzgerald siglo'n chwareus.

'Maen nhw'n fyw,' sibrydodd Dafina. 'Maen nhw'n fyw!' Cododd ei breichiau a dechrau siglo'n araf. 'A falle fod Jake yn fyw yn rhywle. Ti'n meddwl? A Tref. A phawb. Dawnsiwch, bois bach. Canwch. Dawnsiwch.' Siglodd yn wylltach a gwylltach nes taro yn erbyn y ford a dymchwel y casetiau. 'O, be ddiawl sy arna i?' Taflodd ei dwylo dros ei hwyneb. 'Edrych,' igiodd. 'Edrych ar y casét *J is for Jazz*.'

Edrychodd Bron. Roedd rhywun wedi ychwanegu'r llythrennau 'ake' at y J.

'Pam fydde Moss yn taflu hwnna?' llefodd Dafina drwy'i bysedd.

'Falle achos bod blwyddyn wedi mynd heibio ers i Magi farw,' meddai Bron yn ddiamynedd. Roedd Daf yn swnio'n feddw, er doedd hi ddim ond wedi cael llymaid o sieri. 'A falle fod Moss yn barod erbyn hyn i gael gwared ar rai o ddillad ei fam. A falle'i fod e'n teimlo mai dyma'r amser i gael gwared ar rai o bethe Jake hefyd.'

'Ond pam symud ma's o'r tŷ?' cwafriodd Dafina.

'Ti'n cofio Gwyn a Dyl yn symud dillad Tref?' meddai Bron. 'Fe halon nhw fi i ffwrdd i Hendy-gwyn at fy nghyfnither am y dydd. Does gan Moss neb i glirio drosto fe, felly falle mai dyna sut mae e'n cadw ma's o'r ffordd. Falle'i fod e'n golygu clirio o dipyn i beth ac wedyn mynd 'nôl.'

Disgynnodd breichiau Dafina. 'Ti'n glyfar, dwyt?' sniffiodd, gan lygadu Bron a blincio dagrau o'i haeliau. 'Lwcus nad wyt ti'n hen het fel fi.'

'Daf...'

'Dwi'n het!' mynnodd a dechrau stwffio'r dillad yn ôl i'r sach. Sgubodd y casetiau i mewn ar eu pennau a chlymu'r gwddw'n dynn. Allan â hi i'r sied ar ras. Brysiodd yn ei hôl â'i gwynt yn ei dwrn a mynd i olchi'i dwylo wrth y sinc. 'Fe alwon ni gyda Sal ar y ffordd adre,' meddai mewn llais bach. 'Mae honno fel het hefyd. 'Na pam dwi jyst â drysu.'

'Cer i iste lawr,' meddai Bron. 'Fe ddo i â rhywbeth i ti fwyta.'

'Dim gormod,' crawciodd Dafina.

'Ocê.'

Dododd Bron ddarnau o gaws ac ychydig o fisgedi ar y ddysgl arian siâp meillionen ddefnyddiodd hi ar gyfer yr After Eights, a dilyn Dafina i'r stafell fyw.

'O ble daeth y ddysgl 'na?' cwynodd Dafina a disgyn i ddyfnder y soffa. 'Pam nad wyt ti erioed wedi'i dangos hi i fi? Ti'n meddwl 'mod i ddim yn ddigon posh, yn dwyt ti, yr ast â ti? Wel, meddylia eto. Bod yn posh yw fy uchelgais i ers pan o'n i'n ddeuddeg oed.'

'Deuddeg?' meddai Bron, gan setlo yn ei chadair ac

ymestyn ei choesau. Cymerodd ddiferyn bach o'r sieri, a gadael i Dafina rwdlan.

'Deuddeg oed o'n i, pan stopiodd Jag o flaen ein tŷ cownsil ni,' meddai Dafina o dan gysgod ei braich, 'a daeth menyw allan yn bling i gyd. O'n i ddim yn ei nabod hi, ond dwi'n cofio Mam yn mynd i fflap ac yn gweiddi, "O, Sandra!" mewn llais gwichlyd fel 'tai'n tagu. A daeth y Sandra 'ma a'i gŵr i mewn, a fe siaradodd Mam â nhw am gwpwl o funude fel 'tai hi'n siarad â'r frenhines, ac ar ôl i Sandra fynd, gofynnes i pwy oedd honna 'te? "O, honna oedd fy ffrind gore yn yr ysgol," medde Mam. "Y? Ffrind gore," ddwedes i. "Ie, fe briododd hi berchennog siop ddillad," medde Mam. "Ma' gyda nhw lot o arian." Felly o'n i ise bod yn Sandra ac edrych lawr y 'nhrwyn ar bobl fel ti, ocê?'

'Ocê.'

'Ac yn dal ise gwneud.' Sbeciodd Dafina arni ac ymbalfalu am ei gwydr. Cododd y gwydr yn uchel i'r awyr. 'I snobyddgarwch Dafina, gan obeithio y bydd gyda hi reswm dros fod yn snob cyn hir. Wel, fe fydda i'n fam i berchennog Palu Mlaen, yn bydda i?'

'Palu Mlaen!' meddai Bron, a chodi'i gwydr yn sionc. 'Palwn 'mlaen!' Wedi i'r ddiod lifo'n wresog i lawr ei gwddw, sylwodd fod Dafina'n syllu arni.

'A nawr 'te,' suodd Dafina'n felys, hudolus. 'Dwed yn union wrtha i be oedd pwrpas y cinio 'na heddi. Dwed y gwir wrtha i, Bronwen Jenkins.'

11.

Ddwedodd Bron mo'r gwir. Roedd ganddi hawl i'w chyfrinachau. Fel Moss. Teimlai'n amddiffynnol tuag at Moss wrth iddi gerdded i siop yr hosbis fore drannoeth, y sach yn un llaw a phecyn taclus o dan y gesail arall. Gŵn gwisgo Tref oedd yn y pecyn. Doedd hi ddim yn mynd i roi honno i'r siop. Emlyn oedd wedi sôn y diwrnod cynt fod Wil Parry'n disgwyl mynd i'r ysbyty ac angen un newydd, gan ei fod wedi rhwygo llawes ei hen un ar y sbeic a ddefnyddiai i ddal ei dorth yn ei lle.

Doedd Bron erioed wedi siarad â Wil go iawn, nes iddo fynd i'r ysbyty yn dilyn ei strôc. Roedd Tref yno am driniaeth ar y pryd a'r ddau wedi cwrdd mewn stafell aros rhwng dwy ward. Roedd gan Wil ddigon o synnwyr i sylweddoli bod Tref mewn gwaeth cyflwr nag e, ac felly roedd e wedi gwneud ymdrech lew i fod yn serchog yn ei ffordd ei hunan. Fel canlyniad doedd Bron erioed wedi teimlo min ei dafod. Gallai Emlyn fod wedi'i goleuo'r diwrnod cynt. Gallai fod wedi egluro mai rhwygo'r llawes wrth drio stwffio'r gŵn i'r peiriant golchi mewn tymer wyllt wnaeth Wil. Ond ddwedodd e 'run gair.

Roedd llond llaw o gwsmeriaid yn siop yr hosbis. Sleifiodd Bron rhyngddyn nhw a'r rheiliau dillad, a gadael y sach ger y cownter.

'Casgles i hon bnawn Sadwrn,' meddai wrth Liz oedd wrth y til. 'Ces i neges gan Jo.'

'Mae Jo yn y cefn,' meddai Liz a tharo'i bys ar ei thrwyn.

Roedd hi'n ddiwrnod newid yr arddangosfa yn y ffenest, a Doris y dymi eisoes wedi diosg ei chynffon fôrforwynol, ond heb eto gael dillad newydd. Doedd Jo byth yn datgelu'i thema tan y funud ola, er mwyn rhoi syrpréis i'r staff yn ogystal â'r gynulleidfa ehangach. Ers blwyddyn a mwy roedd ei hymdrechion yn destun blog.

'Edrych mla'n,' meddai Bron. 'Wela i di am un.'

Gadawodd y siop â gwên ar ei hwyneb. Wrth wylio'r wên yn sglefrio ar hyd ffenestri'r Stryd Fawr, meddyliodd am ddisgrifiad Dafina o Jake Jackson. 'Hapus yn ei groen.' Yn ystod misoedd olaf afiechyd Tref, a'r wythnosau cyntaf ar ôl ei golli, doedd hi ddim wedi teimlo ei bod hi'n perthyn i'w chroen, heb sôn am fod yn hapus. Teimlai fel y ceffyl metel oedd ganddi ar floc pren y tu ôl i'r drws ffrynt. O'r pellter edrychai fel ceffyl cadarn, boliog, ond roedd ei gefn a'i gylla'n wag. Erbyn hyn roedd pethau wedi gwella, er eu bod ymhell o fod yn iawn. Pan welodd hi syrjeri Huw'r fet o'i blaen, fe ddihangodd i lawr yr ale y tu cefn i siop y bwtsiwr, a gweu ei ffordd rhwng dwy res o finiau nes troi am Lôn Ropos a drws Wil Parry.

Safodd o flaen y drws â'i gwynt yn ei dwrn, canu'r gloch, ac edrych am symudiad y llenni les. Roedd Emlyn wedi rhoi cymaint â hynny o gyfarwyddyd iddi. Ar ôl munud o aros, sylwodd fod cysgod y tu ôl i'r llenni a niwl yn codi dros y ffenest. Llithrodd bys drwy'r niwl a phwyntio at y drws ffrynt.

Camddeallodd Bron, a gwasgu'r handlen. Roedd hi'n rhoi hwp i'r drws, pan lusgwyd e ar agor. Disgynnodd y pecyn o dan ei chesail a glanio ar y stepen. Trawodd hithau'i hysgwydd yn erbyn y wal.

'W!' crawciodd. 'Sorri.' Safai Wil yn y bwlch o'i blaen, ei wyneb yn llyffantaidd o dan ei gap pig. 'Sorri. O'n i ...'

'Dwi ddim ishe cinio,' chwythodd Wil ar ei thraws. ''Neud e fy hunan.'

Neidiodd pigyn o wres i fochau Bron. 'Na, mae'n iawn,' meddai. 'Mae'r cinio wedi bod ddoe. Nid dyna pam ddes i. Clywed wnes i eich bod chi'n mynd i'r ysbyty.'

'Pwy ddwedodd?'

'Emlyn.'

'Dyw e ddim busnes ...'

''Sneb yn busnesa,' meddai Bron yn gyflym. 'Ond o'n i'n mynd â gŵn gwisgo i siop yr hosbis, ac fe benderfynes ddod ag e i chi yn lle. *Dressing gown.*' Plygodd i'w godi. 'Un Tref. Dwi wedi'i olchi. Safio i chi brynu un newydd.' Cododd ei phen a dychryn wrth weld y drem fygythiol yn llygaid Wil.

'Chi'n gwbod pam mae pobol yr hospital yn mynnu'ch bod chi'n gwisgo *dressing gown*?' chwyrnodd Wil Parry.

'Wel ...' Disgynnodd diferyn o boer ar foch Bron.

'Achos maen nhw ishe i chi edrych fel claf ar y telifision. 'Na pam. Fe neithe cot gyffredin y tro'n iawn. Ond 'sech chi'n gwisgo cot gyffredin, fe fyddech chi'n edrych fel pawb arall.'

'Sorri,' meddai Bron yn ffwndrus. 'O'n i ddim wedi meddwl eich ypsetio chi.'

Gwibiodd llygaid Wil dros ei hysgwydd. Roedd dyn ifanc yn dod i lawr y rhiw. 'Haia, Wil,' galwodd a mynd heibio â gwên lydan ar ei wyneb.

'Diawl twp,' poerodd Wil. ''Butu bryd iddo fe wneud diwrnod o waith. Dim chi sy wedi'n ypsetio i. Dewch mewn.' Amneidiodd ar Bron ac agor y drws yn llydan.

Camodd Bron i'r tŷ a chaewyd y drws o'i hôl. Diferai golau gwelw i lawr y stâr a threiglo i fwrllwch y pasej. Hysiwyd hi yn ei blaen gan anadlu llafurus Wil, a sgubodd rhes o gotiau yn erbyn ei braich.

'Agorwch y drws 'na ar y chwith,' siarsiodd Wil.

Agorodd Bron y drws a gweld bord Formica a set o dŵls. Gwenodd ar Wil. Gwgodd Wil arni'n ddrwgdybus, ei gefn yn grwm a'i wddw o'r golwg yng ngholer ei siaced.

'Mae'r ford yn fy atgoffa i o ford fy mrawd yng nghyfraith,' meddai Bron. 'Alwyn Nant-ddu. Gwrddoch chi â fe yn yr ysbyty ...'

'O'n i ei nabod e cyn hynny,' wfftiodd Wil. 'Fe sy'n helpu'r ferch 'na. Yr un â'r *diggers*.'

'Chi wedi clywed am hynny?'

'Pobol yn siarad. Cerwch mla'n. Symudwch y stôl.'

Symudodd Bron y gadair oedd o flaen y ford. Roedd y gegin yn gyfyng, a Wil wedi'i llenwi â chypyrddau llachar-felyn o'i waith e 'i hunan. Trodd i'w wynebu a gweld ei fod wedi tynnu'i gap. Roedd ôl y cap wedi'i naddu i groen ei dalcen o dan y gwallt chwyslyd, prin, a'r cap ei hun yn rholyn yn ei law. Wrth iddo drio'i stwffio i'w boced, disgynnodd y rholyn ar lawr. 'Sefwch fan'na!' gwaeddodd cyn i Bron symud. Estynnodd am y ffon fetel â chrafanc ar ei blaen oedd yn pwyso yn erbyn y wal ger y drws. Yn chwimwth fe gododd y cap â'r grafanc a'i daflu ar y ford yn fodlon.

'Ishe rhwbeth ar gyfer y bois sy'n iste ar eu tine, debyg,' wfftiodd. 'Y *diggers*. Ishe iddyn nhw ddysgu beth yw gwaith, er mai dim ond whare fyddan nhw, siawns, a gwario'r ffortiwn maen nhw'n gael am 'neud dim byd. Rhowch e lawr fan'na.' Pwyntiodd y grafanc at y pecyn yn ei llaw ac yna at y lle gwag ar dop yr oergell. 'Fe gewch chi e 'nôl wedyn.'

''Sdim rhaid ...'

'Fe gewch chi e 'nôl,' mynnodd Wil, a'i gwylio'n rhoi'r pecyn yn ei le. 'Watsiwch y sbeic,' ychwanegodd. 'Watsiwch eich llawes.'

Er gwaetha'r rhybudd, neu efallai o achos y rhybudd, fe drawodd Bron ei phenelin yn erbyn y sbeic bara a'i hyrddio ar draws y cownter. Crafodd ei flaen ar hyd ystlys y llestr dal pensiliau a safai ar sil y ffenest.

'Sorri.' Dododd Bron e 'nôl yn ei le. Mentrodd wenu'r eilwaith ar Wil, a safai rhyngddi a'r ddau ddrws. 'Ydy e'n iawn fan ...?' Simsanodd.

Roedd gwddw Wil wedi suddo'n ddyfnach i'w goler, ei wyneb yn biws, ei lygaid wedi'u hoelio arni a chryndod ar ei wefus. Sylweddolodd Bron ei bod wedi'i dal mewn cornel. Yn ei phanig gwelodd ei wefusau'n symud ond chlywodd hi mo'r cwestiwn.

'O'n i'n meddwl!' meddai Wil, pan welodd y gwaed yn llifo i'w bochau.

'Be?'

'Bod Trefor wedi cael ei lun wedi'i dynnu.'

'Ei lun?' Sut oedd Wil yn gwybod am y llun yn nrôr ei desg?

'Mae e i'w weld ar eich wyneb chi.'

'Be?' Cochodd Bron yn waeth fyth.

'Dyw hi ddim yn deg.' Dirgrynodd Wil nes bod y sinc yn ratlan. 'Dyw hi ddim yn deg plagio pobol sâl.'

Llusgodd Bron ei hanadl o waelod ei hysgyfaint.

'Doedd Tref ddim yn sâl,' meddai'n ofalus. 'Ddim bryd hynny.'

Melltennodd llygaid Wil. 'Ond o'dd e yn yr hospital?'

'Yn yr hospital?'

'Pan ga'th e 'i lun wedi'i dynnu.'

'Na.'

'Doedd e ddim yn yr hospital?"

'Na. Thynnodd neb lun Tref ... yn yr hospital.' Syllodd Bron mewn penbleth ar y dyn o'i blaen. Oedd e'n dechrau colli arno'i hun? Neu arni hi oedd y bai am wylltio? 'Fydde hi ddim wedi bod yn deg tynnu llun Tref yn y gwely yn yr ysbyty,' meddai'n araf. 'Fydde fe ddim wedi lico ...'

'Chi'n reit!' Disgynnodd dwrn Wil ar y sinc. 'Chi'n reit!' meddai. 'Fydde fe ddim yn deg o gwbwl.' Yn ei gynnwrf fe sgubodd y tun o farnais o'r cownter, ac oni bai i Bron roi naid amdano byddai wedi arllwys ei gynnwys dros y llawr. 'Chi'n reit!' meddai Wil am y trydydd tro, a bron iawn â tharo Bron yn ei hysgwydd. 'Ond ch'weld, oeddech chi'n gallu carco Trefor. O'dd dau ohonoch chi, a maen nhw'n debycach o wrando ar ddau.'

Gosododd Bron y tun ar sil y ffenest a thynnu'i thafod dros ei gwefus. Closiodd Wil ati, ei anadl yn boeth ar ei braich, a'i stori'n llifo dros ei wefusau fel haearn tawdd. Gwrandawodd ar hanes y boi bach oedd yn sownd wrth bibelle yn yr Heath, ac am Sid gafodd ei lun ar flaen taflen yr Aelod Seneddol, er nad oedd e erioed wedi fotio dros y bygyr. Ac o dipyn i beth fe ddeallodd a theimlo chwerthin yn cosi gwaelod ei bol. Gwasgodd ei hewinedd i gledrau'i dwylo a dweud, 'Anaml welwch chi gamerâu yn Glangwili.'

'Maen nhw wastad yn rhywle.'

'Ond does dim rheswm arbennig dros fynd i holi cleifion ar hyn o bryd.'

"Na beth y'ch chi'n feddwl!' poerodd Wil. 'Y cyts! Mae 'na wastad cyts i'r NHS, yn does? Cyts fan hyn, cyts fan draw. Mae'r llywodraeth yn lladd pobol. Wedyn maen nhw'n cael y jyrnalists i ladd rhagor fyth drwy hwpo camerâu i'w hwynebe nhw. 'Na chi ffordd o arbed arian. Cael y jyrnalists i ladd pobol!'

Heb yn wybod iddi roedd gwên wedi llithro dros wyneb Bron. Gwelodd Wil a bwldagu. 'Dyw e ddim yn ddoniol!'

'Na, na.' Brysiodd Bron i'w dawelu. 'Meddwl am Tref o'n i,' meddai. 'Bydde Tref wedi teimlo'n union 'run fath â chi petai rhywbeth fel'na wedi digwydd iddo fe. Ond wnaeth dim byd ddigwydd, a dwi ddim yn credu ei fod e erioed wedi meddwl am y peth. Ond os y'ch chi'n poeni, rhaid i chi siarad â'r nyrsys.'

'Chi'n meddwl gwrandawan nhw?' Roedd y gegin fach yn troi'n ffwrn. 'Maen nhw fel gwybed, yn newid drwy'r amser.'

'Chi ishe i fi drefnu bod rhywun arall yn siarad ar eich rhan chi?' cynigiodd Bron. 'Mr Jones y gweinidog?'

Gwnaeth Wil sŵn yn ei lwnc. Doedd e ddim wedi bod yn y capel er pan oedd e'n grwtyn, a doedd e ddim eisiau i'r gweinidog ddechrau gweddïo drosto fe. Roedd rhyw lafnes mewn coler crwn wedi trio gwneud yr union beth yn yr ysbyty, ac roedd e wedi dweud wrthi am hel ei phac mewn iaith go anweddus.

'Meddwl o'n i ei fod e'n berson sy'n ymweld yn aml, a bydde'r staff yn ei nabod e. Neu fe allwn i ofyn i'r ficer neu ... neu'r doctor.'

'Mae hwnnw fel llo 'fyd,' meddai Wil. 'Mae e'n trio gwneud jôcs fel 'tai e mewn noson lawen drwy'r amser. Na, os y'ch chi'n nabod Jones.'

'Ydw.'

Sniffiodd Wil. 'Allech chi 'weud Wil y Mower. O'n i'n arfer trwsio'i beiriant torri porfa e, pan o'n i'n gweithio ...' Nodiodd yn fras i gyfeiriad siop S. P. Edwards a'i Ferch, Darparwyr Peiriannau Amaethyddol a Garddwriaethol, ar ochr ddeheuol y dre.

'Fe ddweda i,' addawodd Bron. 'Mae e'n ddyn caredig iawn, Elfed Jones.'

'Chi'n iawn.' Doedd gan Wil ddim byd yn erbyn Elfed Jones, a oedd yn greadur digon diniwed a wastad yn canmol ei waith ar y peiriant torri porfa. Mentrodd roi gwên, a'i diffodd cyn iddi oedi'n rhy hir ar ei wefus. Craffodd ar ei ymwelydd o gil ei lygad. *By rights*, fe ddylai gynnig paned o de iddi, achos roedd hi wedi siarad rhywfaint o sens, ond doedd ganddyn nhw ddim rhagor i'w ddweud wrth ei gilydd, oedd e? Pwysodd yn ddyfnach yn erbyn y sinc. 'A diolch am hwnna,' rhygnodd a nodio at y pecyn.

'Croeso.' Sythodd Bron, yn falch o'r esgus i ddianc. 'Fe ro i'r neges i Elfed Jones cyn gynted â phosib.'

'Diolch.'

''Sdim ishe poeni.'

Ym mhrofiad Wil roedd wastad eisiau poeni. Ddwedodd e 'run gair, dim ond dilyn ei ymwelydd ar hyd y pasej a chloi'r drws ar ei hôl. Sylwodd ei bod wedi troi i'r dde ac yn mynd lan y rhiw. Digiodd wrthi ar unwaith am ei gysylltu e â rhyw ffŵl fel Moss.

Roedd y lôn fach ar dop y rhiw yn arwain i lawr y bancyn at lan yr afon. Troesai Bron yn reddfol, heb sylweddoli ei bod hi'n dilyn yr un llwybr ag a gymerodd Emlyn Richards rai dyddiau'n gynt. Ar ôl gwres y tŷ teimlai'r awel yn oer a llaith ar ei boch. Oddi tani dangosai'r môr res ar ôl rhes o ddannedd gwynion.

Gan ei bod yn dal yn gynnar roedd y cadeiriau a'r byrddau'n wag wrth dalcen y Ship a dim enaid byw i'w weld ar yr lôn heibio'r dafarn. Safodd Bron hanner ffordd i lawr y llwybr ac edrych ar y tŷ ym mhen pella'r lôn. Er ei bod wedi treulio'i hoes gyfan naill ai yn Aberberwan neu ar ei chyrion, doedd hi erioed wedi talu sylw i Wynfa, cartre Moss Morgan, gan nad oedd y lôn heibio iddo'n arwain i unman. Tu draw i'r tŷ codai craig serth a ffens rubanog, fetel yn goron uwch ei phen. Dylifai'r haul dros y ffens fel llaeth dros hidlen a diferu ar do Gwynfa.

Disgynnodd Bron rhwng y llwyni eithin nes i'r tŷ ddiflannu o'i golwg y tu ôl i'r tri thŷ modern a swatiai ysgwydd wrth ysgwydd fel rhes o ddawnswyr. Yn nrws cefn y Ship safai'i pherchennog, Arnold Fisch, paned te yn ei law a'i grys yn hongian dros ei drowser. 'Bronwen!' galwodd, a safodd Bron am foment i gyfnewid sylwadau ar y tywydd a'r ymwelwyr.

'We've put up the poster,' meddai Arnold, 'and lots of people have been showing interest.' Sylwodd ar yr olwg dwp ar wyneb Bron. 'The poster for the digger park up on Kite Hill.'

'O!' meddai Bron.

'It's in the front window. You have a look,' meddai Arnold.

'I'll do that,' meddai Bron, a chodi'i llaw.

I weld y poster, roedd raid iddi droi i'r chwith i gyfeiriad Gwynfa. Roedd Dei, gŵr Daf, yn un o fynychwyr y Ship, ac felly roedd Arnold wedi rhoi lle parchus i boster Palu Mlaen yn y ffenest i'r chwith o'r drws, yr union le i dynnu sylw pawb o'r selogion. Ers i Bron ei weld yng nghegin Daf, roedd y poster wedi'i weddnewid, yn sgleiniog, laminedig a phroffesiynol. Roedd rhywun wedi gwneud gwyrthiau, a doedd ond gobeithio bod Alwyn wedi llwyddo i'r un graddau wrth baratoi'r cae a'r peiriannau. Yn ôl Dafina roedd e wedi bod yn gweithio fel slaf.

Gyferbyn â'r ffenest, ar y wal wrth y bar, siglai cloc siâp llong drwy donnau glas llonydd, a'i angorau'n dangos ei bod hi'n ugain munud i un ar ddeg. Yn dal yn gynnar. Trodd Bron a llygadu'r tŷ ym mhen pella'r lôn. Doedd neb o gwmpas. Dechreuodd symud tuag ato.

Teimlai'n llawn cywilydd fel petai'n aros i lygadrythu ar ddamwain. Cyflymodd. Llifai'r afon yn swnllyd heibio iddi a boddi sŵn ei thraed. Brysiodd fwyfwy, nes cyrraedd o fewn ychydig lathenni i Wynfa a'i hanadl yn dynn.

Safai Gwynfa ychydig ar ongl â blaen ei ysgwydd tuag ati. Tŷ plaen, cymesur, llwyd. Tŷ mewn gardd fel pìn mewn papur. Tŷ oedd yn dweud dim. Rhuglodd y dail yn y clawdd, a gwthiodd cath wen ei thrwyn drwy'r gât.

Trodd Bron a dianc rhag llygaid miniog y gath. Dihangodd heb sylwi ar y gŵr a gwraig oedd wedi sefyll ar y llwybr uwchben y Ship ac yn ei llygadu 'run mor fanwl.

12.

Ar ei ffordd adre aeth Bron heibio i siop y garej i brynu'r *Western Mail* ac i lochesu am ennyd ym mynwes lon a chall Dafina, call o'i chymharu â Wil beth bynnag. Ond doedd Dafina ddim yno. Brenda, gwraig y perchennog, oedd wrth y cownter.

'Dyw Daf ddim 'ma, bach,' meddai wrth Bron. 'Mae gartre'n disgwyl am alwad.'

'Galwad?' gofynnodd Bron.

'Sa i'n gwbod pa alwad,' meddai Brenda. 'Ond sa i'n meddwl ei bod hi'n mynd i'r weinidogaeth.' Rholiodd ei llygaid.

Brysiodd Bron i lawr i'r cei i brynu macrell ffres o'r fan oedd yno bob dydd Llun. Wrth roi'r pysgodyn ei bag fe edrychodd draw at Stryd y Marian a gweld Dafina'n sefyll yn ei hystafell ffrynt. Wel, dyfalai mai Dafina oedd hi. Roedd hi'n edrych fel fflam ar gannwyll, top pinc amdani a'i gwallt yn ffluwch melyn uwchben. Erbyn i Bron rwto'i llaw ar facyn papur i gael gwared o'r arogl pysgod, roedd Dafina wedi diflannu.

Bum munud yn ddiweddarach roedd hi'n sefyll o flaen drws Dafina yn syllu ar y top pinc yn gwingo'r tu ôl i'r gwydr. Roedd Dafina'n parablu ar y ffôn yn y pasej. Yn parablu'n llon, nododd Bron, gan droi ar ei sawdl ar unwaith, achos doedd hi ddim am glustfeinio. Aeth adre i baratoi pryd cyflym iddi'i hun, ac ar ôl rhoi'r pysgodyn yn yr oergell, gwasgodd fotwm y radio fel arfer.

'Sbri ar y lli!' meddai llais cyfarwydd gan achosi i'r bag siopa yn ei llaw ddisgyn ar lawr.

Safodd Bron yn gegrwth.

'Be yn union dach chi'n feddwl wrth hynny, Dafina?' gofynnodd y cyflwynydd.

'Go with the flow!' atebodd Dafina. 'Os y'ch chi'n mynnu byw'ch bywyd fel llygoden, llygoden fyddwch chi. Un bywyd sy 'da chi ac os nad y'ch chi'n mynd i fentro bryd hynny, wnewch chi ddim lot yn eich coffin.'

'Felly'ch neges chi ydi "Palu Mlaen"?'

'Palu a thalu!'

'Wrth gwrs.' Chwarddodd y cyflwynydd. 'A dyna ni. Dyna neges Dafina Ellis, mam y wraig ifanc sy'n agor yr atyniad newydd a chyffrous ar fferm Bryn Barcud bum milltir y tu allan i Aberberwan. Dewch i balu, bawb. Palwch 'mlaen.'

Atseiniodd hanner crawc o'r radio. Dafina oedd wedi rhoi ochenaid, a'r ochenaid honno wedi'i diffodd ar wasgiad switsh.

Daeth pwl o chwerthin dros Bron, ac roedd gwên fawr yn dal ar ei hwyneb wrth iddi frysio'n ôl ar hyd Stryd y Marian a chnocio ar ddrws ei ffrind. Taflwyd y drws ar agor a safai Dafina o'i blaen yn nhraed ei sanau, ei gwallt wedi gwywo a'r chwys yn rhedeg o dan ei cheseiliau.

'Pam 'set ti'n dweud?' meddai Bron.

'Glywest ti?' sgrechiodd Dafina, gan roi un grafanc ar ysgwydd Bron, ei llusgo i mewn i'r tŷ a chau'r drws.

'Dim ond y diwedd.'

'O't ti ddim fod clywed! O'n i'n swnio fel brân, yn do'n i?'

'Na ...'

'O'n! Paid dweud dy gelwydd!' llefodd Dafina gan hercian i mewn i'r stafell ffrynt a disgyn ar ei chefn ar y soffa. 'O'n i'n gallu clywed fy hunan. O'n i'n crawcian fel rhyw hen witsh. Ac o'n i ise swnio'n posh. O'n i wedi bod yn ymarfer swnio'n posh.' Taflodd ei dwylo dros ei hwyneb a sibrwd o'r tu ôl iddyn nhw, 'Wnes i ddim rhegi, do fe?'

Roedd Bron yn chwerthin gormod i ateb.

'Do fe?' Sbeciodd Dafina rhwng ei bysedd.

'Wnes i ddim dy glywed di'n rhegi.'

'Na ...' Canodd y ffôn yn y pasej. Rhewodd Dafina. Daliodd y ffôn i glochdar am funud gron. Wedi iddo ddistewi, cododd Dafina fel hen wraig, a gwasgu 1471. 'Sal oedd 'na,' mwmianodd. 'O, iesgyrn. Gobeithio nad ydw i wedi suddo'i busnes bach hi cyn dachre. Ond 'na fe, hi ddyle fod wedi siarad ar y radio. Fe ballodd, t'weld, a dweud wrtha i am wneud. O, iechyd. Os oedd Ben Bastad yn gwrando, betia i ei fod e'n chwerthin ...' Neidiodd. Roedd y ffôn wedi canu am yr eildro. 'Helô?'

Sal oedd wedi ffonio eto. Clywodd Bron ei llais cyffrous a gweld Dafina'n ymchwyddo ac yn llonni. Erbyn i'r alwad ddod i ben, allai Daf ddim celu'r wên falch ar ei hwyneb. 'Sal yn dweud ei fod e wedi mynd yn ocê.'

''Na ti.'

'Er falle mai dweud celwydd oedd hi.' Culhaodd ei llygaid.

'Fydde hi ddim yn dweud celwydd,' protestiodd Bron.

'Shwd wyt ti'n gwbod?' snwffiodd Daf. 'Faint yn union glywest ti?'

'Dim ond o'r man lle dwedest ti "Sbri ar y lli".'

'Sbri ar y lli.' Lledodd y wên o glust i glust. 'Gwd, yn

doedd e? Fi wnaeth ei gyfieithu e. Go with the flow. Sbri ar y lli. T'weld, fi ddyle fod yn gwneud cwrs BA, nid ti.'

'Ti'n iawn.'

'Na, dwi ddim,' meddai Dafina a gwgu'n sydyn. 'Ti sy'n mynd i fod yn BJ, BA.' Rhoddodd fflipsen fach i fraich Bron. 'Ti'n gwrando nawr?'

'Byddwn i wedi gwrando arnat ti bore 'ma, petaet ti wedi dweud wrtha i,' atebodd Bron. 'Pam o't ti mor dan din?'

'Tin!' sgrechiodd Dafina. 'Did you mean "derrière", Mrs Jenkins? 'Sdim rhyfedd 'mod i'n siarad mor wael, pan dwi'n cymysgu â phobl fel ti. Na.' Sobrodd. 'Ych a fi. O'n i ddim ise i neb o'n i'n nabod fy nghlywed i, dim ond y rhai sy ddim yn fy nabod i. Ti'n moyn paned? Dwi'n gorfod bod 'nôl yn y siop erbyn un. '

'A finne.'

'Gawn ni frechdan 'da'n gilydd, 'te.'

Roedd Huw Harris wedi clywed pob gair o ddarllediad Dafina wrth yrru adre i Aberberwan. Wedi clywed, wedi gwenu ac wedi rhwbio ochr ei ben, fel y gwnâi bob tro roedd rhywbeth yn ei blesio. Doedd Dafina Ellis erioed wedi galw ar ei wasanaeth milfeddygol – hyd y gwyddai doedd hi erioed wedi cadw anifail – ond roedd e wedi siarad â hi droeon yn siop y garej. Ac roedd e'n nabod ei merch a'i gŵr. Cyn-ŵr, atgoffodd ei hun, gan roi ochenaid fach a deisyfu ar i'r bod anweledig roi gwell lwc i'w nith oedd newydd briodi yn Telford.

Ar ei ffordd adre o'r briodas roedd Huw. Roedd Medora, ei chwaer, wedi ymgartrefu yn Telford ers deugain mlynedd, bron. Fydde fe ddim yn cyfnewid lle â hi am ffortiwn, ac roedd e'n arbennig o falch o ysgwyd llwch y dref oddi ar ei draed y diwrnod hwnnw. Roedd Huw'n meddwl y byd o'i chwaer, ond wfft i 'fam y briodferch'. Medora oedd wedi gofyn iddo dynnu lluniau'r briodas. Nid fe oedd wedi cynnig, sylwer. Na, Medora ei hunan oedd wedi gofyn iddo, mwy na thebyg er mwyn safio arian – roedd hi'n dal i fod yn Gardi – ac ar ôl gofyn, roedd hi wedi bod wrth ei gwt a rhoi ordors di-baid. 'Drycha 'ma, dwi ddim ishe dim byd arti a chlyfar.' Os clywodd e hynny unwaith, fe glywodd e ganwaith. 'Dim byd arti a chlyfar, dim ond llunie neis.' Yn doedd lluniau neis hefyd yn arti a chlyfar?

Yn ddiweddar, yn ei gylchgrawn milfeddygol, fe ddarllenasai Huw erthygl am yr ymchwil ddiweddara i rwydwaith yr ymennydd, a gweld y sleidiau hynod a wnâi'r gwyddonwyr wrth sleisio'r ymennydd yn haenau teneuach nag adenydd pilipala. Gan fod yr ymennydd dynol mor fawr, roedden nhw'n canolbwyntio ar ddadansoddi ymennydd llygoden. Un ymennydd bach yn cael ei rannu'n filoedd o sleisys mor denau ag anadl.

Nid pethau dibwys yw fy ffotograffau i chwaith, meddyliodd Huw, a thirlun canolbarth Cymru yn llifo heibio'r ffenest, ond haenau o 'mywyd wedi'u plycio o'r awyr a'u dal. Doedd dim eisiau i Medora wneud hwyl. Na Donald chwaith. Cymeriad hynod o radlon a goddefgar oedd Huw – 'diniweityn' yn ôl ei chwaer, ond am unwaith cawsai ei frifo. Doedd dim tamaid o eisiau i Donald ddweud yn ei araith, 'And this is my brother-in-law, the famous photographer. Be warned. If ever you go to Aberberwan, don't try any funny business, especially at eleven o'clock on a Wednesday morning, because this guy'll be watching you. He's been taking a photo of the High Street at the same time in the same place for how long is it, Huw?'

Medora oedd wedi ateb, cyn i Huw allu dweud gair: 'Thirty-seven years. That's how long he's been doing it.'

'They can't afford CCTVs in Wales, so they've got Huw instead,' meddai Donald.

A phawb yn chwerthin nes oedden nhw'n corco. Ar y siampên roedd y bai gan mwyaf, wrth gwrs. Petaen nhw'n sobor, fe fydden nhw'n sylweddoli bod byd o wahaniaeth rhwng cliciad mecanyddol y CCTV a ffotograff. Byd o wahaniaeth! Roedd Huw'n arfer rhoi cynnig ar gystadlaethau ffotograffiaeth pan oedd e'n iau, ac wedi cael lwc fwy nag unwaith. A nawr, gyda'r geiriau 'arti a chlyfar' yn canu yn ei glustiau, roedd e'n benderfynol o roi cynnig arni eto. Fe welsai hysbyseb am gystadleuaeth 'Wild and Wonderful' yn ffenest siop deithio. Y gamp oedd tynnu llun twristaidd 'gwahanol' o ryw leoliad ym Mhrydain.

Ochneidiodd Huw ochenaid gyffyrddus wrth feddwl am yr her, ac estynnodd ei law i fwytho'r camera oedd yn gorwedd ar y sedd flaen. Roedd e eisoes wedi lawrlwytho lluniau'r briodas ar gyfrifiadur ei chwaer, a hefyd wedi rhoi'r ddisg iddi, er mwyn iddi gael mynd ar ei hunion i lawr i'r dre i'w printio. Roedd hi'n paratoi i fynd yno pan adawodd e, ac wedi diolch iddo am ei waith a rhoi cusan ar ei foch.

Ochneidiodd Huw unwaith eto a thynnu i mewn i fôn y clawdd. Doedd Medora ddim yn sylweddoli pa mor ddienaid oedd y tynnu lluniau ffurfiol, y sefyll mewn rhes a'r dangos dannedd. Roedd y camera'n sylweddoli hynny'n iawn. Pan welai'r rhesi danheddog o'i flaen, byddai'n cymryd arno'i fod yn farw, ac yn gorwedd fel carreg yn llaw Huw. Roedd e fel un o deulu'r Cwpwrdd Cornel, yn deffro yn y dirgel. Nawr, a'r ddau ar eu pennau eu hunain, roedd y camera'n gynnes a'i galon yn curo i rythm calon y ffotograffydd. Neidiai gwreichion o haul oddi arno, wrth i Huw agor drws y car, dringo'n heglog ar ben hen stand laeth a sbecian dros y clawdd. Doedd 'na ddim yn y cae y tu draw ond cwysi rubanog o silwair. Aeth Huw a'i gamera ati i'w troi'n blethwaith aur.

Stopion nhw sawl gwaith, ac roedd hi bron yn amser te erbyn i'r ddau gyrraedd o fewn golwg y môr. Gadawodd Huw'r hewl fawr ddeg milltir o Aberberwan a gyrru ar hyd hewl gul nad oedd namyn mwy na llwybr tractor a chanu'i gorn ar y defaid gwatwarus oedd yn gorwedd ar ei thraws. Daeth allan o'r car ar gopa Esgair Arthur, a thynnu llun y mymryn o fôr siâp deigryn oedd yn gorwedd rhwng y bryniau oddi tano. Flynyddoedd yn ôl cawsai wobr yn y Genedlaethol am dynnu'r olygfa hon, ond bryd hynny roedd 'na gwmwl siâp pen gwraig yn yr awyr, y gwallt yn llifo i lawr at ysgwyddau'r bryniau a'r deigryn môr fel gem rhwng ei bronnau. Doedd golygfa felly ddim yn debyg o ddigwydd ddwy-waith. Gallech dreulio oes yn chwilio amdani. A doedd gan Huw ddim amser i chwilio'r diwrnod hwnnw. Tynnodd lun digon di-ffrwt a brysio'n ôl i'r car. Ers iddo glywed Dafina ar y radio roedd y 'Palu Mlaen' wedi tanio'i ddychymyg ac roedd e wedi penderfynu mynd am sbec.

'Palu 'mlaen,' mwmianodd Huw, a throi trwyn y car tuag at Fryn Barcud. 'Be arall allwn ni wneud?'

Gan nad oedd neb yn y car ond y camera, chafodd e ddim ateb. Fyddai'r camera ddim wedi clywed, hyd yn oed pe bai ganddo glustiau, am fod wadin y bag yn dynn amdano. Roedd Huw wedi dysgu mai peth annoeth iawn oedd gadael camera'n rhydd ar sedd pan oeddech chi'n gyrru ar lonydd troellog cefn gwlad. Felly, pan drodd e gornel ddwy funud yn ddiweddarach a gweld car coch yn anelu amdano, fe freciodd yn chwyrn heb boeni dim. Breciodd y car arall hefyd, ac ysgwyd fel chwilen ar godi i hedfan. Wedi i Huw gael ei wynt ac i'r car arall ddechrau bacio tuag at gilfach, sylwodd mai Alwyn Nant-ddu oedd wrth y llyw.

'Alwyn!' Stopiodd y ddau gar ochr yn ochr. 'Shw mae ers tro?'

Roedd llewys Alwyn wedi'u torchi a'i gap ar ben pella'r dashfwrdd. Roedd e'n edrych yn llawn busnes, fel petai 'nôl ar y fferm. Deallodd Huw ar amrantiad.

'Ti sy'n Palu Mlaen, ife?'

'Helpu 'mbach.' Cododd y llall ei ysgwyddau.

'Dod ffor' hyn i weld y lle wnes i. Clywes i Dafina ...'

'Dyw e ddim yn barod 'to.' Dychrynodd Alwyn a sbecian yn gyflym ar gynnwys y car. ''Sdim ishe tynnu llun eto.'

'Na. O'n i ddim,' meddai Huw. Hanner celwydd oedd hynny. Roedd e wedi bwriadu tynnu llun, ond wnâi e ddim cyflawni'i fwriad, os oedd hynny'n digio Alwyn. 'Dim ond trio dychmygu ble roedd e. Fe alwes i yn y Foel gwpwl o weithie flynyddoedd yn ôl.'

'Yn Cae Clwt maen nhw. Y *diggers*. Yr un ar y chwith ...'

'Wrth y gât? Ti'n meddwl alla i gael pip?'

'Galli, galli. 'Sneb 'na nawr. Mae Sal wedi mynd i'r ysgol i moyn yr un fach, wedyn o'dd hi'n mynd at ei mam.'

'Dim ond pip fach glou 'te. Wela i di.'

Gollyngodd Huw'r brêc a suodd y BMW yn ei flaen. Yn nrych y gyrrwr sylwodd fod Alwyn wedi aros yn ei unfan fel ci defaid yn gwarchod. Parciodd Huw ei gar ar draws lôn Bryn Barcud a swingio'i goesau allan. Roedd Huw'n chwe throedfedd a phum modfedd o daldra, ac yn fain fel draenen. Safodd i ystwytho'i gefn a'i goesau, cyn anelu am gât Cae Clwt. Pwysodd ar y gât a chrafu'i ên. Edrychai'r cae fel trigfan teulu o wahaddod enfawr. Bob ochr i lwybr graeanllyd, igam-ogam, gorweddai pentyrrau pigfain o raean.

Nodiodd Huw'n feddylgar. Be oedd Dafina wedi'i ddweud ar y radio? Y bydde'r 'pynters' yn cael hwyl yn cario tomenni o bridd o un lle i'r llall? Wel, roedd graean yn well na phridd, ond Duw help, byddai'r lle'n stecs mewn dwy funud, os nad oedd y 'pynters' yn arbennig o sgilgar. Teimlodd gosi yn ei fysedd, ond aeth e ddim i nôl y camera. Roedd e wedi addo. Cyn i'r cosi fynd yn drech nag e, dihangodd yn ôl i'r car a chyfeirio'i drwyn tuag at Aberberwan. Yn lle mynd yn syth i'w gartre ar y bryn uwchlaw'r dref, fe yrrodd i lawr i'r Stryd Fawr a pharcio yn iard ei hen syrjeri.

Erbyn iddo dynnu'r camera o'i fag, roedd ei olynydd, Sarah Needham, wedi gwthio'i phen drwy'r ffenest. 'Hei, ti 'di newid dy ddiwrnod, Huw,' galwodd.

'Na,' atebodd Huw. 'Dwi ddim yn dod mewn. Ydy hi'n ocê?' Pwyntiodd at y car.

'Ydy, gwlei. Welwn ni di ddydd Mercher fel arfer?'

'Gwnei.'

Cododd ei law arni a'i gweld yn siarad â rhywun oedd yn sefyll y tu ôl iddi. Egluro oedd hi, mwy na thebyg, fod ei chyn-bartner, Huw Harris, yn arfer tynnu llun o

Stryd Fawr Aberberwan am un ar ddeg bob dydd Mercher o fferyllfa'r syrjeri. Roedd e wedi gwneud hynny'n selog ers deugain mlynedd, bron, heb golli diwrnod, achos os oedd e'n digwydd bod i ffwrdd, roedd e'n gofyn i rywun arall wneud yn ei le. Gwelodd Huw ddwy lygad edmygus yn syllu arno dros ysgwydd Sarah. Chwarae teg i Sarah. Fyddai hi byth yn gwneud hwyl am ei ben. Roedd Sarah yn wyddonydd.

Hongiodd ei gamera ar ei ysgwydd a chamu i'r Stryd Fawr. Ei Stryd Fawr. Cododd ei ên ac esgyn ar adain dychymyg i'r fferyllfa fach gyfyng ar lawr cyntaf ei hen syrjeri. Fframiodd, eto yn ei ddychymyg, y llain o stryd, rhwng swyddfa Roberts y cyfreithiwr a'r Siop Bunt drws nesa i'r bwtsiwr. Hwn oedd y cilcyn o dir roedd e wedi'i feddiannu ers tri deg saith o flynyddoedd. Mewn ffeil yn ei stydi roedd yn agos at ddwy fil o luniau o'r cilcyn hwnnw. Syndod sut oedd y stryd wedi newid dros y blynyddoedd. Syndod hefyd y bobl a gawsai eu dal ganddo'n ddiarwybod. Roedd ei dad ei hun yn un llun. A Trefor Jenkins, wrth gwrs.

Daeth Trefor i'w feddwl pan welodd symudiad yn ffenest siop yr hosbis. Craffodd. Ie, Bronwen oedd honna. Beth ar y ddaear oedd hi'n wneud? Dawnsio gyda dymi? Cododd Huw ei gamera.

13.

'Howld on, Bron!'

Daeth sgrech o grombil siop yr hosbis, wrth i Elen Taylor ollwng llond bocs o deganau a hyrddio'i hun i gyfeiriad y ffenest. Daeth sgrech arall wrth i Bron rygbitaclo'r dymi yn ffenest y siop a disgyn fel crempogen. Hedfanodd braich blastig i'r awyr a tharo Elen ar draws ei thalcen.

'Aaaaaa!' Suddodd Elen i'r llawr.

'Sorri!' Rholiodd Bron yn ddiurddas oddi ar sil y ffenest. Tynnodd ei blowsen dros ei phen-ôl a rhuthro i ymgeleddu Elen. 'Ti'n iawn?'

'Ydw!' meddai Elen, gan chwerthin a rhwbio'r marcyn coch ar ei thalcen. 'Dwi'n iawn, ond dwi ddim yn siŵr amdani hi.'

Gorweddai Doris y dymi a'i phen ar dro, ei gwallt dros ei llygaid a'i choes yn boenus o gam.

'Bois bach.' Roedd Bron yn gryndod i gyd. Arni hi roedd y bai am hyn. Pan gyrhaeddodd i wneud ei shifft yn y siop, be welodd hi yn y ffenest ond delw o Magi Morgan. Doedd Jo, rheolwraig y siop, erioed wedi nabod Magi. Wedi ymddeol i ardal Aberberwan er mwyn bod yn agos at ei merch roedd Jo. Doedd 'hi erioed wediclywed esgidiau Magi'n gwichian yn un o gorau cefn Rehoboth nac wedi arogli'r lafant a'r *mothball*. Felly, yn ddiniwed hollol, roedd hi wedi gwisgo'r dymi yn ffrog werdd Magi Morgan, ac wedi rhoi het wellt ar ei phen a bag blodeuog yn ei llaw. *Pastiche* oedd yr arddangosfa yn y ffenest, *pastiche* o hen boster gwyliau oedd yn dangos merch ifanc mewn ffrog laes, werdd, yn sefyll mewn cae blodeuog uwchben Aberberwan a'i llaw ar ei het.

'This was the only green dress I could find,' eglurodd Jo, wedi i Bron bwffian drwy ddrws y siop, mynd â hi i'r naill ochr ac egluro. 'Sorry, Bron.'

'P'raps I'm being stupid,' meddai Bron yn llawn ffwdan. 'But I wouldn't like to upset him.'

'Of course.' Doedd Jo ddim yn nabod Moss Morgan chwaith, ond roedd wedi clywed ei hanes. Roedd hi wedi cydsynio ar unwaith y dylid newid yr arddangosfa, rhag ofn i Moss ypsetio ymhellach wrth weld delw o'i fam yn y ffenest. Gohiriwyd y newid tan ar ôl i'r siop gau. Erbyn hynny roedd Jo wedi mynd i warchod ei hwyrion.

'Dan ni'n gwneud y peth iawn, sti,' meddai Elen. 'Nid Moss fydda'r unig un i gael sioc. Rhyfadd gen i na chawson ni gwynion.'

'Wel,' meddai Bron, a thewi am fod dolen y drws yn ysgwyd. Dododd Elen ei bys ar ei gwefus. Roedd y ddwy o'r golwg y tu ôl i'r sgrin oedd yn rhan o arddangosfa'r ffenest. Gwasgon nhw'u cefnau ati a dal eu hanadl. Ratlodd y ddolen eto, a disgynnodd cysgod dros y ffenest. Safodd yno am eiliadau hir cyn symud.

'Aros funud,' sibrydodd Elen gan gydio ym mraich Bron a'i hangori i'r llawr.

Syllodd Bron ar y cloc brown salw oedd yn tician yn llon ar un o'r silffoedd, a'i fysedd yn pwyntio at ugain munud wedi pump. Gwyliodd y bys eiliadau'n rowndio'r deial unwaith. Pan gyrhaeddodd ben ei daith, fe sbeciodd heibio'r sgrin.

'Huw!' ebychodd.

'Pwy?' Edrychodd Elen dros ei hysgwydd.

'Huw Harris y fet. 'Na pwy ddaeth at y drws.'

'O, ia.' Cododd Elen a chraffu ar Huw, oedd wedi croesi'r ffordd ac yn anelu'i gamera at dŵr trionglog y banc. 'Dŵad i ddeud helô oedd o, siŵr i ti. Fysa fo ddim isio prynu. Neu ella 'i fod o isio tynnu llun dwy ferch ddel ar gyfer Page Three.' Trodd i wincio ar Bron, a thorri allan i chwerthin. 'Ella na hefyd. Ti'n edrych fatha bwci bo.'

Cymhwysodd Bron ei hwyneb.

'Dwi'n teimlo fel bwci bo,' meddai, a gwylio Huw'n troi i mewn i'r arcêd. Cyn gynted ag yr aeth o'r golwg, fe gydiodd yn Doris a'i llusgo i gefn y siop. Dilynodd Elen â'r ffrog werdd yn ei llaw. Roedd Bron wedi bod ar ormod o hast i'w thynnu, a'r dymi wedi protestio a rhoi cic i'w phen-glin cyn disgyn am yn ôl. 'Dere di,' meddai Bron, gan roi'r wig yn dwt ar ben y ferch blastig. 'Gei di ddillad nawr.' Pesychodd, a gwynt Magi Morgan yn dal yn ei thrwyn. Roedd hi wedi dewis ffrog arall ar gyfer Doris, un goch â phatrwm *paisley*.

'Bydd hon yn well na'r llall,' meddai Elen, a'i helpu i dynnu'r ffrog dros ben Doris. 'Dydi hi ddim yn werdd, ond mae'n llaes, ac mi fydd Jo the Genius yn gallu rhoi darn o weiren neu rwbath oddi tani fory a gwneud iddi edrych fel tasa hi'n chwythu fymryn, fel yr un ar y poster. Tshiampion!' Mwythodd foch Doris ar ôl i Bron roi'r fraich yn ôl yn ei lle. 'Dyna ni, Doris fach, ti'n edrych fatha ...'

'Fel rhywun sy'n gwisgo ffrog ail-law sy dri seis yn rhy fawr iddi,' awgrymodd Bron.

'Ia.' Giglodd y ddwy, a chario Doris yn ôl at y ffenest.

Curodd rhywun ar y gwydr, ond dim ond Gwenda o siop Boots oedd hi, ar ei ffordd adre. Roedd y stryd yn llawn o ddrysau'n cau a phobl yn brasgamu.

'Y llygod yn ei heglu hi,' meddai Elen. 'Dwi'n casáu'r Stryd Fawr pan fydd y siopa wedi cau. Dyna be 'di uffern. Drysa'n cau a gwacter.'

'Elen!' meddai Bron yn syn.

'Sorri.' Chwarddodd Elen a thynnu'i llaw dros y blew mân ar ei phen. Roedd Elen yn torri'i gwallt mor gwta ag roedd Tref yn arfer torri'i wallt e. Number Three cut. Ond fyddai Tref byth wedi gwisgo'r tlysau amryliw oedd yn hongian o'i chlustiau hi. 'Dwi wedi cael gormod o ddos o hen ddillad heddiw. Mae'n effeithio ar fy nghorff i. Dwi'n dechra troi'n ddymi fel Doris. Dwi'n teimlo fy nghoesa'n caledu. Dwi ...'

Roedd Bron ar ganol rhoi'r het wellt ar ben Doris. Edrychodd dros ei hysgwydd a gweld Elen yn sefyll yn stond, ei llaw chwith yn yr awyr a'r bysedd ar led, a'r llaw arall yn gafael mewn het anweledig.

'Idiot,' meddai a chipedrych drwy'r ffenest. Roedd teulu o bedwar yn sefyllian ar y palmant gyferbyn, a'r rhieni'n dangos Elen i'r plant. 'Mae pobol yn edrych arnat ti.'

Symudodd Elen ei breichiau fel pyped a daeth sgrechiadau llon oddi wrth y plant. Chwarddodd Elen a moesymgrymu. Camodd yn handi yn ôl i'r siop a chuddio'r tu ôl i'r sgrin. 'Sioe ar ben,' meddai. 'Dwed wrtha i pan fyddan nhw wedi mynd.'

Twtiodd Bron y darn o garped gwyrdd o dan draed Doris a rhoi'r blodau plastig yn ôl yn eu lle. Gwyliodd y teulu ar draws ffordd bob symudiad. Tan iddi gamu o'r neilltu doedden nhw ddim wedi gweld y poster oedd yn hongian ar astell. Dangosodd y rhieni'r poster i'r plant, a churodd y pedwar eu dwylo. Gwenodd Bron a chodi'i llaw.

'Ffrog goch neu beidio, maen nhw wedi'i deall hi,' meddai wrth fynd o'u golwg.

Erbyn iddi hi ac Elen gilio i gefn y siop, roedd y teulu wedi croesi'r hewl atyn nhw a'r plant â'u trwynau ar y gwydr.

'Dewch 'nôl i siopa fory, ffrindia bach,' sibrydodd Elen o dan ei gwynt a chodi ffrog Magi Morgan. 'Ych!' meddai, a'i hongian ar reilen. 'Dwi'n casáu cael stwff pan fyddi di'n nabod y perchnogion a'r rheiny wedi marw. Mae'n crîpi. Erbyn meddwl, 'dan ni wedi mynd i'r drafferth o dynnu'r ffrog o'r ffenest, ond mi alla rhywun ei phrynu, ac wedyn bysa Moss yn gweld rhywun o gig a gwaed yn gwisgo ffrog ei fam ac yn cerdded ar hyd y stryd.'

'Byse, ond mae hynny'n well na gweld dymi yn sefyll am fis yn ffenest y siop,' atebodd Bron. Estynnodd ei bag o dan y cownter a'i hongian am ei hysgwydd. Moss Moss Moss. Roedd hi'n amhosib cael gwared arno, druan. Mewn bocs ar y silff wrth y cownter roedd broetsh ei fam, y cylch o gerrig coch oddi ar ei ffrog werdd. Ar y silff islaw, mewn rhes fud, safai'i gasetiau. Gyda lwc fe fydden nhw wedi mynd erbyn y dydd Llun canlynol. 'Dere,' meddai wrth Elen, a chamu i'r awyr iach oedd yn arogli o lwch a tships.

'Bron!' Roedd hi wedi ffarwelio ag Elen ac yn pasio'r siop tships, pan glywodd hi'r floedd. Daeth Richie allan yn sionc â bocs cardfwrdd sylweddol yn ei law. 'Ddoe *cordon bleu*. Heddi bwyd y werin,' meddai. Rymblodd bol Bron yn uchel. 'Wps! T'ishe tshipsen?'

'Na ...'

'Gad i fi brynu tships i ti.'

Cyn iddi allu gwrthod, roedd Richie wedi gwthio'r bocs i'w llaw a diflannu 'nôl i'r siop. Aeth dau grwt ysgol i mewn ar ei ôl. 'Ishe bwyd arnoch chi heno, Mr Rees?'

'Ishe bwyd arna i wastad ar ôl eich dysgu chi lot. Chi'n hela fi'n wan,' atebodd Richie.

Daeth sŵn chwerthin o'r siop, ac eiliadau'n ddiweddarach fe ddaeth y ddau fachgen allan a llygadu Bron yn ddrygionus dros eu poteli Coke. Roedd Bron yn eu gwylio'n mynd at yr harbwr, pan welodd hi Huw'n dod tuag ati. Y tro hwn doedd dim dianc.

'Huw 'chan!' Camodd Richie rhyngddyn nhw, ac ysgwyd y bocsaid o bysgod a sglodion o dan drwyn Huw. 'Prynu trît fach i Bron, ar ôl be wnaeth hi i ni ddoe. Hei, gollest ti wledd.' Cusanodd Richie flaenau'i fysedd seimllyd. 'Gwledd!'

'Greda i,' meddai Huw, a'r atgof o'r ciniawau a gawsai ambell dro ar fferm Pantygwiail yn goleuo'i wyneb hirgul. 'O'n i mewn priodas ...'

'Doedd e'n ddim byd ond cinio cyffredin,' meddai Bron.

'Na.' Plyciodd Richie ei llawes a'i symud o ffordd tri motobeiciwr oedd yn anelu am y siop. 'Roedd e'n ffantastig. Wir i ti, Huw. O'dd e'n ... Ni all geiriau'i ddisgrifio. "The proof is in the pudding and the main course." Hei ...' Disgleiriodd ei lygaid.

Eiliadau cyn iddo ddweud gair, roedd Bron wedi deall. Triodd roi taw arno, ond chymerodd Richie ddim sylw.

'Hei,' meddai. 'Beth am gael cinio arall, Bron? Ie, pam lai? Biti i Huw golli ma's, yntefe, Huw?'

'Na,' meddai Bron yn bendant. 'Alla i ddim.'

'Wrth gwrs y galli di.'

'Alla i ddim codi arian eto.'

'Twt. O'n ni i gyd yn meddwl ei fod e'n werth dwywaith be dalon ni.'

'Na ...'

'Ac os yw e'n ormod o waith, fe alla i dy helpu di tro nesa. Dwyt ti ddim ishe siomi Huw, wyt ti?' Winciodd ar y fet.

'Richie!' meddai Bron.

Gafaelodd bysedd yn ei braich a gwasgu saim i'w llawes. 'Gad ti bopeth i fi,' meddai Richie wrth Huw, a dechrau tynnu Bron i gyfeiriad Stryd y Marian. 'O, Huw!' galwodd dros ei ysgwydd. 'Wnes i ddim cynnig tships i ti. Wyt ti ishe rhai?'

'Dim diolch,' meddai Huw ac anwesu'i gamera. Dim tships. Dim saim. Roedd e wedi bwriadu dangos i Bron y llun dynnodd e ohoni yn ffenest y siop. Fe gâi gyfle rywbryd eto. Doedd dim modd cystadlu â llais Richie.

Roedd Bron wedi rhoi'r gorau i gystadlu hefyd. Gadawodd iddo barablu. Dim ots faint barablai, doedd dim rhaid iddi wneud cinio. Daeth y ddau fachgen fu yn y siop tships i'w cyfarfod, a thair merch y tu ôl iddyn nhw'n sbecian drwy sgriniau eu gwallt a thros ysgwyddau'r bechgyn. Clywodd un yn dweud 'They've both got chips', wrth i Richie gymryd anadl.

Sôn am ei fam roedd Richie. Ers deunaw mis roedd hi mewn cartre EMI a leolid mewn hen blasty ugain milltir i ffwrdd. 'Dwi'n mynd lawr i'w gweld hi nawr,' meddai Richie. 'Dwi'n mynd ar y penwythnos, ond dwi'n

117

lico mynd un nosweth hefyd, os galla i. Weithie, ar ddiwedd y dydd, mae hi'n fwy cytûn ac y'n ni'n cael munudau bach heddychlon yng nghwmni'n gilydd. Mae'n eitha neis.'

Safodd ar y bont. Roedd ei gar i lawr yn yr harbwr, a bwriadai fynd yno i fwyta'i tships. Cymerodd Bron drueni arno.

'Dere i'r tŷ am baned,' meddai.

''Sdim ishe, Bron fach,' meddai Richie.

''Sdim ishe, ond mae croeso,' atebodd yn gelwyddog.

Edrychodd Richie ar ei watsh. 'Ocê 'te,' meddai. 'Diolch i ti. Wna i mo dy gadw di, achos bydd raid i fi fynd yn go glou.' Hymiodd yn hapus fel gwenynen. ''Sen i'n lico byw'n agos i'r harbwr hefyd,' meddai ar ôl croesi'r bont a gweld toeau Stryd y Marian yn wincian yn yr haul. Roedd y tri thŷ ar dop y stryd yn dai sgwâr, nobl, pob un yn eistedd ar sgwaryn o dir gwyrdd a grisiau'n arwain drwy'r lawnt at y drws ffrynt.

'Tŷ Capten Elias,' meddai Richie gan dywallt hanes y diweddar gapten i glustiau Bron. 'Meddylia. O'dd e ag un droed fan hyn ac un droed yn Newfoundland. Mae e wedi'i gladdu yn yr Hen Fynwent, ond digon posib fod ei atomau hefyd yn chwythu dros diroedd Canada.'

'Ar ôl yr holl amser?' gofynnodd Bron.

'Beth yw amser?' atebodd Richie.

'Mm,' meddai Bron yn synfyfyriol.

Cododd Richie ei fys. 'Pysgodyn yw amser, ac mae'n amser i ni ei fwyta e, Bron.'

'Ydy.' Chwarddodd Bron ac estyn am ei hallwedd.

Roedd ei chegin fach yn grasboeth ac yn arogli o'r afalau oedd yn y ddysgl ar y cownter. Agorodd Bron y drws cefn, a thra oedd hi'n berwi'r tegell ac yn chwilio am blatiau, aeth Richie allan i fwynhau'r llygedyn o haul oedd yn ochrgamu rhwng creigiau Traeth y Cregyn ac yn plygu dros do'r sied. Twymo'r tebot roedd Bron, pan glywodd hi ei lais.

'Be?' galwodd, nes sylweddoli mai siarad â rhywun arall roedd e. Sbeciodd drwy'r ffenest a'i weld yn pwyso dros y gât. Ar y lôn yn tynnu ffonau o'i glustiau roedd Moss. Pan gliciodd y tegell, fe suodd y sgwrs unochrog tuag ati, Richie'n glir ac yn groch a Moss yn mwmian.

'Shw mae pethe 'te? ... Ti'n iawn? ... Dwi'n mynd i'r Ship weithie. Pam na ddoi di? ... Ti ishe cwpwl o tships. Dere, 'chan.'

Moss yn strancio fymryn fel balŵn a'i chortyn yn sownd wrth y ddaear. O'r diwedd hedfanodd.

Daeth Richie 'nôl i'r tŷ gan grafu'i glust. 'Moss,' meddai wrth Bron.

'Weles i.'

'Pallodd e ddod i mewn. Oedd ots 'da ti 'mod i'n cynnig?'

Ysgydwodd ei phen. 'Na. Mae e wastad yn dianc cyn i fi allu siarad ag e.'

'Wel, pallodd e ta beth.' Caeodd Richie'r drws a mynd i sbecian drwy'r ffenest. 'Pwy a ŵyr ddirgelion y meddwl dynol?' meddai'n ddwys. 'Falle fod Sam Sheds yn iawn. Falle fod y miwsig wedi sgramblo'i frêns e. Fe ddaeth yffach o sŵn allan o'r iPod pan dynnodd e fe i ffwrdd. Digon i wneud i 'nghlustie i losgi.' Cyffyrddodd â'i glust eto. 'Ond 'na fe ...' Trodd a thynnu ceg gam ar Bron, oedd yn arllwys y pysgod a'r tships ar blât. 'Falle mai fe sy galla. Mae e'n gwneud be mae e ishe.' Disgynnodd i gadair, ei thynnu at y bwrdd ac estyn am y sôs coch. ''Sneb yn gwbod be sy o'i flaen e chwaith.'

''Sneb byth yn gwbod hynny,' meddai Bron.

'Heblaw ti, Bron.'

'Be?'

'Clywes i dy fod ti'n bwriadu mynd yn ôl i'r coleg,' meddai Richie'n hamddenol. ''Na beth glywes i. Felly, os wyt ti ishe help unrhyw bryd, rho wybod.' Dipiodd tshipsen i'r sôs a'i chnoi.

'Dwi ddim yn siŵr be dwi'n wneud eto,' meddai Bron. 'Ond Richie, ambutu'r cinio dydd Sul ...'

'Ie?'

'Dwi ...'

Ochneidiodd. Roedd cloch y drws wedi torri ar ei thraws, y blwch llythyron wedi fflapian, a llais Dafina'n cyhoeddi mewn acen posh: 'A nawr dyma'r newyddion. Mae mellten wedi taro Bronwen Jenkins yn ei thin a ...'

'Dere i mewn, Daf!' galwodd Bron.

Giglodd Richie.

Chwyrnellodd Dafina i'r tŷ, sefyll yn nrws y gegin, taflu'i breichiau ar led, gweiddi 'Da-dang!' ac yna tagu fel petai hi wedi cael ei tharo gan fellten go iawn. 'Wel, wel, 'na joio!' meddai, a'i llygaid yn sglefrio dros Bron, Richie ac yna'r plateidiau tships.

'T'ishe tshipsen, Daf?' gofynnodd Richie.

'Gym'a i un.' Gleidiodd Dafina dros y llawr a bachu un o tships Bron.

'Fe ro i rai ar blât i ti,' meddai Bron.

'Na, mae 'da fi swper yn y ffwrn.'

'Dim ond cwpwl bach.' Estynnodd Bron blât, rhoi tships a darn o bysgodyn arno a'i osod rhyngddi hi a Richie.

'Wel, ocê 'te. Aila i byth â gwrthod tships siop. Sut

wyt ti, Mr Rees?' Eisteddodd Daf, gwthio'i braich dan fraich Richie a'i gwasgu.

'Yn y seithfed nen yn dy gwmni di,' meddai Richie. 'T'ishe rhagor o tships?'

'Dim diolch.'

'Mae Richie ar ei ffordd i weld ei fam,' meddai Bron, wedi i Dafina roi pinsiad slei iddi.

'O.' Sobrodd Dafina, ac aros yn sobr, a siarad am broblemau Alzheimer's, nes i'r tships gael eu llowcio ac i Bron godi i arllwys y te. 'Alla i ddim aros,' meddai, 'neu bydd fy nghaserol i wedi sarnu. Ond fe ga i ddiferyn o ddŵr, rhag ofn i Dei wynto'r tships arna i a meddwl bod 'na tships i swper. Fe fyte fe tships bob dydd, petai e'n cael.' Llyncodd hanner gwydraid o ddŵr, rhoi dogn o sebon hylif ar ei dwylo, eu golchi a'u gwynto. 'Mmm. Lemwn,' meddai. 'Gyda lwc fe foddith e'r tships. Wela i di, Richie. A tithe, Bron.' Winciodd yn gynllwyngar.

'Ces,' meddai Richie, wedi iddi fynd drwy'r drws. 'Petai honna wedi cael gwneud beth oedd hi'n moyn, dyn a ŵyr ble byddai hi nawr. Yn y gwter neu yn y sêr.' Ac fe ailadroddodd yr hen, hen stori am fam Dafina yn ei llusgo oddi ar y trên.

14.

Ar nos Fawrth, wythnos yn ddiweddarach, ffoniodd Dafina i ofyn i Bron fynd draw i gadw cwmni iddi am fod Dei'n chwarae dartiau yn y Ship. Aeth Bron ar hyd y lôn gefn. Roedd hi wedi bod yn benwythnos poeth, a'r dydd Llun a'r dydd Mawrth yn boethach fyth. Ganol prynhawn roedd y tymheredd wedi cyrraedd deg gradd ar hugain. Roedd drysau pawb ar agor a Rory oedd yn byw drws nesa iddi'n gorwedd ar wastad ei fol ar ei lawnt a'i groen bron cyn goched â'i wallt.

Roedd Dafina wedi gosod ei bord blastig yng nghysgod y llwyni ffa. Pan welodd hi Bron yn dod, fe ruthrodd i'r tŷ a dod allan yn cario dau G & T. Gwthiodd wydr niwlog i law'i ffrind.

'Iechyd da!' meddai. 'Penolau lan! Dim ti. Y gwydr! *Bottoms up*, ferch! Ti'm yn deall Cymraeg?'

'Ydw,' meddai Bron, ac eistedd ar gadair werdd. 'Oes 'na ddathliad?' gofynnodd yn graff.

'Wel ...' Disgynnodd Daf yn ei hymyl. Cododd y sbectol haul oedd yn gorwedd ar y ford a'i rhoi ar flaen ei thrwyn. Trodd at Bron. 'Gesia be.'

'Be?'

'Ces i ffôn heddi.'

'O?'

'Twm Tom o Radio Cymru.' Rholiodd Dafina'i llygaid. 'Ie?'

'T'mbod be wedodd e?' Llyncodd Daf gegaid fawr o'i diod, pwyso'i gên ar ei brest a llusgo'i llais o waelod ei bol. 'Dafina, ti'n chwa o awyr iach!' Cododd ei gên eto. ''Na beth ddwedodd e!' gwichiodd. 'Fi yn chwa o awyr iach! A finne'n meddwl mai chwa o lwch siop y garej *mixed with boiled ham* o'n i. Ond na, dwi'n chwa o awyr iach! Blydi hel!' Roedd y ddiod wedi sarnu dros ei llaw. Llyfodd y diferion.

'Mae Twm Tom wedi gofyn i ti fynd ar ei raglen e!' meddai Bron.

'Ydy.' Smiciodd Dafina. 'Shwd dyfalest ti? Fi yw "llais y werin", medde fe. Dwi'n enwog. Mae pobol yn siarad amdana i.'

'O, Daf!' gwaeddodd Bron yn falch. 'Pryd fyddi di arno? Rhaid i ti ddweud wrtha i.'

'Pwy ddwedodd 'mod i wedi cytuno?' meddai Dafina'n swta.

'Ond ti wedi, yn dwyt?'

'Mm.' Gwasgodd Daf ei cheg yn belen fach a dweud mewn llais posh, 'Mae e ise i fi siarad am effaith dirwasgiad ar y Gymru wledig.'

'Wel, galli di wneud hynny, yn galli di?'

'Wrth gwrs y galla i,' snwffiodd Dafina. 'Fel dwedes i wrtho fe, dwi'n arbenigwraig ar Spirwasgiad, achos o'dd Mam yn arfer prynu corset Spirella.'

'Ddwedest ti mo hynna!' meddai Bron â gwên fawr ar ei hwyneb.

'Do, 'te!' meddai Dafina. 'Ac o'dd y cnec yn meddwl 'mod i'n siriys am funud. Dechreuodd e egluro be oedd dirwasgiad. ''Na ti *cheek*!' Daeth pwff o chwerthin o'i cheg ac aeth bybls lan ei thrwyn. 'Ta beth.' Sythodd Daf ei hysgwyddau. 'O'dd raid i fi blydi derbyn ei gynnig e, yn doedd, achos mae McNabs – Twm Tom, *no less* – wedi cynnig agor Palu Mlaen.'

'Wir?'

'Wir. Mae e'n mynd i agor y lle wythnos i ddydd Sadwrn.'

'Wel ... Mae hynna'n beth da, yn dyw e?' meddai Bron.

'Hy!' Cododd Dafina'n simsan a mynd i'r tŷ bach i chwydu. 'Ar nerfau oedd y bai,' ochneidiodd wedi dychwelyd i'w sedd. 'A'r gwres hefyd. Ond 'na wastraff jin.'

Aeth Bron i nôl gwydraid o ddŵr iddi, ac eisteddodd y ddwy ochr yn ochr, eu traed ar ddwy gadair, Bron yn yfed ei jin fesul diferyn a Daf yn sipian ei dŵr. Ar hyd y lôn roedd drysau'n cau a chymdogion yn cilio i'w tai.

'Ti'n meddwl bod storm yn mynd i ddod?' sibrydodd Dafina, gan syllu ar y sêr oedd yn bigau bach tanllyd, yn shrapnel ar groen yr awyr.

'Mm.' Crafodd Bron ei braich yn reddfol.

Fe ddaeth y storm ganol nos. Deffrowyd Bron gan daran foliog yn rholio dros lechi'r to. Swatiodd o dan gynfas ei gwely a gwylio'r ffenestri bob ochr iddi'n fflamio. Roedd ei drws led y pen ar agor a'r golau'n cwrdd ar y landin. Dechreuodd gyfri'r eiliadau. Cyn iddi gyrraedd pump, daeth y daran i'w byddaru. Cripiodd o'i gwely, a swatio yn y cysgodion ger ffenest y stydi. Roedd min arian ar y tonnau, y dre'n felynllwyd afiach, a'r afon yn sleifio'n llysnafeddog tua'r môr.

Meddwl am Gwyn wnaeth Bron wrth i'r glaw ddechrau pistyllio, Gwyn ar ynys bell ym mhen draw'r byd. Wedi i'r storm ddechrau cilio, fe feddyliodd am

Moss. Yn Aberberwan roedd sawl un yn meddwl am Moss y noson honno. Yn ei fyngalo y drws nesa i'w iard, cododd Sam Sheds a mynd i wneud paned o de iddo'i hun. Yn y bore cododd ei wraig a'i gael yn farw yn ei gadair.

15.

Fe gymerai sawl awr i hanes Sam ledu drwy'r dre. Yn ôl ei arfer ar fore Mercher roedd Huw Harris wedi gyrru i'w hen syrjeri. Roedd merch â gwallt pinc yn sefyll wrth y cownter a horwth o gwningen flin yn ei breichiau. Sleifiodd Huw ar ras i fyny'r grisiau, cyn i'r ferch droi i siarad ag e. Roedd e wedi cynghori Nia Shaw droeon i beidio â gorfwydo'i chwningod a rhoi lle iddyn nhw redeg.

Pum munud i un ar ddeg. Dim amser i'w golli. Agorodd y ffenest, tynnu'r camera o'i ges a sbecian drwy'r lens ar y stryd islaw. Roedd yr haul yn danbaid a'r palmentydd yn stemio.

'Mr Harris!' Ochneidiodd wrth i gwmwl pinc lenwi'r lens. Roedd Nia newydd gamu allan o'r syrjeri, ac yn sefyll yn union oddi tano. 'Mr Harris, wyt ti'n cymryd ffoto?' galwodd.

'Ydw.'

'A!' Croesodd Nia'r stryd, a throi i'w wynebu gan ddal y gwningen yn uchel.

Ochneidiodd Huw. Weithiau, weithiau roedd hyn yn digwydd. Roedd rhywun yn gweld y camera ac yn mynnu sefyll a dangos ei ddannedd. Ond nid fel hyn oedd hi i fod. Sbeciodd ar ei watsh, a thynnu llun merch a chwningen ddu a gwyn. Cododd ei fawd a chwarddodd Nia. Sibrydodd rywbeth yng nghlust y gwningen wrth iddi gerdded i ffwrdd.

Dileodd Huw Harris y llun ac aros nes i'w watsh gyrraedd deg eiliad cyn un ar ddeg. Yna fe gyfrodd i ddeg a thynnu.

Roedd Nia Shaw yn dal yng nghornel y llun. Cyn i Huw allu rhoi'r cap yn ôl ar y lens, tasgodd pelydryn o haul oddi ar y fan wen oedd yn gyrru islaw, taro'r camera ac adlamu i lawr y stryd.

Disgleiriodd yn llygaid Richie Rees oedd yn hysio hanner dwsin o ferched Blwyddyn 12 i gyfeiriad amgueddfa'r dre. Erbyn iddo fe orffen blincian a rhwbio'i lygaid, roedd y merched wedi rhuthro am ryw fenyw â gwallt pinc.

'Ferched!' gwaeddodd.

'O, syr! 'Drychwch,' gwaeddodd un. 'Yn dyw hi'n ciwt?'

'Symudwch hi nawr. Beth y'ch chi'n wneud?' Gwenodd Richie'n ymddiheurol ar y fenyw gandi-fflosaidd oedd ymhell o fod yn giwt yn ei dyb e.

''Drychwch!' Symudodd y clwstwr merched a datgelu pen du a gwyn yn swatio o dan y gwallt pinc. 'Cwningen! Yn dyw hi'n lyfli?'

Snwffiodd Richie. 'Gadewch lonydd iddi! Mae'n cael ofan. Symudwch hi NAWR!'

'Oooooo.' Suodd y sŵn ar hyd y stryd.

Blydi hel, meddai Richie o dan ei wynt a bu bron iddo gamu allan o flaen car merch Sam Sheds oedd yn gyrru adre i gysuro'i mam.

Erbyn y prynhawn roedd staff ysgol Aberberwan wedi clywed y newyddion trist, a Richie'n gorfod egluro i'r newydd-ddyfodiaid pwy yn union oedd Sam ac i bwy roedd e'n perthyn.

'Mae'n bryd i ti ehangu dy orwelion, Richie,' meddai Sophie Adams, pennaeth yr adran fathemateg, wedi i'r gloch ganu ac i bawb arall adael y stafell athrawon. Eisteddai Sophie'n gefnsyth wrth y ford yn marcio gwaith cartre, ei sbectol Armani'n isel ar ei thrwyn a'i gwallt claerwyn fel capan nofio am ei phen. Roedd Richie'n lled-orwedd ar gadair freichiau ac yn crafu'i bigwrn o dan ei hosan.

'Mae 'ngorwelion i'n ddigon eang,' meddai Richie'n llon.

'Yn ymestyn hyd at Stryd y Marian?'

'Be ti'n feddwl?' Stopiodd y crafu. Roedd e wedi gweld Bron fore Sul ac wedi'i pherswadio i wneud cinio iddo fe a'r bois y Sul canlynol, ond go brin fod Sophie'n gwybod am hynny.

'Meddwl falle hoffet ti fynd yn bellach,' meddai Sophie dros ei sbectol.

'Ble?'

'Ibiza.' Estynnodd Sophie i'r bag oedd yn pwyso yn erbyn ei chadair. 'Ibiza,' ailadroddodd, gan dynnu llythyr o'r bag, a'i roi ar ymyl y ford. 'Darllen e.'

Agorodd Richie'r amlen a bwrw golwg sydyn dros y cynnwys. 'Llongyfarchiade.'

'Wel?'

'Wel?' Cododd Richie ei ysgwyddau. 'Ti wedi ennill wythnos i ddau yn Ibiza.'

'Ydw.'

'Drwy gynnig ar gystadleuaeth ar gefn bocs bwyd cathod.'

'Tri allan o dri, Richie.'

'Ac rwyt ti'n meddwl gadael dy ŵr a 'nghipio i i ffwrdd am wythnos bleserus.'

'Tria 'to.'

'Wythnos uffernol o bleserus.'

Ysgydwodd Sophie ei phen a thynnu llinell goch ar draws y dudalen o dan ei thrwyn.

'Rwyt ti ishe i dy ŵr 'y nghipio i i ffwrdd.'

'Richie,' meddai Sophie. 'Dwi ishe i ti brynu'r gwylie oddi wrtha i am bris bargen a mynd gyda pwy bynnag fynni di. Heblaw fi a Bob wrth gwrs.'

'Lle i strabs yw Ibiza,' wfftiodd Richie, a rhoi'r llythyr yn ôl ar y ford.

'Wyt ti wedi bwcio gwylie 'to?' gofynnodd Sophie. Cododd a mynd i eistedd yn ei ymyl.

'Dim eto.'

'Pam nad ei di i Ibiza 'te? Bydd yn newid i ti. Wythnos – 'na i gyd yw e.'

'Pam nad ei di, os yw e mor grêt?'

'Mae Bob a fi'n mynd i Florida am wylie golff.' Cododd y llythyr, ei blygu a'i wthio i boced siaced Richie. 'Meddylia dros y peth. Ateb i mewn erbyn fory. Fe wneith les i ti, Rich. Rwyt ti'n dda iawn i dy fam, ond mae ishe i ti ofalu amdanat dy hunan hefyd. Ocê?' Disgynnodd llaw fain a phum ewin disgleirwyn ar draws pen-glin Richie. 'Ocê? Mae gen ti basbort?'

'Oes. Pasbort i baradwys,' snwffiodd Richie. 'A dyna'r unig le sy'n gwneud y tro.' Cododd a mynd allan o'r stafell.

Ddiwedd y tymor fe fyddai wedi bod yn dysgu am bum mlynedd ar hugain yn Ysgol Uwchradd Aberberwan. Oedd Sophie a'r lleill yn gwybod? Doedden nhw ddim wedi sôn.

Anelodd am y drws ffrynt, ond roedd hi'n diwel y glaw.

16.

Fe fwrodd drwy weddill yr wythnos. Bore Sul roedd y glaw'n neidio oddi ar do sied Bron, yn tabyrddio ar y darn patio'r tu allan i'r drws cefn ac yn boddi hisian y cig yn y ffwrn a bwrlwm y llysiau. Roedd Dylan wedi ffonio nos Iau i ddweud ei fod e a Mel yn dod ati dros y penwythnos, a hithau wedi gorfod cyfaddef bod ganddi westeion ar gyfer y Sul. Er mai Richie oedd wedi troi'i braich, fe ddododd y bai ar Huw. Roedd Dyl yn ddigon cyfarwydd â Huw, ond fe ddigiodd 'run fath a chanslo.

Doedd hi ddim yn dywydd teithio beth bynnag. Disgynnai'r glaw'n farrau heyrn o flaen ei drws ffrynt, ac adlamu oddi ar ymyl y palmant. Roedd afonydd yn gorlifo ar draws y wlad, cae Palu Mlaen yn stecs, a'r bedd oedd wedi'i dyllu i Sam Sheds ym mynwent Llandanad yn llenwi â dŵr. Roedd Sam wedi gwneud i Moss addo, pan gafodd ei strôc ddwy flynedd ynghynt, y byddai'n cludo'i arch, ond heb yr iPod yn ei glust. 'Dwi ishe clywed tyner lais,' meddai Sam, 'ac nid y rybish 'na sy gen ti. Bydd hwnnw'n ddigon i wneud i fi godi o'r arch a rhedeg.'

'Bydd raid i Moss fynd adre i newid i'w siwt,' oedd y siarad yn y dref. 'Siawns na fydd Sam yn llwyddo i wneud ar ôl marw beth na lwyddodd e i'w 'neud pan oedd e'n fyw, sef cael Moss i weld synnwyr.'

Roedd y glaw'n llen dros ffenestri tŷ Bron a'r afon yn gwallgofi. Chlywodd hi mo'r car yn aros wrth y drws ffrynt. Canodd y gloch yn groch. Roedd cysgod Richie'n gwasgu'n dynn yn erbyn y drws. 'Bron!' ebychodd pan welodd hi. Agorodd ddrws y teithiwr a hysio Emlyn dros y rhiniog. 'Y!' Cloiodd y car, rhwbio'r diferion oedd yn rhedeg i lawr ei wegil a tharo yn erbyn Emlyn, oedd yn oedi ar ymylon y carped fel plentyn sy newydd ddechrau cerdded. 'O, sorri. Y'n ni'n mynd i sarnu dy garped di.'

'Na, mae'n iawn. Dewch â'ch cotiau. Oes ots 'da chi os gadawa i nhw yn y bathrwm am nawr?'

Na, doedd dim ots, ond diferodd y cotiau dros sgert Bron a thros ei choesau a gadael patshys mawr gwlyb ar ei blowsen.

Erbyn iddi fynd lawr stâr roedd y lleill wedi cyrraedd, a rhagor o gotiau'n diferu.

'Bois! Mae'n ddiwedd y byd,' meddai Richie.

'Paid â dweud 'na o flaen Henry,' meddai Ieuan yn smala. 'Henry yw'r arbenigwr ar ddiwedd y byd, *aren't you*, Henry?'

'No. Na,' meddai Henry. 'Dim diwedd, ond dechrau.'

'"O na byddai'n haf o hyd",' canodd Richie.

'Ewch i eistedd lawr,' meddai Bron, gan arwain y ffordd i'r stafell fwyta a mynd i rwbio'r niwl oddi ar y ffenest. 'Sorri fod pobman yn edrych mor ddiflas.'

'Diflas? Mae dy wên di'n ddigon i godi'n calonne ni,' meddai Richie. 'A! Dwi newydd gofio rhywbeth. Rho'r gwydrau ma's, Bron.' Cododd ei fys a phlymio 'nôl i'r glaw.

Roedd Huw wedi eistedd yn y sedd lle'r eisteddodd Emlyn o'r blaen. Oedodd Emlyn yn ddryslyd. 'Eisteddwch ble mynnwch chi,' meddai Bron wrtho. 'Gyferbyn â fi, os y'ch chi'n moyn.'

'Aaaa!' Daeth bloedd o'r pasej a sŵn potel yn taro'r carped.

Syllodd pawb i gyfeiriad y drws.

'Sorri, bois. O'dd 'y nwylo i'n slic.' Daeth pen Richie i'r golwg.

'Wedi torri?' gofynnodd Huw.

Camodd Richie at y bwrdd a'i ddwylo'r tu ôl i'w gefn. 'Da-dang!' Dangosodd ddwy botel gyfan.

'A' i i moyn tywel i sychu'r poteli rhag ofn iddyn nhw lithro eto,' meddai Bron.

'Ac fe a' i i olchi a sychu 'nwylo,' meddai Richie gan ei dilyn i'r gegin.

'Dwyt ti ddim yn talu heddi,' meddai Bron pan oedd e'n sefyll wrth y sinc. 'Ti wedi dod â photeli. Doedd dim ishe.'

'Twt twt. Wnes i 'mond dod â'r rheina i ysgafnhau'r sgwrs,' sibrydodd. ''Na i gyd dwi wedi'i glywed drwy'r wythnos yw hanes Sam Sheds a be sy'n mynd i ddigwydd i Moss. Dwi'n edrych mla'n at y gwylie i gael dianc o 'ma.'

'I ble?'

'Ibiza.' Winciodd. 'Dim ond am wythnos, cofia. Dim ond am wythnos.' Tynnodd ei ddwylo dros ei wallt. 'Damio, dwi wedi gwlychu 'nwylo eto.' Sychodd am yr eildro, brasgamu ar draws y pasej a bloeddio canu 'Que viva España!'

Richie'n canu am Sbaen a'r lleill yn trafod Moss a Sam Sheds. Tra oedd yn torri'r cig eidion, gwrandawodd Bron ar y ddwy dôn wrthgyferbyniol yn gwau drwy'i gilydd, Richie'n agor poteli ac yn swagro yng ngwres Môr y Canoldir a phawb arall yn boddi'n gwynfanus ar graig laith yng ngorllewin Cymru. Roedd Mrs Sam yn bwriadu gwerthu'r busnes a phwy fyddai eisiau cyflogi dyn oedd yn byw mewn ogof, gofynnodd Huw. Llai nag ogof, meddai Ieuan. Roedd e'n un o nifer oedd wedi dringo llwybr y graig yn unswydd er mwyn gweld lloches Moss. Dim ond silff fach oedd hi, a darn o ddarpolin drosti.

'Chi wedi'i gweld hi, Bronwen?' gofynnodd, pan ddaeth Bron drwy'r drws a gosod pentwr o blatiau ar y ford.

'Na.' Pesychodd Bron wrth i'r stêm oglais ei gwddw. 'Na, dwi ddim.' Roedd hi a Dafina wedi osgoi Traeth y Cregyn oherwydd swildod. Teimlodd reidrwydd i gynnig eglurhad gwahanol. 'Fe dreuliodd Tref gymaint o amser ar Draeth y Cregyn ...'

'Ac mae'n dod ag atgofion yn ôl i ti,' meddai Huw.

'Atgofion. Atgofion,' meddai Richie. 'Mae atgofion yn werthfawr. Pa fath o bobl fydden ni petaen ni'n cofio dim o un funud i'r nesa? Be ti'n feddwl, Emlyn?'

Gwasgodd Emlyn ei law dros ei frest.

'Fe fyddai'n bywydau fel casgliad o luniau,' meddai Huw gan chwarae tiwn â'i fysedd hir. 'Heb gysylltiad rhwng un a'r llall.'

''Na i chi farn ffotograffydd,' meddai Richie.

Ciledrychodd Bron ar Huw, a gwenodd Huw'n gynllwyngar. Trodd a dianc am y gegin. Tu allan i'r drws cefn chwarddai'r gwteri'n ddwfn a gogleisiol. Wrth iddi blygu dros y plât cig disgynnodd dwy law ar ei hysgwyddau a phlannwyd cusan gwin coch ar ei boch.

'Richie!' protestiodd.

'Ti'n ei haeddu.' Cymerodd y plât o'i llaw a mynd i ffwrdd dan chwerthin.

Disgynnai'r glaw'n drymach nag erioed. Tawodd

pawb a gwrando. Roedd waliau'r tŷ'n dirgrynu. Morth-wyliai'r glaw yn erbyn y ffenest, a'r dafnau mawr yn toddi'n ffrils tonnog. Teimlodd Bron y gwres yn cronni ar ei hwyneb a gwelodd Emlyn yn sychu'i dalcen. Roedd Emlyn yn dal i wisgo'i siaced, a Henry ei siwmper.

'Mae'n ddrwg gen i ei bod hi mor boeth,' meddai. 'Alla i ddim agor y ffenest o achos y glaw. Os y'ch chi ishe tynnu'ch siaced, Emlyn ...'

'Poeth!' wfftiodd Richie, oedd yn rhofio'r sleisys cig ar blatiau. 'Mae hwn yn cŵl o'i gymharu â *foreign parts*, yn dyw e, Em?

Symudodd llaw Emlyn ar ei hunion i warchod y llythyr yn ei boced fewnol. Wrth wneud hynny fe fflapiodd ei siaced ar agor. Rhochiodd Emlyn, symud ei law a slapio'r siaced yn dynn at ei frest.

'Ti'n iawn?' crawciodd Richie mewn braw.

'Ydw.' Tasgodd y gair o geg Emlyn a hoeliwyd pum pâr o lygaid arno.

Hyrddiodd y glaw yn erbyn y ffenest a boddi'r distawrwydd gofidus. Gadawodd Emlyn i'w law lithro i lawr nes cyrraedd ei lin. Gwthiodd wên ar ei wyneb.

Roedd Richie'n dal i sbecian yn wyliadwrus. Estynnodd blât i Emlyn. 'Wyt ti wedi bod dramor, Em?' gofynnodd yn herciog.

'Ydw.'

'Ble?'

'Israel.'

'O, ie, trip y capeli. Fyddet ti ddim yn lico mynd i rywle arall?'

'Buest ti yn Ffrainc gyda thrip yr ysgol, yn do fe?'

Ieuan oedd wedi siarad. Llonyddodd anadl Emlyn a llenwi'i ysgyfaint. Pa hawl oedd gan Ieuan i gofio?

'Fe fuest ti, yn do?'

'Do.' Neidiodd y gair allan mewn pwff o wynt.

'O'n i'n meddwl.'

Roedd dannedd gosod Ieuan cyn wynned â'r dannedd oedd wedi gwenu ar Emlyn o gysgodion Neuadd y Dref hanner canrif ynghynt, y dannedd wenodd ar Paule, cyn i'w perchennog ei chipio o law Emlyn a'i chwyrlïo ar draws y llawr. Yn ddiweddarach fe briododd Ieuan ferch nid annhebyg i Paule, un fach dawel, swil, ond nid rhy swil i'w adael ugain mlynedd yn ddiweddarach a mynd i fyw gyda phartneres yng Nghaerfyrddin.

Disgynnodd plataid o bwdin Efrog dan drwyn Ieuan a thynnu'i sylw oddi ar Emlyn.

'Bron!' meddai Richie, gan ddal ei bwdin Efrog ar flaen ei fforc. 'Mae hwn yn ddigon mawr i wneud gwely i hamster. Henry, it's big enough ...'

'Yes.' Roedd Henry wedi deall. 'Mae e'n blasus iawn, Bron.'

'Gobeithio. Helpwch eich hunain i'r llysiau,' meddai Bron.

'Sh!' Cododd Richie ei law.

Gwrandawodd pawb yn astud.

'Beth?' meddai Ieuan.

'Mae'r glaw wedi stopio,' meddai Richie.

'Ydy!' meddai Huw'n falch. Cododd ar ei draed ac agor top y ffenest. Llifodd rhuthr gorffwyll yr afon i mewn drwy'r agen a sugno'r stêm i'w ganlyn. Dawnsiodd awel fain dros dalcen a gwegil. Symudodd llaw Emlyn yn ofalus tuag at y tatws rhost.

'I haul ar fryn a haul ar Fron,' meddai Richie gan wincio'n awgrymog a chodi'i wydr.

Llifodd y gwin coch gwresog i wddw pawb a ffrydiodd y chwys.

Esgusododd Bron ei hun a mynd i nôl ffan o'r llofft. Roedd hi wedi'i phrynu i Tref haf llynedd, pan oedd e'n methu cysgu o achos y gwres. Dododd y ffan ar y llawr yn ymyl y drws i gynhyrfu'r stêm a'i blethu'n gortynnau.

'Mae'n addo tywydd mwy iachus o hyn ymlaen,' meddai Huw.

'O hyn ymlaen. Palu Mlaen,' meddai Richie. Cododd ei wydr eto. 'I Dafina a'i *diggers*,' meddai. 'Merch Dafina ddylwn i ddweud, er mai Dafina oedd yn siarad ar y radio wythnos hyn 'to, yntefe?'

'Bydd y parc *diggers* yn agor yn swyddogol wythnos i ddydd Sadwrn,' meddai Bron.

'A bydda i ar fy ngwylie!' ochneidiodd Richie. 'Ond mae gen i syniad. Be am i ni fwcio sesh ar ôl i fi ddod 'nôl? Ni'n chwech?' Symudodd ei fys fel bys cloc rownd y ford.

Dim ond Emlyn oedd yn bwyta. Roedd e wedi plannu'i gyllell a'i fforc mewn taten rost a'u sŵn yn tician drwy'r tawelwch. Fe glywodd e gynnig Richie, a dal ati i falu'r geiriau a'r daten rhwng ei ddannedd.

Sylwodd Huw fod gwên Ieuan yn deneuach nag y gwelsai hi erioed, mor denau â'r sleisys ymennydd llygoden welodd e yn ei gylchgrawn. Unrhyw funud nawr byddai'n rhwygo'n ddwy a'r Ieuan go iawn yn brigo i'r wyneb.

'Digger session?' gofynnodd Henry.

'Yes. To support Dafina's daughter.'

Nodiodd y dyn bach. 'Ie, wir.'

'Faint mae'n gostio?' meddai Ieuan.

'Dim ots be mae'n gostio, fe dala i. Trît i chi, achos

dwi wedi cael gwylie ym Ibiza am bris rhad. Ie!' Cododd ei law i dawelu'r cwynion. 'Trît i chi i gyd.'

'Na,' meddai Bron. 'Fydde Sal ddim yn fodlon i fi dalu.'

'At yr achos ...'

'Na.'

'Sh!' meddai Richie. 'Pryd sy'n gyfleus i bawb?'

'Byth,' meddai Ieuan.

'Paid bod fel'na ...'

'Richie bach,' meddai Huw. 'Ti'n rhy ifanc i gael dy weld yn ein cwmni ni.'

'Pam?' Ffromodd Richie.

'Rwyt ti'n dal i weithio,' meddai Huw. 'Gad hi. Cer 'da rhywun arall.'

'Bytwch lan,' meddai Bron yn frysiog. 'Bytwch. Emlyn?' Roedd Emlyn yn prysur glirio'i blât. 'Rhagor o datws?'

Llyncodd Richie gegaid o win. 'Ti ddim lot yn hŷn na fi, wyt ti, Bron?' meddai'n gwynfanllyd. 'Ta beth, glywoch chi mo Dafina'n siarad ar y radio? Dwedodd hi nad yw oedran yn bwysig. Dyle pobl ddal at eu breuddwydion, dim ots faint yw eu hoedran nhw.'

'Dyw gyrru *diggers* ddim yn freuddwyd i fi. Dwi wedi'u gyrru nhw ddigonedd o weithie,' wfftiodd Ieuan. 'Athrawon fel ti sy'n deall dim.'

'Richie, byta, neu mi fydda i'n cael siom,' meddai Bron.

Roedd wyneb Richie cyn goched â'r gwin a pherlau o chwys yn glynu wrth y blew du a gyrliai dros goler agored ei grys gwyn llewys cwta.

'Bron,' meddai gan gipio'i llaw. 'Gwae fy myw petawn i'n rhoi siom i ti.' Cusanodd ei bysedd a gafael yn ei gyllell a'i fforc. 'Y'n ni, athrawon, yn aml yn palu ar dalcen caled iawn. Fyddai'r un *digger* yn gallu torri trwyddo, cred ti fi.'

'O'dd Dafina'n iawn, cofia,' meddai Huw yn gymodlon. 'Mae ishe i ni i gyd gadw ati. 'Na'r broblem 'da Moss ...'

'Moss, Moss,' snwffiodd Richie ar ei draws. 'Y'n ni ddim yn mynd i landio fel Moss. 'Drychwch arnon ni. Mae gyda ni ffrindie. Y'n ni'n siarad â'n gilydd.'

'Wel, ti'n siarad digon,' meddai Ieuan.

'Ocê, siarada di.' Pwysodd Richie 'nôl yn ei gadair. Estynnodd Emlyn am daten rost arall.

'Emlyn sy'n ei deall hi,' meddai Huw. 'Dewch, bytwch, bois bach. Gwell ceg lawn na siarad gwag.'

'Gwag!' bloeddiodd Richie.

'Richie!' meddai Bron.

'Henry,' meddai Richie. 'Dwed rywbeth i godi safon y drafodaeth.'

'Ie,' meddai Henry. Roedd e eisiau dweud rhywbeth am Moss. Cyn i'r glaw ddod, a chyn i Sam Sheds farw, roedd e wedi eistedd ar y graig adeg machlud haul prin ddecllath oddi wrth Moss, ac roedd 'na ddisgleirdeb hyfryd ar wyneb Moss er nad oedd e'n gwrando ar fiwsig. Falle'i fod e'n hapus? Tra oedd Henry'n ymbalfalu am y geiriau, cododd Emlyn ei wydr a chymryd tracht herfeiddiol. Ffrwydrodd ei beswch dros y ford, a chwalu Cymraeg Henry'n ddarnau.

'Emlyn, 'chan!' gwaeddodd Richie.

Bwldagodd Emlyn, a'i lygaid bron â neidio o'i ben.

'Anghofies i roi dŵr ar y ford!' meddai Bron gan anelu am y gegin.

Wedi llenwi'r jwg ddŵr, agorodd y drws cefn a gweld

symudiad ar y lôn. Moss Morgan. Roedd e'n anelu am y dre a'i grys-T llwyd yn swingio'n llac am ei gorff. Roedd e'n amlwg yn sych gorcyn. Camodd yn ôl i'r tŷ a dychwelyd at ei gwesteion heb ddweud gair.

Erbyn i'r cinio ddod i ben teimlai Bron fel petai wedi amsugno holl leithder y tŷ ac wedi chwyddo fel balŵn. Roedd ei dillad yn dynn ac ysai am gael cawod, ond roedd Richie ar ôl. Roedd e wedi yfed o leia hanner potelaid o win ac yn mynd i adael y car ar Stryd y Marian tan y nos. Yn y cyfamser roedd e am helpu. Roedd e'n rhoi'r cig oedd dros ben ar blât glân a Bron yn lapio sleisys iddo ar gyfer swper.

Yn y pasej daliai'r ffan ati i chwyrlïo, ond roedd y tŷ wedi oeri erbyn hyn, y ffenestri'n sych a'r haul wedi treiddio i'r paenau a'u troi'n wydr aur. Y tu allan roedd y byd yn stemio a'r gwylanod yn crawcian nerth eu pigau. Pan aeth Bron i ysgwyd y lliain bwrdd yn yr ardd gefn, fe wibiodd un fel bollt o'r to. Teimlodd wynt ei hadenydd yn ei gwallt a gwichian mewn braw.

'Bron?' Yn ei frys i'w hachub sgidiodd Richie ar y llwybr a gadael ôl ei sgidiau yn un rhimyn hir.

Dychrynodd yr wylan a hedfan i ffwrdd heb ddim yn ei phig. Yr un pryd daeth pen Rory drws nesa i'r golwg dros y ffens.

'Ti'n iawn, Bron?'

'Ydw,' meddai wrth y ddau ddyn.

'Mr Rees,' meddai Rory, oedd â mab ym Mlwyddyn 10. Nodiodd ar yr athro chwyslyd a throi ei wyneb tuag at y drws cefn. Roedd arogl cinio dydd Sul yn dal i ogli berarogli'r awyr. Trodd i syllu unwaith eto ar Richie, a disgynnodd diferyn o law oddi ar y ffens a threiglo dros ei wddw. Richie Twitchy a Bron? Duw help. Ymlwybrodd Rory'n feddylgar yn ôl at y tŷ a'i goesau noeth yn wlyb sopen. Roedd Rory a'i wraig wedi gwahanu, ond roedden nhw'n dal yn ffrindiau. Tra oedd yn ei ffonio fe sylwodd fod drws cefn Bron yn dal ar agor, ond chlywodd e mo'r sgwrs.

'Galla i roi lifft adre i ti, Richie,' meddai Bron.

'Na. Fydda i'n iawn.' Tynnodd Richie ei glust. Roedd ei geg yn sych. Agorodd ei geg i ofyn am baned, ond fe achubodd Bron y blaen.

'Dwi'n mynd ma's ta beth.'

'Wyt ti?' Siom yn ei lais.

'Lan i'r hen gartre.' Doedd hi ddim wedi bwriadu. 'Galla i fynd heibio tŷ chi.'

'Na, mae'n iawn.' Sythodd Richie ac ymbalfalu yn ei boced am allwedd y car, nes cofio. 'Mi a' i ling-di-long.' Winciodd.

Gwenodd Bron. 'Diolch i ti, Richie.' Roedd hi wedi rhoi'r cig mewn bag plastig. Dododd y bag yn ei law.

Aeth lan i'r llofft a'i wylio'n cerdded yn araf ac igam-ogam rhwng y pwdelau dŵr.

17.

Roedd Daf wedi'i rhybuddio sawl gwaith rhag Richie, ar ôl ei weld e'n bwyta tships wrth ford y gegin. Oen swci yn chwilio am fam oedd Richie, yn ôl Daf, a 'phaid ti â meddwl am ailddechre magu'. Sleifiodd Bron ar draws y lôn gefn i'w garej, gan ddisgwyl clywed bloedd ei ffrind. Ond waeddodd neb, a sylwodd hi ddim ar Rory'n ei gwylio o ffenest ei lofft.

Roedd Bron wedi newid pob pilyn o'i dillad, ac wedi golchi'i gwallt. Teimlai'n ffres ac yn grimp ac yn rhydd. Grwnai'r car yn fodlon wrth ddisgwyl iddi gau drws y garej, ac yna fe ddihangodd y ddau o'r lôn gefn, a hedfan ar hyd yr arfordir llachar, y ffenestri ar gau a'r system awyru yn chwythu'i hanadl. Doedd ei mam erioed wedi dysgu gyrru na beic, na cheffyl, na cherbyd o unrhyw fath. Allai Bron ddim dychmygu hynny. Roedd hi am yrru a gyrru nes byddai'r car yn rhedeg allan o ddiesel. Roedd hi am hedfan yn ei char i blaned Neifion ac yn ôl. Faint o amser gymerai hynny? Deng mlynedd? Pymtheg? Pymtheg mlynedd o eistedd a mynd yr un pryd, heb orfod gwneud dim ond disgwyl.

Wnaeth hi 'run o'r ddau chwaith. Ar ôl cwta chwe milltir, fe adawodd yr hewl fawr a throi am bentre Bryncelyn ar hyd y lôn droellog, gyfarwydd. Filltir cyn cyrraedd y pentre stopiodd y car yn y gilfach uwchben Pantygwiail.

Gorweddai Pantygwiail yn llygad haul y prynhawn, a'i iard yn wyn er gwaetha glaw'r bore. Roedd pob bleind ar gau yn y conserfatori newydd a'r paneli haul yn foliog felyn ar y to. Gorlifai blodau o'r tybiau ar y patio. Ddiwedd haf llynedd roedd hi wedi teithio'r ffor' hyn, wedi tynnu llun o Bantygwiail a'i e-bostio i Dylan a Gwyn. Wnaeth Dylan mo'i nabod, a'r cyfan ddwedodd Gwyn oedd 'Diolch'. Oedd hiraeth arnyn nhw? Pwy a ŵyr? Dim digon o hiraeth i ddal eu gafael ar y cilcyn hwn o dir. A beth amdani hi? Na, theimlai hi ddim hiraeth y funud honno, dim ond mymryn o eiddigedd am fod y perchnogion newydd, Jim a Mavis Camm, wedi llwyddo i ddofi a moldio'r tŷ lle methodd hi.

Diffoddodd Bron injan y car a mynd i sefyll ger y clawdd. Roedd y clawdd wedi'i eillio a'r llwyni llysiau duon bach yn ddim byd ond brigau briw. Plethodd ei breichiau a sefyll fel cerflun uwchlaw'r llethr o flodau menyn. Bronwen Jenkins, Angel y Gorllewin. Bronwen Jenkins a'i hadenydd ar gau.

Gyferbyn â hi chwythai'r coed pin eu hanadl laith, a sgipiai Nant Ferw'n glaerwyn drwy'i cheunant at afon Engan. Ymgolli yn ei chân roedd Bron, pan ddaeth Mercedes arian rownd y gornel a brecio.

'Caught you, Bronwen Jenkins!' gwaeddodd llais syn.

'Mavis!' Trodd Bron a gweld perchennog newydd Pantygwiail yn syllu arni a chudynnau o'i gwallt brith yn chwythu drwy'r ffenest.

'What are you doing up here?' meddai Mavis. 'Come down to the farm, girl. Come down.'

Ysgydwodd Bron ei phen. Triodd esgusodi'i hun. Gwyddai fod Mavis wedi camddeall. Nid hiraethu roedd hi, ond breuddwydio. Ond roedd ei hesgusodion yn dila a Mavis yn daer. Yn doedd hi wedi gwahodd Bron sawl gwaith, a Tref hefyd o ran hynny? Mynnodd fod Bron yn dringo i'w char ac yn ei dilyn i lawr y rhiw, lle sisialai'r cloddiau eu hen gyfarchion. Gyrrodd Bron dros y bont fach, a thrwy'r gât newydd sbon o haearn bwrw â'i phatrwm o ddail y dderwen.

Cyn gynted ag y gwnaethon nhw barcio ar yr iard, rhwng y tŷ a'r bwthyn gwyliau, neidiodd Mavis o'i char a dod i agor drws Bron.

'We've done our best to keep the character of the place,' meddai gan gywilyddio'n sydyn a dal y drws yn gilagored. Pendiliai cadwyni o gerrig amryliw am ei gwddw a jinglan yn ofidus yn erbyn y ffenest. Merch dal, athletig oedd Mavis. Dylan oedd wedi sylwi bod ganddi'r traed hira a welsai ar fenyw erioed. Traed tebyg i swp o frigau collen.

Symudodd y traed a gadael Bron yn rhydd. Cyn iddi allu camu o'r car, roedd Jim wedi dod at y drws ffrynt, papur yn ei law a sbectol yn uchel ar ei dalcen.

'Bron!' Gallasai Jim a Mavis fod yn efeilliaid, yn hytrach na gŵr a gwraig. Gollyngodd Jim ei bapur, brasgamu ar draws yr iard, lapio'i freichiau amdani a'i chusanu rywle uwchlaw ei chlust.

'It's lucky I saw her,' meddai Mavis. 'She was up in the lay-by.' Pwyntiodd at y gilfach uwchlaw Cae Melyn.

'Bron, Bron,' dwrdiodd Jim. 'The old house has been waiting for you. It's been missing its Bronwen.'

Gwenodd Bron. Go brin fod y tŷ'n hiraethu gronyn. Synhwyrai, heb loes, ei fod yn edrych i lawr ei drwyn arni. 'Edrych mor smart ydw i,' suai yn ei chlust. 'Pam na roist ti ddrws ffrynt derw i fi, ffenestri sy'n llyncu'r haul, ffedog o lechen sy'n ymestyn ar draws y clos, heb sôn am ...?'

'Bron?' Roedd Mavis yn siarad go iawn. Cydiodd yn

143

ei llaw a'i gwasgu'n dynn. Ofnai fod Bron yn cofio'r gorffennol, a thrwy fod mor betrus, fe'i gorfododd i wneud hynny. Cofio'r tro cynta iddi ymweld â Phantygwiail, a Tref yn sefyll ar yr iard fel cath sy wedi gweld ci, ei ben rhwng ei ysgwyddau a'i lygaid wedi'u hoelio ar ddrws y gegin.

Ar ôl y cyfarfyddiad tyngedfennol yn nawns y Ffermwyr Ifainc, roedd hi a Tref wedi cwrdd ar dair nos Sadwrn yn y dre, a'r trydydd tro roedd Tref wedi dweud ar ras, 'Mam yn gofyn i ti ddod i de ddydd Sadwrn nesa.' Roedd hi wedi gwisgo siwmper polo las a thrywsus glas tywyll. Pan stopion nhw ar y clos, fe neidiodd Tref allan ac anelu am ddrws y gegin heb ddweud gair, a Bron yn dilyn wrth ei sodlau.

'Mam!' Safodd Tref ar y rhiniog a gwthio'r enw drwy'i ddannedd. Hidlai gwawr lwydaidd drwy'r ffenestri cefn gan foddi'r gegin mewn merddwr. Yn y merddwr dawnsiai goleuadau bach. Y llestri ar y dreser oedd yn wincian wrth i Dilys Jenkins hwylio 'nôl drwy ddrws y pasej a'r haul yn neidio dros ei hysgwydd. Roedd hi wedi mynd ar frys i dynnu'i brat a'i hongian ar bostyn y stâr.

'Bronwen, yntefe? Dewch mewn, bach. Dewch mewn.' Menyw fochgoch radlon oedd Dilys. Safodd o'r neilltu a'i breichiau ar led fel iâr ar fin hedfan. 'Elis! Alwyn!' gwaeddodd dros ysgwydd Bronwen. 'Elis! Alwyn!' A'r mwrllwch yn crynu ac yn tewychu wrth i'r ddau ddyn ddod drwy'r drws mewnol a sefyll a syllu. Roedd Tref hefyd wedi'i daro'n fud. Eisteddon nhw wrth y ford fawr, a thrwy gydol y pryd fe sbeciodd yn llechwraidd arni. Tref yn sbecian, ei dad a'i frawd yn cnoi heb godi'u llygaid o'u platiau,

Dilys yn siarad a'r cloc mawr yn y pasej yn tician.

'Okay?' meddai Mavis.

'Yes,' atebodd Bron.

Doedd 'na ddim mam yng nghyfraith a dim drws cegin mwyach, dim ond pasej gwydr yn arwain i'r conserfatori newydd. Mynd â hi at y drws ffrynt wnaeth Jim a Mavis, y drws oedd bron yn ddieithriad ynghlo yn ei hamser hi. Camodd drwyddo a sefyll yn ei hunfan. Roedd y tŷ wedi bwrw'i groen. Doedd hi ddim wedi disgwyl hynny. Roedd hi wedi disgwyl rhywbeth modern, slic, dienaid. Llywiodd Mavis hi drwy ddrws gwydr i barlwr a oedd wedi'i ehangu a'i ddiberfeddu. Drwy'r plastr lliw almon ymwthiai hen gerrig, a rhwbio'u bochau yn erbyn sgrin deledu. Ystwythai trawstiau cnotiog eu cyhyrau ar draws y nenfwd a fu dan blastrfwrdd ers hanner canrif a mwy. Gorweddai copi o'r *Telegraph* ar fraich un o'r cadeiriau esmwyth a arnofiai ar y carped *terracotta*, a nythai beiro a llyfr Sudoku wrth droed y llall. Lliw hufen Cernyw oedd y cadeiriau a'r llenni â sgeintiad o flodau amryliw drostynt.

'It's lovely,' meddai, a theimlo dagrau dwl yn pigo'i llygaid. Ond nid dagrau hiraeth. Na. Brysiodd draw at y ford fach cyn i Mavis eu gweld, a chladdu'i thrwyn yn y rhosys yn y fowlen. 'You've made the place your own.'

'We've tried to respect the building,' meddai Mavis yn ymddiheurol. 'For you it was a home and a workplace. I understand that.' Plethodd ei bysedd am fysedd Bron. Roedd car coch yn gyrru i lawr y lôn. Cleciodd y grid gwartheg. Llithrodd y car heibio'r ffenest ac aros o flaen y tŷ gwyliau. Agorodd y drws cefn a disgynnodd merch fach chwyslyd yn un swp ar yr iard.

'Can we go paggling?' llefodd. 'Mummyyyy!'

'Mummmyyyy!' Gwingodd ei brawd wysg ei ben-ôl o'r car a disgyn yn ei hymyl. Neidiodd y ddau ar eu traed fel jac-y-jympers a llusgo'u rhieni at y gât oedd yn arwain at yr afon. Gwenodd Bron a Mavis ar ei gilydd, a chilio o olwg y ffenest.

'Ladies!' galwodd Jim o'r gegin.

'Jim's been making scones,' sibrydodd Mavis yng nghlust Bron.

Daeth Jim i gwrdd â nhw yn nrws y gegin a phlataid o'r cacennau yn ei law.

'Bron,' meddai. 'I've heard you're the best cake-maker in the county, so my apologies for these.'

'They look ...' Dihangodd y gwynt o ysgyfaint Bron. Roedd Jim wedi symud a'r gegin yn suo o'i blaen yn ei holl ysblander du a gwyn. Dylifai'r golau drwy wal wydr a sglefrio dros gypyrddau cyn wynned â'r eira. Llechi oedd ar y llawr. 'Lovely!' Gwridodd.

'My scones or the kitchen?'

'Everything!' atebodd.

'You like the kitchen?'

Be allai hi ddweud? Dweud na fyddai Tref erioed wedi eistedd yn gyffyrddus mewn cegin lle roedd adlewyrchiad ei wyneb yn dawnsio dros bob cwpwrdd sgleiniog. Nac Alwyn chwaith. Sylwodd ei bod wedi dechrau chwerthin a bod Jim wedi gollwng y plât sgons ar yr ynys o fetel gwyn oedd yn codi o ganol y llawr ac yn troi ati mewn dychryn.

'I'm only laughing because it's so different,' meddai Bron. 'No, really.' Sglefriodd cwmwl pinc ei hwyneb dros y cypyrddau ar y wal. 'I like it.'

Ciledrychodd Jim a Mavis ar ei gilydd.

'I do,' pwysleisiodd Bron. 'I like it. It's your kitchen.' Gwenodd ar y ddau.

'Come on then.' Cydiodd Mavis yn ei hysgwyddau a'i chyfeirio at un o'r cadeiriau gwyn, uchel. Eisteddodd y ddwy wraig wrth y cownter a disgwyl i Jim weini.

Roedd y sgons braidd yn sych. Fel arfer mi fyddai Bron wedi gorfodi'i hunan er cwrteisi i fwyta dwy sgonsen, ond roedd ei bol yn llawn o chwerthin nerfus. Fe roddodd y bai ar y cinio dydd Sul.

'Next time you have a dinner let us know,' erfyniodd Mavis ar ôl clywed am y cinio. 'We're going to South Africa in October, but we'll be here till then.'

'If I do have another dinner,' meddai Bron, a throi'r sgwrs at Dde Affrica. Fan'ny roedd Edmund, mab y Camms, yn byw, ac i fan'ny yr âi Jim a Mavis am fis bob blwyddyn.

Ugain mlynedd yn ôl roedd y ddau wedi gwerthu eu siop nwyddau haearn yng nghyffiniau Bradford i un o gwmnïau'r stryd fawr. Ers hynny roedden nhw wedi symud deirgwaith. Roedd eu traed yn rhydd, a'u bywydau'n ffitio'n dwt i gist car neu grombil awyren, yn barod i'w pacio ar fyr rybudd. Gallen nhw hedfan dros gopa'r bryn heb boeni dim.

'Bron,' meddai Mavis, a fu wrthi'n brysur yn llygadu'i gŵr. 'Bron, come with us to Pretoria.'

'Me?' Cochodd Bron mewn syndod.

'You'll be company for Mavis, when Ed and I are watching cricket,' meddai Jim.

'We'll make all the arrangements.' Roedd Mavis wedi llithro'n awchus i erchwyn ei chadair.

'No,' meddai Bron, wedi dychryn. 'No, I can't. My ... my friend's daughter is going to open a digger park and I want to help.'

'O?' Roedd llygaid Jim a Mavis arni.

'Bryn Barcud,' meddai ac arllwys hanes Sal i'w clustiau syn.

'We've got a digger,' meddai Mavis, a'r trip i Pretoria wedi mynd yn angof. 'We bought one second hand when we did the patio. Would your friend like to have it, d'you think?'

'I'll ask her on the way home,' meddai Bron, gan gofio bod car Richie'n sefyll o flaen ei thŷ.

Roedd hi bron yn saith, a phaneidiau eraill o de ynghyd â brechdanau wedi'u blasu cyn i Bron adael Pantygwiail a gyrru'r tair milltir i Fryn Barcud ar hyd y lonydd cefn.

Siawns y byddai Sali'n paratoi i roi'r rhai bach yn y gwely. Cripiodd yn dawel i'r clos. Roedd car ei brawd yng nghyfraith yn sefyll o flaen y sgubor. Parciodd yn ei ymyl a chodi'r brêc heb wichian. Ond er iddi fod mor ofalus, fe ddaeth sgrech o gyfeiriad y tŷ, a daeth Sali allan ar ras, ffôn yn ei llaw a dau blentyn bach mewn pyjamas yn rhedeg wrth ei chwt.

'Mae hi fan hyn,' gwaeddodd wrth redeg i lawr yr iard. 'Mae Bron fan hyn! Mae hi fan hyn.' Agorodd ddrws y car a gwthio'r ffôn i law Bron.

'Bron,' llefodd Dafina o'r pen arall. 'Ble wyt ti wedi bod, ferch?'

'Ym Mhantygwiail,' meddai Bron mewn braw. 'Pam? Be sy'n bod?'

'Wel ...' Llyncodd Dafina gegaid o wynt. 'Wel ...' gwichiodd fel llygoden, 'Dwi wedi bod yn canu a chanu cloch dy ddrws di, yr ast. Ti'n gwbod bod 'na gar tu fa's dy dŷ di o hyd, yn dwyt?'

'Un Richie?'

'Ie. Ble ma' fe?'

'Wedi mynd adre. O'dd e wedi cael gormod o win coch.'

'Y? A be ti'n wneud fan'na?' llefodd Dafina.

'Dod â neges i Sal,' atebodd Bron yn grac.

'O.' Mewn llais posh. 'I Sal ife? Wela i di.' Diffoddodd y ffôn yn sydyn.

Gwthiodd Bron e 'nôl i law Sali.

'O'dd Mam wedi ffonio i weld a o'dd Alwyn 'ma,' mwmianodd Sali. 'O'dd hi ise gwbod ble o't ti. Sorri, Bron. Ti sy'n cymryd y fflac nawr. O'dd hi fel'na gyda fi. Wel, mae'n dal i fod, yn dyw hi blantos?'

Nodiodd dau ben bach.

'Anti Bron,' meddai Mariela a rhoi'i breichiau am ganol Bron.

'Anti Bwon,' meddai Tomos, a thrio gwthio'i chwaer o'r ffordd.

'Hei, hei. I'r gwely â chi. Fe ddaw Anti Bron i'ch gweld chi.' Cydiodd Sali yn eu dwylo a gwenu'n chwithig ar Bron.

Ddwedodd Bron 'run gair, dim ond dilyn y tri at y tŷ. Dros ysgwydd Sali gwelodd wyneb llonydd yn troi tuag ati. Eisteddai'i brawd yng nghyfraith wrth ford y gegin, sgwaryn o bren yn un llaw a chyllell fach yn y llaw arall. Gwingodd y ddau blentyn, dianc o afael eu mam, rhedeg tuag ato, a thrio dringo i'w gôl.

'Dwedwch nos da'n glou wrth Wncwl Al,' rhybuddiodd Sali. 'Yn glou, glou.'

'Nos da, Wncwl Al,' canodd Mariela, a sefyll ar flaenau'i thraed i roi cusan ar ei foch.

'Nos da, Wncwl Al,' canodd Tomos.

Plygodd Alwyn i dderbyn ei gusan, crynodd y ford a chododd pluen o lwch euraid o'r pentwr o flawd llif ar orweddai ar ddalen o bapur newydd. Cipedrychodd yn swil ar Bron wrth i Sali hysio'r plant i'r llofft.

Tynnodd Bron gadair at y ford. Roedd mwd ar goesau'r gadair, a mwd ar Alwyn hefyd, gronynnau o fwd ar ei grys ac ar flew ei freichiau, streipen o fwd ar draws ei dalcen ac yn glynu wrth y cyrls llwydfrown. Simsanodd y ford pan bwysodd arni.

'Dwi'n mynd i roi hwn dan y goes.' Dangosodd Alwyn y sgwaryn pren.

Ar y llofft roedd Sali'n canu 'Heno, heno'.

'Dwi wedi bod draw ym Mhantygwiail,' meddai Bron. 'Digwydd gweld Mavis.'

'Mae hi wedi gwario arian.'

'Lot o arian. Mae e'n dŷ gwahanol, Alwyn.'

'Ydy.' Sglefriodd llygaid Alwyn dros gegin hanner gorffenedig Bryn Barcud, y teils posh ac anhygoel o ddrud wedi'u mewnforio o'r Eidal oedd yn stopio hanner ffordd i lawr y wal gan adael sgwaryn o blastr lliw afu, a'r cypyrddau drud ar sgiw. 'Fel'na mae.'

'Ie.' Syllodd y ddau ar ei gilydd, Bron yn gofidio am Alwyn, ac yntau, sylweddolodd, yn gofidio amdani hi. Tynnodd ei bysedd dros ei law gnotiog. 'Ta beth,' meddai, 'mae 'da fi newydd da, dwi'n meddwl. Mae *digger*'da Jim a Mavis ac maen nhw'n cynnig ei fenthyg e am ddim i Palu Mlaen.'

'Be?' Roedd Sali wedi cripian i lawr y grisiau heb iddyn nhw sylwi. 'Be?' gofynnodd a brysio tuag atyn nhw a'i sandalau'n cusanu'r mwd ar y llawr. Pwysodd ei braich am ysgwydd Alwyn ac edrych yn ddisgwylgar ar Bron.

'Mae Jim a Mavis Camm, Pantygwiail, yn cynnig benthyg *digger* i ti.' Estynnodd Bron rif ffôn Pantygwiail o'i phoced. 'Dim ond i ti'u ffonio nhw, a dweud dy fod ti ei ishe, fe ddôn nhw draw ag e. Mae gyda nhw drêlyr.'

'Waw.' Lledodd gwên fawr dros wyneb Sali. 'Hei, Al!' meddai a gwthio'r darn papur o dan ei drwyn. 'Os yw pobol fel nobs Pantygwiail â diddordeb ynddon ni, fe fydd pawb ise prynu siârs yn y cwmni cyn bo hir. 'Ere we go! 'Ere we go! 'Ere we go!' Dawnsiodd yn ei hunfan nes bod un sandal yn tasgu ar draws y llawr.

'Mami!' Daeth pen bach Mariela i'r golwg rhwng canllaw'r grisiau. 'Be ti'n wneud?'

'Dwi'n canu mewn eisteddfod,' meddai Sali a thaflu'i breichiau ar led. 'Ti'n meddwl 'mod i'n dda?'

'Na,' meddai'r ferch fach yn ddwys, a gwasgu'r tedi yn ei breichiau.

Chwarddodd Sali. Cododd Bron ar ei thraed a mynd am y stâr.

'Dere i fi gael rhoi'r tedi 'na yn y gwely,' meddai. 'Beth yw ei enw e?'

'Cari,' meddai Mariela a rhoi pawen y tedi yn llaw Bron. Yn y gegin islaw gwelodd Bron ddau ben yn closio at ei gilydd.

'Nos da, Wncwl Al,' galwodd Mariela o'r landin.

Trodd yr hynaf o'r ddau ben, a chwifiodd Alwyn ei law.

'Pam ti'n llefen, Anti Bron?' gofynnodd Mariela.

'Dwi ddim.' Gwenodd Bron arni. 'Dim go iawn.'

Dim …

18.

Roedd Moss wedi cadw'i addewid i Sam Sheds. Fe gariodd ei arch. Fe wrandawodd ar dri chant o dyner leisiau'n codi to capel Llandanad wrth hiraethu am wyneb crebachlyd ei gyflogwr. Roedd e wedi newid i'w siwt yn ei stafell wely yng Ngwynfa, ond wedi gadael ei iPod mewn bag plastig o dan y llwyn *hydrangea* yn yr ardd gefn, lle câi awyr iach.

Yn syth ar ôl cyrraedd adre a newid, fe aeth i'w nôl. O fewn byr amser roedd e ar ei ffordd i Draeth y Cregyn a Big Joe Turner yn ei annog i fflipian, fflopian a hedfan. Cerddodd ar hyd y lôn y tu cefn i dai Stryd y Marian heb sylwi ar Dafina'n tasgu ar draws cegin Bron, na'i chlywed yn crawcian: 'Moss! Mae e 'nôl.'

Wedi dod i olwg y traeth, gwelodd grŵp o gerddwyr yn nadreddu'n araf a lliwgar i lawr llwybr y graig, oedd yn dal braidd yn slic ar ôl y glaw, ac yn gafael yn sownd yn y ffens wifren ar yr ochr ddwyreiniol. Roedden nhw'n blocio'r llwybr, ond dim ots. Dim ots o gwbl. Roedd y llanw ma's. Yn lle dringo tuag atyn nhw, fe gerddai ar draws y traeth, sgrafangu dros y blociau streipiog o graig a orweddai driphlith draphlith ar y tywod, ac yna anelu'n syth i fyny'r llethr gwyrddlas. Brasgamodd yn ei flaen, miwsig yn ei glust a Sam o flaen ei lygaid, Sam yn pwyso ar y gât ben bore ac yn hymian canu. Doedd e erioed wedi clywed Sam yn hymian tan nawr. Gwenodd Moss. Gwenodd Sam, a'i annog i 'flip, flop and fly'.

Ychydig cyn iddi farw roedd mam Moss wedi clywed angylion yn canu. Big Joe Turner oedd yr angel, yn crwnan yn ddistaw bach. Moss oedd wedi tynnu'r iPod ar frys ac wedi anghofio'i droi i ffwrdd. Wnaeth e ddim dweud. Roedd gwên ar wyneb Mam. Gwên ar wyneb Moss, a Big Joe'n dal i ganu yn ei glust.

Nid fel'na oedd hi i fod chwaith. Rhywbeth i'w rannu oedd *jazz*, a'i estyn o un i'r llall fel baton mewn ras gyfnewid, dyna ddwedodd Jake. Roedd Moss wedi derbyn y baton o law ei ffrind, a sylweddoli ymhen sbel nad oedd neb arall yn rhedeg y tu ôl iddo. Felly, doedd ganddo ddim dewis ond llyncu'r miwsig yn grwn gyfan. Dim ots. Dim ots o gwbl. Oedd e?

Safai bilidowcar ar bigyn bach o graig yn y dŵr bas a'i adenydd ar led. Ymestyn breichiau. Hedfan. Dyna braf. Safodd Moss ddim. Roedd angen breichiau a dwylo i gydio yn y borfa wydn a dringo yn ei gwrcwd lan y llethr serth. Dringodd yn gyflym, bron heb gymryd anadl. Big Joe'n anadlu ar ei ran. 'Well, flip, flop and fly ...' Disgynnodd ar silff o garreg o flaen cilfach gynnes yn llawn machlud haul. Roedd e wedi plygu'r tarpolin ben bore, ei rolio'n dwt a'i storio yng nghefn y gilfach gyda'i blât a'i gwpan metel, ei sosban, cyllell, fforc a llwy, ei rasel, ei grib a'i frws dannedd, ac yna'i sach gysgu ac ychydig o ddillad mewn bag plastig. Edrychodd e ddim i weld a oedden nhw'n dal yno. Unwaith, yn y dyddiau cynnar, roedd e wedi cyrraedd adre i'w loches, a darganfod bod y sach wedi mynd. Dim ots am hynny chwaith. Fe gysgodd yn y tarpolin, a phrynu sach arall.

Yn nes ymlaen fe fwytai'r rholiau sosej a'r bananas brynodd e yn y Spar. Yn nes ymlaen, ar ôl gwylio'r ddau bysgotwr yn toddi i'w gilydd yn silwét du ar y dŵr, a'u llinynnau'n fellt arian rhyngddo fe a'r haul. Doedd dim dŵr ym medd Sam wedi'r cyfan. Da hynny. Dyn tir sych oedd Sam.

Sam.

Wedi mynd.

Ei lygaid craff a'i gefn cam yn toddi'n ddisglair i'r cymylau.

Roedd Mrs Sam wedi gwasgu'i law sawl gwaith yn ystod y dyddiau diwethaf ac wedi dweud, 'Bydd raid i bethe newid, Moss. Ti'n deall?'

Roedd e wedi nodio'i ben, er mai dim ond hanner deall oedd e. Sut gallai e ddeall, os nad oedd hi'n egluro'n blwmp ac yn blaen? Sut gallai e ddeall, os nad oedd e eisiau?

Gorweddodd Moss ar letraws ar ei silff o graig, yr haul ar ei wyneb, yr awel yn ei wallt a'r miwsig oddi mewn. Gorweddodd yn ysgafn fel pluen ar ddŵr.

19.

Roedd Bron wedi gwneud paned a Dafina'n eistedd wrth ford y gegin yn gwasgu'r mỳg rhwng ei dwylo. Edrychai fel pioden wedi'i dal mewn storm. Roedd hi wedi tynnu siaced ei siwt ddu a datgelu blowsen gotwm wen, braidd yn rhy fach iddi, ac yn bylchu am eu bronnau. Hongiai cwlwm bach o gerrig duon am ei gwddw, a chlecian yn erbyn y ford bob tro roedd hi'n gwthio'i phig i'r cwpan.

'Iesgyrn-asen-nefi-blw-grop,' sibrydodd. 'Mae'n rhaid i ni wneud rhywbeth.'

Siarad am Moss roedd hi. Roedd Bron wedi colli'r angladd, gan nad oedd neb i gymryd ei lle yn siop yr hosbis. Yn ôl Dafina, fyddai hi ddim wedi nabod Moss petai hi wedi'i weld e yn y capel yn ei siwt ddu, ei grys claerwyn a'i esgidiau'n sheino. Roedd e'n edrych yn well na'r pregethwr, a phan aeth pawb i gael paned yn y Llew Coch wedi'r angladd, roedd Mrs Sam wedi cydio yn ei fraich yn union fel petai e'n fab iddi. Roedd Moss wedi ymddwyn llawn cystal â mab hefyd, ac wedi siarad yn gall iawn â phawb.

'Ond mae e bownd o fod yn nyts,' crawciodd. 'Mae e bownd o fod, Bron.'

Doedd Dafina ddim wedi disgwyl ei weld e ar y lôn gefn. Digwydd edrych drwy'r ffenest oedd hi, pan aeth e heibio yn ei oferôls a'r iPod yn ei glust. Yn union fel petai dim wedi digwydd, a Sam heb ei gladdu.

'Mae e'n nyts! Na!' Roedd Bron wedi agor ei cheg i

ddweud gair, ond gwasgodd Dafina'i braich. 'Paid â thrio dadlau. Dilys, ei gyfnither, sy'n iawn. Mae e'n nyts. Mae ise help arno fe.'

'Oes ...'

'Haleliwia! Ti'n cytuno.'

Gwasgodd Bron ei gwefusau.

'Allwn ni ddim iste fan hyn ddydd ar ôl dydd, heb wneud dim,' meddai Dafina. 'Y'n ni wedi gwneud gormod o iste a phipo'n barod. Mae e wedi colli Sam nawr. Pwy arall sy 'da fe? Mae'n rhaid i ni wneud rhywbeth.'

'Ni?' meddai Bron.

'Ti,' meddai Dafina.

'Daf...'

'Drycha 'ma.' Gwthiodd Dafina'i myˆg i'r naill ochr. 'Ti'n debycach i Magi Morgan na fi. Na! Paid â gweiddi. Tebycach wedes i. Dwi ddim yn dweud 'ych bod chi'r un sbit. Ac o'ch chi'n mynd i'r un capel.'

'Amser maith yn ôl. Dyw Moss ddim yn dod i'r capel nawr.'

'Na ...'

'A mae'r gweinidog wedi bod yn siarad ag e.'

'Gwbod. Ond dyw'r gweinidog ddim yn fenyw, t'wel.' Roedd llais Daf mor felys â thriog. 'Ise llais mamol sy arno fe.'

'Daf!' Ochneidiodd Bron.

'Wel, 'sneb arall ar Stryd y Marian yn ei gofio fe'n grwtyn. Wir i ti, Bron, 'tawn i'n meddwl am funud y bydde Moss yn gwrando arna i, fe awn i i siarad ag e fel siot. Ond fe redith filltir os gwelith e fi.'

Ysgydwodd Bron ei phen.

'Gwneith!' protestiodd Dafina. 'Be sy'n bod arnat ti,

ta beth?' Cuchiodd ar ei ffrind. 'Ti yw'r gynta i ffysan fel arfer. Pam nad ei di â chacen iddo fe. Ie!' Goleuodd ei hwyneb. 'Fuest ti ddim yn yr angladd, felly cer i gydymdeimlo ag e a mynd â chwpwl o bice.'

'Daf!'

'Dwi'n siriys,' meddai Daf. 'Ti'm yn meddwl y dylen ni wneud rhywbeth. Wir?'

Wnaeth Bron ddim cytuno'n gyhoeddus, rhag teimlo pwysau llygaid Dafina ar ei gwar bob cam i Draeth y Cregyn, ond fe aeth beth bynnag. Arhosodd nes i'w ffrind droi am adre, a chan ddyfalu y byddai Daf yn mynd ar ei hunion i'r llofft gefn i newid, fe adawodd drwy'r drws ffrynt. Gadawodd heb bice, a heb gynllun yn ei phen, dim ond brysio'n rhy gyflym o lawer i ben pella'r stryd a dilyn y lôn fach heibio'r tŷ pen nes troi i olwg y môr.

O'i blaen ar blatffform o goncrit uwchlaw'r traeth, ei chefn tuag ati a gwacter yr awyr yn crynu rhwng ei barrau, safai'r fainc y bu Tref yn brwydro mor galed i'w chyrraedd. Y tro ola iddo eistedd arni oedd ddechrau mis Hydref, bythefnos cyn ei farw, min rhew ar yr awel, y graig yn sgleiniog afreal fel sgrin blastig dros yr haul, a'r tonnau'n dawel, ddichellgar. Cofiodd dynnu'i maneg a thrio gwasgu llaw Tref drwy ei faneg croen dafad. A methu teimlo dim. Tref?

Roedd 'na res o olion traed yn arwain o'r fainc. Wrth iddi nesáu, fe ddihangon nhw oddi wrthi, cripian yn ochelgar dros y graean, ac yna brasgamu dros dywod llaith.

'Tref?' ebychodd, ac yna gan riddfan, 'Tref!'

Beth oedd arni? Trodd a brysio ar hyd y llwybr oedd

yn cordeddu ar hyd ymyl y traeth. O gil ei llygad gwelai'r olion traed yn llifo o'i blaen dros y tywod, yn toddi'n un deigryn hir. Ymwthiodd drwy'r gât wrth odre'r graig a dal i ddringo ar ras heb gofio mor serth oedd y llwybr o'i blaen.

Cyn cyrraedd y copa roedd ei choesau wedi rhoi oddi tani. Suddodd i'r clawdd a chwydu'i hanadl i gyfeiriad y môr. Rhyngddi a'r gorwel neidiai cwch yn afreolus wyllt ar y don. Arni hi oedd y bai. Hi oedd y storm. Gwasgodd ei llaw dros ei chalon, a sugno llond ysgyfaint o aer, sugno a didoli am yn ail nes gwneud i'r cwch arafu a gorwedd yn ddi-stwr ar lwybr o haul.

Anadlodd Bron yn dawel bach, bach, a gwylio mynyddoedd Llŷn yn llonyddu ar y dŵr. O'r fan hon doedd mynydd yn ddim byd ond darn o bapur sidan ac Aberberwan yn ddim byd ond broc môr. Doedd hithau'n ddim byd ond gronyn o lwch sêr yn sownd wrth graig. Cododd ar ei heistedd. Sgubodd ei gwallt chwyslyd o'i thalcen ac aros i'r gwynt ei chaledu.

Doedd dim ffens rhyngddi a'r môr, dim ond llain o borfa wydn yn dirwyn dros hen dirlithriad. Drymiai dau aderyn bach penddu eu cân rhwng y llwyni eithin a suai pilipalod bychain glas yn y gwair ger ei thraed. Hanner canllath islaw, tua'r de, nythai darn o darpolin fel defnyn o wlith yn llygad yr haul. Roedd hi wedi edrych arno sawl gwaith cyn sylweddoli mai'r werddon fach ddisglair hon oedd 'ogof' Moss.

Gwerddon. *Blue Heaven.* Ochneidiodd a chodi ar ei thraed, ac ar yr union eiliad honno fe lithrodd yr haul yn dyner tua'r gorwel. Lledodd bwrlwm o donnau gwyrddfelyn tuag ati a gwynt cynnes yn eu dilyn. Rhuthrodd y gwynt i'w hadenydd, a heb iddi symud cam fe'i codwyd yn ysgafn, ysgafn. Codwyd hi'n ysgafn fel pluen. Roedd hi ar ymyl eithaf y byd yn hedfan dros y tonnau. Hedfan at Dylan i Gaerdydd. At Gwyn i'r Antarctig.

At Tref.

O loches ei werddon roedd Moss yn ei gwylio. Roedd e wedi'i nabod o bell ac wedi dianc y tu ôl i'w ddarpolin. Bronwen Morris, Dosbarth VI, oedd yr unig un yn Aberberwan â llais allai foddi Big Joe. 'Be ti'n wneud, Moss? Protestio yn erbyn gwaith cartre?' Roedd Bronwen wedi'i helpu pan oedd e'n grwtyn bach newydd ddechrau yn yr ysgol uwchradd, ond doedd e ddim – doedd e ddim! – am ei chlywed hi nawr. Cododd ei ddwylo gan feddwl eu gwasgu dros ei glustiau.

Ond 'Flip, flop and fly!' bloeddiodd Big Joe'n llon. Yn lle dod tuag ato a thrio'i berswadio i fynd yn ôl i'r gwacter difiwsig, roedd Bronwen yn estyn ei breichiau fel petai hithau am hedfan.

Ac yn troi am adre.

Llifodd ton o ddiolchgarwch dros Moss. Roedd Bronwen wedi deall. Unwaith eto roedd Bronwen wedi deall be oedd orau. Cofiodd nad oedd e erioed wedi diolch iddi am ei achub y tro cynta hwnnw – *I never said thank you for that* – ond fe wnâi hynny cyn gynted â phosib. *One more chance.* Fory nesa.

O, gwnâi.

20.

Soniodd Bron 'run gair wrth Dafina. Allai hi ddim fod
wedi egluro pam y dringodd hi'r graig ac yna troi'n ôl. Ar
y môr roedd y bai, ar lesni'r awyr, ar wres yr haul, ar
ehediad ei henaid. Byddai Henry Otley wedi deall.
Fyddai Dafina ddim.

Wnaeth Dafina ddim pwyso arni beth bynnag.
Drannoeth, yn y garej, fe glywodd Dafina fod Mrs Sam
wedi penderfynu dal ei gafael yn y busnes. Roedd hi
wedi cynnig i Moss aros 'mlaen fel rheolwr ar un amod,
sef ei fod yn symud adre i Wynfa. Roedd ei merch yn
benwan. 'Nawr yw'r amser i werthu,' meddai Anwen
Sheds. 'Os gwerthwn ni nawr, siawns y cawn ni rywun
teidi i redeg y busnes. Dyna fydde Dadi ishe. Fydde fe
ddim ishe i'r busnes fynd i'r wal. A siawns y bydd y
perchennog newydd yn cyflogi Moss beth bynnag.'

Doedd Mrs Sam ddim mor siŵr. Doedd hi ddim yn
siŵr y câi'r busnes ei werthu. Doedd hi ddim yn siŵr y
byddai'r perchennog newydd yn cyflogi Moss, nac yn
gadael iddo lwytho'i iPod yn y sied, fel y gwnâi Sam er
gwaetha'i duchan. Ac roedd hi'n amheus iawn, iawn a
oedd Anwen erioed wedi gallu darllen meddwl ei thad.
Byw am byth, dyna fyddai 'Dadi ishe'. Byw am byth a
dal gafael yn ei fusnes. Wfft i bawb arall.

Roedd Moss wedi mynd yn ôl i'w waith y diwrnod ar
ôl yr angladd. Fe'i gwelwyd gan Emlyn yn gyrru ar hyd

y Stryd Fawr, Lewis, ei gyd-weithiwr, wrth ei ochr a sied wedi'i datgymalu yng nghefn y lorri. Roedd Emlyn yn pendilian ar ymyl y palmant. Cyn dod allan o'r tŷ, roedd e wedi torri llythyr yn dipiau mân a'i gladdu yn y bin sbwriel. Llythyr hen ŵr oedd e. Doedd Emlyn ddim yn teimlo'n hen. Y beiro oedd yn mynnu rhoi camargraff, fel petai rhyw ellyll wedi suro'r inc.

Symudodd y lorri, a gwelodd Emlyn wyneb cyfarwydd ar draws y stryd. Simsanodd yn ei ôl a chymryd arno ei fod heb ei weld. Ar y palmant gyferbyn fe wnaeth Ieuan 'run fath. Roedd gan Ieuan amlen Pools yn ei boced. Byseddai'r amlen yn awr ac yn y man, yn gobeithio am arwyddion o lwc. Go brin y byddai Emlyn yn dod â lwc iddo. Llygoden gloff fu Emlyn erioed, a doedd llygod cloff ddim yn debyg o helpu neb i ennill jacpots. Yn ei awydd i osgoi edrych ar Emlyn, trawodd yn erbyn ysgwydd Huw'r fet.

Ebychodd Huw a disgynnodd amlen o'i law. Sglefriodd yr amlen ar draws y palmant ac o dan drwyn sbaniel. Bu bron i'r ci dagu wrth i'w berchennog estyn ei droed a damsgen ar y llythyr.

'Na!' gwichiodd Huw.

Cyfarthodd y sbaniel a rholio'i lygaid marblis.

'Na,' meddai Huw eto. 'Plis, byddwch ... yn ...'

'Mae'n iawn.' Gwraig ganol oed mewn siorts balwnaidd a fest oedd yn sownd wrth ben arall y tennyn. 'Mae'n iawn.' Cipiodd yr amlen o dan ei sandal a phwyntio at y geiriau 'Please do not fold'. 'Mae'n iawn. Dwi ddim yn plygu. Mae'n iawn.'

'Diolch.' Roedd dwylo Huw'n crynu.

'Mae'n iawn, Mr Harris.' Winciodd y wraig. Doedd e ddim yn ei chofio, na'i chi chwaith. 'Llun ife?'

'Ie.'

Winciodd y wraig eto. 'Pob lwc.' Roedd hi wedi gweld cyfeiriad y gystadleuaeth ar y clawr.

'Diolch.'

Clywodd Ieuan y 'Pob lwc' a phenderfynu ei fod yn arwydd da. Brysiodd at y blwch llythyron, cipio'r amlen o'i boced a'i phostio ar ras. Cymerodd arno edrych yn ei waled nes i Huw fynd i mewn i Swyddfa'r Post, yna fe frasgamodd yn ôl i gyfeiriad Llyfrgell y Dref lle gallai ddarllen y papurau am ddim.

Roedd Emlyn ar ganol yr hewl pan welodd e Ieuan yn dod tuag ato. Brysiodd at y palmant a dianc i loches Lôn Ropos. Mi fyddai wedi dianc oddi yno hefyd, oni bai iddo weld wyneb coch yn sbecian o garreg drws hanner ffordd lan y rhiw. Hoeliwyd dwy lygad guchiog arno. Ochneidiodd Emlyn ac anelu'n anfodlon i gyfeiriad Wil Parry.

'Ti wedi arafu lot,' rhygnodd Wil.

'Wel ...'

'Gormod o fyta. 'Na be sy'n bod arnat ti.'

'Nage,' meddai Emlyn.

'Hm.' Snwffiodd Wil a thynnu'i fraich ar draws ei drwyn. Roedd llythyr yn ei law a phostmon mewn siorts yn diflannu dros ael y bryn. 'Ti'n edrych fel cannwyll corff, ta beth. Dere mewn.'

Safodd Emlyn ar y palmant a sythu'i ysgwyddau. Dylai wrthod. Petai e'n gwahodd Wil i mewn i'w dŷ e o dan yr un amgylchiadau, fyddai Wil ddim chwinciad yn gwrthod. Doedd Wil yn gwneud dim byd yn groes i'w ewyllys, heblaw falle ... Llygadodd Emlyn yr amlen a gweld enw'r Gwasanaeth Iechyd.

'Dere mewn,' chwyrnodd Wil. Aeth Emlyn i mewn.

Dilynodd Wil yn brysur a stryffaglyd a phwyso'i benelin ar ymyl y sinc. 'Wel?'

Teimlodd Emlyn ddagrau'n pigo'i lygaid. Roedd y gegin yn llawn o nwyon tyrpentin. Eisteddai brws paent mewn potel ar sil y ffenest a disgleiriai'r sied ym mhen draw'r ardd yn wyrdd llysnafeddog.

'Wel?' meddai Wil yn ddiamynedd. 'Clywes i dy fod ti wedi bod yn yr angladd.'

'Do ...'

'Ti'n bryfyn corff hefyd 'te. Pam ddiawch o't ti ishe mynd?'

'Wel, Sam ...'

'Sam, Sam. Sawl gwaith siaradest ti â Sam erio'd? Mynd am y te wnest ti.'

'Es i ddim i'r te,' meddai Emlyn fel saeth.

Chwarddodd Wil, gan wybod hynny'n iawn. 'Doedd e ddim hyd yn oed yn cadw'i arian yn dy fanc di. Ti fel dafad, wyt.'

'Na,' meddai Emlyn, er 'run man ei fod e wedi brefu. Roedd Wil yn iawn.

'Nawr pan fydda i'n pego ma's ...'

'Dwyt ti ddim yn mynd i ....'

'Na, dwi'n anfarwol,' meddai Wil yn wawdlyd. 'Dwed hynny wrth Doctor Blake, iddo gael stopio 'mhlagio i.'

Gwasgodd Emlyn ei ddannedd. 'Dwyt ti ddim yn mynd i bego ma's o achos yr hernia.'

'Hm.' Disgynnodd braich Wil wrth ei ochr. Roedd y llythyr yn dal yn ei law. Diflannodd ei lygaid i ddyfnder ei groen. 'Wel, PAN fydda i'n pego ma's, dwi ddim ishe i ti ddod i'n angladd i. Dwi ishe i ti roi sioc i bawb. Dwi ishe clywed holl hen ieir y dre'n cega, "Wa-wa-wa-wa-wa. Aeth Emlyn Richards ddim i'r angladd. Oedd siŵr o fod rhywbeth rhyngddyn nhw. O'n nhw'n ffaelu diodde'i gilydd, a nawr mae'r gwir yn dod ma's." Iawn?'

'Falle.'

'Ti'n hen gadno.'

'Gwell na bod yn ddafad.'

'Cofia hynny.' Crynodd darpar wên yng nghorneli gwefusau'r ddau. Cyn iddi fentro troi'n wên go iawn, cododd Wil y llythyr at ei geg a'i rwygo ar agor â'i ddannedd. Llithrodd y cynnwys ar draws y cownter, ac fe'i daliwyd gan Emlyn. Estynnodd y llythyr i Wil. Trodd Wil i ffwrdd, ei agor ar y cownter a phlygu drosto. 'Seithfed ar hugain o Awst,' meddai. 'Dydd Gwener. A phaid â dweud "Neis i ti gael e drosto cyn yr hydref".' Symudodd ei ben fel ceiliog gwynt.

Mygodd Emlyn yr union eiriau. 'Ti'n lwcus,' meddai yn hytrach. 'Mi fydd y llywodraeth ar eu gwylie. Felly fydd 'na ddim jyrnalists yn crwydro'r ysbytai yn holi be maen nhw wedi'i wneud i'r Gwasanaeth Iechyd.'

'Na.' Ystyriodd Wil. 'Na.' Lledodd gwên go iawn ar draws ei wyneb. 'Ti'n iawn,' meddai. 'Iste i lawr ac fe wna i baned.' Dododd y llythyr ar sil y ffenest a darn pwysau wyth owns ar ei ben, a herciodd yn sionc at y tegell.

'Dweda i wrthot ti ble bydd 'na jyrnalists,' meddai Emlyn, gan dynnu cadair at y bwrdd. 'Yn agoriad Palu Mlaen wythnos i ddydd Sadwrn.'

"Na ddangos nad y'n nhw ddim yn gall,' meddai Wil. 'A mae'n addo glaw.'

21.

Diolch byth nad oedd proffwydi'r tywydd yn iawn bob amser. Croesodd Dafina'i bysedd. Roedd hi'n sefyll o dan y *gazebo* yn sboncio o un droed i'r llall, a'r borfa o dan ei sodlau main yn edrych fel crafwr caws. Er bod cymylau'n pentyrru tua'r gogledd a glaw yn disgyn ar y gorwel, tywynnai haul gwan dros Fryn Barcud a dawnsiai cysgod Dafina dros y bwrdd lle roedd Bron yn gosod pebyll les dros y plateidiau o bice bach. O dan y bwrdd roedd llond bocs o ddiod ysgawen a diod pomgranad, a bocsaid arall o wydrau plastig pinc, ffansi. Bron oedd wedi gwneud y pice bach, ac wedi mynnu prynu'r ddiod, a Mavis Camm oedd wedi benthyg y gorchudd platiau a'r gwydrau.

Safai'r pedwar *digger* yn rhes sgleiniog ger y gât. Yn eu hymyl, yn siarad â Sali a'i thad, roedd criw camera S4C. Ymhen hanner awr byddai Twm Tom, cyflwynydd rhaglen canol bore Radio Cymru, yn agor yr atyniad drwy weiddi 'Palwch 'mlaen!' Roedd Sali'n dal i fethu credu ei fod wedi cytuno i ddod. 'Sut gallai unrhyw un gadw draw ar ôl clywed dy fam yn siarad ar y radio,' meddai Twm Tom dros y ffôn. 'Coblyn o ges yw dy fam.'

Roedd y 'coblyn o ges' wedi mynd i lawr i Abertawe gyda Mavis Camm ac wedi cael help Mavis i brynu dillad newydd. O ganlyniad, doedd hi ddim yn edrych fel yr hen Dafina, ond yn hytrach fel 'hen Ddaf yn nillad Me-Mavis fach' yn ei geiriau'i hun. Edrychai ddwy fodfedd yn dalach yn ei thrywsus tyn, lliw carreg, ei blowsen wen goler agored a'r gardigan arian hir, denau fel gwe corryn yn siffrwd yn sidanaidd am ei hysgwyddau. Roedd Siop y Paun Pert wedi agor ei drysau am hanner awr wedi saith er mwyn iddi gael gwneud ei dwylo a'i thraed a rhoi colur ar ei hwyneb. Doedd Dafina ddim wedi bwyta ers hynny, a phan oedd hi'n cofio, roedd hi'n siarad o gornel ei cheg rhag ofn cracio'r powdwr.

Un ar ddeg oedd yr awr fawr. Roedd Dei, gŵr Dafina, a'i dri mab wedi bod wrthi ers dyddiau'n tocio porfa a chloddiau o dan oruchwyliaeth Alwyn. Roedd hi'n waeth na pharatoi ar gyfer yr eisteddfod, meddai Dei. Ers iddyn nhw gynnig eu *digger* i Sali, roedd Jim a Mavis Camm wedi bwrw ati i roi help, ac wedi cludo llwyth o gerrig mân i Fryn Barcud er mwyn cryfhau'r llwybr *diggers* oedd yn cordeddu rownd y cae.

Heblaw'r teulu a Jim a Mavis, dim ond grŵp o ffrindiau Sali oedd wedi'u gwahodd i'r agoriad. 'Y peth pwysig ar hyn o bryd yw cael ein gweld ar y teledu ac yn y papur,' meddai perchennog Palu Mlaen. Un o'i brodyr, un chwaer yng nghyfraith, a dau ffrind oedd yn mynd i yrru'r *diggers* o dan lygad y camera. Roedd y lleill yn mynd i weiddi'u cymeradwyaeth, ac roedd Dafina'n mynd i siarad.

'Sal ddylai siarad, neu Alwyn,' meddai Dafina wrth gynhyrchydd y rhaglen, oedd wedi anelu'n syth amdani ac wedi pwyntio'i fys ati.

'Dafina Ellis, I presume,' meddai.

'Ie,' meddai Dafina.

'A! O'n i'n gwbod yn syth.'

'Mae rhywun wedi dweud wrthot ti,' wfftiodd Dafina.

'Ddwedodd neb wrtha i,' meddai'r dyn ifanc. 'O'n i'n gallu teimlo dy bersonoliaeth di o bell.'

'Wel, paid â theimlo dim byd arall,' meddai Dafina.

'Aaaa!' ochneidiodd drwy'i dannedd wedi iddo fynd. ''Na fi 'to, wedi dweud rhywbeth dwl. Be os bydda i'n dweud rhywbeth dwl o flaen pawb? Sa o mla'n i Bron, i fi gael gweld dy wyneb call di. A phaid â chwerthin!' Edrychodd dros ei hysgwydd.

Doedd Bron ddim yn bwriadu sefyll o flaen Dafina nac o flaen y camera. O ddewis, byddai wedi dianc adre fel Alwyn. Wnâi Alwyn ddim aros am y byd, dim hyd yn oed i blesio Sali. Yn ôl Sali, roedd e wedi cyrraedd am bump o'r gloch y bore i fwrw golwg dros y cae, ond wedi diflannu cyn iddi hi a'r plant godi. Disgynnodd cwpan plastig o law Mavis Camm pan floeddiodd lleisiau John ac Alun ar draws y cae. Sgrechiodd wyrion Dafina a dihangodd balŵn felen o law Mariela a hedfan dros y *gazebo*. Fflapiodd Dafina'i llaw ar yrrwr y fan â'r uchelseinydd ar ei tho oedd newydd yrru drwy'r gât. Stopiodd y fan a thawelodd y miwsig.

''Drycha.' Pwyntiodd Bron at y clawdd, lle roedd dwy helmed feicio'n sgleinio fel chwilod. Daeth dau ben i'r golwg. 'Come and join us, boys!' gwaeddodd Dafina, ond chwerthin wnaeth y beicwyr, a diflannu.

Daeth bonllef o gymeradwyaeth o gyfeiriad y gât. Rhedodd Sali at y *gazebo*.

'Mae Twm Tom wedi dod. Dere.' Plyciodd fraich ei mam.

'Cer di i siarad,' meddai Dafina.

'Dere di gyda fi.'

'Bron?' meddai Dafina.

'Dwi'n aros fan hyn,' meddai Bron.

Gwyliodd y ddwy'n anelu at y gât, Daf yn cerdded fel iâr gan godi'i thraed yn uchel rhag ofn i'w sgidiau fynd yn sownd, a Sali'n fwndel o gryndod trydanol. Roedd Twm Tom wedi plymio i ganol y grŵp o bobl ifainc. Byrlymai'r chwerthin o'i gwmpas, nes i rywun gydio yn ei fraich a phwyntio at Dafina a Sali.

'Dafina, Dafina, 'nghariad i!' Sgubodd Twm Tom tuag ati.

'Mae ishe iddo fe golli pwyse,' meddai Caren, merch yng nghyfraith Daf, a chwrso'i mab bach i mewn i'r *gazebo.* 'Clywes i rywun yn ei alw e'n Twm "Fat Tum" ar y radio. Gethin!' Plyciodd ei mab o ganol y llestri plastig. 'Biti. O'n i'n arfer ei ffansïo fe, ond mae e fel Prince Charles, yn mynd ar ôl y menywod hŷn.' Winciodd ar Bron a Mavis.

Roedd Twm Tom â'i fraich am ganol Dafina yn siarad â'r criw teledu a Sali'n sefyll y tu ôl iddyn nhw, fel plentyn amddifad.

'Druan â Sal,' meddai Caren. 'Gobeithio ...' Ond cyn iddi ddatgelu beth oedd hi'n obeithio, fe redodd Gethin o'r *gazebo,* baglu a rholio tuag at y pentwr agosa o raean. Gorweddodd ar ei gefn am ennyd a syllu'n syn i'r awyr. Erbyn iddo ddechrau nadu, roedd ei fam wedi'i gipio i'w breichiau. Ciliodd at y clawdd pella i drio'i dawelu, gan fod Twm Tom wedi gollwng Dafina, yn edrych ar ei watsh, yn ystwytho'i ysgwyddau ac yn tynhau cyhyrau ei fol.

Roedd Bron yn cofio Twm Tomos yn fachgen bach bochgoch bywiog yn llefaru ac actio ar lwyfannau eisteddfodol. Actio oedd e o hyd falle. Falle fod 'na gymeriad arall yn llechu'r tu ôl i'r wyneb rhadlon a'r crys glas, llac. Roedd pawb yn dweud ei fod e'n foi ffeind. Digon posib ei fod e. Fe gâi gyfle i benderfynu drosti'i hun yn ddiweddarach, pan ddôi i gael ei bicen a'i ddiod. Ond am nawr roedd llonyddwch rhyfedd wedi disgyn dros y cae, gyrwyr y *diggers* wedi cymryd eu lle ac yn barod i balu, y clwstwr o ffrindiau a theulu'n eistedd ar y borfa neu'n sefyll ger y pentyrrau graean, y camera teledu a'i griw fel hebogiaid yn gwylio'u prae, Twm Tom yn ystwytho'i wefusau, Dafina'n crymu ryw ychydig a Sali'n sefyll yn ei chysgod fel lastig wedi'i dynnu'n dynn. Ac yna ...

'Palwch 'mlaen!' gwaeddodd Twm Tom gan droi ei fraich fel rhod wynt. 'Palwch 'mlaen!'

22.

Y penwythnos canlynol, fe wyliodd Mel a Dylan y recordiad yn stafell ffrynt Stryd y Marian. Eisteddai Dylan yn guchiog un pen i'r soffa. Y pen arall roedd Mel yn giglan nes bod ei gwallt brown yn dawnsio'n gudynnau llaes dros ei bronnau. 'Sorri, Bron! Sorri!' gwichiodd drosodd a thro, wrth weld Twm Tom yn gweiddi 'Palwch 'mlaen', criw'r *diggers* yn tyrchu am y gorau, a Dafina'n bloeddio 'Palwch dros Gymru, bois. Palwch dros Gymru!' 'Sorri 'mod i'n chwerthin, ond mae e mor swreal.'

Roedd Mel mewn hwyliau chwareus. Neidiodd ar ei thraed a lapio'i breichiau am fraich Bron. 'Mae Dafina'n seren. Petai'i mam hi wedi gadael iddi fynd ar y trên flynyddoedd yn ôl, ble bydde hi nawr?'

''Nôl fan hyn,' snwffiodd Dylan.

'Parti-pwpiwr!'

'Mae Dafina wedi cael sawl llythyr oddi wrth ffans,' meddai Bron.

'Pa ffans?' gwawdiodd Dylan.

'Pobl sy wedi'i chlywed hi ar y radio. Mae hi'n ysbrydoliaeth i wragedd yr ail gyfle, medde un.'

'Ti'n gweld!' Daeth sgrech fach hapus oddi wrth Mel. 'Gwragedd ail gyfle. Y GAGs!'

'Dyw Dafina ddim hanner call,' meddai Dylan yn grac.

'Na.' Ochneidiodd Mel yn hir a breuddwydiol. 'Dylen

ni i gyd gael mwy nag un bywyd. Wedyn fe allen ni ddewis yr un sy'n ein siwtio ni ore.'

'Wel ...' Brathodd Dylan ei wefus, a disgynnodd llonyddwch, miniog fel cyllell, dros y stafell.

Wel, fe ddihangest ti o Lundain yn ddigon clou. Nofiodd y geiriau nas ynganwyd drwy'r llonyddwch a thoddi dros lafn y gyllell. Cymerodd pawb anadl.

'Falle mai gweld man gwyn fan draw fydde hynny,' awgrymodd Bron. 'A fydde neb byth yn hapus.'

'Falle. Ond sut wyt ti'n gwbod oes 'na fan gwyn go iawn, os nad ei di draw i edrych?'

'Wel, mae traethau gwyn yn y Maldives,' meddai Dylan, gan ddychryn yn sydyn. Roedd e a Mel yn hedfan i'r Maldives y dydd Mercher canlynol. Cododd ar ei draed a syllu'n ymbilgar ar ei bartner. 'Y'n ni'n siŵr o hynny, yn dy'n ni?'

'Wrth gwrs ein bod ni.' Gwenodd Mel a gadael iddo lapio'i fraich am ei chanol.

Teimlodd Bron esgyrn bysedd ei mab yn gwasgu i'w hasennau. Safai'r tri ohonyn nhw ynghlwm o flaen y ffenest, a lleisiau ifanc yn atsain o'r harbwr lle roedd hanner dwsin o ganŵs yn gwau drwy'i gilydd. Roedd hi'n wyliau ysgol. Yn wyliau coleg.

Yn Ibiza roedd gwyliau Richie eisoes bron ar ben, a'r cerdyn post wedi cyrraedd y bore hwnnw. Y cerdyn oedd yn gyfrifol am hwyliau drwg Dylan. Roedd e wedi'i blycio oddi ar ddrws yr oergell a phoeri'r neges dros ei wefus:

'Olé!

O ble?

O Ibiza

I'r gogyddes ora. Richie xxxxxx.'

Trodd at ei fam a'i wyneb yn blet. 'Pam mae Twitchy'n hala hwn i ti?'

'I ddangos ei fod e'n mwynhau.'

'Ond mae e lot yn iau na ti.'

Roedd Dylan lot yn iau hefyd, ac yn edrych yn iau fyth â'r wg bwdlyd ar ei wyneb. 'Mae ishe i ti ddechrau chwilio am goleg ar gyfer blwyddyn nesa,' meddai wrth ei fam, a thaflu'r cerdyn ar y ford.

'Dere i ni fynd lan stâr i gwglan prospectwsys,' meddai Mel wrtho.

Gollyngodd ei gafael ar fraich Bron. Arhosodd Bron wrth y ffenest a gwrando ar sŵn traed y ddau'n prysuro i'r llofft, ac yna'r funud hir o dawelwch. Gwenodd a rhoi llonydd iddyn nhw gymodi cyn mynd i'r llofft ar eu holau.

Pan gyrhaeddodd hi'r stydi, meddyliodd am foment fod y cymodi wedi methu. Roedd Mel yn gwylio logo Prifysgol y Drindod Dewi Sant yn ymestyn ar draws sgrin y cyfrifiadur, tra safai Dylan yn llonydd a dwys yn y cysgod ar ochr dde'r ffenest. Gwelodd Bron ddryswch ei dad ar ei wyneb. Gwyn oedd yr un oedd fel arfer yn ei hatgoffa am Tref. Trodd Dylan yn swta tuag ati.

'Ble cest ti hwn?' gofynnodd.

'Be?' Doedd hi ddim wedi sylwi ar y llun yn ei law. Gwibiodd ei llygaid tuag at ddrôr agored y ddesg.

'Llun Dad,' meddai Dylan.

'Dad?' Tynnodd Bron ei thafod dros ei gwefus. 'Huw dda'th ag e,' atebodd o'r diwedd. 'Da'th e ag e 'ma 'nôl ym mis Mehefin.'

'Un o'r llunie mae e'n dynnu bob dydd Mercher, ife? O'n i'n meddwl ei fod e'n llun pathetig.' Ymlaciodd

Dylan a mynd draw at y ddesg. ''Drycha, Mel. Ti wedi clywed am lunie Huw'r fet.'

'Mm?' Llusgodd Mel ei llygaid o'r sgrin a sbecian ar lun Tref ar Stryd Fawr Aberberwan. 'O, dyw e ddim yn pathetig.'

'Rybish! Mae e fel llun CCTV,' meddai Dylan. Roedd ei dad wedi'i ddal yn ddiarwybod ar y palmant rhwng siop Williams y Bwtsiwr a swyddfa'r cyfreithiwr. Roedd e ar hanner cymryd cam ac yn edrych fel lleidr yn cripian ar fysedd ei draed. Edrychodd ar y dyddiad ar y cefn. 'Y deunawfed o Ebrill. Pum mlynedd yn ôl.'

'Gad weld.' Cydiodd Mel yn y llun a chraffu arno'n fanwl. 'Pum mlynedd yn ôl. Mae golwg fach drist arno fe. O'dd e ar ei ffordd i'r doctor neu rywbeth? O'dd e'n sâl bryd hynny?' Edrychodd yn gwestiyngar ar Bron.

'Na,' meddai Bron. Roedd Mel yn gweld gormod.

Pan estynnodd y ferch y llun iddi, fe'i gollyngodd i'r drôr a gwthio'r drôr ynghau. Pwysodd dros ysgwydd Mel a dianc yn ôl i'r coleg yng Nghaerfyrddin.

23.

Trefor oedd wedi awgrymu'r cwrs coleg yn y lle cynta. Haf diwetha oedd hi, a Dylan a Gwyn adre am benwythnos. Roedd y tri dyn allan yn yr ardd, a Bron wedi mynd i nôl pedwar gwydraid o hufen iâ a lemonêd. Roedd hi'n cario'r diodydd drwy'r drws cefn, pan glywodd hi Tref yn dweud yn ei ffordd dawel, 'Bydde'n neis i'ch mam fynd yn ôl i'r coleg.' Roedd hi wedi crensian y geiriau o dan ei thraed yr holl ffordd ar draws y lawnt. Doedd y bechgyn ddim wedi dweud gair – roedden nhw'n torri'u calonnau – a soniodd yr un ohonyn nhw am y cwrs, tan iddi gychwyn ei chiniawau dydd Sul.

Doedd Bron ddim wedi astudio ers pymtheg mlynedd ar hugain, ac roedd Dylan a Mel wedi hen gyrraedd y Maldives cyn iddi fagu digon o blwc i fynd i mewn i'r llyfrgell ar ei ffordd adre o siop yr hosbis a benthyca llyfr ar hanes Cymru.

Y prynhawn canlynol eisteddodd yn hoff gwtsh Tref yn yr ardd, sef y darn bach cysgodol rhwng y sied a'r tŷ, a mynd ati i ddarllen pennod gyntaf y llyfr. Darllenodd yn araf, ond â boddhad annisgwyl. Wedi gorffen y bennod, teimlai'n fodlon ac yn gyffrous fel cath sy wedi dwyn llond bowlen o hufen, ac fel cath, rhaid ei bod hi o'r diwedd wedi pendwmpian, achos pan gododd ei phen roedd Richie'n cerdded at ei drws cefn a merch fach benfelen, fain mewn ffrog werdd ynghlwm wrth ei law.

'Richie!' ebychodd, a'r llyfr yn disgyn o'i chôl ac yn sglefrio dros y llawr.

Trodd Richie a syllu'n fyrolwg dros ei sbectol haul. 'Bron!' Pelydrodd ei wên tuag ati. 'There she is over there, look! That's Bron.' Plyciodd law'i gydymaith a'i thynnu ar draws y lawnt. Ymbalfalodd hithau am y bag mawr gwellt oedd yn llithro i lawr ei braich.

Cododd Bron ar ei thraed.

'Bron, this is Joanne. Joanne–Bron.' Gorlifodd gwên Richie i'r gofod rhwng y ddwy. 'O'n ni'n mynd ar hyd y lôn, ac fe welon ni dy ddrws cefn di ar agor. Gobeithio nad oes ots 'da ti ein bod ni wedi dod ffor' hyn.'

'Dim o gwbl,' meddai Bron.

'We saw the door open, didn't we, Joanne?'

Nodiodd Joanne a gollwng ei bag. Tynnodd ei sbectol dywyll, a datgelu dwy lygad laswyn. Yn feddylgar a heb embaras cripiodd y ddwy lygad dros wyneb Bron, ar hyd ei chrys blodeuog siop-yr-hosbis, dros ei sgert ddenim. Ar ôl cyrraedd bodiau'r sandalau rhacs-ond-cyffyrddus ar ei thraed noeth, cododd y ferch ei phen a gwenu â dwyster plentyn. Nid plentyn oedd hi chwaith. O dan ei llygaid roedd cysgodion yn toddi i'r lliw haul ar ei bochau.

'I'm very pleased to meet you, Joanne,' meddai Bron.

'Joanne and I met in Ibiza,' meddai Richie. 'Mae hi'n deall tipyn bach o Gymraeg, yn dwyt? Yn deall tipyn bach o Gymraeg?' Gwasgodd ei llaw.

'Richie talked about you,' meddai Joanne a'r llygaid yn dal i chwilota. 'He says you're a brilliant cook.'

'You mustn't listen to him,' meddai Bron.

'Mustn't I?' Trodd Joanne at Richie. Chwarddodd yntau a'i wên yn fflach o haul dan y sbectol anghyfarwydd. Yn y sbectol, y crys-T a'r trywsus cargo, edrychai'n ifancach ac eto'n fwy aeddfed. Disgleiriai'r blew arian yn ei wallt.

'Mae Joanne yn dod o ochrau Maesteg. Yn dwyt ti, Joanne?' meddai gan fwytho'i llaw. 'Ydw, dwed.'

'Ydw,' cadarnhaodd ei bartner.

'Mae hi wedi dod lan am y penwythnos. O'dd hi ishe cwrdd â ti.'

'Wel, diolch yn fawr i chi am alw,' meddai Bron. 'Dewch mewn i'r tŷ eich dau.'

Ochneidiodd Richie'n fodlon.

Drws nesa, yn llofft Rory, roedd y llenni'n symud. Gan godi'i llaw ar ei chymydog i ddangos ei bod hi'n gwybod ei fod e'n gwylio, hysiodd Bron ei hymwelwyr dros y lawnt ac i gynhesrwydd llonydd y gegin.

'O-o!' Sylwodd Richie ar y cerdyn ar unwaith. 'Edrych, Joanne. My card!' Plyciodd y cerdyn o'r drws. 'Fan hyn cwrddes i a Joanne, t'weld.' Dododd ei fys ar smotyn yng nghornel y cerdyn a'i ddal o dan drwyn Bron. 'Fan'na roedden ni'n aros, drws nesa i'n gilydd. Roedd hi gyda'i ffrind, ond y diwrnod cynta fe aeth honno off gydag Arwel, fy nghefnder, a gadael Joanne wrth ei hunan. Mwy ffŵl hi, yntefe Joanne? Joanne?' Edrychodd dros ei ysgwydd. Roedd llygaid glaswyn Joanne wrthi'n cofnodi celfi'r gegin. 'Arwel a Nathalie.'

'Yes,' meddai Joanne.

'Dyw Arwel ddim wedi hala gair at Nathalie ers i ni ddod adre dros wythnos yn ôl. Bwch yw e, a bod yn onest. Codi cywilydd arna i.' Rhoddodd Richie'r cerdyn yn ôl o dan y magnet.

Caeodd Bron ddrws y cefn, rhag ofn. Roedd hi newydd glywed drws Rory'n agor. 'Dewch i'r ffrynt,' meddai.

'Joanne?' meddai Richie. Cliciodd ei fysedd i dynnu sylw'i gariad oddi ar y silff lle cadwai Bron ei sbeisys. 'Ffor' hyn.' Winciodd, ei bachu a'i llywio allan i'r pasej. Erbyn i Bron blycio bagaid o bice o'r rhewgell a'u dilyn, roedd y ddau'n sefyll o flaen ffenest y stafell ffrynt, Richie y tu ôl i Joanne, ei freichiau am ei chanol a'i ên ar ei hysgwydd. 'Fe fwyton ni yn y Ddwylan neithiwr, Bron. Neis hefyd. Y Ddwylan.' Dangosodd i Joanne y bwyty yr ochr draw i'r afon.

'He showed me your house from over there too,' meddai Joanne. 'And the place where that man is.'

'Moss,' eglurodd Richie. 'O'n i wedi dweud wrthi am Moss.'

'We've just been to look at the beach near his cave.' Trodd Joanne yn gwestiyngar at Bron fel petai'n disgwyl iddi wadu bod y stori'n wir. Pan na wnaeth, gofynnodd, 'Why would you sleep in a cave, if you've got a proper house?' Ysgydwodd Bron ei phen a'i dychmygu'n gofyn yr un cwestiwn i Moss yn ei ffordd ddiniwed. Pwy a ŵyr? Falle y câi ateb.

'You two make yourselves comfortable,' siarsiodd, 'while I make a cup of tea.'

Prin wedi cael amser i gyrraedd y gegin a llenwi'r tegell oedd hi, pan ddaeth Richie ar ei hôl.

'Wel?' meddai, a'i anadl yn ei chlust. 'Be ti'n feddwl o Joanne?'

'Mae hi i' weld yn berson hyfryd iawn,' atebodd Bron, ac arllwys y pice ar blât.

'Ti'n siŵr?' Cymylodd ei wyneb sgleiniog. Doedd hi ddim wedi canmol digon.

'Ydw, ond sh, nawr.' Amneidiodd Bron i gyfeiriad y stafell ffrynt. 'Os clywith hi ni'n sibrwd, bydd hi'n meddwl bod rhywbeth o'i le.'

'Ond does 'na ddim, oes e?'

'Dim o gwbl. Mae hi'n annwyl iawn.'

'Ydy.' Gwenodd Richie. 'Ydy. Mae hi'n darllen lot hefyd. 'Na shwd cwrddon ni. Fe fenthycodd hi nofel i fi. Mae ...'

'Richie!' Gwasgodd Bron ei bys ar ei gwefus. 'Cer 'nôl ati nawr a cher â hwn.' Dododd fasn siwgr yn ei law, a'i droi at y drws.

'Mae dau o blant bach 'da hi,' sibrydodd Richie. 'Fe briododd hi ryw labwst ...'

'Ocê.' Cliciodd y tegell. Gwthiodd Bron y pice i'r meicrodon. Pwyntiodd at y drws. Cododd Richie ei fawd a dianc. Erbyn i'r meicrodon ganu, roedd Joanne wedi cymryd ei le.

'Can I help?' gofynnodd, gan estyn am y plât yn llaw Bron. 'Shall I put butter on the Welsh cakes?'

'Please.' Estynnodd Bron y menyn o'r oergell, a ffedog wen Cig Oen Cymru o'r drôr rhag ofn i Joanne gael saim ar ei dillad. Ond doedd dim peryg o hynny, sylweddolodd wrth weld Joanne yn mynd ati. Roedd y ferch yn taenu'r menyn mor ofalus â phlastrwr. Gorchuddiai bob picen â haenen lefn hyd at yr ymylon, gan sychu'r gyllell ar ochr y pot menyn bob tro.

'Ethan, my little boy, loves Welsh cakes,' meddai. 'He's six. Amelia, my little girl, is eight. They're with their dad for the weekend. They were with my mam when I was in Ibiza. It was Mam who paid for the holiday. She said I needed a break, but I felt mean for not taking them. I thought I wasn't going to be able to stand it till I met Richie, but he's very kind and understanding.' Craffodd ar Bron. 'He is a nice man, isn't he?'

'Yes, he is,' meddai Bron.

Symudodd y ferch mo'i threm oddi arni. 'And he's a teacher?'

'Yes.'

'He doesn't seem like a teacher somehow.'

'Well, he is,' meddai Bron.

'Yeah. I didn't think he was lying. It's just ...' Plygodd ei phen a chrafu patrwm o linellau ar y bicen yn ei llaw. 'It takes all sorts, I suppose. But he's a good man anyway. That's what matters, isn't it?'

'Yes,' meddai Bron. 'Yes,' meddai am yr eildro, gan nad oedd y cyntaf wedi bodloni Joanne.

'Yes,' meddai Joanne yn bendant, gan dynnu llafn y gyllell dros y menyn a dileu'r patrwm. Dododd y bicen ar ganol y plât a gweddill y pice fel petalau o'i chwmpas.

Daeth pen Richie rownd y drws. 'Ffedog smart!' galwodd. 'Smart apron.'

Tynnodd Joanne hi a'i thaflu ato.

'Hei!' meddai Richie.

'You ...' Gwichiodd Joanne. Roedd hi wedi mynd i olchi'i dwylo wrth y sinc a Richie wedi rhoi'i ddwylo am ei chanol. Tasgodd y dŵr ar draws y gegin a glanio ar y pice.

'Gan bwyll!' Chwarddodd Bron ac estyn am ddarn o bapur cegin i sugno'r diferion. 'Cer â'r plât i'r stafell fyw nawr, Richie.'

'Ai ai, capten.' Saliwtiodd Richie.

Cododd Joanne y tebot a phrysuro ar ei ôl. Wedi i'r sibrwd a'r chwerthin dawelu drws nesa, llwythodd Bron y llestri ar hambwrdd a'u dilyn.

Roedd Joanne wedi rhoi'r tebot i eistedd ar y bwrdd coffi ar gopi o'r *Western Mail*, ac roedd hi a Richie'n gwylio cwch modur yn suo i'r harbwr.

'Dy gwch di, Bron,' meddai Richie. 'Y *Bronwen*. Yr un sy'n mynd i fynd â ti rownd y byd. Around the world.'

'Is it your boat?' gofynnodd Joanne.

'I wish,' meddai Bron. 'It just happens to have the same name as me.'

Wrth i'r cwch *Bronwen* droi am y môr tasgodd pelydrau haul drwy'r ffenest a gwasgaru dros y llestri ar yr hambwrdd. Chwarddodd Joanne yn glir fel cloch. Chwarddodd Richie hefyd, a'i harwain at y soffa.

'O'dd Mam yn llawn chwerthin heddi hefyd,' meddai'n fodlon. 'Aethon ni i'w gweld hi ac fe siaradodd hi'n neis iawn â Joanne, yn do fe? Mam?'

'She's lovely,' meddai Joanne. Crwydrodd ei llygaid nes darganfod llun Dylan a Gwyn yn ymyl llun eu tad ar y silff-ben-tân.

'Fe fynnodd hi gydio yn dy law, yn do fe? She held your hand.'

'Yes,' meddai Joanne a dal i edrych ar y llun. 'And she liked the perfume.'

'Yes.' Gwenodd Richie. 'Syniad Joanne oedd dod â sent 'nôl iddi -'swn i byth wedi meddwl am brynu rhywbeth fel'na – ond o'dd hi wrth ei bodd. O'n i ddim yn gwbod bod Mam yn fenyw sent. Byswn i wedi dod â photelaid i ti hefyd, Bron, ond dwedodd Joanne dy fod ti'n fater gwahanol, achos byddet ti'n gwbod beth o'dd yn dy siwtio a falle prynen ni'r peth anghywir, felly ...'

Tapiodd fraich Joanne a phwyntio at y bag oedd yn gorwedd o dan y ford goffi. Plyciodd Joanne e tuag ati, a gafael mewn potel wedi'i lapio mewn papur sidan.

'For you,' meddai wrth Bron. 'From Richie.'

'And from you,' meddai Richie.

'Beth o'ch chi wneud shwd beth!' protestiodd Bron.

'Paid â mynd yn rhy ecseited.'

'It's olive oil,' meddai Joanne. 'But a good one.'

'O, diolch!' Gwenodd Bron ac agor y papur.

'She can launch her ship with it,' meddai Richie wrth Joanne. 'Or her boat. Her gravy boat.' Disgwyliodd iddi chwerthin, ond roedd Joanne yn dal i estyn i'r bag.

Ystumiodd Richie'r gair 'ffôn'. Winciodd ar Bron a chodi'r tebot.

'Un peth o'n i'n golli yn Ibiza oedd paned da o de,' meddai mewn llais tynnu-sylw. 'A pheth arall golles i oedd y Palu Mlaen. Palu Mlaen, Joanne. The diggers. Fe awn ni am sbin i Palu Mlaen. Ti a fi. Ocê?' Gwnaeth ystum palu â'i law a rhoi proc bach iddi. 'We could have a go, you and me and the children ...'

'They still haven't phoned,' meddai Joanne ar ras.

Sglefriodd llygaid Richie dros wyneb Bron. 'Give them time,' meddai.

'I have given them time, and they promised. And their dad promised.' Cipiodd Joanne y ffôn yn grwn o'r bag.

'If you want to phone them, you go ahead,' meddai Bron.

Oedodd y wraig ifanc, ac edrych yn daer o un i'r llall.

'Phone from the kitchen, if you like.'

'Thank you.' Cododd Joanne ar ei hunion a brysio at y drws.

'Mae hi'n poeni amdanyn nhw drwy'r amser,' sibrydodd Richie wedi iddi gyrraedd y gegin. 'Mae hi'n fam dda, t'mbod. Dwi wedi cwrdd â'r plant, a ti'n gallu gweld ei bod hi'n fam dda.' Daliodd ei wynt a chlustfeinio. 'O, diawch, gobeithio ceith hi ateb, neu ...'

'Amelia?' crawciodd llais Joanne. 'Amelia? It's Mam ...'

Gwenodd Richie a chodi'i fawd ar Bron.

Arhosodd Richie a Joanne tan chwech o'r gloch. Fe wrthodon nhw swper, ac ar ôl iddyn nhw fynd, bwytodd Bron frechdan a mynd draw i weld ei hen athrawes fathemateg, a oedd wedi torri'i choes. Roedd hi'n tywyllu erbyn iddi gyrraedd adre ac fe aeth i'r gwely'n gynnar.

Cysgodd yn syth, a deffro ganol nos a'i chalon ar garlam. Roedd hi wedi breuddwydio'i bod hi'n eistedd arholiad a Joanne yn ei holi, 'Why? When? Where?' Fedrai Bron mo'i hateb. Roedd ei phen yn wag, a'i thafod yn glymau. 'Why? When? Where?' gwaeddai Joanne a tharo'r ddesg â'i hewinedd. Sŵn fel cerrig yn taro yn erbyn ffenest.

Deffrodd Bron go iawn. Roedd hi'n bwrw glaw. Aeth i gau'r ffenest a gweld yng ngolau egwan lamp y lôn gefn fod y llyfr hanes yn dal i orwedd dan y gadair yn yr ardd. Cipiodd ei gŵn gwisgo a rhedeg i lawr y stâr. Brysiodd drwy'r drws cefn yn droednoeth a diofal. Gwichiodd a hanner llithro dros y borfa wleb. Cododd y llyfr, ei wthio o dan ei gŵn ac wrth droi, gwelodd gysgod ar draws ei llwybr.

'Bron?' Roedd Rory'n pwyso allan o ffenest drws nesa. 'Ti wedi sgrechian?'

'Bron â chwympo o'n i,' galwodd a'r glaw'n sboncio oddi ar ei chroen.

'Be?' Allai Rory mo'i chlywed. 'Be? Be ti'n wneud?'

'Sh!' Triodd ddangos y llyfr a rhedeg yn ôl am y tŷ.

Roedd ei gwallt a'i gŵn gwisgo'n wlyb sopen. Tynnodd y gŵn a'i daflu dros gefn cadair. Estyn am dywel i sychu'i gwallt oedd hi pan ddaeth cnoc ar ffenest y gegin. Daeth wyneb i'r golwg rhwng y brigau rhosys. Sgrechiodd, a chlywed cliced y drws yn ysgwyd.

'Bron!'

'Rory!' Trodd yr allwedd.

'Wyt ti'n iawn?' Syllai Rory'n gegagored ar ei gŵn nos tenau.

Cipiodd y gŵn gwisgo a'i lapio'n ffwndrus amdani. 'Dwi'n iawn, Rory. Sorri 'mod i wedi dy ddeffro di. Es i ma's i moyn llyfr. O'n i wedi'i adael e ar y borfa. Y llyfrgell biau fe.' Dangosodd y llyfr.

'O. O'n i'n meddwl ...' Roedd llygaid Rory'n dal i grwydro.

'Be?'

'Dwi ddim yn arfer edrych allan a gweld *crazy people*. Wel, dwi wedi gweld Moss, ydw, ond dim *crazy people* mewn pyjamas.' Roedd e 'i hunan mewn anorac. O dan yr anorac ymwthiai ymylon siorts gwely, coesau noeth a phâr o draed mewn Crocs.

'Sorri, Rory.'

'T'ishe paned?' meddai Rory.

'Na, bydd raid i fi newid. Sorri.'

'Ocê.' Winciodd ei chymydog, a throi at y drws. Pistyllai'r glaw dros y bondo. 'O-o!' meddai.

'Sorri, Rory,' meddai Bron eto, a gafael yn ymyl y drws.

'O, wel,' ochneidiodd Rory a chamu i'r nos wleb.

Clodd Bron y drws ar ei ôl a chau'r llenni. Dihangodd i'r llofft a sefyll ar y landin i gael ei gwynt ati. Drwy ddrws agored y stafell sbâr gwelodd nad oedd y golau y tu allan i ddrws cefn Rory wedi diffodd.

Rory, y ffŵl! Doedd e ddim yn ddeugain eto. Gwylltiodd a dianc i'r stafell 'molchi. Tynnodd y bleind, cynnau'r golau a chloi'r drws. Camodd o dan y gawod a golchi'r glaw a'r nos a'r ffrwcs oddi arni. Wedi iddi lapio'i hun mewn tywel, fe gripiodd yn ôl i'w stafell wely a sbecian rownd y llenni. Roedd hi'n dywyll drws nesa. Roedd y glaw wedi peidio, un seren yn disgleirio dros Draeth y Cregyn a chwmwl o betalau gwyn yn gorwedd fel sêr o flaen y gadair blastig yn yr ardd.

24.

Fe fwrodd law oerllyd am wythnos gron. Roedd cae *diggers* Bryn Barcud yn stecs, er bod digonedd o bynters, yn ôl Sal, a'r rheiny'n cael hwyl i ryfeddu er gwaetha'r mwd a'r glaw. Gorfod glanhau'r *diggers* ar eu holau oedd waethaf, a thrio achub y cae. Roedd Alwyn yn byw a bod ym Mryn Barcud o fore tan nos, Daf a Dei'n helpu pan gallen nhw, a Bron wedi coginio sawl pryd bwyd a'u rhoi yn oergell Sali.

'O, bois bach, bois bach,' oedd prif sylw Dafina. Anaml y câi gyfle i suddo i soffa Bron, ac anamlach y meddyliai am Moss, er bod Moss yn dal ar y graig. Er gwaetha popeth roedd e'n dal i weithio i Mrs Sam, a oedd wedi gafael yn awenau'r busnes ag awch rhyfeddol.

Roedd gweithwyr Mrs Sam yn gwlychu'n sopen wrth godi'u siediau. Rhuthrai afon Berwan yn gryg a gwyllt ei thymer drwy'r dref. Roedd y meysydd parcio ger yr harbwr yn hanner gwag, ac Awst wedi troi'n hydref ar arfordir y gorllewin.

Yn ne-ddwyrain Cymru roedd y tywydd yn well o'r hanner. Ffoniodd Richie un prynhawn. 'Bron,' meddai gan wneud sŵn ymlaciol, cysurus. 'Dwi jyst yn ffonio, rhag ofn dy fod ti'n meddwl 'mod i wedi anghofio hen ffrindie.'

'Na, Richie, do'n i ddim yn meddwl hynny o gwbl,' protestiodd.

'Dwi lawr ym Maesteg, t'wel.'

Doedd dim angen gofyn sut oedd pethau rhyngddo fe a Joanne, ond fe ofynnodd beth bynnag, a sicrhawyd hi gan Richie fod Joanne yn gall, yn garedig, yn fam dda, yn ddarllenwraig, yn beniog, wedi cael naw TGAU, a'i phlant yn strabs bach annwyl. Roedd y pedwar ohonyn nhw wedi mynd gyda'i gilydd i Longleat ac wedi joio ma's draw. Fe fyddai Richie gartre dros Ŵyl y Banc gan fod Joanne wedi addo mynd i aros gyda'i modryb yn Reading.

'O'n i'n meddwl y gallen ni gael un cinio bach dy' Sul eto, Bron,' meddai Richie'n wylaidd.

Gwenodd Bron. Deallodd mai cinio ffarwél fyddai hwn, felly pam lai? Roedd penwythnosau Richie erbyn hyn yn eiddo i Joanne. Ac roedd yr hydref go iawn yn nesáu, tymor y cymdeithasau, pan fyddai Bron ei hun yn ailgydio yn y gweithgareddau y bu raid iddi eu rhoi heibio yn ystod salwch Tref. Cytunodd heb ddadlau, a gadael iddo wneud y trefniadau ar gyfer y cinio.

A'r glaw'n dal i ddisgyn, treuliodd Bron sawl min nos yn cwtsio yn ei chadair a llyfr ar ei glin. Doedd hi ddim wedi darllen fel hyn er pan oedd hi'n ferch ifanc, yn llawn brwdfrydedd a syndod a chynhesrwydd. Rhyfedd fel roedd hanes yn ailadrodd ei hun.

'Ti a fi ar ein ffordd i fod yn snobs,' cyhoeddodd Dafina.

Roedd Dafina hefyd yn dilyn cwrs. Roedd hi'n trio dysgu'i hunan i beidio â rhegi gan ei bod wedi cael dau slot arall ar Radio Cymru. Roedd y gwrandawyr yn awchu am y bennod nesa yn hanes Palu Mlaen, meddai'r cynhyrchydd, ac erbyn hyn roedd y slogan 'Palwch 'mlaen' bron mor boblogaidd ag 'Agi, Agi, Agi'.

Roedd Dafina o ddifri. Roedd ganddi lestr blodau yn ei chegin a phob tro'r hedfanai gair drwg dros ei gwefusau, roedd hi'n gollwng ugain ceiniog i'r llestr. Ar ddiwedd yr wythnos gynta fe rifodd y cynnwys a chael cyfanswm o £12.80.

'Bly...' meddai, a thagu mewn pryd. Dododd yr arian yn llaw Bron a'i hannog i'w roi yng nghasgliad Tref. ''Na'r unig ffordd,' meddai. 'Naill ai dwi'n mynd i gael gwefus bur, neu dwi'n mynd i fod mor dlawd â llygoden eglwys. Cymer yr arian. Cer ag e o 'ngolwg i.'

Aeth Bron â'r arian a'i roi yn nrôr ei desg. Dychmygai y byddai'r swm yn cynyddu ar ras, a bwriadai ei roi 'nôl i'w berchennog. Serch hynny, pan aeth at ddrws Daf yn ddirybudd un prynhawn a chlywed ribidirês o eiriau anweddus yn tasgu yn erbyn y pren, fe ddychrynodd go iawn. Roedd hi'n dal i grynu ar ganol y palmant pan gilagorodd y drws. Gwibiodd braich Dafina drwy'r bwlch a chwifio macyn gwyn.

'Amnesti!' crawciodd Dafina. 'Amnesti! Dwi ddim yn gorfod talu am yr holl regfeydd 'na glywest ti, ocê?' Roedd golwg wyllt ar Dafina, ac roedd hi'n chwythu fel megin.

'Oes rhywbeth wedi digwydd?' gofynnodd Bron mewn braw.

'O, blydi hel! Asen grop! Aaaaaaaaaa!' Ffodd Dafina i'r gegin heb eglurhad, gan adael Bron i gau'r drws ar ei hôl. Hyrddiodd ei hun i gadair a gorwedd ar y ford a'i breichiau wedi'u lapio am ei phen.

Nesaodd Bron gan ddisgwyl clywed am ryw lanast ym Mryn Barcud, neu'n waeth fyth, damwain.

'Daf,' crawciodd a rhoi'i braich am ei hysgwydd. 'Be sy'n bod?'

Cododd yr ysgwyddau ac ysgwyd ei braich i ffwrdd.

'Dwi wedi cael cynnig slot rheolaidd,' meddai llais bach o'r diwedd.

'Be?'

Rholiodd pen Dafina i un ochr a sbeciodd un llygad drwy das o wallt melyn.

'Slot,' sibrydodd. 'Slot rheolaidd. Blydi hel! Ooooo!' Gwingodd. 'Maen nhw ise i fi siarad ar y radio bob wythnos slot o'r enw "Palwch Mlaen" deg munud i ddechrau wedyn falle bydd e'n ymestyn i chwarter awr maen nhw ise i fi fod yn rhyw fath o *agony aunt* i bobol sy ise gwaith paid chwerthin!' llefodd ar un gwynt.

'Dwi ddim yn chwerthin,' protestiodd Bron yn ddig. 'Ces i ofan! O'n i'n meddwl bod rhywbeth yn bod arnat ti.'

'Ma' rhywbeth yn bod arna i,' snwffiodd Dafina. 'Dwi mewn agoni.'

Chwarddodd Bron go iawn.

'Dwi yn!' Cododd Dafina'i phen yn sydyn a tharo gên Bron. Hedfanodd llaw Bron at ei boch. Roedd gan Dafina bant serennog, cochlyd ar ei boch hithau, lle roedd hi wedi gorwedd ar ei modrwy ddyweddïo. 'Sorri,' crawciodd. 'Ti'n iawn?'

'Ydw,' ochneidiodd Bron.

Pwysodd Dafina'i phenelinoedd ar y ford a gwasgu'i dyrnau i'w bochau. 'Boi o Abertawe newydd ffonio. Mae e'n mynd i ddod i 'ngweld i. Fe wnes i dderbyn dros y ffôn. 'Na pam o'n i'n rhegi. Y sioc a'r cyffro, ti'n gweld. Ond dwi wedi callio nawr a dwi'n mynd i ffonio lan a chanslo.'

'Pam?' gwaeddodd Bron yn syn.

'Dwi ddim ise bod fel Charlotte Church,' meddai Dafina mewn llais main.

'Daf fach!' wfftiodd Bron. 'Dyw dy briodas di ddim yn mynd i chwalu achos bod gen ti slot ar Radio Cymru.'

'Wrth gwrs nad yw hi,' llefodd Dafina a neidio i fyny ar ei heistedd. 'Ond fe aeth Charlotte Church ar y teledu i ganmol ei modryb, er mwyn i honno gael ennill rhyw sioe dalentau, os ti'n cofio. A be ddigwyddodd? Fe ganodd Charlotte ar y rhaglen, felly hi gafodd y cyfle a chafodd yr anti ddim byd.'

'O,' meddai Bron yn ddeallus.

'Yn hollol!' cwafriodd Dafina. 'Sal biau'r enw Palu Mlaen. Hi ddyle fod yn cael sylw nid fi.'

'Ydy Sal wedi dweud hynny?'

'Na 'dy! Dyw hi ddim yn gwbod a phaid ti â dweud!'

'Dwed ti 'te,' meddai Bron.

Ysgydwodd Dafina'i phen. Roedd ei gwallt wedi'i wasgu'n fflat fel dwy adain o gwmpas ei chlustiau.

'Ffonia hi,' meddai Bron. 'Os na wnei di, mae hi'n siŵr o glywed rywfodd. Ffonia hi.' Aeth i nôl y ffôn o'r pasej, gwasgu rhif Sal a rhoi'r ffôn yn llaw Dafina. Cydiodd yn y tegell a mynd ati i'w lenwi.

Drwy fwrlwm y dŵr fe glywodd fwmian petrus Dafina, a sgrech Sal yn ateb. Dododd y tegell i ferwi a mynd allan i'r ardd gefn. Roedd hi'n tynnu pennau rhosys wedi gwywo pan ddaeth Dafina allan, ei chefn yn grwm a gwên ddagreuol ar ei hwyneb.

'Daf,' meddai Bron, 'ti'n edrych fel rhywun sy wedi cario llwyth o datws ar ei chefn am ddeg milltir, yn hytrach na rhywun sy'n mynd i fod yn seren.'

'Mynd i fod? Dwi yn seren, yr ast,' meddai Dafina a

sefyll yn syth. 'Ble mae 'nhe i, ta beth? Tship tshop. Hastia neu fe gei di'r sac.'

Gollyngodd Bron y rhosys i'r bin wrth y drws cefn. 'Be ddwedodd Sal?'

'Mae hi'n ecseited ma's draw. Mwy ecseited na fi, ond yn rhegi llai.'

''Na fe 'te,' meddai Bron, a rhoi proc iddi. 'Tŵt tŵt. Mae'r trên yn disgwyl amdanat ti, Dafina Ellis. Dringa i mewn.'

Lledodd gwên fawr dros wyneb Dafina.

'Tŵt tŵt!' gwaeddodd, gan droi ei chefn a symud ei breichiau fel olwynion trên.

Cydiodd Bron yn ei phenelinoedd a hwyliodd y ddwy i mewn i'r gegin gan chwerthin.

Yn hwyrach y noson honno, fe ddaeth Dafina draw i weld Bron. Roedd hi newydd gael cawod, ei gwallt yn dal yn llaith, wedi'i gribo'r tu ôl i'w chlustiau ac yn disgyn yn donnau slic ar ei hysgwyddau. Edrychai fel un o sêr yr hen ffilmiau, meddyliodd Bron. Grace Kelly ar ôl iddi briodi'i thywysog. Edrychai'n ddwys, yn feddylgar, yn sidêt. Doedd hi ddim wedi dod â photel ac fe wrthododd gynnig gan Bron i agor y botel o *cava* oedd ganddi ers tro byd.

'Na,' meddai. 'Mae 'mhen i'n troi digon yn barod, diolch. Ga i de yn lle. Na, dim nawr.' Gafaelodd yn llaw Bron. 'Iste. Dwi ise dweud rhywbeth wrthot ti. Ambutu trenau.'

Eisteddai Dafina ar y soffa fel arfer, ond heno roedd hi wedi clwydo heb feddwl ar gadair Tref. Roedd hi'n gwisgo'r flowsen wen brynodd hi ar gyfer agoriad Palu Mlaen, a thrywsus nefi blw. Doedd dim mymryn o golur ar ei hwyneb. Eisteddodd Bron gyferbyn â hi.

'Ambutu un trên yn benodol,' meddai Dafina, a hoelio'i llygaid ar Bron. 'Y trên oedd i fod i fynd â fi i Lunden. Ti'n cofio hwnnw?'

'Ydw,' cadarnhaodd Bron.

'Dwi'n mynd i ddweud rhywbeth wrthot ti, ond ti ddim fod i'w ddweud wrth neb arall.'

'Iawn.'

'Es i ddim arno fe.'

'Be ti'n feddwl?' gofynnodd Bron yn ddryslyd. Daliodd Dafina i syllu i fyw ei llygaid.

'Es i ddim hyd yn oed i'r stesion. Ches i mo'n llusgo oddi ar unrhyw drên gan Mam, achos o'n i ddim 'na. Celwydd o'dd e. T'wel, o'n i wedi brolio wrth fy ffrindie 'mod i'n mynd i Lunden i fod yn fodel, ond a gweud gwir o'n i'n ormod o fabi. Fe bacies i 'mag a dweud ta-ta wrth Mam, gan wbod yn iawn be fydde'n digwydd, Mam yn chwerthin a dweud, "Daf fach, paid â bod mor ddwl. Ma' dy ben di yn y cymyle." A 'na 'ni. Ffwl stop. Fues i ddim yn agos at y cymyle byth wedyn.' Agorodd ei llygaid led y pen. Roedd dagrau'n disgleirio ynddyn nhw. 'Ti'n sioc'd?'

'Daf fach.' Estynnodd Bron ei llaw a mwytho pen-glin ei ffrind.

'Ti ddim?'

'Nadw.'

'Ti'm yn grac 'mod i wedi twyllo?'

'Na.'

'Na?' Estynnodd Dafina am facyn o'r bocs ar y ford fach. Chwythodd ei thrwyn. Craffodd ar Bron. Pan siaradodd hi, roedd ei llais yn dew a chrynedig. 'Ife dyna be wnest ti?'

'Fi?'

'Twyllo?'

Edrychodd Bron arni'n syn.

'Pan o't ti yn y coleg. Wnest ti esgus dy fod ti'n disgwl er mwyn cael dianc?'

'Na,' meddai Bron.

'Ti'n siŵr?' ymbiliodd Dafina. 'Ddweda i ddim ...'

'Wrth gwrs 'mod i'n siŵr,' meddai Bron. 'Chafodd Gwyn mo'i eni tan bum mlynedd ar ôl i ni briodi.'

'Naddo,' meddai Dafina. 'Ond o'dd 'na sôn dy fod ti'n disgwl, ac fe allet ti fod wedi esgus.'

'Wel, wnes i ddim.'

'Sorri.' Suddodd Dafina 'nôl i ddyfnder ei chadair. 'Sorri. Ddylwn i ddim fod wedi dweud. Ti'n wahanol i fi. Fyddet ti ddim yn twyllo.' Sylwodd ar Bron yn cochi a gwingodd. 'Paid gwrando arna i. Fyddet ti byth yn twyllo.'

'Wel, heblaw twyllo fy hunan.' Dychrynodd Bron. Roedd y geiriau wedi dianc mor rhwydd â rhegfeydd Dafina.

'Be?'

'Fi ga'th fy nhwyllo,' meddai Bron yn gras. 'Reit?'

'Anghofia fe!' llefodd Dafina.

Roedd Bron wedi codi ac yn troi am y drws. Neidiodd Dafina ar ei thraed.

'Bron!'

'Aros fan'na.' Dihangodd Bron drwy'r drws.

Gwrandawodd Dafina ar ruthr ei thraed ar y grisiau, ac ar draws y llofft uwchben. Clywodd ddrôr yn agor. Be oedd hi wedi'i wneud? Erbyn i Bron ddod yn ei hôl roedd hi'n crynu. Agorodd ei cheg i ymddiheuro, ond cyn iddi ddweud gair fe wthiodd Bron lun o dan ei thrwyn.

'Trefor,' ebychodd Dafina.

'Huw dynnodd e,' meddai Bron.

'Ie.'

'Ti'n gwbod be ma' Tref yn ei wneud?'

Cipedrychodd Dafina ar y llun am yr eildro. Cerdded roedd Tref. Fel pawb arall ar y Stryd Fawr, doedd ganddo ddim syniad fod camera'n cofnodi'r eiliad.

'Mae e'n mynd at Roberts y cyfreithiwr i newid ei ewyllys.'

'O?' Edrychodd Daf i lygaid tanllyd ei ffrind.

'Heb ddweud wrtha i. Ti'n gallu gweld hynny wrth ei wyneb e.'

Ysgydwodd Dafina'i phen yn ddryslyd. Welai hi ddim byd ond yr un hen Tref lletchwith, ansicr.

'Wel, dwi'n gallu gweld.' Ffrydiodd anadl Bron dros ei gwefus. 'O'dd e ishe gadael £5,000 i Alwyn. Aeth e at y cyfreithiwr heb ddweud wrtha i.'

'O't ti ddim ise i Alwyn ga'l yr ...'

'O'n!' llefodd Bron ar ei thraws. 'Wrth gwrs 'mod i ishe! Fe fuodd Alwyn yn dda wrthon ni. Fe wrthododd gymryd ei siâr o'r ffarm. Sda fe ddim lot o arian wrth gefn, ac o'dd Tref ishe gweud yn siŵr fod gyda fe o leia ddigon i brynu car, os bydde angen. Wrth gwrs 'mod i ishe iddo fe gael yr arian. Ond ddwedodd Tref ddim wrtha i. Wel, dim ar y pryd. Fe na'th e ddweud wrtha i wedyn.' Dihangodd y llun o'i llaw a disgyn ar y gadair. Gwthiodd ei llaw o dan ei chesail. 'Do'dd e ddim ishe siarad am y peth. O'dd e'n gwbod yn iawn y byddwn i'n cytuno, ond alle fe ddim dweud wrtha i.'

'O'dd Tref wastad yn swil, bach,' meddai Dafina. 'Un fel'na o'dd e.'

'Ie!' meddai Bron yn chwyrn. 'Un fel'na o'dd e. Un fel'na o'dd e pan o'dd e'n dod lawr i Gaerfyrddin i'm moyn i o'r coleg. Ond o'n i'n meddwl y gwnawn i wahaniaeth iddo fe. 'Na pam adawes i'r coleg pan wnes i. Fydde fe byth wedi bod yn hapus pe bawn i'n athrawes a fynte ar y ffarm. Fydde fe ddim wedi cyfaddef hynny, ond o'n i'n gwbod. Fe adawes i er mwyn 'i helpu e, Daf, ond wnes i ddim llwyddo, do fe?'

'Bron.' Taflodd Dafina'i breichiau amdani a'i gwasgu nes roedd hi'n brifo. 'Wedi ypsetio wyt ti. O'n i'n gwbod bod rhywbeth yn bod ar ddydd dy ben-blwydd. O'n i'n meddwl mai hiraeth oedd e, a hiraeth yw e, t'mbod.' Mwythodd ei gwallt. 'Hiraeth yw e. Rwyt ti wedi bod drwy'r drin. Mae dy deimlade di'n gawdel i gyd. Tref o'dd Tref. O'dd e'n meddwl y byd ohonot ti. O'n i'n gallu gweld hynny yn ei lygaid e.'

'Dwi'n gwbod!'

'Felly anghofia'r blydi llun.'

'Alla i ddim!'

'Galli! Torra fe'n ddarne.'

'O achos y llun y penderfynes i ar y cinio,' igiodd Bron. Doedd hi ddim wedi crio fel hyn yn gyhoeddus er pan oedd hi'n blentyn. Ddim hyd yn oed yn angladd Tref. 'Pan ofynnest ti beth o'n i'n mynd i wneud, fe neidiodd y syniad i 'mhen i. O'n i wedi bod yn teimlo mor grac wrth Tref drwy'r nos, o'dd cywilydd arna i ac o'n i ishe gwneud rhywbeth er lles.'

'Ac fe wnest ti!'

'Ti'n meddwl 'ny nawr, wyt ti?' Daeth gwich o chwerthin o geg Bron.

'Ydw.' Estynnodd Dafina am y bocs macynon papur

a sychu trwyn ei ffrind. 'Ond dylet ti fod wedi dweud ynghynt.'

'Beth amdanat ti a dy drên?'

'Hm!' Gafaelodd Dafina yn ysgwyddau Bron a'i throi at y drych. ''Drycha arnon ni, wir,' meddai. ''Drycha arnon ni.'

Sychodd Bron y dagrau ola i ffwrdd. Roedd golwg ar y ddwy ferch yn y drych, Dafina â dagrau'n britho'i blowsen wen a'i gwallt yn hongian yn ddau gudyn blêr, hithau a'i hwyneb yn goch a chwyddedig.

'Bron a Daf,' sibrydodd Dafina. 'Merched St Trinian's. 'Drycha. Fe allen ni fod yn bymtheg oed unwaith eto.'

Pwysodd Bron ei phen yn ei herbyn. 'O'n ni ddim yn ffrindie pan oedden ni'n bymtheg oed, oedden ni?'

'Na.' Crynodd llygaid Dafina yn y drych. 'Ti'n cofio Nyrs Nicyrs?'

'Ydw.'

'Sorri.'

'Dim ots.'

'Na.' Gwenodd Dafina'n swil. 'Y'n ni'n gallach nawr, yn dy'n ni? Ti a fi, y seren a'r stiwdent.'

'Palwn 'mlaen!' crawciodd Bron a phwnio'r awyr.

'Na, dim palu,' meddai Dafina, a gafael yn ei dwrn. 'A dim twyllo chwaith. Lan y'n ni'n mynd. Lan i'r cymyle! Lan, lan, lan!'

25.

Bron ei hun dorrodd y llun. Caeodd ei llygaid a'i dorri'n
ddarnau mân. Ar ôl i Dafina fynd adre, fe'i lapiodd
mewn dalen o bapur newydd a'i ollwng i waelod y bin.

Ar unwaith fe ddaeth Tref yn ôl ati, Tref ei chariad.
Byrlymodd drwy ddrws a ffenest. Teimlodd ei anadl ar
ei boch, cyffyrddiad ei fysedd cnotiog ar ei braich,
gwyleidd-dra'i lais yn ei chlust. Tref. Tref. Tref. Wylodd
yn dawel a gwenu drwy'i dagrau. Am bymtheg mlynedd
ar hugain fe fuon nhw'n eneidiau hoff, cytûn, yn deall
ei gilydd. Aeth i'r gwely'n feddal a thyner, a swatio dan
y cynfasau fel ffeuen mewn plisgyn. Roedd hi'n galaru,
ond yn felys yn ei galar. Cysgodd ag enw Tref ar ei
gwefus.

Deffrowyd hi yn y bore gan sŵn peswch. Nid peswch
Tref oedd e. Fe wyddai hi hynny. Edrychodd ar y cloc a
dyfalu mai Moss oedd yn mynd heibio. Gorweddodd yn
dawel, a'i braich yn estyn at hanner Tref o'r gwely.

Roedd hi'n benwythnos Gŵyl y Banc, a band pres y dre
yn sefyll gyferbyn â Stryd y Marian yn hyrddio seiniau'r
Dambusters i'r awyr stormus. Roedd hi wedi bwrw
cawodydd trymion drwy'r bore, ond dawnsiai pelydrau
o haul ar eu hofferynnau a gorweddai enfys yn handlen
lachar dros doeau'r dre. Dychmygodd Bron law enfawr
yn gafael ynddi ac yn codi'r dref gyfan.

Roedd hi wedi coginio twrci, a'i arogl yn cordeddu'n

rubanau drwy ffenest agored y stafell fwyta. Newydd orffen gosod y ford roedd hi, pan welodd Richie ar y palmant y tu allan yn tynnu'r awyr yn ddwfn i'w ysgyfaint.

'Twrci!' meddai a chlecian ei wefusau, pan agorodd Bron y drws. Roedd dwy botel yn ei freichiau, un ddiod afal ac un ddiod ysgawen. Estynnodd y ddwy iddi. 'Gobeithio nad o's ots 'da ti, ond fe ddes i â'r rhain yn lle gwin.'

'O'dd dim ishe i ti ddod â dim.' meddai Bron.

'Trio callio, t'weld,' atebodd Richie. 'Ma' Joanne wedi diodde cymaint o achos y gŵr 'na oedd 'da hi. Mae'n wers i fi.'

'Richie bach,' meddai Bron a theimlo lwmp yn ei gwddw. Roedd Richie wedi bwrw'i hen ddillad. Yn ei siaced dywyll, ei grys glas newydd sbon a'r trywsus nefi blw, ei wallt wedi'i dorri'n grop, edrychai fel ymgeisydd diniwed am swydd. Doedd ond gobeithio nad oedd y swydd honno'r tu hwnt i'w allu. Cyffyrddodd â'i fraich a dianc i'r gegin.

Richie agorodd y drws ffrynt i Huw. Chwythodd seiniau 'Congratulations' i'r tŷ yn ei sgil. Daeth Huw i'r gegin gan hymian y tiwn a chyda gwên fach ddrygionus taflodd amlen frown ar y ford.

Dododd Bron y tywel yn ôl ar ei fachyn a llygadu'r amlen. Llun oedd ynddi, doedd dim dwywaith am hynny. Ond be oedd llun ond darn o bapur y gellid ei rwygo?

'Be sy 'da ti nawr, Huw?' gofynnodd yn fwyn.

Huw ei hun agorodd yr amlen a dangos ffoto ohoni yn ffenest siop yr hosbis.

'Iesgyrn!' meddai Richie dros ei ysgwydd.

'Tries i ddangos hwnna i ti ar y pryd, Bron,' meddai Huw. 'Cnoces i ar ddrws y siop, ond o't ti siŵr o fod yn y cefn, achos wnest ti ddim ateb.'

'Iesgyrn Dafydd!' meddai Richie eto. 'O'n i'n meddwl am funud fod Bron yn ymosod ar Magi Morgan.'

Chwarddodd Huw. 'Dymi siop yr hosbis yw honna! O'dd Bron yn ffenest y siop ...'

'O'n i'n newid dillad Doris y dymi,' meddai Bron ar ei draws. Doedd e ddim yn edrych felly. Roedd Richie'n iawn. Roedd hi'n edrych fel petai'n rygbi-taclo Doris, ei chynffon wallt yn cyhwfan, a'i phen-ôl fel pen-ôl eliffant, yn hyrddio'i hunan tuag at Doris fach fregus, arallfydol. Roedd Doris wedi colli'i het, wedi codi braich i'w hamddiffyn ei hun, a'i ffrog wedi llithro a datgelu un fron noeth.

'Galwes i fe'n *New Wave*,' meddai Huw.

'*New Wave*?' meddai Bron yn ddryslyd.

Amneidiodd Huw at yr hen boster uwchben y dymi. 'Ti yw'r person modern sy ishe cael gwared o'r delweddau hen ffasiwn.'

'Ydy hynny'n golygu dy fod ti wedi trio cystadleuaeth?' gofynnodd Richie'n graff.

'Wedi ennill cystadleuaeth,' meddai Huw â balchder plentyn. 'Mewn cylchgrawn ffotograffig.'

Fe ddathlon nhw gamp Huw â diod ysgawen, ar ôl pasio'r llun o amgylch y bwrdd cinio. Roedd hyd yn oed Ieuan wedi'i longyfarch yn wresog, er sylweddoli bod Huw wedi dwyn ei lwc y diwrnod hwnnw ar y Stryd Fawr. Wel, nid dwyn, cywirodd ei hun. Lwc Huw oedd e yn y lle cynta, gan mai siarad ag e roedd y fenyw honno â'r ci.

Diwrnod cau pen y mwdwl oedd hi i'r chwe chiniawr. Diwrnod esmwyth, ymlaciol. Roedd gwên ar wyneb Emlyn a siaradodd fwy nag arfer. Y prynhawn cynt fe fuasai yn Ysbyty Glangwili yn ymweld â Wil oedd wedi cael ei driniaeth ond, er ei siom, yn gorfod aros yn yr ysbyty dros y penwythnos am fod ei wres wedi codi.

Richie ddechreuodd hymian 'Nadolig Llawen i ni i gyd' tra oedd Bron yn cerfio'r twrci, gan ychwanegu, 'Mae diwedd Awst wastad yn ddiwedd blwyddyn i fi. Mis Medi, dechrau newydd.'

Ieuan gododd ei wydr a dymuno, ag un llygad ar Henry, 'Blwyddyn Newydd Dda a Blwyddyn Newydd Ddaionus i bawb.'

Yfodd Bron ddiferyn a theimlo'n llawn gobaith. Gwenodd, a gweld y wên yn neidio fel fflam rownd y bwrdd.

26.

Drannoeth roedd siop yr hosbis ar gau. Roedd y glaw wedi cilio, yr haul yn nwyfus chwareus, yn smician rhwng cymylau gwlanog, yn gadael ôl ei wefus ar y tonnau. Roedd fflyd o gychod hwylio wedi gadael harbwr Aberberwan ben bore i sŵn bonllefau, ac wedi hwylio'n ribidirês tua'r gogledd a Phenrhyn Llŷn. Cawsai Bron gynnig mynd i Fryn Barcud, lle roedd teulu Daf yn ymgynnull i helpu Sal ac i gael parti i ddathlu menter newydd ei mam, ond gwrthododd y gwahoddiad. Roedd hi am fynd ar bererindod.

Gadawodd y dref yn fuan wedi deg o'r gloch a gyrru at Lôn Absalom a'r tŷ lle y'i magwyd. Tŷ teras ar rent oedd e bryd hynny, a mymryn o ardd yn y ffrynt lle tyfai llwyn *hydrangea*. Hyd y diwedd roedd ei thad wedi mynnu polisio carreg y drws bob wythnos er parch i'w mam, ac wedi golchi'r llenni les ar y Llun cyntaf bob mis. Gwelodd o bell fod drws y tŷ led y pen ar agor a darn o foncyff â phen crwn a chynffon onglog yn sefyll ar safle'r *hydrangea*. Roedd rhywun wedi peintio llygaid blin a dannedd miniog ar yr anghenfil broc-moraidd. Gorlifai byrddau syrffio dros garreg y drws. Gyrrodd Bron yn ei blaen heb arafu, a throi at yr hewl fawr.

Dyma'r hewl ddilynodd hi a'i thad ddechrau'i thymor cyntaf yng Ngholeg y Drindod, lympiau yng ngyddfau'r ddau a'r siwrne fel lastig, yn rhy fyr ac eto'n rhy hir. Ar ôl cario'i chesys i'w stafell, roedd Dad wedi'i gwasgu'n chwyrn. Roedd hi wedi teimlo pob gewyn yn ei freichiau, ac wedi syllu'n llawn cywilydd dros ei ysgwydd ar y ferch oedd yn eu gwylio'n syn o'r stafell gyferbyn. Julie oedd enw'r ferch, ac yn ddiweddarach fe wfftiai Bron ei thad iddi.

'Dad.' Sibrydodd Bron ei enw. O leia roedd ei thad wedi byw i weld Gwyn yn mynd i'r coleg.

Ar ôl cyrraedd Caerfyrddin, parciodd ym mhen isa Heol y Coleg, yn dynn wrth y palmant. Roedd hi am gerdded y chwarter milltir olaf, fel y cerddodd hi droeon gyda'i ffrindiau, Elin, Einir a Jane, yn ystod y ddwy flynedd y bu hi yno. Roedd y tair wedi hen ddiflannu dros y gorwel, a hithau'n ailddechrau troedio'r llwybr yn ei *mules*, ei sgert denim hir a'r blowsen fach wen a ddisgynnai'n llac dros ei bronnau aeddfed.

Cerdded lan yr hewl â'i phen i lawr roedd hi pan sylwodd ar gysgod yn prysuro o'i blaen. Merch mewn teits du, sgidiau bale du, bolero du a ffrog gwta ddu â phatrwm o ryw bethau bach coch. Gwibiai mor dawel ac mor ysgafn â philipala, nes diflannu o'i golwg.

Pan gyrhaeddodd Bron fynedfa'r coleg dair munud yn ddiweddarach, er syndod iddi roedd y ferch yn sefyll yn blwmp ar ganol y dreif brin ddecllath i ffwrdd, yn fain fel tylwythen ond yn llyncu'r olygfa fel cawres. Oedodd Bron, rhag tynnu'i sylw, ond trodd y ferch ati fel petai'n ei disgwyl.

'Dwi'n mynd i fod yn stiwdent 'ma,' galwodd.

Nesaodd Bron. 'Chredi di ddim o hyn ...'

'Chi'n darlithio!' meddai'r ferch.

'Na. Dwi'n bwriadu bod yn stiwdent 'ma hefyd.'

Craffodd y ferch arni a'r poer yn sgleinio ar ei gwefus. 'Wir?'

'Wir. Flwyddyn nesa.'

'Ti a fi?' Ystumiodd.

'Ti a fi.'

'Jess dwi.'

'Bron.'

Syllodd y ddwy i fyw llygaid ei gilydd a lledodd gwên ar draws eu hwynebau. Cyn i'r gwenu droi'n chwerthin, canodd Whitney Houston: 'I ... I ... I will always ...' Cipiodd Jess ei ffôn o'i bag, a symudodd Bron gam neu ddau'n nes at y coleg er mwyn rhoi heddwch iddi.

Roedd hi'n sgubo'i gorffennol oddi ar y waliau llonydd ac yn trio sodro'i dyfodol yn ei le, pan alwodd y ferch, 'Mae Darren yn dod i moyn fi nawr. T'ise lifft?'

'Dwi'n iawn,' meddai Bron.

'Falle gwelwn ni'n gilydd, ie?' Gwasgodd Jess ei braich. Eisoes roedd swn car yn nesáu. Gwrandawodd y ddwy ar ei chwyrnu taer ac ar sgathriad y graean wrth y gât. 'Darren.' Gwenodd Jess yn ymddiheurol a chodi'i hysgwyddau. Disgynnodd ei gwallt brown yn fwrlwm drostyn nhw. Trodd yn hamddenol i edrych ar gryndod y Toyota coch a chwythiadau'r mwg o'r bibell ôl. Oedodd am foment arall, yna gydag 'Wela i di. Ie?' rhedodd a dringo i sedd flaen y car. Dechreuodd hwnnw symud cyn i'r drws gau. Gwelodd Bron gip o wyneb surbwch y gyrrwr wrth iddo ddiflannu rhwng y cloddiau.

Arhosodd am ennyd arall i hel meddyliau, cyn troi am y dref. Yn ei bag roedd siec o £500 tuag at Ymchwil Cancr yr Ysgyfaint. Gofalodd bostio honno cyn dechrau siopa am ddillad fyddai'n siwtio myfyrwraig aeddfed.

Roedd Dafina wedi'i chynghori i beidio ag ymweld â Wil Parry ar y ffordd adre. 'Chei di ddim croeso,' meddai.

Ond doedd dim ofn Wil ar Bron, ac ymweliad 'mewn a ma's' fyddai e beth bynnag. Anoddach oedd wynebu'r ysbyty ei hunan. Wrth gerdded drwy'r drws teimlodd ei wres a'i oglau'n pigo'i chroen. O gil ei llygad gwelodd y coridor oedd yn arwain i ward Tref. Gwasgodd wên ar ei gwefusau a bwrw ymlaen at Wil.

Yng nghornel bella'r stafell pedwar gwely, eisteddai Wil yn gefnsyth a gwyliadwrus, ei freichiau'n gwasgu ar freichiau'i gadair a'i lygaid wedi'u hoelio ar y wraig ifanc mewn siwt binc llachar oedd yn sgwrsio ag un o'r nyrsys yn y coridor.

'Digon o sŵn 'da honna,' wfftiodd wedi i'r ddwy symud o'i olwg ac i Bron nesáu ato. Tan hynny doedd e ddim wedi dangos ei fod wedi gweld Bron o gwbl.

'Ond dyw hi ddim yn jyrnalist.' Daeth crawc o chwerthin o'r gwely gyferbyn. Cododd dwy fraich esgyrnog ac arwyddo neges i Bron mai un hanner call a dwl oedd Wil. ''Smo pob menyw smart yn jyrnalist. Heblaw'ch bod chi.' Cododd pen hen ŵr o'r gobennydd a wincian.

'Na, dwi ddim,' atebodd Bron, a gwenu ar y siaradwr. Fe oedd yr unig glaf arall yn y stafell. Anelodd Wil edrychiad milain tuag ato a throi'i ben tuag at y ffenest.

'Des i â chwpwl bach o bice, Wil.'

'Diolch.'

Estynnodd Bron heibio iddo a rhoi'r pecyn pice ar y cwpwrdd yn ymyl y gwely.

'Rhowch nhw miwn,' meddai Wil yn gyflym. ''Sdim ishe i bobl fusnesa.'

Agorodd Bron ddrws y cwpwrdd. Rholiodd dau becyn o fisgedi i'r llawr a hedfanodd cardiau o dan y gwely. Cropiodd ar eu holau a'r hen ŵr yn ei chyfarwyddo'n awchus. Gwthiodd bopeth yn ôl i'r cwpwrdd tra cuchiai adlewyrchiad Wil arni o'r ffenest. Pwysodd Bron ei braich ar ei ysgwydd.

'Wela i chi, pan fyddwch chi 'nôl gartre 'te, Wil. Cawn ni sgwrs bryd hynny.'

'Gewch chi'r *dressing gown* 'nôl.'

'Iawn.' Doedd hi ddim wedi ystyried mai gŵn Tref oedd e. Roedd y person oedd yn ei gwisgo mor wahanol i Tref.

Ffarweliodd ag e ac anelu'n ddiolchgar am y drws allanol.

Wrth iddi gamu drwy'r drws fe sgubodd ton o wynt cynnes tuag ati. Brysiodd menyw heibio. 'Waw!' meddai wrth Bron, gan chwerthin a gwasgu'i dwylo dros ei chlustiau. ''Na sŵn!'

Roedd y maes parcio'n curo fel calon a'r ddaear yn drymio dan draed. Suddai hofrenydd melyn yn boenus o araf dros y toeau. Teimlodd Bron ei wynt yn ei gwallt a chwipiad bag plastig yn erbyn ei choesau. Arhosodd i'r sŵn ddistewi, i'r ddaear lonyddu, ac yna fe ddaeth pwl o chwerthin drosti. Plymiodd i loches ei char, tanio'r injan a gyrru tuag at yr allanfa. Ddylai hi ddim chwerthin, ond allai hi ddim help. Ar yr hewl fawr, rhwng ceir ymwelwyr yn ymlwybro am adre, credodd iddi weld gohebydd Radio Cymru yn gwibio heibio. Jyrnalists? Doedd bosib!

Yn lle gyrru'n syth i Aberberwan, trodd am Fryncelyn a galw ar ei ffrind, Menna. Arhosodd yn nhŷ Menna am swper a llond bol o chwerthin.

Ots ...

28.

Roedd hi bron yn naw o'r gloch ar Bron yn cyrraedd adre. Daw Awst, daw nos. Gadawodd injan y car yn rhedeg tra oedd yn agor drws y garej a gollwng ei bagiau dros gât yr ardd. Yn y ffrwd olau a lenwai'r lôn gefn, gwelodd ffigwr esgyrnog yn rhuthro amdani. Daf oedd hi, ei llaw'n cysgodi'i llygaid.

'Ble wyt ti wedi bod?' crawciodd Daf.

'Caerfyrddin a ...'

'Pam na wnest ti ateb dy ffôn?'

'A.' Cofiodd Bron ei bod wedi diffodd ei ffôn cyn mynd i mewn i'r ysbyty. Dechreuodd egluro, ond torrwyd ar ei thraws gan ddrws cefn Rory'n agor.

'Cadwa di ma's o hyn!' rhuodd Dafina ar ei chymydog. Cydiodd ym mraich Bron a'i hanner gwthio 'nôl i'r car.

Yn y drych gyrru gwelodd Bron Rory'n sefyll ar garreg ei ddrws, a Dafina'n cadw llygad arno â'r bagiau siopa yn ei breichiau. Clodd Bron ddrws y garej. Roedd ffair Gŵyl y Banc yn clochdar ym mhen arall y dre a'i goleuadau lliwgar yn wincian dros y toeau.

'Mae hi wedi gwneud diwrnod da, Rory,' galwodd Bron.

Chlywodd hi mo ateb Rory. Roedd Dafina wedi gafael yn ei braich a'i llusgo at y drws cefn.

'Daf!' meddai Bron. 'Be sy'n bod arnat ti? Galwes i gyda Menna yn ...'

'Sh,' meddai Daf, a phystylad yn anniddig.

'Daf!' gwichiodd Bron, wedi i gornel un o'r bagiau siopa drywanu'i boch.

'Sorri.' Camodd Dafina 'nôl fymryn.

Agorodd Bron y drws a chynnau'r golau. Wrth wneud hynny, sylwodd fod Dafina'n crynu. Brysiodd Dafina heibio iddi, gollwng y bagiau ar y ford, a'i thynnu i'r pasej. Caeodd ddrws y gegin. Drwy'r gwyll gwibiai goleuadau gorffwyll y ffair.

'Daf!' Roedd Bron wedi dychryn. 'Be sy ...?'

'Moss. Mae e wedi marw.'

Daeth chwyrniad o wddw Bron. Trawodd ei bys ar switsh y golau a gyrru'r ffair i ffwrdd.

'O'n i ise dweud wrthot ti cyn i'r blydi Rory 'na ddechrau crawcian,' meddai Dafina. 'Henry Otley ffeindiodd e. O'dd Henry'n crwydro fel mae e, ac fe sylwodd fod y tarpolin yn dal dros geg y twll lle ma' Moss yn cysgu, er ei bod hi'n ganol dydd. Aeth e lawr i edrych. O'dd e'n fyw, jyst. Gaethon nhw helicopter i'w godi e, ond fe fuodd e farw'n glou wedyn. Ti'n iawn?' Roedd wyneb Dafina'n fwgwd llwyd a'i llais fel edau o fain.

'Weles i'r helicopter,' meddai Bron yn herciog. 'Weles i fe yn Glangwili.' Cofiodd ei bod wedi chwerthin. 'Druan o Moss!'

'Welon ni'r helicopter hefyd. Bues i a'r plant yn chwifio ato fe, cofia.' Rhwbiodd Daf ei breichiau. 'Wedyn, nes mla'n ffoniodd Ron y garej a dweud ma' Moss o'dd e. Ma'r cops wedi bod ar hyd y lle fel pryfed, meddai Rory. Ma' nhw'n meddwl mai rhywbeth fel niwmonia oedd arno fe.'

'Niwmonia?' ebychodd Bron. 'O'n i'n meddwl mai damwain ...'

'Na,' llefodd Dafina. 'Mae mor crap! 'Tai rhywun wedi'i ffeindio fe mewn pryd, alle fe fod wedi gwella, siawns. Ond o'dd hi'n Ŵyl y Banc, t'wel. Alle fe fod wedi bod yn sâl ers nos Wener.'

Tynnodd Bron anadl grynedig a phwyso ar wal y pasej. Roedd drws y stafell fyw'n gilagored a ruban bach o sêr lliwgar yn dawnsio ar draws y llawr.

'Ffair wagedd,' meddai Dafina. 'Mae'n hala ti feddwl be y'n ni'n 'neud yn yr hen fyd 'ma. Blydi hel!' Ciliodd i gyfeiriad Bron a gwasgu'i bysedd i'w braich. Roedd drws cyfagos newydd gau, sŵn traed yn nesáu a chysgod yn hofran ar riniog Bron. 'Rory!' hisiodd. 'Mae'r boi 'na'n chwilio am esgus i neidio i dy wely di.'

'Daf!'

'Paned o de!' gwaeddodd Dafina. 'Dwi'n gwneud paned o de, Bron!' Gwasgodd ei bysedd yn dynnach nes i'r cysgod gilio i gyfeiriad y dre. 'Ha!' meddai'n falch. 'O'n i'n meddwl y dihange fe ar ôl clywed fy llais i, a sylweddoli mai dim ond te o'n ni'n yfed hefyd. Diawl ag e! Dwi'n mynd i wneud paned ta beth. Dere.'

Diffoddodd y golau a thynnu Bron i'r gegin, lle caeodd hi'r llenni ar ffrwst, a rhoi tro yn allwedd y drws cefn. Sbeciodd yn gyflym ar y dillad yn y bagiau siopa. 'Neis!' crawciodd. 'Trendi i ti. Cer â nhw o'r ffordd nawr.'

'Alla i ddim credu mai heddi prynes i nhw,' meddai Bron.

Roedd Dafina wedi mynd ati i lenwi'r tegell a dŵr yn tasgu i bobman. Achubodd y bagiau a'u cario i'r pasej. Yn lle'u gadael nhw yno, fe gripiodd yn ysgafn i'r llofft. Safodd ar y landin â'i gwynt yn ei dwrn a syllu ar ffenest ei stafell wely. Drwyddi treiddiai golau gwanllyd y lôn gefn. Gwrandawodd am sŵn traed ar y lôn, a chlywed dim byd ond sgrech y ffair.

Ar y bryn uwchlaw Aberberwan safai'r cyfreithiwr Terry Roberts o flaen ei ffenest yntau. Drws nesa yn y gegin roedd Tesni, ei wraig, yn dadlwytho'r pentwr o anrhegion brynodd hi i'r plant yn Efrog Newydd. Dyna'u gwobr am fodloni i aros efo Taid a Nain tra oedd eu rhieni'n cael wythnos o wyliau.

Tad yng nghyfraith Terry oedd wedi ei hysbysu am farwolaeth Moss Morgan, ei ben yn ysgwyd a'i lais yn crynu. Un teimladwy oedd ei dad yng nghyfraith. Newydd symud lawr o'r gogledd i fyw yn Aberberwan roedd e, a go brin ei fod wedi cwrdd â Moss erioed. Roedd Terry, ar y llaw arall, wedi siarad â Moss yn gymharol ddiweddar.

Crwydrodd llygaid y cyfreithiwr tuag at yr harbwr a thuag at y lôn gefn oedd yn arwain at Draeth y Cregyn. Edrychodd ar ei watsh. Oedd hi'n rhy hwyr i fynd allan ar neges?

'Daaaaaad!' Taranodd Mirain drwy'r drws â theclyn pinc yn hongian am ei braich. 'Dere i chwarae gyda fi.'

'Terry!' meddai'i wraig yn siarp, gan wybod yn iawn nad y ffair oedd yn gyfrifol am y disgleirdeb yn llygaid ei gŵr. 'Helpa Mirain i lwytho'i gêm.'

Edrychodd Terry ar ei watsh eto.

'Daaaad!' Plyciodd Mirain ei lawes. 'Wyt ti'n mynd i helpu?'

'Ydw, Moshi Monstyr,' gwaeddodd Terry, gan gipio'i ferch i'w freichiau a'i chwyrlïo.

Caeodd y llenni a chuddio Aberberwan. Fe gâi'r neges aros tan y bore.

29.

Y noson honno deffrodd sawl un yn Aberberwan ac enw Moss ar eu gwefusau. Dawnsiai fel pibydd brith drwy'u breuddwydion, canai i rythm y ffair. Hon oedd noson Moss, y noson i'w gofio, i'w anwylo ac i sylweddoli na fyddai byth eto'n codi siediau i Mrs Sam, byth eto'n anelu am Draeth y Cregyn â miwsig yn ei glustiau. Fyddai dim rhaid i neb boeni amdano byth eto chwaith.

Roedd Bron wedi swatio o dan gynfas, ac wedi hel atgofion, cywilyddio, rhesymu fel pawb arall. Roedd cyfnod Moss wedi dod i ben. Moss druan. Cysgodd yn drwm cyn y bore, a chael ei deffro gan ddyrnaid o ddiferion glaw yn disgyn fel sŵn traed yn erbyn y ffenest. Agorodd ei llygaid a chofio ar unwaith. Nid Moss oedd yno. Roedd hi wedi ffonio Dylan i ddweud yr hanes y noson cynt, ac wedi e-bostio Gwyn. Ffoniodd Daf cyn brecwast i weld a oedd hi'n iawn, ac mi oedd hi. Roedd y croen eisoes yn dechrau tyfu dros sgriffiniad damweiniol Moss ar ei bywyd.

Serch hynny, doedd hi ddim yn teimlo fel mynd i'r dref a gwrando ar yr ochneidio a'r malu awyr. Yn syth ar ôl brecwast aeth i fwrw golwg dros gynnwys ei chypyrddau. Roedd hi wedi addo cacennau i Gwen Jones, Berwan View, ar gyfer Te ac Arwerthiant Clwb yr Henoed y prynhawn hwnnw. Drwy lwc, roedd ganddi ddigonedd o gynhwysion ar gyfer dwy gacen lemon a phentwr o bice heb orfod mynd allan i siopa.

Erbyn hanner awr wedi naw, roedd y ddwy gacen lemon eisoes yn y ffwrn, hanner dwsin o bice ar y radell a thri dwsin arall yn disgwyl eu tro, pan ddaeth cnoc ar y drws. Sychodd ei dwylo ar ei ffedog a brysio i ateb. Doedd 'run dyn byw i'w weld drwy'r gwydr tryloyw, ond cripiai cysgod ar draws llawr y pasej. Roedd rhywun yn sbecian drwy ffenest ei stafell fyw. Cyn gynted ag yr agorodd y drws, gwibiodd Terry Roberts i'r golwg.

'Terry!' ebychodd.

'Mrs Jenkins,' meddai Terry. Gwisgai'r cyfreithiwr ei siwt waith, ond roedd gwddw'i grys glas yn agored, a chariai friffces o dan ei gesail.

Alwyn, meddyliodd Bron, ar ôl gweld y briffces. Alwyn wedi gwrthod y £5,000. Gwgodd, a gweld bod Terry'n ei gwylio.

'Ga i ddod i mewn?' gofynnodd Terry'n dringar.

'Wrth gwrs. Sorri.'

Caeodd Bron y drws ar ei ôl, tynnu'i ffedog a'i thaflu ar y cwpwrdd. Roedd Terry wedi sefyll a'i drwyn at y gegin.

'Mmm. Cacen lemon,' meddai. 'Fy ffefryn.'

'Dwi wedi'i haddo hi i Glwb yr Henoed yn anffodus,' meddai Bron.

'A! Henaint ni ddaw ei hunan. Daw â chacen lemon gydag e,' meddai Terry. ''Na rywbeth i edrych ymlaen ato.'

Gwenodd Bron. Faint oedd oed Terry? Deugain a dwy falle, ond edrychai'n iau. O dan y clogwyn o dalcen a etifeddodd gan ei dad, llechai dwy lygad fach brysur, trwyn main cynnil, a cheg dwt. Roedd e'n gapten y

Clwb Golff, a'i groen mor frown ac mor llyfn â'i friffces.

'Steddwch mewn fan'na am funud,' meddai a'i lywio tuag at y stafell ffrynt. 'Dwi'n mynd i achub cwpwl o bice, wedyn bydda i'n ôl.'

Yn y gegin, fe drodd hi'r pice drosodd, symud y radell o'r gwres a diffodd yr hob. Wrth droi'n rhy sydyn i sychu'i dwylo ar y tywel, teimlodd bwl bach o'r bendro. Diffyg cwsg oedd arni. Sythodd ei chefn. Damo Alwyn os oedd e am wneud ffys. Gallai wneud tro heb hynny.

Yn ôl â hi i'r stafell ffrynt lle safai Terry ar ei draed o flaen y ffenest, yn chwibanu tiwn bach o dan ei anadl. Sbonciai dau ganŵ, un coch ac un glas, ar lif afon Berwan. Meddyliodd Bron mai gwylio'r canŵs oedd Terry, nes sylweddoli ei fod yn syllu ar ei hadlewyrchiad.

'Wel, Mrs Jenkins,' meddai Terry, y chwiban ar stop a'i wyneb yn dda'en o seloffen. 'Fe fuodd 'na dro diflas ddoe 'te?'

'Do,' meddai Bron. 'Moss druan.'

'Ie, Moss druan.'

Gwyliodd y ddau'r canŵ glas yn brwydro yn erbyn y cerrynt, ei berchennog yn naddu'r dŵr â'i badl.

'Roedd hi'n haf mor wlyb,' mwmianodd y cyfreithiwr ag ochenaid hir, 'ond o'n i ddim yn disgwyl iddo fynd fel'na chwaith.'

'O'dd e'n edrych yn fachgen mor gryf,' meddai Bron.

'Oedd.'

Cyfarfu eu llygaid ar y paen ac anesmwythodd Bron heb wybod pam.

'Paned bach?' meddai'n sionc. 'Mae 'da fi bice ffres a ...'

'Na, dwi'n iawn, diolch yn fawr. Er, maen nhw'n

gwynto'n neis.' Trodd Terry'i gefn at y ffenest.

"Steddwch ta beth,' meddai Bron.

Tra oedd y cyfreithiwr yn ochrgamu heibio'r soffa ac yn disgyn yn ddestlus i gadair Tref, penderfynodd achub y blaen arno. Erbyn iddo roi'r briffces ar y llawr wrth ei draed, roedd hi wedi clwydo ar fraich y gadair gyferbyn, yn barod i ddweud yn blwmp ac yn blaen nad oedd hi am dderbyn y £5,000 yn ôl gan Alwyn. Ond tra oedd hi'n dal i sugno anadl, meddai Terry, 'O'ch chi'n nabod Moss yn dda felly?'

'Moss?' Chwythwyd y penderfyniad o'i cheg. 'Na, do'n i ddim,' atebodd Bron. 'Dwi ddim yn siŵr a oedd unrhyw un yn nabod Moss druan yn dda.'

'Na?'

'Dwi'n ei gofio fe'n grwt bach yn dod i'r Ysgol Sul flynyddoedd 'nôl. O'dd e dipyn iau na fi. Ac o'n i'n nabod ei fam, wrth gwrs.'

Craffodd y llygaid bach arni.

'Doedd Moss ddim yn un i siarad,' eglurodd Bron, er go brin fod angen eglurhad. Roedd Terry, wedi'r cyfan, yn un o blant Aberberwan.

'Pryd siaradoch chi ag e ddwetha?' gofynnodd y cyfreithiwr.

'Dwi ddim yn siŵr a siarades i ag e go iawn erio'd,' cyfaddefodd Bron. 'Heblaw dweud helô.'

'Pan oedd e'n mynd heibio i Draeth y Cregyn?'

'Ie, neu pryd bynnag o'n i'n ei weld e. Trio dianc o'ch golwg chi oedd Moss fel arfer, ond ...' Cloffodd wrth weld yr anghrediniaeth yn llygaid ei hymwelydd. 'Falle dylwn i fod wedi gwneud mwy o ymdrech.'

'Wel,' ochneidiodd Terry Roberts.

Roedd car yn cripian heibio'r tŷ, a'i gysgod cochlyd

yn llithro dros y waliau. Wrth iddo ddiflannu, neidiodd pelydryn o haul oddi ar ei do, a tharo llygaid y cyfreithiwr. Gwingodd Terry Roberts. Trodd Bron at y ffenest, ac ystyried tynnu'r llenni, ond roedd y car wedi mynd a'r haul yn nofio'n ddiniwed i lawr afon Berwan.

'Daeth Moss i 'ngweld i fis yn ôl,' meddai llais y cyfreithiwr.

'Moss?' Trodd yn ôl ato.

'Ishe gwneud ei ewyllys.'

'Druan!' Doedd ryfedd fod hanes Moss yn pwyso mor drwm ar Terry. 'O'dd e'n teimlo'n sâl bryd hynny, o'dd e?' gofynnodd.

'Na,' atebodd y cyfreithiwr. 'Roedd e i' weld yn iawn. Y diwrnod ar ôl claddedigaeth Sam oedd hi, a dwi'n meddwl mai'r ffaith fod Sam wedi marw mor sydyn oedd wedi canolbwyntio'i feddwl e.'

'Druan bach.' Crynodd anadl Bron. Cododd oddi ar fraich y gadair ac eistedd yn dwt ar ei sedd. Arwydd o barch, meddyliodd Terry.

'Wnaeth e sôn unrhyw beth wrthoch chi?' gofynnodd.

'Ei fod e'n sâl?' Roedd hi eisoes yn ysgwyd ei phen.

'Na, am yr ewyllys?'

'Yr ewyllys?' Edrychodd Bron arno'n syn. 'Wel, na. Ddwedai e ddim byd wrtha i. Fel dwedes i, o'n ni prin yn nabod ein gilydd.'

Nodiodd y cyfreithiwr, a symud i erchwyn ei gadair. 'Os felly,' meddai, 'dwi'n meddwl y bydd yr hyn dwi'n mynd i' ddweud yn dipyn o sioc i chi.' Syllodd i fyw ei llygaid.

Crychodd talcen Bron fymryn. Pwysodd Terry'n nes.

'Fel dwedes i, fe ddaeth Moss ata i i wneud ei ewyllys. Nawr, yn ôl yr ewyllys honno ...' Oedodd. 'Yn ôl yr ewyllys honno, mae Moss wedi gadael y cyfan, popeth oedd gyda fe, i chi.'

Daliai i syllu arno, ond heb symud gewyn. Ailddechreuodd y cyfreithiwr.

'Fe ddaeth Moss ata i i wneud ei ewyllys. Iawn? Ac yn ei ewyllys mae Moss wedi gadael y cyfan ...'

'Y cyfan o beth?' gofynnodd Bron yn ddryslyd.

'Y cyfan o'i eiddo. Y tŷ ac unrhyw arian.'

Sglefriodd ei llygaid tuag at ei wefusau.

'Chi sy'n etifeddu,' pwysleisiodd Terry'n araf a gyddfol. 'Dymuniad Moss oedd gadael y cyfan o'i eiddo i chi, ac fe addawes i ddod draw'n syth i ddweud wrthoch chi, pe bai rhywbeth yn digwydd iddo.'

Uwchlaw'r harbwr roedd haid o wylanod yn cyrchu am y môr. Gwibiodd eu cysgodion fel saethau drwy'r ffenest.

'Chi ...' meddai Terry. Estynnodd ati a chyffwrdd â'i llaw. 'Chi yw'r un sy'n ...'

'Na.' Symudodd Bron tuag yn ôl a phlycio'i llaw o'i afael.

''Sdim ishe i chi boeni.'

'Na, na.' Chwarddodd. 'Mae 'na gamgymeriad.'

'Na ...'

'Oes,' wfftiodd Bron. 'Fydde Moss byth yn gadael dim byd i fi.'

'Fe enwodd e chi'n benodol, a rhoi'ch cyfeiriad.'

'Pa gyfeiriad?'

'5, Stryd y Marian.'

'Na.' Ysgydwodd ei phen.

'Mrs Jenkins.'

'O'n i'n gwneud dim byd â Moss,' pwysleisiodd Bron. 'O'n ni prin yn nabod ein gilydd. All e ddim fod wedi gadael popeth i fi, os na ...' Cododd gwrid i'w bochau. 'Os nad oedd e wedi drysu,' meddai'n gwta. 'Oedd e wedi drysu?'

'Doedd e ddim wedi drysu,' meddai Terry.

'Wel ...' Cododd Bron ar ei thraed. 'Naill ai mae e wedi drysu neu mae 'na gamgymeriad. Un o'r ddau.'

'Mrs Jenkins.'

'Un o'r ddau!'

'Mrs Jenkins.' Gwthiodd y cyfreithiwr ei gadair yn ôl. 'Galla i weld nad o'ch chi ddim yn disgwyl hyn, ond 'sdim ise poeni, wir i chi. Mae gan bawb hawl i adael eu heiddo i bwy bynnag neu i beth bynnag fynnan nhw, ac weithiau ... Na.' Cododd ei fys i dawelu Bron. 'Ac weithiau mae'r dewisiadau'n annisgwyl, ond ...'

'Dyw e ddim yn gwneud sens!' meddai Bron drwy'i dannedd. 'Do'n ni'n gwneud dim â'n gilydd.'

'Na ...'

'A mae perthnase 'da fe.'

'Oes, ond ei ddewis e oedd ...'

'Dwi ddim ishe dim byd.'

'Na, ond ....'

''Sdim rhaid i fi gymryd dim.'

Ochneidiodd y cyfreithiwr.

'Wir i chi. Dwi ddim ishe dim.'

'Mrs Jenkins ...' Clywodd Terry Roberts chwyth-iad ei hanadl, yna'r ig a'r cryndod a'i gorfododd i ddisgyn yn ôl i'w chadair. 'Mae'r ewyllys yn berffaith gyfreithiol,' meddai'n daer. 'I chi mae popeth. Ar ôl i'r cwbl gael ei setlo, gallwch chi benderfynu beth i'w wneud ag e.'

Cododd Bron ei phen. Roedd ei hwyneb yn sgleiniog, wlyb. Treiglai diferyn o chwys dros ei gên.

'Ond pam bydde Moss yn gwneud shwd beth?' sibrydodd â'i gwynt yn fain. 'Pam?'

Ddwedodd y cyfreithiwr 'run gair. Doedd e ddim am ddatgelu ei fod e a Tesni wedi cael modd i fyw wrth drafod y cwestiwn hwnnw. Cariad oedd barn bendant y ddau ohonyn nhw. Yn doedd Moss wedi dewis byw ar Draeth y Cregyn er mwyn cael esgus i basio tŷ Bron, a hithau erbyn hyn yn wraig weddw?

'Doedd e ddim mewn cariad â fi,' meddai Bron a gwylltio. 'Os y'ch chi'n meddwl hynny, y'ch chi'n hollol anghywir. Thalodd Moss erioed sylw i fi. Gofynnwch i unrhyw un. Thalodd e ddim.'

'Iawn.'

'Wir i chi! Na'th e erioed edrych arna i a ...'

'Iawn.' Cododd Terry Roberts ei ddwylo i atal y llifeiriant. 'Felly roedd ganddo fe reswm arall.' Cribiniodd ei ymennydd am ryw fath o esgus. 'Falle ei fod e wedi clywed eich bod chi'n casglu arian er cof am eich gŵr a ...'

Difarodd Terry. Am ryw reswm roedd hi wedi digio'n waeth.

'Sut o'dd Moss yn gwbod am y casgliad?' gofynnodd yn gras.

'Wel ...' Wyddai Terry ddim. 'Peidiwch â phoeni, ta beth.'

'Ddyle fe ddim fod wedi gwneud be wna'th e!' Neidiodd ei gwallt yn rhydd.

Roedd hi'n fenyw hardd, meddyliodd Terry. Sut nad oedd e wedi sylwi ar hynny o'r blaen? Cododd ei friffces o'r llawr a gafael mewn bwndel o allweddi.

'Allweddi Gwynfa,' meddai, a'u hestyn. 'Roedd Moss ishe i chi eu cael nhw ar unwaith. Dyna'i ddymuniad.'

'Dymuniad!' Dihangodd y gair fel crawc brân.

'Fe ofala i am yr allweddi dros dro, os bydd hynny o ryw help. Ond does gan neb arall hawl i fynd i'r tŷ.'

Ysgydwodd Bron ei phen. Roedd dagrau'n dechrau cronni yn ei llygaid.

'Peidiwch â chael ofan,' meddai Terry. 'Mae pethe fel hyn yn digwydd. 'Sdim rhaid i chi deimlo cywilydd. Siaradwch â rhywun.'

Roedd e a Tesni wedi caru'n wyllt ac yn llawen y noson cynt, ar draul cyffro ewyllys Moss Morgan. Ond nawr teimlai'n lletchwith ac annigonol. Ailafaelodd Terry yn yr allweddi. Ymhen dwy funud fe fyddai wedi dianc o Stryd y Marian.

30.

Llosgodd Bron ei bysedd wrth dynnu'r cacennau lemon o'r ffwrn. Daeth dagrau chwyrn i'w llygaid eto fyth. Daliodd ei bysedd o dan y tap a gadael i'r dagrau redeg. Roedd hi'n crynu. Doedd hi ddim wedi stopio crynu ers i Terry Roberts adael y tŷ. Dwywaith roedd hi wedi codi'r ffôn gan feddwl gofyn i'r cyfreithiwr gadarnhau'r hyn roedd hi newydd ei glywed, rhag ofn ei bod hi'n drysu. Dwywaith roedd hi wedi gollwng y derbynnydd.

Moss wedi gadael ei arian i gronfa Tref?

O achos y ciniawau dydd Sul?

Na! Allai e ddim.

Gorffennodd goginio'r pice rywsut rywsut. Gadawodd nhw i oeri a mynd i swatio fel anifail yn llyfu'i briwiau. Wyddai hi ddim ble i swatio. Roedd y tŷ'n rhy fach.

Yn y diwedd fe ffoniodd Mavis Camm, oedd ag eangderau De Affrica yn ei gwaed. Doedd Mavis ddim yn nabod na Moss na Magi Morgan. Roedd hi'n ddiduedd, ddilyffethair. Canodd y ffôn, a chliciodd peiriant ateb. Pwy arall allai hi ffonio? Nid Daf. Allai hi ddim siarad â Daf dros y ffôn. Na Dylan. Roedd Dylan yn chwarae golff beth bynnag. Meddyliodd am Mel.

Atebodd Mel ar unwaith, a'i llais yn ysgafn a llon. Difrifolodd pan sylweddolodd pwy oedd yn galw.

'Bron, ti'n iawn?'

Roedd Bron wedi difaru codi'r ffôn, ac yn trio meddwl

am esgus dros alw. Llifodd rhyferthwy ei hanadl i lawr y lein i Gaerdydd.

'Bron?' Dychrynodd Mel. 'Ti'n dal i boeni am Moss?'

'Moss!'

'Be?'

Dwedodd hanes yr ewyllys wrth y ferch. Ddwedodd Mel fawr ddim, ond fe wrandawodd yn astud, ac erbyn i Bron gyrraedd y diwedd, roedd ei llais wedi'i wasgu fel cynfas drwy fangl a blinder yn gafael ynddi.

'Paid â gadael i hyn dy gael di i lawr, Bron,' meddai Mel. 'Nid dy fai di yw e. Dylet ti fod yn falch fod ...'

'Balch!' Llusgodd Bron anadl. 'Ond bydd pobol yn meddwl ...'

'O, pobol!' meddai Mel. 'Dwyt ti ddim wedi dwyn arian o fanc. Dwyt ti ddim wedi twyllo neb. Paid â thrio darllen meddylie pobol eraill. Iawn?'

Iawn? Gollyngodd Bron y ffôn. Doedd dim byd yn iawn. Roedd label wedi'i rhoi am ei gwddw, yn drwm a bygythiol fel yr hen Welsh Not gynt. Ar y label honno, mewn graffiti bras, roedd enw Moss.

Drwy drugaredd roedd Gwen Jones yn brysur yn paratoi ar gyfer te Clwb yr Henoed, a heblaw 'Druan â'r hen Moss. Ond 'na fe, beth oedd i ddisgwyl?' soniodd hi ddim gair amdano. Diolchodd i Bron am y cacennau ac am y cyfraniad o £10, a derbyniodd yn ddigwestiwn ei ymddiheuriad am fethu mynychu'r te.

Brysiodd Bron yn ôl i'r tŷ. Yn ystod ei habsenoldeb roedd Mavis Camm wedi ffonio. Byrlymodd ei llais serchog o'r peiriant ateb, yn ymddiheuro am golli galwad Bron ac yn addo ffonio eto. Wnaeth Bron mo'i ffonio 'nôl. Fe gâi hynny aros. Roedd hi wedi siarad â

Mel, ac wedi e-bostio Gwyn. Am y tro roedd hynny'n ddigon.

Cyn gynted ag y gollyngodd y ffôn, fe ganodd unwaith yn rhagor a daeth llais Richie i lawr y lein.

'Bron?' Roedd y lein yn aneglur. 'Newydd glywed am Moss. Y'n ni yn y car ac o'dd e ar Radio Wales nawr. 'Na sioc! Ti'n iawn, bach?'

'Ydw.'

Diflannodd llais Richie am ychydig eiliadau.

'Dwi'n colli'r signal,' gwaeddodd. 'Fydda i ddim adre tan ddiwedd yr wythnos.'

'Paid poeni. Dwi'n iawn.'

'Ocê.' Diffoddodd y ffôn.

Sychodd Bron ei llaw chwyslyd ar ei sgert. Cripiodd i'r gegin a sefyll wrth y ffenest. Tybiodd iddi weld symudiad yng ngardd drws nesa, a chiliodd rhag ofn fod Rory'n cael diwrnod ychwanegol o wyliau. Aeth i ffonio Alwyn. Fe oedd yr un dyn byw heblaw'r bechgyn oedd â'r hawl i glywed y newyddion. Ond doedd Alwyn ddim gartre, a doedd hi ddim am ffonio Bryn Barcud.

Coginiodd. Allai hi ddim darllen. Allai hi ddim gwrando ar Radio Cymru. Doedd hi ddim yn gerddorol, ond fe drodd fwlyn y radio i Classic FM, a gadael i'r miwsig fyrlymu drwy'r stafell a'i boddi. Gwrandawodd tra oedd yn turio yn ei chypyrddau, a chwilota yn ei rhewgell. Casglodd ddigon o gynhwysion i wneud dwy bastai ffowlyn, *sausage plait*, a dau *lasagne*. Gwnaeth ragor o bice. Cwafriodd ribidirês o nodau drwy'r gwres a'r stêm.

Ganol y prynhawn, pan oedd hi'n glanhau'r rholbren, ei dwylo'n slic a thoes gwlyb o dan ei hewinedd, fe ganodd ei ffôn. Erbyn iddi olchi'i dwylo, roedd y ffôn wedi tewi a Dylan wedi gadael neges fer iddi. Swniai fel petai ei goler yn rhy dynn. Roedd e wedi cael siars i bwyllo gan Mel, mae'n siŵr. Cripiodd Bron lan i'r stydi ac eistedd wrth y ddesg i'w ffonio'n ôl.

'Dylan?'

'Mam?'

'Ddwedodd Mel wrthot ti?'

'Do. Dwi ddim yn deall.'

'Does neb yn deall. O'dd Terry Roberts yn meddwl falle fod Moss ishe cyfrannu tuag at y gronfa er cof am dy dad.'

'Be ti'n mynd i 'neud 'te?' gofynnodd.

'Alla i wneud dim byd ar hyn o bryd.'

'Na?' Addawodd Dylan ddod i'w gweld dros y penwythnos. Roedd Mel yn gweithio drannoeth.

Taniodd Bron y cyfrifiadur, ond doedd dim ateb wedi cyrraedd oddi wrth Gwyn. Meddyliodd amdano ar ddalen lân ym mhen draw'r byd.

Roedd y tŷ'n dal i wynto fel cantîn, pan gyrhaeddodd Daf ar ei ffordd adre o'r gwaith.

Deallodd Daf y drefn ar unwaith. Coginio. Cadw'n brysur. Peidio â hel meddyliau. Ond wyddai hi ddim pa feddyliau chwaith.

'Mm!' meddai ar ôl gweld y wledd ar ford y gegin.

'Dewisa rywbeth ar gyfer swper i ti a Dei,' meddai Bron.

'O, ti'n gariad!' Gwenodd yn dyner ar Bron. 'Ti wedi cael diwrnod ocê?'

'Ddweda i wrthot ti,' meddai Bron.

'Ddweda i wrthot ti hefyd,' meddai Daf. 'Er, does dim

ise dweud, oes e? Gallwn i grynhoi'r cyfan mewn tri gair. Moss, Moss, a Moss.'

'Cer i iste lawr, tynna dy sandalau, ac fe wna i baned,' meddai Bron.

'Ocê.'

Gwrandawodd Bron ar sbrings y soffa'n gwichian. Roedd y tegell wedi berwi, y pice'n barod ar blât, a'r stori mewn capsiwl y tu mewn iddi. Roedd hi eisoes wedi dechrau gwacáu'r capsiwl. O flaen Mel. O flaen Dyl. Gyda lwc fe lifai'r cyfan i ffwrdd a diflannu i'r pedwar gwynt.

Pan gariodd hi'r hambwrdd i mewn i'r stafell ffrynt, roedd Daf yn hanner gorwedd ar y soffa a'r haul yn byseddu'r crychau ar ei hwyneb. Ochneidiodd yn ddioglyd a llusgo'i hun i fyny ar ei heistedd.

'Ti'n dda, Bron. Chware teg i ti am goginio. Dwi'n teimlo fel clwtyn llestri.' Rhwbiodd ei choesau. 'Yyyyy.' Ochneidiodd eto. 'Dwi wedi clywed shwd storïe heddi, mae 'mhen i'n troi. Dwi ddim yn gwbod a alla i ddiodde'u dweud nhw wrthot ti, a ... Watsia!'

Roedd y tebot wedi crynu yn llaw Bron ac yn bygwth diferu dros y pice. Gafaelodd Bron yn ei big. 'Mae gen i stori i ti hefyd,' meddai'n dynn.

'Oes e?' Gwibiodd llygaid Daf a hoelio ar ei hwyneb.

Arllwysodd Bron ddau baned o de. Eisteddodd yn y gadair lle'r eisteddai Terry Roberts ben bore, a gwrando ar ei llais ei hun yn ailadrodd yr hanes. Diferai'r stori rhwng ei gwefusau mor frau â thoes wedi'i rolio'n rhy denau. Swniai'n anhygoel, yn ddi-sail, yn chwerthin-llyd, a thybiai nad oedd Dafina'n ei chredu. Codai dwy bluen o stêm o'r cwpanau, yn wlithog ddisglair yn yr haul, gan droi llygaid Dafina'n ddwy farblen wleb.

Heblaw am un ebwch, ddwedodd Daf 'run gair nes i'r story ddod i ben.

Ac yna ... 'Bron fach!'

Agorodd y llifddorau.

'Dwi jyst ishe iddo fe fynd i ffwrdd,' chwyrnodd Bron drwy'i dannedd.

'Fe?'

'Moss!' Sgubodd ei llaw dros ei braich. 'Dwi ishe i Terry ffonio fory a dweud mai camgymeriad oedd yr holl beth. O'n i'n trio egluro iddo fe. Na'th Moss ddim talu sylw i fi o gwbl. Welest ti fe erioed yn edrych i 'nghyfeiriad i?'

'Fe wylies i fe sawl gwaith yn mynd ar hyd y lôn, ond weles i e erioed yn edrych ar neb. Ti na neb arall. Blydi hel!' Suodd y rheg drwy ddannedd Dafina. 'Be gododd yn ei ben e i wneud ewyllys? A pham o'dd raid iddo fe farw nawr?'

'Ife niwmonia oedd arno fe go iawn?' gofynnodd Bron. 'Na'th e ddim lladd ei hunan?'

'Na.' Ysgydwodd Daf ei phen yn frysiog. 'Niwmonia ddwedon nhw.'

'Pwy ddwedodd?'

Llygadodd Daf hi. 'Dilys.'

'Waunbêr?'

'Ie.' Gwingodd Dafina a chicio'r ford yn ddamweiniol. Gorlifodd y te oedd yn dal heb ei gyffwrdd. 'A 'sdim ise i ti gochi,' chwyrnodd wrth Bron. 'Petawn i'n Moss, fyddwn inne ddim wedi gadael ceiniog i'r hen sgrech, hyd yn oed os oedd hi'n gyfnither i fi. Mae fel pryfyn ar gachu.'

'Ond alla i ddim cymryd yr arian, Daf,' meddai Bron. 'Bydd raid i fi siarad ...'

'Dim â Dilys!' Trawodd Dafina'i llaw ar y ford.

'Ond mae'n perth ...'

'Nid hi yw'r unig un. Ma' brawd 'da hi. Falle mai nhw yw'r unig ddau ar ochr Magi, ond sa i'n hollol siŵr o hynny. Ond o'dd tad Moss yn un o naw o blant.'

'Ti'n nabod nhw?'

'Nadw!' chwyrnodd Dafina. 'Ond 'na i gyd dwi wedi'i glywed drwy'r dydd yw Moss, Moss, Moss, yntefe? Ac wrth gwrs mae pobol yn dyfalu be ddigwyddith i Gwynfa. Be ti'n ddisgwl? 'Na pam dwi'n dweud wrthot ti, fi Dafina Ellis, Agony Aunt, paid â gwneud dim byd yn fyrbwyll. A phaid â gwneud dim byd heb siarad â Terry, neu fe dynni di nyth cacwn ar dy ben. Cymer amser. A phaid â theimlo cywilydd.' Pwyntiodd un o'i bysedd. 'Arian Moss oedd arian Moss, ac roedd gyda fe hawl i wneud beth bynnag fynne fe ag e.'

'Oedd, ond 'tawn i'n deall pam ...'

'Pam sy'n peri bod y ddafad yn pori,' snwffiodd Dafina. 'Falle fod Moss wedi cymryd trueni drostot ti am dy fod ti wedi colli Tref yn glou ar ôl iddo fe golli'i fam. Neu falle fod 'na gân wedi dweud wrtho fe: "Leave all your money to a girl called Bronwen. Gad dy holl eiddo i Bron. Fe fydd hi'n hapus a llon." Beth yw'r ots?'

'Ti'n gwbod beth yw'r ots.'

'Bron fach,' meddai Dafina. "Sneb yn mynd i feddwl dy fod ti a Moss wedi cael rympi-pympi mewn ogof. Falle byddan nhw'n meddwl bod Moss wedi cael crysh arnat ti, ond 'na i gyd.'

'Ond dwi wir ddim yn meddwl 'i fod e.'

'Na, wel ... Heblaw bod Moss wedi gadael neges yn rhywle, fyddwn ni byth yn gwbod.' Cododd Daf yn swta a gafael yn y tebot. 'A' i i wneud te ffres.' Mwythodd ben Bron wrth fynd heibio i'r gegin.

Swatiodd Bron yn ei chadair a throi at y ffenest. Gwyliodd afon Berwan yn llifo heibio, y cychod yn siglo yn yr harbwr, yr haul yn sgipio oddi ar doeau'r ceir, a'r ymwelwyr yn ymlwybro'n lliwgar ar hyd y cei. Yr un olygfa oedd hi â honno welsai ben bore, ac eto roedd yn wahanol. Roedd Moss wedi'i newid, fel y gwnaeth Tref fisoedd ynghynt. Ond roedd gan Tref hawl, a doedd gan Moss ddim.

31.

Erbyn bore drannoeth roedd neges wedi cyrraedd oddi wrth Gwyn, neges ofalus fel Gwyn ei hun, yn ei chynghori i wneud yn siŵr fod pawb yn deall mai cyfrannu tuag at gronfa'i dad yr oedd Moss. Roedd hi'n amlwg ei fod e wedi cysylltu â Dylan, a digiodd Bron yn afresymol wrth ei meibion am ei thrafod y tu ôl i'w chefn.

Yn syth ar ôl brecwast fe fentrodd allan i brynu bara. Wrth frysio ar hyd y Stryd Fawr welodd hi mo Emlyn yn sefyll yn fuddugoliaethus ar y palmant o flaen Swyddfa'r Post, ond fe welodd e hi. Roedd Emlyn newydd bostio llythyr i Ffrainc. Ynddo ymddiheurodd i Paule am fod cyhyd cyn ateb, gan gymryd arno fod ei llythyr hi wedi mynd ar gyfeiliorn cyn cyrraedd Stad y Blawd. Diolch byth fod ei lythyr yn ddiogel yn y bocs cyn i Bronwen ddod ar ei draws. Roedd 'na olwg galed yn ei llygaid, ac roedd hi'n hastio, yn union fel yr hastiodd hi'r diwrnod yr estynnodd hi'r gwahoddiad i'w chiniawau. Gwyliodd Emlyn hi'n camu drwy ddrws y siop fara, cyn dechrau symud tuag adre.

Roedd Emlyn newydd basio siop y cigydd pan agorodd drws Roberts y cyfreithiwr. Chwyrlïodd menyw fain mewn siwt drywsus ddu ar draws ei lwybr gan hyrddio'r gair 'teulu' i wyneb y dyn oedd yn dilyn wrth ei sodlau. Adnabu Emlyn Dilys Douglas, Waunbêr, a'i gŵr, ond erbyn iddo agor ei geg i estyn cydymdeimlad, roedd y ddau wedi mynd heibio ar ffrwst. Teimlodd wynt eu hymadawiad ar ei fochau. Mentrodd edrych dros ei ysgwydd gan ddisgwyl gweld y ddau'n troi am Wynfa, ond anelu wnaethon nhw at ben draw'r stryd, a throi i swyddfa Layton & Jones, cyfreithwyr Emlyn ei hun.

Croesodd Emlyn y stryd ac anelu am adre'n sionc i ddarllen ei *Western Mail.* Roedd e wedi cwrdd ag Ieuan yn dod allan o'r llyfrgell, a hwnnw wedi'i hysbysu bod 'na ddarn sylweddol am Moss ar y drydedd dudalen ynghyd â llun Traeth y Cregyn o'r awyr.

O'i swyddfa uwchben y Stryd Fawr roedd Terry Roberts wedi gweld Emlyn yn croesi'r hewl. Nid bod ots ganddo am Emlyn. Safai'r cyfreithiwr o flaen y ffenest, ei ffôn wrth ei glust a'i lygaid wedi'u hoelio ar y gŵr a'r wraig oedd newydd ddiflannu drwy ddrws Frank Layton. Pob lwc i Frank, meddyliodd. A go dda, Moss. Cnawes o'r radd flaenaf oedd Dilys Douglas. Roedd e newydd glywed clician peiriant ateb Bronwen Jenkins, pan welodd Bron ei hun yn dod allan o'r siop fara. Agorodd y ffenest gan feddwl gweiddi arni, ond roedd hi wedi troi i lawr yr arcêd. Ailddeialodd a gadael ei neges.

Hanner awr yn ddiweddarach, ffoniodd Terry unwaith eto. Codwyd y derbynnydd ar unwaith, a chlywodd y gwynt yn cael ei sugno i lawr y lein. Newydd gyrraedd adre roedd Bron. Wedi iddo'i chyfarch, fe'i clywodd yn dal ei gwynt am yr eildro, yn awchus, obeithiol. Roedd hi'n disgwyl iddo ddweud mai camgymeriad oedd y cyfan.

Allai e ddim.

'Mae Mrs Dilys Douglas, cyfnither Moss, newydd alw,' meddai'n gwta. 'Ishe'r allwedd i Gwynfa oedd hi. Eglures i nad yw'r ewyllys wedi'i phrofi eto, ond wnes i ddim sôn am ei chynnwys. Wnes i ddim trosglwyddo'r allwedd chwaith gan fod Moss wedi dweud ...'

'Moss!' poerodd.

'Ond os nad oes ots 'da chi, fe a' i â hi i'r tŷ, achos mae hi ise trefnu'r angladd. Hynny yw, os nad y'ch chi ...'

'Na. Sut galla i?'

'Bydd y costau'n dod allan o'r stad. Chi'n deall?'

'Dwi'n deall dim!'

Gwrandawodd y cyfreithiwr ar storm ei hanadl. Doedd pedair awr ar hugain a'r addewid o gelc bach sylweddol wedi lleddfu dim ar ei dychryn. Arhosodd nes i'r storm dawelu.

'Ydw, dwi'n deall bod y costau'n dod allan o'r stad,' mwmianodd Bron. 'Dwi'n deall hynny. A dwi ... am ymddiheuro am ddoe. Beth bynnag sy wedi digwydd, nid eich bai chi yw e.'

'Peidiwch â beio Moss chwaith,' meddai'r cyfreithiwr. 'Doedd e ddim wedi meddwl eich ypsetio chi.'

'Beth o'dd e'n feddwl 'te?' llefodd. 'Dyw'r peth ddim yn gwneud sens. O'dd e wedi cwmpo ma's â'i deulu?'

'Na,' atebodd Terry. 'Na. Ches i mo'r argraff honno, er ...'

'Be?' gofynnodd Bron.

Yn ei swyddfa ar y Stryd Fawr roedd Terry Roberts wedi codi ar ei draed yn llawn cyffro. 'Dwi'n cofio nawr!' meddai. 'Fe ofynnes i i Moss a oedd e ise rhoi rhywbeth i'w berthnase, ac fe atebodd e'n berffaith serchog a dweud, "Na, 'smo nhw'n deall am hedfan. 'Smo nhw'n deall ... am hedfan." Ie, 'na shwd ddwedodd e. "'Smo nhw'n deall ... am hedfan."'

'Hedfan?' meddai Bron. 'Ond dwi'n deall dim byd am hedfan chwaith. Dwi erioed wedi bod mewn awyren.'

'Na, ond mae Gwyn chi dramor, yn dyw e?' meddai'r cyfreithiwr. 'Ise i chi gael arian i hedfan ato fe oedd Moss, siŵr o fod.' Gwreichionodd ei lais i lawr y lein i Stryd y Marian.

'Ond doedd Moss ddim yn nabod Gwyn,' atebodd Bron, gan ddiffodd y tân. 'Pam bydde fe'n poeni?'

'Wel.' Disgynnodd Terry'n ôl i'w gadair. 'Dwi ddim yn gwbod,' ochneidiodd. 'Ond ... wel, 'na beth ddwedodd e, ta beth.'

Wedi i'r alwad ddod i ben, arhosodd Bron am funudau hir, nes magu digon o hyder i ffonio Alwyn. Roedd Alwyn gartre.

Prin hanner awr yn ddiweddarach, a Bron yn eistedd yn stafell fyw Nant-ddu a'i dwylo wedi'u lapio am bastai ffowlyn, daeth gwlith i lygaid Alwyn. Cododd yn frysiog, cipio'r bastai a mynd â hi i'r gegin. Yn y gegin fe dynnodd ei fraich dros ei lygaid a synnu wrth weld y dafnau bach gwlyb ar ei lawes.

Moss wedi gadael y cyfan i Bronwen? Roedd Moss yn ddewr. Yn ddewrach nag e. Pan glywodd sŵn ei thraed, trodd a thanio'r ffwrn. Gallai weld ei hwyneb trallodus ar y gwydr. Roedd hi'n meddwl ei fod e wedi digio.

'Wir i ti, Alwyn,' meddai. 'Alla i ddim deall beth ddaeth dros Moss. O'dd Terry Roberts yn meddwl falle mai ishe cyfrannu at gronfa Tref roedd e. Neu falle 'i fod e ishe i fi gael digon o arian i allu hedfan i weld Gwyn.

Dwi wedi bod yn pyslo a physlo, ond dwi'n dal ddim callach.'

Trodd Alwyn tuag ati. 'Paid poeni,' meddai ac estyn am y bastai.

Roedd e 'i hunan yn deall yn iawn. Neu'n meddwl ei fod e.

Gadawodd Bron Nant-ddu â bwnshyn o ddelias yn ei llaw. Roedd ganddi un alwad arall. Gyrrodd dros y bryn i fynwent Bryncelyn. Swatiai Tref yn ymyl ei rieni yng ngolwg cae top Pantygwiail lle roedd yr awyr yn drwm o eithin, a llysiau'r Santes Fair yn codi'u pennau pinc dros y waliau. Fyddai'r garreg fedd ddim yn barod am wythnos neu ddwy eto, a nythai Tref o dan groes bren. Rhannodd Bron y blodau rhwng ei gŵr a'i rhieni yng nghyfraith.

'Tref.' Eisteddodd yn ei ymyl ar y borfa gynnes, a gwylio gwenynen yn busnesa yn y delias a'i sŵn fel moto-beic bach yn refio.

Aeth adre o'r diwedd i dŷ gwag, a chloc y gegin yn bloeddio treigl yr eiliadau. Pan fu farw Tref, roedd ei theulu wedi dod i foddi'r sŵn. Ond doedd neb am ddod o achos Moss. Daliodd y cloc i floeddio a gyrru'i henw ar led drwy strydoedd Aberberwan.

32.

Ganol y prynhawn, o ffenest ei swyddfa roedd Terry Roberts wedi gweld y papur wythnosol yn cyrraedd y siop gyferbyn, a Sunil, y perchennog, yn brysio i roi'r hysbysfwrdd ar y palmant: **CAVE MAN DIES**. Malodd y cyfreithiwr y pennawd rhwng ei ddannedd. 'Cave man'. Mor hawdd oedd rhoi label ar ddyn. Cave man! Cofiodd y dyn cwrtais, penderfynol, er prin ei eiriau, a ddaethai i'w swyddfa rai wythnosau ynghynt. Cofiodd hefyd ei fod e a Tesni wedi hongian eu label eu hunain am wddw Moss y noson honno: *Hen lanc mewn cariad.* Label ddiog. Label dwyllodrus yn ôl Bronwen Jenkins.

Canodd ei ffôn.

'Mr Layton,' cyhoeddodd ei ysgrifenyddes.

Eisteddodd Terry ar gornel ei ddesg a chyfarch ei gyd-gyfreithiwr.

'Bronwen Jenkins,' meddai llais direidus yr hen bais ar ben draw'r lein.

'Beth amdani?' gofynnodd Terry'n dynn.

Chwarddodd ei gyfaill. 'Deryn bach wedi dy weld di'n galw yn Stryd y Marian,' meddai. 'Paid â phoeni. Ddweda i ddim gair wrth neb.'

Na, ddwedai Frank ddim gair wrth neb, ac eto yn nychymyg Terry roedd rhes o saethau gwynion yn pwyntio at dŷ Bronwen Jenkins. Gwingodd mewn tymer. Blydi Aberberwan! Roedd e a Tesni wedi penderfynu aros yma er mwyn magu'r plant mewn ardal Gymraeg. Ond pam oedd raid i'r Gymraeg swatio yn y fath racsyn o dref? Pam na allai ddawnsio mewn clwb nos, swancio yn y Ritz, yfed siampên yn Chipping Norton? Pam? Pwysodd ei ben yn ôl a rhuo.

'Mr Roberts?' gwichiodd ei ysgrifenyddes o'r stafell drws nesa. Rhedodd at y drws a churo. 'Ddwedoch chi rywbeth?'

'Do,' meddai Terry, ond ddwedodd e ddim beth chwaith.

CAVE MAN DIES. Roedd Dafina wedi dod â'r papur o siop y garej yn ôl ei harfer, wedi'i ollwng ar ford y gegin ac wedi cilio o'r neilltu i wylio Bron yn sefyll uwch ei ben. Roedd yr hanes, ynghyd â dau lun o Moss a llun o'r 'ogof', yn llenwi'r dudalen flaen ac yn gorlifo i ddudalen 3. Trodd Bron i'r dudalen honno gan ddal y papur rhwng blaenau'i bysedd. Roedd Mrs Sam wedi rhoi teyrnged dwymgalon i Moss a Mrs Dilys Douglas wedi datgan ei galar a'i siom o golli'i chefnder.

'Ti'n lwcus fod Dilys yn ddigon o ast i ennill Crufts,' meddai Daf yn gwta. 'Petai hi'n fenyw fach annwyl, fe allet ti deimlo cywilydd. Ond dyw hi ddim, a dewis Moss oedd gadael dim byd iddi. Cofia 'ny.'

Ochenaid oedd ateb Bron.

Blydi ochenaid! Teimlai Dafina fel sgrechian. Teimlai fel petai pryfed bach yn cerdded lan a lawr ei breichiau. Teimlai fel gwagio potelaid o jin. Rai oriau ynghynt roedd hi wedi gwneud cawl potsh o'i slot deg munud ar Radio Cymru. A doedd Bron ddim wedi dweud gair. Roedd hi wedi anghofio gwrando, siŵr o fod. Y bitsh! Arni hi roedd y bai!

Y noson cynt roedd Dafina wedi mynd adre â'i

phastai ffowlyn, a chyda chaniatâd Bron, wedi sôn wrth Dei am yr ewyllys dros swper. Ac roedd Dei, oedd yn dwlu ar y bastai, wedi helpu'i hunan i ragor, ac wedi dweud yn hamddenol, wrth sugno darn o gig rhwng ei ddannedd, 'Welodd Arnold y Ship hi'n mynd lan i Gwynfa sbel 'nôl.'

'Be ti'n feddwl?' Roedd Dafina wedi gollwng ei fforc.

'Welodd e Bron yn mynd ...'

'Ie, ond be ti'n feddwl?'

'Wel,' meddai Dei fel llo. 'Welodd e hi. Falle fod rhwbeth rhyntyn nhw.'

'Bron a Moss?'

'Wel ...' Llenwodd Dei ei geg.

Doedd Bron erioed wedi sôn am fynd i Wynfa. Dim erioed. Dim smic.

'Pam na ddwedest ti wrtha i cyn hyn?' rhuodd Dafina.

'Wel ...' Cododd Dei ei ysgwyddau.

Roedd Dafina wedi troi'n bwdin o nerfau. Doedd hi ddim wedi cysgu. Allai hi ddim canolbwyntio. Ac am chwarter wedi deuddeg, pan glywodd hi'r geiriau 'A dyma hi! Am y deg munud nesa bydd Dafina Ellis yn ein hannog ni i balu 'mlaen! Ffoniwch â'ch cwestiynau. Gadewch i Dafina'ch ysbrydoli a'ch helpu i wireddu'ch breuddwydion,' roedd y pwdin wedi troi'n stwnsh.

Rhyw Cassidy Jones o Lanelli oedd y gyntaf ar y lein. Roedd hi am sefydlu gwefan o'r enw Wejenarywe, meddai hi, lle gallai menywod aeddfed gwrdd â chariadon Cymraeg eu hiaith. Wejenarywe? Doedd Dafina ddim yn dwp. Set-yp oedd y cyfan. Cyfle iddi hi, Dafina, fod yn ffraeth, yn glyfar, yn ddoniol, ogleisiol. A be oedd wedi digwydd? Roedd hi wedi suddo'n is na chragen yn

Ffos Mariana. Roedd hi wedi cripian drwy'r rhaglen gyfan fel cath drwy sied wair. Roedd hi wedi teimlo fel petai ei gwddw'n llawn blawd a Dei wedi gollwng ei sbaner ar flaen ei thafod.

Yn ystod y prynhawn yn siop y garej roedd hi wedi penderfynu rhoi cwlwm yn y tafod hwnnw. Doedd hi ddim am sôn gair wrth Bron am y busnes Gwynfa, nes i Bron gyfaddef y cyfan. Doedd hi ddim!

Fe ildiodd ar ôl llai na phum munud. Roedd Bron yn dal i syllu ar y papur, a'i cheg yn bleten dynn, pan ofynnodd Dafina'n wichlyd, 'Ti wedi bod yng Ngwynfa erio'd?'

'Na,' meddai Bron.

'Dim erio'd?'

'Na.'

'O'n i'n meddwl dy fod ti wedi bod 'na'n ddiweddar?'

'Na. O, paid sôn!' Rhedodd y fath gryndod drwy Bron nes rhwygo'r papur dan ei llaw. 'Alla i ddim diodde meddwl am fynd yn agos i'r tŷ.'

'Shwd le yw e, ta beth?'

'Wel, ti'n gwbod cystal â fi.'

'Sawl stafell?'

'Beth yw'r ots?' ffrwydrodd Bron.

'Dim ond ise gwbod,' meddai Dafina mewn llais bach. 'Sa i wedi bod ffor'na ryw lawer erio'd.'

'Es i i gael pip ar y lle yn glou ar ôl i Moss adael y tŷ,' meddai Bron yn swta. ''Mbod pam. O'n i ar y ffordd adre ar ôl gweld Wil Parry.'

'Est ti i mewn?'

'Na-ddo! Es i i gael pip o'r tu fas. Pam ti ishe ...?' Syllodd Bron yn amheus ar y wên fawr ar wyneb ei ffrind. 'Dafina!' chwyrnodd. 'Be sy arnat ti?'

'Dim. Dim. Dim yw dim.' Taflodd Dafina'i braich amdani a'i gwasgu nes roedd hi'n gwichian. 'Jyst meddwl falle dy fod ti ise cyngor gan fodryb gofidiau.' Gwenodd yn ddanheddog i wyneb ei ffrind. 'Palwch 'Mlaen!'

'O!' Edrychodd Bron ar ei watsh chwe awr yn rhy hwyr. 'Anghofies i!'

'Do.'

'Sorri!'

'Hm!'

'Shwd aeth hi?'

'Crap,' meddai Dafina'n llon.

Ar ôl i Daf fynd, fe eisteddodd Bron wrth ford y gegin, a syllu ar wyneb Moss. Moss Morgan, ei 'chymwynaswr', chwedl Pip yn y llyfr a ddarllenasai ar gyfer Saesneg Lefel A. Ond ddôi'r cymwynaswr hwn fyth 'nôl o'i Ynys Afallon i egluro dim byd iddi.

Wnâi e ddim codi'i lygaid i syllu'n ôl arni chwaith. Wedi'i fewnosod ar lun lliw o'r 'ogof', roedd llun pen-ac-ysgwyddau o Moss mewn siwt dywyll 'ym mhriodas merch ei gyfnither', ei wallt yn grop, ei wyneb yn llonydd, a'i drem yn dirwyn dros ymyl dde'r papur. Yn y prif lun roedd e'n codi sied, cyrliau o wallt yn chwythu ar ei goler, miwsig yn ei glustiau, a'i wyneb ar goll y tu ôl i'r fraich a ymestynnai i daro hoelen i'r bondo.

Moss Morgan. Dieithryn. 'He loved his music,' meddai Mrs Sam amdano. 'He was always listening to jazz.'

33.

Nid Arnold y Ship oedd yr unig un a welsai Bron yng nghyffiniau Gwynfa. Roedd Dilys a Ken Douglas wedi'i gweld hi hefyd. Yn ôl ym mis Mehefin roedd Dilys a Ken wedi parcio ym mhen uchaf Lôn Ropos ac yn prysuro i lawr y llwybr i weld sut olwg oedd ar y tŷ wedi i Moss droi cefn arno, pan ddaeth Bron ar hyd y lôn heibio'r Ship.

'Be ti'n feddwl mae honna'n wneud?' meddai Dilys wrth ei gŵr.

Chafodd hi ddim ateb bryd hynny. Ond ar ôl i Terry Roberts fod mor ddigywilydd â gwrthod iddi gael mynediad i dŷ Anti Magi, roedd yr amheuon wedi dechrau crynhoi, a phan aeth Ken am ddiod i'r Ship nos Fercher, fe drodd yr amheuon yn neges glir. Y peth cynta fore Iau fe gawson nhw gadarnhad o ryw fath gan Frank Layton.

Gweithio yn yr ardd roedd Bron brynhawn Iau, yn ymdrechu i chwynnu a thocio'i hymennydd ar ôl noson ddi-gwsg. Am un o'r gloch y bore aethai i eistedd yn oerni'r stydi mewn pwll o olau leuad, ei phen ar y ddesg a'i chysgod yn ei gwatwar ar sgrin y cyfrifiadur. Roedd ei chysgod yn ifanc, blethog, bymtheg oed, a'i mam yn marw o gancr yn y stafell drws nesa. Allai'i Mam ddim help marw. Na'i thad. Na Tref. Na Moss chwaith o ran hynny, ond roedd e'n fwriadol wedi gwneud ei ewyllys a gosod ei nod ar ei thalcen. Petai hi ond yn deall. Am bump o'r gloch cododd a chael cawod. Aeth i lawr stâr. Roedd syrffwyr yn cerdded y lôn gefn. Gwrandawodd ar sŵn eu traed a dyheu am ffonio Terry a gofyn eto, 'Yw e'n wir? Yw e'n wir be na'th Moss? Gadael y cyfan i fi yn ei ewyllys y diwrnod ar ôl claddedigaeth Sam Sheds? Pam? Pam? Pam?'

Roedd hi'n tocio'r bwdleia, pan wreichionodd ateb o rywle. Diwrnod claddedigaeth Sam oedd yr union ddiwrnod yr aeth hi lan y graig. Y diwrnod yr 'hedfanodd' hi. Nofiodd yr atgofion yn dyner, orfoleddus i'r wyneb. Be os oedd Moss wedi'i gweld? Wedi deall?

Gollyngodd y clipers a phenlinio ar ganghennau briw'r bwdleia. Dechreuodd dynnu'r chwyn o'r borderi. Roedd 'na wefr yn ei dwylo, a'r pridd o'r gwreiddiau'n tincian ei fiwsig yn rhythmig, bellennig fel miwsig Moss Morgan. Blasodd y geiriau ar ei gwefusau. Miwsig Moss Morgan. 'He loved his music,' meddai Mrs Sam.

Roedd y chwynnu wedi mynd yn angof ers meitin, pan ganodd cloch y drws ffrynt. Eisteddai Bron yn ysgafn gynhyrfus ar y lawnt. Canodd y gloch am yr eilwaith cyn iddi fodloni i godi. Prysurodd drwy'r gegin, heb aros i olchi'i dwylo. Ymestynnai dau gysgod pygddu ar hyd y pasej, a synhwyrodd eiliad cyn agor y drws pwy oedd yno.

'Bronwen?' meddai'r wraig drwsiadus ar y rhiniog.

'Ie.' Gwenodd Bron.

'Dilys Douglas,' meddai'r wraig gan lygadu'r wên.

'Ken.' Estynnodd ei gŵr ei law.

'Sorri!' Dangosodd Bron y pridd ar ei dwylo. 'Dwi wedi bod yn yr ardd.'

'Neis iawn.' Dyn gwardew oedd Ken Douglas, a'i wyneb yn lleuad lawn.

'Dewch i mewn.'

Gafaelodd Ken yn eiddgar ym mraich ei wraig. Llithrodd cadwyn aur ei bag i lawr dros ei hysgwydd. Teimlodd Bron grafiad y bwcwl ar ei chlun, wrth i Dilys roi ei llaw ar ei braich.

'Shwd y'ch chi 'te, Bronwen fach?'

'Wel.' Daeth pwl o chwithdod dros Bron.

'Hen amser anodd.'

'Ydy, mae'n siŵr.'

'Fel'na mae.' Ochneidiodd Dilys a gollwng gafael.

Caeodd Bron y drws. 'Mewn fan'na ar y chwith.'

Llywiodd nhw at y stafell ffrynt, a gwrando ar siffrwd cynnil eu traed, ar ochenaid cadeiriau. Roedd y synau'n ei hatgoffa o'r dyddiau'n dilyn marwolaeth Tref. Ond nawr roedd popeth o chwith, meddyliodd. Yr ymwelwyr yn eu dillad mwrning gofalus a hithau'n bilipala rhacslyd ddiwedd haf yn ei thrywsus garddio, a'i chrys blodeuog yn blastar o ffrwcs.

'Wnewch chi fy esgusodi i am funud i fi gael golchi 'nwylo?' Dihangodd i'r gegin.

Chwyrnellodd y tap, a neidiodd y tywel drwy'i bysedd wrth iddi drio sychu'i blowsen. Gadawodd e ar lawr a brysio 'nôl. Eisteddai'i hymwelwyr yn llonydd ar y soffa wyrdd golau fel tyllau duon wedi'u naddu yn ffurfafen dyner ei stafell. O dan ei siwt sgleiniog â'i choler satin gwisgai Dilys dop liw hufen a chroes o berlau. Eisteddodd Bron gyferbyn, a'r tawelwch persawrus yn ei boddi.

'Chi siŵr o fod yn gwbod pam y'n ni 'ma,' meddai Ken o'r diwedd, gan dynnu'i law dros ei fymryn gwallt cochliw.

'Moss,' meddai Bron.

'O'dd e'n gefnder i Dil.'

'Mae'n ddrwg gen i.' Disgynnodd y geiriau'n fwndel anniben, hawdd eu camddeall. 'Mae'n ddrwg gen i am eich colled,' meddai Bron.

Nodiodd Dilys, a diflannodd clustogau ei bochau y tu ôl i'r gwallt melyn. Roedd hi'n tynnu at ei deg a thrigain, ac roedd Bron yn ei chofio'n wraig ifanc yn cadw siop dlysau yng Nghaerfyrddin, yn aderyn Paradwys ymysg holl drugareddau disglair y siop. 'O'n i ishe cael help iddo fe,' meddai'n ffrwcslyd. 'O'dd dim sens ei fod e'n cysgu ar y graig. O'dd hi'n amlwg fod rhywbeth mawr yn bod arno fe. Ond o'dd pawb yn dweud y bydde fe'n iawn dros yr ha'. A nawr dwi'n difaru.'

'Mae pawb yn difaru,' meddai Bron.

'Pawb?'

Teimlodd Bron bigiad y gair ar ei boch. 'Pawb oedd yn nabod Moss.'

'Fel chi?'

Llifiodd y ddau air drwy ymennydd Bron. Hi oedd yn rhy sensitif. Tynnodd anadl.

'O'n i'n nabod Moss fel o'dd pawb yn nabod Moss,' meddai. 'Ond o'n i ddim yn ei nabod e'n dda. Falle fod hynny'n anodd i'w gredu, o achos digwyddiadau ...' Llygadodd wynebau gwyliadwrus y ddau arall. Doedd bosib eu bod nhw heb glywed. Na, doedd bosib. 'Daeth Terry Roberts draw.'

'Frank Layton yw'n cyfreithiwr ni,' meddai Dilys yn gwta. 'Frank Layton oedd cyfreithiwr Anti Magi hefyd.'

'Wel, Terry Roberts ddaeth draw i ddweud wrtha i am yr ewyllys. Allwn i ddim credu. O'dd e'n ...' Ymbalfalodd am eiriau. '... yn sioc. O'dd e'n sioc.'

'O'dd e'n sioc i ni hefyd,' meddai Ken, 'a ...'

Gafaelodd ei wraig yn ei fraich, heb dynnu'i llygaid

oddi ar Bron. 'Beth yn union ddwedodd Roberts?' gofynnodd.

'Dweud bod Moss wedi gadael ...'

'Y tŷ i chi?'

'Ie.'

Crynodd ffroenau Dilys. ''Na i gyd?'

'Na,' meddai Bron yn herciog. 'Dwedodd e fod Moss wedi gadael popeth.'

'I chi?'

'Ie.'

'A chi'n dweud nad o'ch chi yn ei nabod e'n dda.'

'O'n i ddim.'

'A ddwedodd e ddim gair wrthoch chi am yr ewyllys?'

'Dim gair. Heblaw am ddweud helô, doedden ni ddim wedi siarad.'

'Greda i hynny,' ffrwydrodd Dilys. 'Doedd e ddim yn siarad â neb, dim ond chwarae'i fiwsig a fflitian o gwmpas fel ysbryd.'

'"On wings of song",' mwmianodd Ken, gan gilwenu ar Bron.

''Run man bod y Jake Jackson 'na wedi rhoi cyffurie iddo fe yn lle *jazz, jazz, jazz*,' meddai'i wraig yn chwyrn. 'Chi'n deall rhywbeth am *jazz*, Bronwen?'

'Na.' Meddyliodd Bron am y casetiau a fu'n clwydo mor dawel ar ford ei chegin.

'Dwi'n siŵr nad oedd Moss yn deall go iawn chwaith.' Anelodd Dilys ei rhwystredigaeth at y ffenest. 'Dim ond sŵn oedd e i gadw'r byd ma's, ac i'w stopio fe rhag tyfu lan.'

Estynnodd Ken ei law a gwasgu'r llaw oedd yn dal i afael yn ei fraich. Disgleiriodd eu modrwyau yn yr haul a gyrru cawod o sêr gwib dros y ford. Eisteddai'r ddau ysgwydd wrth ysgwydd, Dilys yn gefnsyth, onglog a'i gŵr heb onglau o gwbl, ei ben yn clwydo fel pêl rhwng ei ysgwyddau a'i frest yn chwyddo dan y crys gwyn.

'Babi mam o'dd e, ch'weld,' meddai Ken gan symud y llaw oedd ynghlwm wrth law ei wraig a gadael iddi ddisgyn ar ei glun. 'Fe ga'th e 'i sbwylio'n rhacs gan Anti Magi druan. Buon ni'n magu lot arno fe, yn do fe, Dil?'

'O'dd e'n fachgen bach mor hapus,' meddai Dilys, a'r atgofion yn crynhoi yn ei llygaid pŵl. 'Doedd e ddim llawer hŷn na'n plant ni, ac o'dd e'n dwlu dod i chwarae gyda nhw. Fyddech chi 'rioed wedi meddwl ...' Cynhyrfodd, a symud at erchwyn y soffa. 'O, dwi'n teimlo mor sorri drostoch chi, Bronwen fach. Ac yn llawn cywilydd. Dyw hi ddim yn deg, a chithe newydd golli'ch gŵr hefyd. Trefor, yntefe?'

'Ie, Trefor,' meddai Ken, a llygadu llun Tref a'r bechgyn ar y silff-ben-tân. 'O'n i'n arfer cwrdd â Trefor yn y mart weithie. Gŵr bonheddig.'

''Na pam dwi'n meddwl ei bod hi'n warthus fod Terry Roberts wedi gadael i Moss wneud beth wnaeth e.'

Teimlodd Bron y geiriau'n tyfu fel drain o'i chwmpas. Fel'na oedd hi ar ôl marwolaeth Tref, pawb yn siarad, a hithau eisiau sgubo'r holl eiriau i ffwrdd er mwyn cael dal gafael ar ei gŵr. Cymerodd lwnc o wynt.

'Yn ddistaw bach ...' Pwysodd Ken dros y ford. 'Yn ddistaw bach, mae rhai o'r teulu ishe gwneud cwyn swyddogol yn erbyn Terry Roberts.' Syllodd arni a'i lygaid yn ddisglair ac anogol. 'Ch'weld, o'dd Moss druan ddim yn llawn llathen pan na'th e'r ewyllys.'

Nodiodd Bron. ''Na beth oedd yn fy mhoeni i.'

''Na chi,' meddai Ken yn falch.

'Ond fe ofynnes i i Terry ...' Trodd Bron at Dilys. 'Fe ofynnes i fwy nag unwaith,' meddai'n daer, 'ac o'dd Terry'n hollol siŵr fod Moss yn deall beth ro'dd e'n wneud. A hefyd, o'dd Moss yn mynd i'w waith bob dydd fel arfer ac ro'dd e wedi bod yn angladd Sam y diwrnod cynt, a phawb wedi dweud mor dda o'dd e.'

Clywodd ei geiriau'n atsain yn nhwnnel ei hymennydd, a Dilys yn ochneidio'n ddiamynedd.

'Chi ddim yn meddwl mai trio achub ei groen mae Terry Roberts?' meddai Dilys. 'Beth sy'n bwysig yw beth y'ch chi'ch hunan yn ei feddwl yn eich calon, Bronwen. Mae'n siŵr fod 'da chi farn.'

'Wel.' Oes, mae gen i farn, cofiodd Bron â'r gwrid yn llifo i'w bochau. Yn doedd hi wedi dod i benderfyniad y prynhawn hwnnw? Ymwrolodd, ond cyn iddi ddweud gair, roedd Dilys yn plygu tuag ati, a'r groes yn clecian yn erbyn botymau'i blowsen.

'Gwrandwch,' meddai. 'Y'n ni'r teulu wedi bod yn trafod ac y'n ni wedi cytuno y dylen ni i gyd ddod at ein gilydd – a chithe hefyd – i drio diddymu'r ewyllys ar sail cyflwr Moss. Mae sens yn dweud bod rhwbeth mawr yn bod. O'dd e wedi bod yn byw mewn ogof ers tri mis.'

'Nid yr arian sy'n ein poeni ni,' meddai Ken dros ei hysgwydd. 'Y'n ni'n fwy na dwsin o gefnderwyr, felly wedi'i rannu allan fydd yr arian ddim yn gwneud gwahaniaeth mawr i unrhyw ...'

'Tegwch sy'n ein poeni ni,' meddai Dilys, a gwasgu bys ewingoch ar ymyl y ford goffi. 'Ac enw da Moss. A'ch enw da chithe, wrth gwrs.'

'A bydden ni ishe i chi gael eich siâr, cofiwch,' meddai Ken yn frysiog, 'achos o'n i'n deall eich bod chi'n casglu at elusen.'

'Cancr yr Ysgyfaint,' meddai Bron. 'Roedd Terry Roberts yn meddwl falle mai dyna pam y gadawodd Moss yr arian i fi.'

Symudodd y bys ewingoch ar hyd ymyl y ford. 'Y'ch chi'n cytuno â'i farn e?' gofynnodd Dilys, a chiledrych.

'Nadw,' meddai Bron.

Daeth gwên Ken yn ei hôl a nodiodd arni'n galonnog.

'Na, dwi ddim,' meddai Bron, â chynnwrf y prynhawn yn ail-lifo drwy'i gwythiennau. 'Ond yn gynharach o'n i'n meddwl am Moss, ac fe darodd fi'n sydyn beth ddylen ni wneud â'r arian.'

Stopiodd y bys.

'Be licen i wneud yw sefydlu cronfa gerddorol er cof am Moss,' meddai Bron gan anelu'i hapêl at y ddau yn eu tro. 'Rhoi'r arian i gyd mewn cronfa o'r enw Miwsig Moss Morgan, a bydde fe'n cael ei ddefnyddio i helpu plant a phobol ifainc i astudio miwsig, neu i brynu offerynnau, neu unrhyw weithgaredd cerddorol. Bydde hi'n ffordd o gadw'r miwsig ...'

Chwythodd Dilys.

'... o gadw'r miwsig i fynd ac i gofio am Moss. Bydde hi'n ffordd dda ...' Cloffodd.

Roedd Dilys yn tynnu'r gwynt i'w ffroenau.

'Hynny yw,' meddai'n gwta, a'i gwallt melyn yn hedfan yn ôl dros ei thalcen, 'chi ishe dal gafael yn yr arian?'

'Dwi ishe'i roi e i'r gronfa,' mynnodd Bron.

'Chi'n bersonol?'

'Wel, Moss ei hunan yn y pen draw.'

''Merch fach i!' Gwylltiodd Dilys, 'Roedd Moss yn sâl! Doedd e ddim yn gwbod beth oedd e'n wneud.'

'Allwch chi ddim bod yn siŵr.'

'Wrth gwrs y galla i! Chi'n mynd i gymryd mantais o ddyn sâl?'

'Sh!' sibrydodd Ken, ei lygaid yn gwibio o'r naill i'r llall a'i wyneb yn ffrwtian.

'Dwi ddim yn cymryd mantais,' meddai Bron. 'Moss sy wedi rhoi cyfrifoldeb arna i.'

'Rwtsh!' meddai Dilys, a'i bochau'n fflamio. 'Chi'n siarad rwtsh, chi'n gwbod 'ny?'

'Na.'

'Wrth gwrs mai rwtsh yw e. Chi'n sôn am Moss yn rhoi cyfrifoldeb. Pryd siaradoch chi ag e? Chi newydd ddweud nad o'ch chi byth yn siarad. Ac os oedd miwsig mor bwysig i Moss, pam na fyse fe 'i hunan wedi gadael ei arian i rywbeth cerddorol?' Swingiodd y groes berlau i gyfeiriad Bron. 'Does gyda chi ddim ateb i hynna, oes e?'

'Na.'

'Jyst rhowch un rheswm i fi pam y bydde Moss wedi'ch dewis chi. Heblaw ei fod e ise rhoi'i draed dan y bwrdd cinio.'

Tonnodd y gwrid dros fochau Bron.

'Wahoddoch chi fe i ginio?'

'Naddo.'

'Naddo? Ddweda i rywbeth wrthoch chi.' Pwysodd Dilys tuag ati. 'Dwi'n eich credu chi. Ydw, dwi'n eich credu chi, ond fydd cannoedd ddim, yn enwedig gan eich bod wedi dechrau'r ciniawau yn syth ar ôl i Moss adael cartre. Nawr credwch chi hyn.' Hoeliodd ei llygaid ar Bron a'u hagor led y pen. 'O'dd Moss wedi drysu.'

'Na,' atebodd Bron. 'O'dd Terry'n bendant ...'

'Terry, Terry. Y'ch chi'n ffrindie mawr â hwnnw hefyd?'

'Dim ond fel cyfreithiwr!' Gwylltiodd Bron.

'Sh, nawr. Sh, nawr, ferched,' meddai Ken. 'Mae pawb wedi ypsetio.'

''Drychwch,' meddai Bron. 'Os y'ch chi ishe rhywbeth o'r tŷ, dwi'n berffaith fodlon ...'

'Rhywbeth o'r tŷ? Mae hynna'n sarhaus!' brathodd Dilys.

'Chi neu aelodau eraill o'r teulu.'

'Dere, Ken. Gad hi. Fe setlwn ni bethe'n hunen.' Roedd Dilys wedi codi ac yn anelu am y drws gan adael ôl ei stiletos yn y carped.

'Sorri,' sibrydodd Ken. 'Dyw hi ddim fel arfer fel hyn, wir i chi, ond mae hi wedi bod yn becso'n dwll ers i Moss adael cartre. A nawr mae hyn wedi digwydd.' Tynnodd gerdyn cyfeiriad o'i boced a'i wasgu i law Bron. 'Os byddwch chi ishe gair bach, ffoniwch. Fe ddaw hi at ei hunan yn y munud.' Winciodd a dilyn ei wraig.

Gwrandawodd Bron ar glec y drws ac ar sŵn eu traed yn morthwylio ar hyd Stryd y Marian. Cyn gynted ag y distawodd y sŵn, teimlodd yn swp sâl. Pwy oedd hi i benderfynu ynghylch iechyd meddwl Moss? Pwy oedd hi i benderfynu unrhyw beth? Rhuthrodd at y ffôn a deialu rhif Elfed Jones y gweinidog, ond chlywodd hi ddim byd ond peiriant ateb.

34.

Roedd y Parch Elfed Jones ar ei ffordd adre o Stratford yng nghwmni Morwenna, ei wraig. Morwenna oedd wedi trefnu'r trip. Hi oedd wedi bwcio tocynnau i fynd i weld *Boris Godunov* ar y nos Sadwrn a *Love's Labour's Lost* ar y nos Fercher, ac wedi'u cyflwyno i Elfed fel *fait accompli.* A bod yn gwbl onest, doedd ar Morwenna fawr o awydd gweld *Love's Labour's Lost*, ond roedd hi'n benderfynol o sicrhau pum diwrnod cyfan o wyliau i El. Roedd Elfed yn haeddu pum wythnos. Pum mis. Ymddeoliad! Wedi'r cyfan, roedd e'n chwe deg wyth. Ond roedd y creadur bach fel ci gwarchod ar risiau Rehoboth, yn ofni gadael y drws, rhag ofn i un arall o'i braidd fynd ar ddisberod.

Am hanner awr wedi naw fe gyrhaeddon nhw adre yn hapus, ymlaciol a llawn o fwyd tafarn. Ond cyn i Elfed roi'r car yn y garej hyd yn oed, fe ymrithiodd eu cymydog dros y ffens a dweud bod Moss wedi marw. Mewn amrantiad roedd holl ddaioni'r gwyliau wedi mynd yn ffliwt.

Tabernac, hisiodd llais ym mhen Morwenna wrth iddi lenwi'r peiriant golchi fore drannoeth. Fel gwraig i weinidog doedd Morwenna ddim yn un i regi'n uchel, ond, fel cyn-athrawes ddrama, roedd ganddi stôr o regfeydd blasus yn Gymraeg, Saesneg, ac amryw ieithoedd eraill, na wyddai'i gŵr ddim oll amdano. Pan fyddai'n gofidio am Elfed, fe adawai i un o'r geiriau antiseptig wibio drwy'i hymennydd. Llais ditectif o Montreal oedd yn chwyrnu'n gableddus drwy ei phen y bore hwnnw. *Tabernac*!

Ers marwolaeth Magi Morgan roedd Elfed wedi mynd draw i Wynfa o leiaf unwaith y mis i edrych am Moss, er mai yn anaml y câi ateb. Roedd e hefyd wedi mynd deirgwaith i fyny'r graig i ddim pwrpas. Gallai Moss synhwyro presenoldeb y gweinidog o bell, a gwyddai'n union sut i'w osgoi. Morwenna'i hunan oedd wedi perswadio El i roi'r gorau i ddringo'r graig ac wedi'i ddarbwyllo y byddai Moss yn iawn tan i'r tywydd ddechrau oeri. *Tabernac*! *Tabernac*!

Roedd El druan wedi troi a throsi drwy'r nos ac yn syth ar ôl brecwast fe aeth draw i weld Henry Otley. Henry oedd wedi dod o hyd i'r claf ac wedi galw'r gwasanaethau brys. Roedd gan Elfed barch mawr tuag at Henry Otley, er gwaetha'i grefydd DIY, ac roedd e am ddiolch iddo am wneud ei orau dros Moss. Ond doedd Henry ddim gartre. Yn ôl ei gymdoges, roedd e wedi mynd i Birmingham at ei frawd yng nghyfraith, fel y gwnâi bob blwyddyn ym mis Medi. Roedd gan y gymdoges ddarn arall o newyddion mwy syfrdanol fyth.

Symudodd gwefusau Morwenna, wrth roi clec i ddrws y peiriant golchi. Teimlai'r gwyliau'n bell, bell i ffwrdd.

Cyn tanio'r peiriant arhosodd Morwenna a gwrando. Roedd Elfed wedi mynd i'w stydi i ffonio Bron, ar ôl sylwi ei bod hi wedi ffonio'r Mans y prynhawn cynt. Allai hi mo'i glywed e chwaith. Cripiodd i waelod y grisiau, ac yna'n ofalus fesul gris i'r llofft.

'Elfed?' Gwthiodd ei phen rownd drws y stydi. Eisteddai Elfed wrth ei ddesg a dalen o bapur glân o'i flaen. Roedd yr haul wedi sgrwbio'i wyneb yn wyn fel lliain. 'Ffoniest ti?'

'Ches i ddim ateb.'

''Na ni.' Aeth ato a rhoi'i braich am ei ysgwydd. 'Fe ffonia i Emlyn. Falle bydd e'n gwbod rhwbeth.'

'Ie, ffonia di Emlyn.' Plannodd Morwenna gusan ar ben tyner ei gŵr.

El bach. Cipedrychodd arno cyn cau'r drws. Pan gwrddon nhw gynta roedd e'n ymladdwr cefnsyth, gwalltddu, llawen. Nawr roedd e'n Ddafydd gofidus, heb gymaint â ffon dafl i gadw blaidd difaterwch rhag difa'i braidd bychan. Mi fyddai farw yn y frwydr. Byddai, fe fyddai farw. Brysiodd Morwenna i lawr stâr ac anelu'i dicter at gacynen ar ffenest y gegin, a'i lladd â'r clwtyn llestri.

Wrth gario'r corff allan a'i fflician i ganol y Ceanothus, edrychodd i lawr dros y toeau a dychmygu'r wifren ffôn fel rhaff yn ymestyn o'r Mans, a breichiau eiddil ei gŵr yn cynnal holl bwysau'r dref. Oedd, roedd hi'n hen bryd iddo ymddeol, cyn i'w wraig fynd yn boncyrs.

'Mrs Jones.'

Trodd a gweld Gruff, y trefnydd angladdau, yn sefyll wrth y gât.

'Pwy sy wedi sefyll ar eich cyrn chi heddi 'te, Mrs J?'

'Dim chi, Gruff,' meddai Morwenna.

''Sen i wedi gwneud, fydde 'da chi ddim traed ar ôl,' meddai Gruff yn llon. Mab fferm oedd Gruff, dyn sgwâr, cyhyrog, swnllyd. Petai Morwenna'n castio drama, fyddai hi byth wedi cynnig rôl trefnydd angladdau i hwn. Rhoddodd hergwd i'r gât fach haearn bwrw, a dod a sefyll uwch ei phen. 'Ble y'ch chi wedi bod 'te? Joio?'

'Stratford.'

'Lwcus i rai.'

'Hm.' Llygadodd Morwenna'r BMW wrth y gât yn awgrymog.

Chwarddodd Gruff. 'Parch adre?'

Daeth Elfed i'r drws ar y gair, ei ben yn sticio allan o'i goler fel cwningen. 'Gruff,' meddai a hysio'r trefnydd angladdau'n frysiog i'r tŷ. Roedd llais mawr gan Gruff, a doedd Elfed ddim yn un i drafod busnes yng nghlyw pawb. Dilynodd Morwenna nhw i'r tŷ, a chau'r drws.

Roedd Gruff wedi mynd ar ei union i'r stafell fyw, disgyn ar y soffa a thaflu'i fraich dros ei chefn.

'Reit 'te, bois,' meddai. 'Busnes.'

'Moss?' meddai Morwenna.

'Neithiwr glywon ni,' meddai Elfed. 'Alla i ddim dweud wrthot ti ...'

'Parch.' Cododd Gruff ei fys. ''Sdim ise i ti ddweud dim byd wrtha i. Fe wnest ti dy ore dros Moss. Dwi'n gwbod 'ny.'

'Wnes i ddim byd,' meddai Elfed yn chwyrn.

'Wel, o'dd dim byd allet ti wneud, o'dd e?' meddai Gruff. 'Do'dd Moss ddim yn mynd i shiffto o Draeth y Cregyn, achos o'dd 'i *fancy woman* e 'na.'

'Gruff!' ebychodd Morwenna.

'Wel, mae'n wir,' protestiodd Gruff. 'Mae Bronwen Jenkins yn byw ...'

'Gad ti Bronwen allan ohoni.' Gwylltiodd Elfed.

'Chi ddim wedi clywed?' meddai Gruff. 'Mae e wedi gadael ei arian i gyd iddi.'

'Be bynnag mae Moss wedi'i wneud, paid ti â rhoi'r bai ar Bronwen,' rhybuddiodd Elfed. 'A phaid â hel clecs.'

'Ocê.' Sobrodd Gruff. Eisteddodd yn fwy parchus ar y soffa. 'Ond nid fi sy'n hel clecs, ocê? Dwi newydd gael un o berthnase Moss ar y ffôn. Dilys Douglas. Hi ddwedodd wrtha i. Mae hi ise cael yr angladd yn Rehoboth, ond mae e'n mynd i fod yn breifat rhag ofn i bethe fynd yn lletchwith. Ydy dydd Mawrth nesa'n ocê?'

'Ydy,' meddai Elfed, a'r cymylau'n heidio dros ei wyneb.

'A' i i moyn dy ddyddiadur di nawr,' meddai Morwenna.

Ochneidiodd yn drwm wrth lusgo'i thraed lan stâr. Hi ddylai fod wedi mynd i weld Moss. Yn ei gwaeledd yn yr ysbyty roedd Magi Morgan wedi gwasgu'i llaw â'i holl nerth a sibrwd yn daer, 'Edrychwch ar ei ôl e.' Roedd hi wedi addo, heb ddweud wrth Elfed. Hi ddylai feio'i hunan, ond roedd Morwenna'n ddigon hirben i wybod na allai hi fod yn fam i Moss. A Mam oedd e eisiau. Rhywun cadarn, cysurus fel Bronwen Jenkins ac nid rhyw gyn-athrawes ddrama fel hi oedd wedi chwarae rôl gwraig gweinidog ers dros ddeugain mlynedd, ac wedi methu.

Roedd y dyddiadur ar ben y ddesg. Yn lle cydio ynddo safodd Morwenna o flaen y ffenest a dyheu ar i'r awel ei chipio i ynys breuddwydion, lle roedd yr awyr yn cyffwrdd â'r môr, hi ac El bach law yn llaw, cyn ei bod hi'n rhy hwyr.

35.

Teirawr yn ddiweddarach roedd Morwenna'n cyffesu'i phechodau wrth Bron Jenkins. Hi oedd wedi mynnu ymweld â Bron, gan ei bod hi'n ddyletswydd ar Elfed i fynd i ymweld â theulu'r ymadawedig. 'Alli di ddim mynd o un tŷ i'r llall fel rhyw *double agent*,' meddai wrth ei gŵr. 'Bydd hi'n lletchwith arnat ti. Gad ti Bron i fi.'

'Bydd raid i fi fynd i'w gweld hi cyn bo hir,' meddai Elfed.

'Ond dim heddi.'

'Eglura.'

'Fe siarada i â hi.' Pwyntiodd Morwenna'i bys a dal i bwyntio nes i Elfed ildio.

Roedd y ddau wedi gadael y tŷ yr un pryd, Elfed yn ei gar a hithau mewn dau gwrwgl. Eu merch oedd wedi bedyddio'r sandalau llydan, duon â'r strapen ar eu traws yn 'gyryglau'. Y tu mewn i'r cyryglau swatiai bysedd traed Morwenna'n fwndel trionglog a cham, sef yr un siâp yn union â blaenau'r sgidiau stiletos yr arferai eu gwisgo'n selog er mwyn profi bod gwraig i weinidog yn gallu bod yn trendi. "Snails!' mwmianodd Morwenna gan ddefnyddio'r gair yn ei ystyr hynafol, wrth gripian i lawr y rhiw.

Doedd gan Morwenna fawr o syniad sut i drin person oedd newydd etifeddu ffortiwn gan feudwy oedd yn cysgu mewn ogof. Iawn, fe allai drio actio rôl, ond roedd 'na wahaniaeth rhwng paredio ar lwyfan a dod wyneb yn wyneb â'r person ei hun. Doedd hi ddim yn Elfed, a go brin y gallai actio rhan Elfed chwaith. Taflodd Morwenna ei sgarff liw mother of pearl am ei gwddw a stelcian i lawr y rhiw yn ei thiwnig gwyrdd, ei thrywsus tyn, a'r sandalau erchyll am ei thraed. *Tabernac*, meddai'r llais yn ei phen gan ddychwelyd at reg y bore. Roedd sŵn caled, boddhaus i *Tabernac*.

Erbyn iddi gyrraedd 5, Stryd y Marian, roedd Morwenna wedi cyfarch rhyw ddwsin o bobl, a'r gair *Tabernac* wedi'i naddu ar ei hymennydd. Canodd y gloch a chlywed mwstwr traed. Agorodd Bron y drws a datgelu Dafina Ellis yn plymio i'r gegin.

'Helô a hwyl fawr,' galwodd Dafina dros ei hysgwydd. 'Dwi ar fy ffordd 'nôl i'r gwaith.' Roedd hanner sgonsen gan Dafina yn un llaw a chwpan yn y llall. Arllwyswyd cynnwys y cwpan i'r sinc a chlepiwyd y drws cefn.

'Dod ar ran Elfed ydw i,' meddai Morwenna ar ôl i'r tŷ ddistewi. 'Fe fuodd e'n trio'ch ffonio chi 'nôl. Yn anffodus mae e allan prynhawn 'ma.'

'Mae'n iawn.' Gwenodd Bron, er na chyrhaeddodd y wên y cysgodion duon o dan ei llygaid. Roedd 'na olwg galed yn y llygaid, sylwodd Morwenna er syndod. Allai hi ddim dweud ei bod hi'n nabod Bron yn arbennig o dda, gan i Bron dreulio'r ddwy flynedd gynta ar ôl cyrraedd Stryd y Marian yn tendio'i gŵr, ond doedd hi erioed wedi meddwl amdani fel menyw galed. 'Paned o de?' cynigiodd Bron.

'Dwi newydd gael, diolch.'

'Ond fe gewch chi un arall?' Sgubodd Bron blataid hanner gwag o sgons a mŷg oddi ar y ford goffi ac anelu am y gegin cyn i Morwenna gael cyfle i ateb.

Eisteddodd Morwenna ar y soffa gyferbyn â'r drws, a

rhwbio bysedd ei thraed drwy'i sandalau o dan lygaid gwyliadwrus Trefor Jenkins. Dyn swil, tawedog, cadarn oedd Trefor, meddai Elfed. Roedd Elfed yn hoff iawn o'r gair 'cadarn' ac yn ei ychwanegu fel sêl bendith. Roedd Bron hefyd yn gadarn, yn ôl ei gweinidog. Yn doedd hi wedi tendio'i gŵr draed a dwylo dros y misoedd hir, ac yna wedi dechrau gwneud y ciniawau Sul am na allai roi'r gorau i dendio? Tybed, meddyliodd Morwenna gan sgubo'r crychni oddi ar ei thalcen wrth i Bron ddod drwy'r drws â hambwrdd yn ei dwylo. Eisteddodd yn ôl yn ei chadair a gadael i'w sgarff nadreddu dros ei bronnau a disgyn yn swp sidanaidd yn ei chôl.

'O'n ni yn Stratford,' eglurodd. 'Neithiwr gyrhaeddon ni 'nôl.'

'A neithiwr glywoch chi?' Craffodd Bron arni.

'Am Moss?'

'Ie.'

'Ie, neithiwr glywon ni.'

'A'r ewyllys?'

'Bore 'ma.'

Nodiodd Bron a gwasgar oglau melys y gwallt a siglai'n ysgafn ar ei hysgwyddau. Dosbarthodd bentwr o fatiau bord, a rhoi plât tsieni a napcyn o dan drwyn Morwenna. 'Llaeth?'

'Os gwelwch chi'n dda.'

Llifodd y te'n ffrwd felyngoch i gwpan â phatrwm o flodau'r gwanwyn. Yn ôl yr hanes, dim ond gweinidogion oedd yn cael cynnig cwpan a soser erbyn hyn. A gwragedd gweinidogion, meddyliodd Morwenna. Hyd yn oed wedi hynny, rhaid bod y farchnad yn fach iawn. Derbyniodd y te a sgonsen.

Doedd Bron ddim wedi cymryd plât iddi hi'i hunan.

Eisteddodd gyferbyn â'i hymwelydd a syllu arni â'r un olwg ddigyfaddawd yn ei llygaid. Ymbalfalodd Morwenna am eiriau a methu ffeindio 'run. Cododd y sgonsen.

'Wyddwn i ddim o gwbl am yr ewyllys tan ar ôl i Moss farw. O'ch chi'n gwbod hynny?' Roedd Bron wedi siarad ar ras. Syllodd Morwenna arni a'i cheg yn hanner agored yn barod i dderbyn y sgonsen. 'O'n i'n gwbod dim byd.'

'Na?'

'O'n i prin yn nabod Moss, a heb daro gair go iawn ag e erioed. Ers pan o'n ni'n blant, beth bynnag.'

'Wel,' meddai Morwenna. *Scheisse*! Roedd y sgonsen wedi torri'n ddau ac un hanner wedi disgyn wyneb i waered ar ben ei sgarff.

Am foment symudodd hi ddim, na Bron chwaith, dim ond syllu ar y darn toes yn gorwedd fel melynwy mewn nyth o sidan. Yna: 'Gadewch i fi,' meddai Bron a chipio'r sgarff a'r sgonsen o'i chôl. Diflannodd i'r gegin a llifodd dŵr i'r sinc. Plygodd Morwenna'i phen a chodi briwsionyn oddi ar ei thiwnig. Roedd honna'n sgarff ddrud. Ei hoff sgarff.

Daeth Bron yn ei hôl a'r sgarff wleb yn glynu wrth ei sgert.

'Fe sychith hi nawr,' meddai a'i hongian dros reilen y cyrtens. 'Lliwie pert.'

'Mother of pearl.'

'Chi'n gallu gweld y lliwie yn yr haul.'

Troesai'r sgarff yn enfys fflyrtlyd. Cordeddodd ei chysgod amryliw dros y drych gyferbyn.

Eisteddodd Bron. 'Sgonsen arall?' meddai ac estyn y plât.

'Fe dria i fod yn fwy gofalus,' meddai Morwenna.

'Fi wna'th eich distyrbio chi,' meddai Bron. 'Drwy siarad am Moss.'

Dododd Morwenna'i sgonsen ar ei phlât. Cododd ei llygaid. Falle mai dychmygu'r caledwch wnaeth hi. Roedd sglein cochlyd ar wyneb Bron.

'Dyna beth oedd pwrpas dod yma,' meddai gwraig y gweinidog. 'O leia i wrando ar beth bynnag y'ch chi ishe'i ddweud wrtha i.'

'Diolch.' Roedd Bron yn eistedd ar ymyl ei chadair fel plentyn ysgol a'i dwylo wedi'u plethu. 'Dwi newydd drio siarad â Dafina am fiwsig, ond fe wnes i draed moch o'r holl beth. Mae Dafina'n poeni amdana i. Tries i egluro i deulu Moss hefyd.'

Gwasgodd Morwenna'i dannedd at ei gilydd yn ara bach, a thrio sugno pob emosiwn o'i hwyneb. Fel'na roedd plant ei dosbarth yn dynwared robot.

'Fe wnes i banicio pan glywes i am yr ewyllys,' meddai Bron a'r geiriau'n disgyn yn ffrwd fregus. 'Roedd yr holl beth mor swrealaidd, ac mor dwyllodrus. Mor annheg yn fy marn i, achos mae'n gwneud i bobl feddwl bod 'na gysylltiad clòs rhyngdda i a Moss, a doedd 'na ddim. Dim o gwbl. Dim erio'd.' Cododd ei gên. 'Sawl gwaith siaradoch chi â Moss?'

Cymerodd amser i'r cwestiwn gyrraedd ei darged a chwalu'r robot. Cribiniodd Morwenna drwy'r rwbel a llusgo llanc tawedog difiwsig i'r wyneb. Hwnnw ddôi i'r capel gyda'i fam. Fe'i disodlwyd gan ddarlun o Moss â gwên ar ei wyneb. Cyfnod Jake Jackson oedd hwnnw. Disgleiria'r wên fel golau seren o'r pellter pell. ''Chydig iawn,' cyfaddefodd, a phinsio croen llac ei gwddw a ddylai fod ynghudd dan y sgarff. 'O'n i ddim yn lico gwasgu arno fe.'

'Na finne. A chofiwch, bues i'n byw ym Mryncelyn am flynyddoedd.'

Symudodd Morwenna'i phen fymryn.

'Dwi wedi bod yn teimlo'n ofnadw o grac tuag at Moss,' meddai Bron. 'Ond wedyn ...' Anelodd edrychiad heriol at ei hymwelydd. 'Ond wedyn fe ddechreues i feddwl o ddifri, a thrio dychmygu'r rheswm pam y gwna'th e be wna'th e. Mae'n siŵr eich bod chi wedi gwneud yr un peth.'

'Naddo,' meddai Morwenna'n lled-gelwyddog.

'Wel, mae pobl eraill wedi bod yn cynnig atebion. Falle'ch bod chi wedi clywed?'

'Na.' Celwydd noeth oedd hynny. Gwingodd y sgarff a gyrru'i chysgodion dros wyneb Morwenna. Roedd car yn mynd heibio a'r ffenest yn dirgrynu.

Arhosodd Bron yn amyneddgar nes i'r stafell lonyddu. 'Dyma be dwi wedi clywed mor belled.' Cododd un bys ar y tro. 'Roedd Moss yn wallgo. O'n i'n ei atgoffa am ei fam. Roedd e mewn cariad â fi. Roedd e ishe cyfrannu at y gronfa er cof am Tref. Roedd e ishe i fi hedfan.'

'Hedfan?' Dihangodd y gair er gwaetha Morwenna.

'I weld Gwyn yn yr Antarctig.'

'O.'

Ystyriodd Bron yr wyneb dryslyd gyferbyn. 'Wna'th Moss ddim sôn am Gwyn, ond fe wna'th e sôn am hedfan wrth Terry'r cyfreithiwr.'

'Druan.'

'Pam y'ch chi'n dweud "druan"?'

'Achos wna'th e 'i hunan ddim hedfan, do fe – Moss? 'Ddim hyd yn oed o'r nyth.'

'Heblaw drwy fiwsig.'

'Ie.' Plygodd Morwenna'i phen i osgoi'r llygaid treiddgar. Tynnodd ei bys yn ara bach ar hyd ei chlun dde nes i'r tawelwch ei gorfodi i godi'i phen unwaith eto. Roedd Bron yn dal i'w gwylio. 'Pa eglurhad y'ch chi'n feddwl sy'n wir?' gofynnodd.

'Dim un o'r rheina.'

'Na?'

'Mae gen i eglurhad arall.'

Nodiodd Morwenna, heb allu dychmygu 'run.

'Dwi ishe'ch barn chi,' meddai Bron yn gras. 'Dwi ishe i chi ddweud wrtha i, os y'ch chi'n meddwl 'mod i'n twyllo'n hunan, achos do'n i ddim yn nabod Moss. Dim o gwbl. Felly dwi ddim yn siŵr a oes 'da fi hawl i drio darllen ei feddylie.'

'Oes, mae gyda chi hawl,' meddai Morwenna. 'Mae e wedi rhoi'r hawl i chi.'

'Ydy e?' Roedd tro yng ngwefus Bron. 'Neu hap a damwain oedd popeth?'

'Na,' mynnodd Morwenna. 'Na. Alla i ddim credu mai hap a damwain oedd popeth. Dwi'n meddwl bod Moss wedi gwneud penderfyniad o'r cychwyn. 'Na beth ddwedes i wrth Elfed pan adawodd Moss ei gartre. Nid dianc mewn panig o'dd e. Mae Gwynfa'n glawstroffobig, ac o'dd Moss ishe sbel o awyr iach. O'n i'n gallu deall hynny, o'n i'n meddwl. Er ...' Crwydrodd ei llygaid tua'r ffenest a thoddi'n annisgwyl yn llif afon Berwan. 'Er nawr, wrth gwrs, dwi'n difaru o waelod fy nghalon na fyddwn i wedi'i helpu e. Ydw, dwi'n difaru hynny. Dwedes i wrth ei fam ...' Agorodd ei llygaid led y pen i

260

drio gwasgar y dagrau oedd yn bygwth cronni. 'Sorri.' Ymbalfalodd Morwenna'n ffwndrus am facyn ym mhoced ei thiwnig. 'Sorri,' meddai o'r tu ôl i'r macyn. 'O'ch chi'n mynd i gynnig eglurhad. Sorri. Ewch chi mla'n.' Tynnodd Morwenna'i llaw dros ei gwallt du a'i chymhwyso'i hun. 'Sorri! Dwi wedi'ch ypsetio chi.'

Ysgydwodd Bron ei phen. Oedd, roedd dagrau Morwenna wedi golchi'i geiriau i ffwrdd, ond nid ar Morwenna roedd y bai go iawn. 'Na,' meddai. 'Fi sy ...'

'Be?'

Gwangalonnodd. 'Dwi ddim yn siŵr a alla i egluro.'

'Triwch.'

Ochenaid.

'Plis.'

Aeth Rory heibio'r ffenest. Crafodd allwedd yng nghlo drws nesa. Gwrandawodd Bron ar y drws yn agor, ac yna'n cau â chlep.

'Nosweth angladd Sam Sheds o'dd hi,' meddai'n chwithig.

'Noson angladd Sam,' adleisiodd Morwenna'n anogol.

'O'dd Dafina a finne'n cael paned yn y gegin. O'dd Dafina wedi bod yn yr angladd ac yn dweud yr hanes wrtha i, pan a'th Moss lawr y lôn. O'n ni ddim yn disgwyl ei weld e'r noson honno o bob nosweth. O'n ni'n meddwl, ar ôl yr angladd, y bydde fe'n mynd adre.'

Nodiodd Morwenna, heb dynnu'i llygaid oddi arni.

'O'n ni'n siomedig tu hwnt, achos o'dd Dafina wedi gweld Moss yn yr angladd ac wedi dweud pa mor ...' Sugnodd Bron anadl.

'Pa mor gall a bonheddig oedd e,' cynigiodd Morwenna.

'Ie. Call a bonheddig,' cytunodd Bron yn ddiolchgar. 'Ac o'dd hi'n meddwl y dylen i drio cael gair ag e. Am ryw reswm o'dd hi'n meddwl y bydde fe'n debycach o wrando arna i nag arni hi, felly fe wna'th hi'n annog i i fynd ar ei ôl e.'

'Ac fe aethoch chi?' meddai Morwenna.

'Do. Wel.' Plygodd Bron ei phen. 'Do a naddo. O'dd Moss wedi diflannu erbyn i fi gyrraedd y traeth, ond fe es i lan llwybr y graig. Fe gyrhaeddes i o fewn rhyw ugain llath i'r ... i'r man lle roedd e'n byw. Ond es i ddim ato fe.' Tynnodd ei llaw dros ei boch.

'O'ch chi'n meddwl na chaech chi ddim croeso?'

'Na. Wnes i ddim meddwl hynny.' Llifodd gwrid dros olion ei bysedd. 'Ch'weld ...' Swiliodd. '... o'dd hi'n noson mor braf, noson angladd Sam Sheds.'

'Oedd, mi oedd hi,' meddai Morwenna.

'Chi'n cofio?' sibrydodd Bron, a mentro syllu arni.

'Ydw,' mynnodd Morwenna. 'Ydw. Ar ôl yr angladd fe es i ac Elfed i eistedd allan yn yr ardd. O'dd Elfed wedi siarad â Moss yn yr angladd, ac o'dd e hefyd yn meddwl bod Moss wedi troi cornel, ac y bydde popeth yn iawn. O'dd El druan mor falch. O'dd pwysau wedi codi oddi ar ei ysgwyddau, ac fe gawson ni swper mor ddedwydd yn yr ardd.'

'Dedwydd.' Blasodd Bron y gair.

'Roedd 'na awel fach gynnes.'

'Oedd.'

'A llwybr o haul dros y môr.'

'A chwch pysgotwr.'

'Fel silwét ar blât glas a gwyn.'

Gwenodd y ddwy.

''Na pam es i ddim i siarad â Moss,' meddai Bron.

'O'dd hi'n noson rhy braf. Gorfoleddus. Gorfoleddus o braf. Sut gallwn i sarnu'r fath nosweth?'

Ddwedodd Morwenna 'run gair. Roedd ei llygaid yn fawr ac yn ddisglair.

'Bore drannoeth,' meddai Bron. 'Y diwrnod ar ôl angladd Sam Sheds. 'Na pryd a'th Moss at Terry Roberts i wneud ei ewyllys.'

'A.' Suodd anadl Morwenna tuag ati.

'Felly dyna'r eglurhad sy gen i.' Gollyngodd Bron y geiriau'n ysgafn, ddirwystr. 'Bod Moss wedi 'ngweld i ar noson braf pan oedd ei galon yn llawn o harddwch a hiraeth am Sam. O'n i'n digwydd bod yn y fan a'r lle. Mor syml â hynny.'

'Mor syml â hynny.' Suddodd Morwenna'n ôl i'w chadair.

Pryd ddechreuodd hi hymian canu? Doedd hi ddim yn siŵr. Doedd hi ddim wedi sylweddoli ei bod hi'n canu, nac wedi sylwi ar y geiriau chwaith, nes gweld y gwrid ar wyneb Bron. Brathodd ei thafod.

'*Jazz*?' meddai Bron.

'Wel ...'

'Canwch e eto.'

Canodd Morwenna. O dipyn i beth gadawodd i'w llais chwyddo'n gynnes, gynhaliol, nes llenwi pob cwr o'r stafell. 'Easy does it. Soak up this moment.'

Erbyn iddi orffen roedd dagrau yn llygaid y ddwy.

''Na beth dwi ishe'i wneud, ch'weld,' meddai Bron. 'Dwi ishe i'r harddwch fynd mla'n. Dwi ishe i arian Moss gael ei roi mewn cronfa i hybu cerddoriaeth. Dwi ishe iddo fe hedfan.'

36.

Roedd ei thad wedi deall ar unwaith. Anaml y breuddwydiai Bron am ei thad, ond fe freuddwydiodd amdano'r noson honno. Hi a Dad yn hedfan yn orfoleddus uwchlaw'r cymylau. Ar ôl clywed am ei chynlluniau i sefydlu Cronfa Miwsig Moss Morgan, roedd Dad wedi dweud 'Da, 'merch i', a'i wên falch wedi llenwi'r fan wen.

O ran pryd a gwedd roedd Dylan yn debyg iawn i'w dad-cu, ond roedd Dylan yn ifanc. Cyrhaeddodd e a Mel amser swper nos drannoeth.

'Mam?'

Clepiodd Dylan y drws ar ei ôl, a sefyll uwchben ei fam yn fwndel o letchwithdod, ei ysgwyddau'n sgwarog a'i freichiau'n hongian fel dwy gadwyn ar bolyn.

'Ti'n iawn?' Roedd cusan Mel yn ysgafn ar foch Bron.

'Ydw. A chi'ch dau?'

Dim ond Mel atebodd, yn sionc a chalonnog.

Dim ond Mel allai eistedd yn llonydd. Dilynodd Dylan ei fam o stafell i stafell a'i holi'n ddyfal a chwynfanllyd. Noson o haf. Hud. Gorfoledd. Doedd gan ei fam mo'r hawl i'r fath deimladau. Doedd ei chynlluniau i greu cronfa'n gwneud dim synnwyr iddo chwaith.

'Ond ti'n gwbod dim byd am fiwsig,' meddai Dylan, a'i wyneb crychlyd a'i lais main yn atgoffa'i fam o'r bachgen bach fyddai'n dychryn ar lwyfannau eisteddfodol.

"Sdim rhaid i fi wbod dim am fiwsig,' mynnodd Bron. 'Cyn gynted ag y bydd yr ewyllys wedi'i setlo, bydda i'n trosglwyddo'r arian i'r gronfa. Mi fydd 'na ymddiried-olwyr fydd yn penderfynu sut i'w wario. Mae Morwenna Jones yn mynd i drefnu popeth. Mae hi wedi addo. Bydd e allan o 'nwylo i.'

'Wyt ti wedi dweud hynny wrth bawb?'

'Dyl!' Mel oedd wedi lleisio'i phrotest o'r stafell fyw. 'Dim ond dechrau'r wythnos fuodd Moss farw.'

Roedd hynny wedi'u sobri i gyd. Dim ond dechrau'r wythnos. Doedd Moss ddim yn ei fedd eto. Roedd yr angladd wedi'i drefnu ar gyfer dydd Mawrth, meddai Morwenna, ac yn breifat.

Fore drannoeth darganfu Bron ei mab yn sefyll yng nghil ffenest y stafell fyw ac yn syllu ar Rehoboth yr ochr draw i'r afon. Dim ond hanner drws y capel oedd yn y golwg ac un ffenest fawr yn sbecian ar hyd yr hewl gul a arweiniai at yr harbwr. Roedd Mel ar y llofft yn cael cawod. Gwthiodd Bron ei braich drwy fraich ei mab.

'Be sy'n dy boeni di?' gofynnodd Bron.

Codi'i ysgwyddau wnaeth Dylan a'i llygadu fel petai hi'n ddieithryn. Ei fam ei hunan. Gwylltiodd Bron.

'Be sy'n bod arnat ti?' meddai'n ddiamynedd.

'Allet ti ddim gwneud be oedd Dilys yn gofyn?' meddai Dylan.

'Be? Dweud bod Moss yn wallgo pan wna'th e'r ewyllys?'

'Ie.'

'Na.'

'Pam?'

'Achos do'dd e ddim. Roedd Moss wedi bod yn angladd Sam y diwrnod cynt a phawb yn dweud mor gall oedd e.'

'Alle fe ddim bod yn gall,' meddai Dylan yn surbwch.

'Mae Terry Roberts yn bendant ei fod e,' meddai Bron.

'A dim ots os o'dd e'n gall. Ti'n gwbod be mae pobl yn mynd i'w ddweud?'

'Be?' Gollyngodd Bron ei gafael.

'Pob math o bethe,' cwynodd Dylan. 'Ma' Mel newydd fod yn darllen nofel am ddyn gafodd arian mewn ewyllys a wedyn ffeindiodd e ma's mai'r dyn oedd ei dad a ...'

'Dylan!' Daeth sgrech o ben y landin a rhuthr traed ar y stâr. 'O't ti ddim i fod ...' Trodd y sgrech yn sgrech go iawn a chlec yn ei dilyn. Rhedodd Dylan a Bron allan i'r pasej lle gorweddai Mel, a'i gŵn gwisgo'n sach dros ei phen.

'Mel!'

Cyn i Dylan gyffwrdd â hi, roedd hi wedi codi ar ei phengliniau ac yn tynnu'r gŵn dros ei chorff noeth.

'O't ti ddim i fod i ddweud!'

'Mel! Ti'n iawn?'

Gwthiodd Mel e i ffwrdd.

'Ti'n iawn?'

'O't ti ddim fod i ddweud.' Trodd Mel at Bron â dagrau yn ei llygaid a gwrym coch ar draws ei thalcen. 'O'dd e ddim i fod i ddweud. Dim ond stori oedd hi.'

'Ie, wel, fydd neb yn meddwl bod Moss yn dad i'r bechgyn,' meddai Bron yn daglyd. Ar unrhyw adeg arall fe fyddai wedi chwerthin.

'Na, ond fe allen nhw feddwl pethe eraill,' mwmian-odd Dylan.

'Sh!' Cydiodd Mel yng nghanllaw'r stâr a chodi'n sigledig a'i llygaid ar ei phartner. Estynnodd Dylan ei law, ond feiddiai e mo'i chyffwrdd. Gafaelodd Mel yng ngwregys ei gŵn a'i glymu'n grynedig.

'Dim ond cwympo dros y stepen ola wnes i,' meddai a'i llygaid ar y llawr. 'Baglu dros y belt.'

'T'ishe paned?' Dylan oedd wedi cynnig. Edrychodd dros ei ysgwydd ar ei fam.

Aeth Bron i'r gegin. Roedd ei dwylo hithau'n crynu. Llenwodd y tegell a thrio peidio gwrando ar y sibrwd taer yn y pasej. Gwichiodd y grisiau a daeth Dylan i'r gegin.

'Dyw hi ddim ishe te nawr.'

'Ti'n siŵr ei bod hi'n iawn?'

''Na be ddwedodd hi.'

Pwysodd Bron ei llaw ar fraich ei mab.

'Blydi Moss,' meddai Dylan a'i hysgwyd i ffwrdd.

Ddechrau'r prynhawn roedd y gwrym yn dal ar dalcen Mel, ac roedd hi'n frau ac yn bigog. Prowlai Dylan o'i chwmpas fel anifail mewn cawell. Doedd yr un o'r ddau am fynd am dro i'r dref.

'Pam nad ewch chi lan i Fryn Barcud?' meddai Bron.

'Mae Mel wedi cael dolur, Mam!' meddai Dylan yn grac.

'Dwi'n iawn,' snwffiodd Mel o'r soffa.

''Sdim ishe i chi fynd ar y JCBs,' meddai Bron. 'Dim ond mynd am dro bach. 'Sdim *bookings* gan Sal prynhawn 'ma.'

'Pwy fydd 'na?' gofynnodd Dylan.

'Sal. A falle Alwyn. Mae 'na grŵp wedi bwcio ar gyfer heno, felly synnwn i ddim na fydd e lan 'na'n tacluso.'

Edrychodd Dylan ar Mel. Chymerodd hi ddim sylw. Roedd hi'n tynnu'i llaw drwy'i gwallt brown ac yn darllen yr erthygl am Moss: 'Cave Man Dies'.

Aeth Dylan i'r llofft.

Ddwy funud yn ddiweddarach aeth Mel ar ei ôl. O fewn dim daeth y ddau i lawr gyda'i gilydd.

'Mae Dylan yn mynd i Fryn Barcud,' meddai Mel. 'Dwi wedi mynnu'i fod e'n mynd. Gall e helpu Alwyn.'

'Fydda i ddim yn hir.' Plannodd Dylan gusan ar ei boch, nodio ar ei fam a bustachu drwy'r drws i'r car. Gwichiodd y car ei brotest, a chwyrnu ar hyd Stryd y Marian.

Roedd Mel wedi mynd yn ôl at y soffa. Eisteddai ag un goes oddi tani, yn syllu'n ddicllon ar lun Tref. Edrychai'n ddeunaw yn hytrach nag wyth ar hugain. Aeth Bron at y drws.

'Ti'n siŵr dy fod ti'n iawn nawr, Mel fach?'

'Ydw.'

'Wyt ti ishe rhywbeth?'

'Na, dwi'n iawn, diolch.' Roedd hi'n dal i edrych ar lun Tref.

'Doedd dim bai arnat ti am ddod.'

'Mae Dylan wedi cael ffit. O'n i'n meddwl y bydde fe'n well ar ôl dy weld di.' Gwingodd yn grac a dodi'i dwy droed ar lawr. 'Ddwedes i wrtho fe am beidio â bod mor ddwl. Rhodd oedd yr ewyllys a dyle rhywun fod yn ddiolchgar am rodd.' Pwysodd ei gên ar ei dwrn a syllu ar fodiau'i thraed. ''Na be dwi'n feddwl, ta beth. A dwi'n meddwl bod dy syniad di o Fiwsig Moss Morgan yn hyfryd.'

'Diolch.'

Sbeciodd Mel arni drwy len o wallt. Suddodd yn ddyfnach i'r soffa.

'Sorri. Dwi'n bihafio fel brat.'

'Ti wedi cael dy ysgwyd.'

'Mm.' Roedd ei llygaid yn llosgi a'r briw yn sgleiniog ar ei thalcen.

'Mel.'

'Na, paid!' Wrth i Bron ddechrau symud tuag ati, cododd Mel ei llaw i'w chadw draw. 'Dwi'n iawn. Jyst ...' Snwffiodd yn sarrug a llygadu Bron fel anifail yn llygadu'i brae. 'Ges i erthyliad.'

'Be?' Teimlodd Bron y gnoc ym mhwll ei stumog.

'Na, dim Dyl. Sorri! Cyn i fi adael Llunden. Mae Dyl yn gwbod. Sorri. Sorri. Ddylwn i ddim fod wedi dweud.' Roedd hi'n dal i gadw Bron hyd braich.

'Mel fach ...'

'Na! 'Sdim ishe i ti deimlo trueni drosta i. Dwi ddim yn difaru. Jyst, pan gwmpes i o'n i'n teimlo mor borcyn a blydi diymadferth. Balchder yw e! Balchder!'

'Ocê.' Gafaelodd Bron yng nghefn cadair.

'Ti'n gweld mor stiwpid ydw i.'

'Wedi cael sioc wyt ti. Mwy o sioc nag wyt ti'n sylweddoli.'

Snwffiodd Mel ac edrych ar ei bysedd. 'Ond dim mwy o sioc na ti,' meddai'n flinedig. 'A ti'n edrych mor cŵl.'

'Ydw i?' Chwarddodd Bron yn anghrediniol. 'Pan adawodd Morwenna, gwraig y gweinidog, 'ma ddoe, o'n i'n teimlo'n cŵl. O'dd y cynllun i sefydlu cronfa'n swnio mor hawdd a rhesymol. Ond mae cymaint o broblemau'n mynd i godi cyn hynny.'

O gil ei llygad gwelodd fflach o olau melyn yn gwibio dros y drych uwchben y lle tân. Roedd canŵ yn brwydro yn erbyn llif yr afon a'r ferch a eisteddai yn y gragen yn padlo'n ffyrnig a'i chynffon o wallt du yn chwipio'i siaced heulog. Wrth iddi droi at y ffenest i'w gwylio, cododd Mel a dod i bwyso ar ei hysgwydd.

'Mae Dyl wedi dweud wrtha i am y cwch o'r enw *Bronwen*,' sibrydodd. 'Pam nad ei di i ffwrdd nes bod popeth drosodd? 'Sdim rhaid i ti fynd ar gwch. Gallet ti hedfan.'

'Hedfan,' meddai Bron. 'Mae pawb yn sôn am hedfan.' Dododd ei braich am Mel.

'Gallet ti fynd at Gwyn.'

'Gallwn, ond dim nawr.'

'Safwn yn y bwlch.'

'Ie.'

'Fydda i gyda ti,' meddai Mel yn ysgafn.

Roedd hwyliau Mel wedi gwella. Roedd hi newydd decstio Dylan, a Dyl wedi ffonio 'nôl. Gwrandawodd Bron ar fwrlwm bodlon llais ei mab. Roedd e'n helpu Alwyn i docio'r clawdd. Darbwyllodd Mel e i ddal ati.

'Dwi ddim yn deall pam na fydde Dyl wedi aros ar y ffarm,' meddai, ar ôl diffodd y ffôn.

'Fe gafodd e 'i demtio,' meddai Bron, a chodi bagaid o ffa dringo gafodd hi gan Dafina. 'Ond o'dd ei ffrindie gore'n mynd mla'n i'r coleg, ac o'dd raid mynd gyda nhw.'

Roedd hi wedi rhoi'r bag ffa, ynghyd â cholandr a dwy gyllell, ar ford y patio ac yn brwsio ffrwcs oddi ar y cadeiriau er mwyn iddi hi a Mel gael lle i eistedd, pan ganodd cloch y drws ffrynt.

'Ateba i,' galwodd Mel.

Llyncwyd ei llais gan y chwythwm o wynt a sgubodd drwy'r tŷ.

Caeodd y drws cefn â chlep fyddarol, sglefriodd y bag ffa ar draws y ford a gwasgar ei gynnwys ar lawr. Erbyn i Bron eu hachub a brysio 'nôl i'r tŷ, roedd yr ymwelydd, pwy bynnag oedd e, wedi mynd. Safai Mel yn y pasej, ei chefn tuag ati a'i dwy law'n gafael mewn bag plastig boliog, du, bron cyn daled â hi.

'O. Stwff ar gyfer siop yr hosbis,' meddai Bron.

'Nage.' Edrychodd Mel dros ei hysgwydd. Roedd gwawr goch ar ei hwyneb.

Deallodd Bron cyn iddi ddweud gair.

'Stwff Moss yw e,' meddai Mel yn herciog. 'Y stwff o'r ogof. Plismon ddaeth ag e. Dwedodd e mai ti oedd i fod i'w ga'l e.'

Swatiai'r bag fel brych enfawr yn erbyn y ferch. Cydiodd Bron yn dynn ym mhostyn y drws.

'Dwedodd y plismon fod dim byd o werth,' meddai Mel ar ras. 'Ti am i fi 'i daflu e? Galla i fynd ag e i'r dymp yn syth. Nawr, cyn i Dylan ddod 'nôl.'

'Na.'

'Ti am ei agor e?'

Nodiodd Bron. Teimlai fod ei llygaid am neidio o'i phen.

'A' i ag e ma's.'

'Na, na. Allwn ni ddim mynd ag e ma's. Aros fan'na. A' i i nôl siswrn.' Wrth fustachu i droi at y cwpwrdd dan-sinc, trawodd Bron ei phenelin yn erbyn y drws. Sgubodd brathiad o boen drwyddi. Diolchodd am y boen. Erbyn iddo dawelu, roedd hithau hefyd yn dawel i raddau. Cydiodd yn y siswrn a chymryd anadl cyn troi 'nôl at Mel.

Roedd Mel wedi gwthio rŷg y pasej i'r naill ochr ac wedi rhoi'r bag i sefyll ar y llawr pren, clobyn o fag â ffrilen ddu'n blodeuo uwchben y trwch o selotep am y gwddw. Estynnodd Mel ei llaw am y siswrn yn fusnes i gyd. Safodd Bron o'r neilltu a'i gwylio'n rhwygo'r plastig o dan y tâp.

Toriad neu ddau gymerodd hi. Ochneidiodd y bag, gwegio'n sydyn, a chwydu sach gysgu staenllyd, las dros y llawr. Gwichiodd Mel a neidio yn ei hôl. Lledodd arogl chwys a surni drwy'r pasej.

'O, ych!' llefodd Mel mewn dychryn. 'Ddylen nhw ddim fod wedi dod â honna i ti. Ych a fi! A' i â hi allan nawr.'

'Na. Gad hi.'

Penliniodd Bron a gafael yn y sach. Gafael mewn coflaid o hen anadlau. Llenwodd ei hysgyfaint. Tagodd. Daliodd ati. Rhoddodd blwc i'r sip a thaenu'r sach dros y llawr.

'Be ti'n wneud?' Roedd llais Mel yn fain.

'Cer di ma's, Mel fach,' meddai Bron.

'Wyt ti'n chwilio am rywbeth?' Roedd Bron yn tynnu'i dwylo dros y sach, yn ei hysgwyd. Plygodd Mel drosti. 'Wyt ti'n meddwl bod Moss wedi gadael neges?'

Cododd Bron ei hysgwyddau'n ffwdanus, gollwng y sach, a throi at y bag du.

'Gad i fi,' meddai Mel. Estynnodd am y bag a'i droi ben i waered. Gwibiodd llwy a fforc a mŷg metel o'i grombil a phowlio ar draws y pasej. Disgynnodd bwndel o ddillad yn swp. Cripiodd Bron tuag atyn nhw. Cododd nhw o un i un. Teimlodd bob modfedd. Gwthiodd ei bysedd i bocedi gwag.

'Dim.' Nofiodd ei hanadl drwy'r surni. 'O'n i'n

ddwl i feddwl.' Suddodd yn ôl ar ei heistedd. ''Sdim byd 'ma.'

'Da-dang!'

Disgynnodd Mel yn ei hymyl. Estynnodd ei llaw a dangos teclyn glas.

'iPod?' Cynhyrfodd Bron.

Nodiodd Mel â'i llygaid yn fawr a serennog. 'Roedd e wedi rholio o dan y cwpwrdd.'

'Felly ...'

'Felly, fe alli di wrando ar fiwsig Moss Morgan.'

'Miwsig.' Dim ond miwsig oedd e wedi'r cyfan. Diflannodd y cynnwrf.

'Ti'n iawn?' gofynnodd Mel yn ofidus.

'Ydw, dwi'n iawn,' ochneidiodd Bron. 'Disgwyl gormod, 'na i gyd.'

Byseddodd Mel y teclyn. 'T'ishe gwrando 'te?'

'Plis.'

Nodiodd Mel. Closiodd yn ofalus at Bron a dal yr iPod rhyngddyn nhw. Gwasgodd switsh. Clustfeiniodd y ddwy a chlywed dim byd ond curiad eu calonnau. Gwasgodd Mel eto. Snwffiodd.

'Batri fflat?' gofynnodd Bron.

''Sdim *charger* 'da ti?'

'Na.'

'Bryna i *charger* a ffonau clust newydd i ti fory. Ocê?' Gwthiodd Mel ei braich o dan fraich Bron a phwyso'i boch yn erbyn ei hysgwydd. 'Rwyt ti ishe clywed y miwsig, yn dwyt?'

'Ydw'n bendant.'

'Wel, fe gei di fory nesa.' Caeodd llaw'r ferch am law Bron. Teimlodd Bron siâp yr iPod yn gwasgu i'w chroen. 'Nawr dal dy afael yn sownd yn hwnna,' meddai Mel, 'ac

273

fe ro i bopeth arall 'nôl yn y bag, a mynd ag e i'r dymp cyn i Dyl ddod adre. Iawn?'

'Ti'n dda, Mel,' meddai Bron. Ag un llaw estynnodd am ddilledyn.

'Gad e!' rhybuddiodd Mel, a neidio ar ei thraed.

Sgubodd Mel fel corwynt drwy'r pasej. Ar ôl llenwi'r bag, llusgodd e i'r gegin a nôl selotep o'r cwpwrdd i drwsio'r rhwyg. Gwrthododd help i'w gario at y car, a gwrthododd adael i Bron fynd gyda hi i'r dymp.

Ar ôl i'r car yrru i ffwrdd, agorodd Bron ddrws y ffrynt i gael gwared o'r surni. Erbyn i Dylan ddod adre awr yn ddiweddarach, roedd yr iPod yn ddiogel yn nrôr y stydi. Roedd hithau a Mel wedi cael cawod bersawrus ac yn dychmygu bod yr arogl wedi mynd.

... o gwbwl?

37.

Roedd Richie Rees a Moss wedi nabod ei gilydd erioed, ond heb erioed fod yn ffrindiau go iawn. Serch hynny, ers iddo glywed am y farwolaeth annhymig, roedd Richie wedi cripian bob bore i'r siop ar waelod stryd Joanne, ac wedi prynu'r *Western Mail* â'i wynt yn ei ddwrn. Erbyn dydd Gwener fe wyddai ei fod yn ddiogel. Fyddai dim rhaid iddo fynd adre'n gynnar i'r angladd.

Roedd Richie wedi cael wythnos fendigedig. Wythnos orau'i fywyd – ffaith! Fore Sul gorweddai'n gynnes ac ymlaciol yn y gwely dwbl, ei freichiau am y gobennydd a sŵn Joanne a'r plant yn y gegin islaw. Roedd y plantos bach yn *hyper* ar ôl cael llond bol o sothach gan eu tad y diwrnod cynt. Daethai'r llabwst, oedd yn foi digon serchog, â nhw adre am chwech o'r gloch. 'Er mwyn cael noson gyfan i feddwi,' meddai'i gyn-wraig.

Joanne oedd wedi dweud wrth Richie am aros yn y gwely. Roedd hi'n godwr cynnar ac eisoes yn hongian dillad ar y lein yn nhop yr ardd. Neidiai'i chysgod main dros lenni'r ffenest. Newydd droi chwarter i wyth oedd hi. Roedd hi'n mynd â'r plant i nofio erbyn hanner awr wedi. Roedd Richie wedi cynnig helpu, ond 'You stay in bed, love,' meddai, gan roi cusan tyner ar ei foch cyn diflannu i'r gawod. 'And you can have breakfast in peace once we've gone.'

Peace.

Heddwch.

Gallai dyn gael gormod o hynny, meddyliodd Richie. Cyn gynted ag y clepiodd y drws, fe neidiodd o'r gwely ac anelu am y gawod ei hunan. Roedd Joanne wedi gadael ei lestri brecwast yn barod ar y ford, ond fe'u hanwybyddodd ac estyn am ei waled o boced ei gôt. Plyciodd yr allwedd sbâr o'r tu ôl i'r drws ffrynt a chyrchu i lawr y rhiw i'r siop yn y stryd nesaf. Roedd blodau ffres yn y bwced y tu allan i'r siop, ac fe ddiferon nhw dros goesau ei drywsus cyn i'r ferch y tu ôl i'r cownter, yr un â'r aeliau brawychus oedd wedi bod mewn ysgol Gymraeg, ddod i'w achub a lapio'r blodau mewn bag plastig.

'Pen-blwydd, ie?' meddai'r ferch yn siriol.

'Na.'

'Anniversary?'

'Na. Jyst anrheg. Dim rheswm arbennig.'

'Ooooo!' meddai'r ferch. Roedd ei hanadl yn felys. Gwenodd yn gymeradwyol arno. 'Bydd hi'n hoffi nhw,' meddai gyda winc.

'Wyt ti'n nabod Joanne?'

'Joanne?'

Na, doedd hi ddim. Siarad yn gyffredinol roedd hi. Cymerodd Richie'r tusw blodau fel baban i'w freichiau. Cymysgedd o bethau lliwgar oedden nhw. Erbyn iddo gerdded lan y rhiw roedd yr haul wedi cripian dros y toeau ar ochr Joanne o'r hewl ac yn diferu dros ffenestri a oedd gan mwyaf â'u llenni ynghau. Camodd i dŷ a oedd yn gwbwl ddierth bum wythnos ynghynt ond yn gynnes a chyfarwydd nawr, a chan hongian yr allwedd ar y bachyn aeth i chwilio am lestr blodau o dan y sinc ac yn yr hen gwt glo. Ffeindiodd e 'run ond fe ddododd y blodau mewn jwg fesur a'u rhoi ar ganol y bwrdd yn y stafell fyw, er mwyn i Joanne eu gweld cyn gynted ag y cerddai i'r tŷ. Golchodd ei ddwylo, berwi'r tegell, gwneud tafell o dost ac eistedd i fwynhau ei frecwast.

Roedd e wedi symud i'r stafell fyw ac yn gwylio'r newyddion pan ddaeth car Joanne yn ei ôl. Diffoddodd y teledu ar unwaith, a brysio i'r gegin i danio'r tegell. Ffrwydrodd y plant drwy'r drws ffrynt a bloedd eu mam yn eu dilyn. 'Ethan! Amelia!' Deallodd Richie wrth ei llais fod y plant yn dal i chwarae'r bêr â hi.

'Hei! Pwy sy wedi bod yn nofio 'te?' galwodd Richie. Chymeron nhw ddim sylw, dim ond taflu eu hunain am y cynta ar y soffa.

'Upstairs!' gwaeddodd eu mam, a chodi dau fag nofio o'r llawr. 'You know what I told you.'

'Ma-am!'

'Upstairs.'

Winciodd Richie ar y ddau a chodi'i fawd. Syllon nhw drwyddo a mynd i guddio o dan y ford.

'I'm not telling you again!' rhybuddiodd Joanne. 'There'll be no telly.'

Cododd Ethan yn bwdlyd a tharo'i ben. Neidiodd diferion dŵr o'r jwg flodau a glanio ar bren y ford.

'Who put that jug there?' meddai Joanne.

Ar ôl eiliad o oedi, cododd Richie'i law.

Giglodd Amelia a phlymio ar ei phen dros gefn y soffa.

'Amelia!' rhuodd Joanne a gafael yn ei braich.

'I didn't do it,' protestiodd y plentyn a phwyntio at Richie. 'He did.'

Winciodd Richie a phwyntio lan stâr. Trodd Amelia'i chefn arno a syllu ar ei mam.

'Up...stairs!' chwyrnodd ei mam.

'And Ethan!' Fflwnsiodd y ferch mewn tymer, plannu'i bysedd ym mraich ei brawd a'i lusgo drwy'r drws dan brotest. Roedd y ddau'n nadu cyn cyrraedd pen y grisiau. Rhoddodd eu mam glep i'r drws.

'Hyper,' meddai Richie.

'Ie.' Gollyngodd Joanne y bagiau nofio ar y bwrdd a chodi'r jwg flodau.

'I ti mae'r rheina. Presant bach i ti.'

'Neis,' meddai a phlannu'i thrwyn yn y blodau. 'Can you get me a tissue, love?'

Erbyn i Richie nôl y bocs macynon, roedd hi wedi mynd â'r jwg i'r gegin. Daeth yn ei hôl a sychu'r ford â'r macyn.

'Wyt ti ishe i fi roi'r dillad yn y peiriant?' meddai Richie, ac estyn am y bagiau.

'No, I'll do them.'

'Paned?' meddai Richie. Roedd Joanne yn edrych ar ben ei thennyn, druan. Y plant 'na. Roedden nhw'n neidio ar wely eu mam. Gallai glywed y sbrings yn mynd a'r llawr yn sboncio. Clywodd Ethan yn gwichian 'Richie' yn llais ei fam a'i chwaer yn sgrechian chwerthin. Cochodd, a llygadu Joanne. Doedd bosib fod plant yr oedran hyn yn gwbod be oedd secs.

'Ethan! Amelia!' rhuodd eu mam.

Stopiodd y neidio ond roedden nhw'n dal i biffian chwerthin.

'Paned?' crawciodd Richie eto.

'Just had one.' Roedd Joanne yn plygu i dynnu'r papur dydd Sul o'i bag llaw. Yn y drych gyferbyn roedd rhaniad ei gwallt yn llinell llwydfrown yng nghanol y melyn potel. Edrychai'n fregus a diamddiffyn, fel wy bach yn barod i gracio. Anghofiodd Richie'r embaras wrth i lif o dynerwch ffrydio drwy'i gorff.

'What are you smiling at?' gofynnodd Joanne. Roedd hi wedi troi tuag ato ac yn dal y papur yn blastar yn erbyn ei brest.

'Ti,' meddai Richie'n gariadus. 'You, Joanne.' Estynnodd ei law tuag ati gan feddwl plethu'i fysedd yn ei bysedd hi, ei thynnu'n nes a theimlo'i chorff bach esgyrnog yn toddi. Ond fe gamodd Joanne yn ôl a rhoi'r papur yn ei law. Llithrodd y papur o'i afael a datgymalu. Plygodd Richie i godi'r dalennau ar unwaith, achos roedd Joanne yn casáu annibendod. Eu rhoi yn eu trefn oedd e, pan welodd e'r llun.

'Moss!' meddai.

'Yes,' meddai Joanne.

'Cave man leaves fortune to widow.' Darllenodd Richie'n frysiog. Cododd ei lygaid. Roedd Joanne yn ei wylio.

'It's her, isn't it?' meddai. 'Bron.'

'Yes. I ...' Ymbalfalodd Richie am eiriau. Wyddai e ddim fod Bron yn gyfarwydd iawn â Moss.

'He used to pass the back of her house, didn't he?' meddai Joanne.

'Yes.' Roedd y papur yn gwneud hynny'n glir, ac yn ensynio mwy. Ailddarllenodd Richie a'i galon fel gordd. Ar y llofft roedd y plant wedi ailddechrau sboncio, yn dawel a chyfrwys.

'Why didn't you tell me?' meddai Joanne.

'I didn't know.'

'But you used to go to her house.'

'Only sometimes.' Plygodd Richie'r papur yn fwndel diofal a'i ollwng ar y ford fach. 'Perhaps it's a mistake,' meddai a rhwbio'i wegil. 'I'll phone and find out.'

'You're going to phone her?'

'No, not her.' Doedd Joanne ddim yn hapus ei fod e wedi ffonio Bron o'r car ddechrau'r wythnos. Allai e mo'i beio, a hithau wedi gorfod dioddef antics y llabwst, er bod y ddwy wedi tynnu 'mlaen yn iawn pan gwrddon nhw. 'I'll phone someone else.' Wyddai e ddim pwy. Nid ei gyd-aelodau o'r staff yn bendant, er na fyddai pawb yn gwneud hwyl. 'Emlyn!' meddai, ac edrych ar ei watsh. Un ar ddeg oedd y capel. Gyda lwc fyddai Emlyn ddim wedi cychwyn ar ei ffordd. Deialodd rif ei gyd-flaenor.

Aeth Joanne â'r papur allan i'r gegin i ganlyn y blodau. Clywodd hi'n ei ailblygu a gwrando ar y ffôn yn canu a chanu.

Roedd ei fys yn estyn am y botwm diffodd, pan ddaeth crawc i lawr y lein.

'Emlyn!'

'Pwy sy'n siarad?'

'Richie. Dwi newydd ddarllen yn y papur am Moss a Bron. Ydy e'n wir?'

'Pa bapur?' meddai Emlyn.

'Dwi ddim yn siŵr. *Wales on Sunday*, falle. 'Na i ...' Roedd e wedi meddwl gofyn i Joanne, ond brathodd ei dafod. ''Sdim ots p'un!' gwylltiodd. 'Ydy e'n wir?'

Gwrandawodd ar yr ateb trwynol, robotaidd o'r pen arall. Diffoddodd y ffôn. Roedd y plant yn dal i sboncio. Pam na allai'r diawliaid bach stopio? Brysiodd i'r gegin lle roedd Joanne yn ddistaw fel llygoden ac yn gollwng dau betal i'r bin.

'It is true,' meddai wrthi. 'But Bron didn't know anything about the will.'

'You phoned her?' meddai Joanne.

'No. I phoned Emlyn.' Tynnodd Richie ei law dros ei wallt. 'The will was a total shock. Bron's going to give the money away.'

Amsugnodd Joanne yr wybodaeth, a gwasgu sebon ar ei dwylo. Golchodd nhw o dan y tap, a sychu'r sinc.

Roedd y ffôn yn dal yn llaw Richie. O dan lygaid gwyliadwrus Joanne gollyngodd e 'nôl i'w boced. Allai e ddim gweld y papur yn unman.

'The paper's being a bit suggestive,' meddai. 'The solicitor who drew up the will thinks that Moss wanted to leave the money to the collection Bron was making in memory of her husband.'

'The one that you give money to,' meddai Joanne.

'Sort of.' Rhwbiodd Richie ei wegil eto. Roedd e'n gyfarwydd â chael llygaid pelydr-X Joanne yn crwydro'n araf, araf dros ei wyneb. Weithiau, yn dibynnu ar ei hwyliau, byddai'n wincian ac yn dweud wrthi 'Customs officer eyes, Joanne!' Wedyn byddai hithau'n chwerthin. Ond 'These things happen,' meddai a rhoi'i ddwylo ar ei hysgwyddau.

Syllodd yn ôl arno fel petai wedi darganfod contraband.

Wedi diflasu roedd hi am fod y gwyliau'n dod i ben. Aeth y pedwar ohonyn nhw am ginio i'r Three Bells, tafarn fach allan yn y wlad, lle roedd parc chwarae newydd sbon. Yn syth ar ôl llowcio'u cinio, fe heglodd y plant hi i'r parc, a gadael i'r oedolion fwynhau eu coffi ar y patio. Cydiodd Richie yn llaw Joanne o dan y ford a'i gwasgu yn erbyn ei glun.

'Why don't you come home with me?' meddai. 'We'll drive west into the sunset.'

'I can't,' atebodd. 'The children have got school.'

'I know.' Dim ond jocan oedd e. Am y tro. 'This week'll soon go.'

Atebodd hi ddim. Edrychai'n welw a difywyd.

Gwasgodd Richie ei llaw'n dynnach. Roedd y Three Bells yn boblogaidd iawn gan deuluoedd, neu hanner teuluoedd. Ar y bwrdd nesa eisteddai dwy fam a hanner dwsin o blant. Roedd y ddwy fam yn chwerthin ei hochr hi, ac yn estyn tecstiau dros bennau'r plant, oedd yn llowcio'u byrgers. Gwrandawodd Richie ar eu sgrechiadau. Roedd e'n falch nad oedd Joanne wrth ei hunan.

'I'll miss you,' sibrydodd yn ei chlust.

'Yes,' atebodd hithau.

'Yes what?'

'I'll miss you too.'

'I've got to go and see Mam, see,' meddai Richie. 'It's been over a week now.' Roedd pythefnos yn nes at y nod.

'Course you have, love,' meddai Joanne.

Mor hawdd roedd y gair yn disgyn dros ei gwefusau. Love.

'Cariad, cariad, cariad,' meddai'n ôl wrthi. Roedd e eisiau'i maldodi. Mwy na'i maldodi. Tynnodd Joanne ei llaw'n rhydd. Pwysodd ei ên ar ei hysgwydd a sibrwd yn ei chlust, 'If only ...'

'Excuse me!' Prociwyd Richie gan fys un o'r menywod ar y bwrdd nesa. 'Is that your little boy?' gofynnodd a phwyntio at blentyn oedd yn gorwedd wyneb i waered wrth droed y siglen.

'Ethan!' Cododd Joanne mor sydyn nes dymchwel ei chadair. Sgrialodd ar draws y patio a'i phymps bach tenau'n slap-slapian. Roedd ei mab wedi dechrau crio ar dop ei lais.

'Oh, he's all right,' meddai'r fenyw. Roedd ganddi wallt rhacslyd, lliw copr a chylch yn ei gwefus. 'Acting up he is.' Gwenodd ar Richie.

Gwenodd Richie 'nôl a phlygu i godi'r gadair. Roedd y fenyw'n dal i'w wylio a chiledrych ar Joanne yr un pryd. Roedd hi'n disgwyl iddo fe redeg i'r adwy falle.

'Kids!' meddai.

'Little beggars,' meddai Richie, a chydio ym mag ysgwydd Joanne oedd yn gorwedd ar lawr. 'Better go and help, I suppose.'

Roedd Joanne wedi codi Ethan ac yn brwsio'r llwch oddi ar ei drywsus tra swingiai Amelia uwch eu pennau. Nodiodd Richie ar y fenyw ac ar ei ffrind, oedd yn craffu arno am yn ail â gwasgu botymau'i ffôn. Roedd Ethan wedi stopio nadu, ond yn trio dal cadwyn y siglen i sbeitio'i chwaer. Beth fyddai tad go iawn yn ei wneud? Sylwodd ar foi'n pwyso ar ffens y parc. Roedd e'n gweiddi'n groch a'i fraich yn troi fel melin wynt. Allai Richie ddim gweiddi. Oedd y fenyw wallt-wyllt a'i ffrind yn deall? Gallai deimlo pwysau eu llygaid ar ei gefn, wrth iddo gerdded ling-di-long at Joanne, oedd yn gafael ym mreichiau ei dau blentyn ac yn eu gwthio tuag at allanfa'r parc.

'Well, who's been in the wars then?' meddai Richie wrth Ethan, oedd yn edrych yn holliach oni bai am ei wyneb coch.

'Well, who's been in the wars then?' dynwaredodd Amelia, a thynnu bag ei mam oddi ar ei ysgwydd.

Gwenodd Richie'n llon a llywio Joanne a'i phlant rownd ffrynt y dafarn ac yn ôl i'r car.

Ar y funud ola, fe newidiodd ei feddwl ynglŷn ag ymweld â'i fam.

'Galla i aros y nos,' meddai, 'gadael yn gynnar bore fory i fynd i'r ysgol, a mynd i weld Mam nos fory.'

'No, you go and see your mam,' meddai Joanne. 'It's not fair on her otherwise.'

'You're so good!' Gwasgodd hi'n dynn a'i chusanu nes bron â'i thagu, cyn dianc rhag llygaid craff y plant. Gyrrodd yn herciog i lawr y rhiw a throi i mewn i faes parcio Asda. Teimlai'n ffrwydrol wyllt. Gwasgodd ei gorff yn erbyn y llyw a sibrwd enw Joanne.

Clepian drws Land Rover ddaeth ag e ato'i hunan. Roedd y Land Rover wedi parcio drws nesa. Neidiodd dyn ifanc allan a thinciodd botymau'i siaced yn erbyn car Richie. 'All right?' gwaeddodd drwy'r ffenest niwlog a loncian i ffwrdd yn ddi-hid.

Sythodd Richie ac agor y ffenest. Gadawodd i nwyon petrol a llwch lyfu'r chwys oddi ar ei dalcen. Ymbalfalodd am finten o'r blwch dan y dashfwrdd. Cyn i yrrwr y Land Rover gyrraedd y siop, roedd Richie'n gyrru at yr allanfa.

Pan welodd gilcyn o fôr o'i flaen, meddyliodd am Moss Morgan. Pam roedd Moss yn gwrando ar fiwsig, os nad i foddi curiadau'i galon? Byddai Richie wedi ffonio Bron oni bai am Joanne. Doedd e ddim am ffonio y tu ôl i'w chefn. Peth dan din fyddai hynny.

Felly, pan stopiodd yn y gilfan agosa, yn lle gafael yn y ffôn, fe chwilotodd ymhlith y cryno-ddisgiau oedd ynghudd o dan sedd y teithiwr. Y disgiau oedd anrheg ola'i fam iddo cyn iddi anghofio'i ben-blwydd am byth. Dewisodd un a'i rhoi yn y blwch.

Bloeddiodd gyda'r tri thenor yr holl ffordd ar hyd yr M4.

38.

Roedd y ffôn yn canu a chanu yn nhŷ Bron Jenkins, yn hymian fel pryfyn gwallgo a Bron ddim yn ateb. Yn y tŷ drws nesa rholiodd Rory tuag at ymyl y gwely a blincian ar ei watsh. Chwarter wedi saith.

Sawl gwaith roedd y ffôn wedi canu yn ystod y ddeuddydd diwetha? Ugain? Hanner cant o weithiau? Pam nad oedd hi'n datgysylltu yn lle gadael i'r ffycin sŵn ddrilio drwy'r tŷ? Gorweddodd Rory ar ei fol a dychmygu'i gymdoges yn gorwedd fel delw gerfiedig yn ei gwely. Ers dydd Sul, pan ymddangosodd hanes yr ewyllys yn y papur, roedd hi wedi mynd yn stiff, fel petai'n llawn Botox o'i phen i'w thraed.

Gadawodd Rory i un fraich hongian dros ymyl y gwely. Caeodd ei ddwrn a theimlo'i gyhyrau'n tonni. Be petai e'n slamio'i ddwrn drwy'r wal i dŷ Bron Jenkins, yn neidio drwy'r twll ac yn malu'r ffôn yn ddarnau. A be wedyn? Gwasgodd Rory'n ddyfnach i'r matres.

Roedd y geiriau o'r papur dydd Sul yn dal i ganu fel tiwn gron yn ei ben: 'Shortly before his death, Morgan made a will in favour of a 55-year-old widow, named locally as Bronwen Jenkins. The path leading to the beach, where Morgan had made his home, took him past Mrs Jenkins's back garden.' Pwy feddyliai fod Moss yn lystio cymaint am Bron nes symud i fyw i Draeth y Cregyn? Yr hen gadno ag e! Pe bai Moss yn fyw, fe gâi flas ei ddwrn. Ond roedd Moss ar fin cael ei gladdu, felly roedd hi'n rhy hwyr.

Roedd Bron ar ddi-hun ymhell cyn i'r ffôn ganu, ac wedi synhwyro'r wefr yn yr awyr cyn i'r teclyn ddechrau bloeddio yn y pasej islaw. Doedd hi ddim wedi ateb y ffôn ers bore dydd Sul, pan ddaeth Dylan yn ôl o'r dref mewn panig, papur yn ei law ac esgyrn ei ddwylo'n wyn. Doedd hi ddim wedi bod allan o'r tŷ chwaith, dim hyd yn oed i siop yr hosbis. Dylan oedd wedi'i rhybuddio i gadw o'r golwg tan ar ôl yr angladd. Roedd Mel wedi cytuno.

'Mae'r *paparazzi* yn benderfynol iawn,' meddai Mel.

Roedd Bron wedi chwerthin yn anghrediniol. '*Paparazzi?*' O achos dwy frawddeg yn y papur dydd Sul? Er bod y geiriau wedi'i brifo, allai hi ddim dychmygu y bydden nhw o ddiddordeb i neb heblaw ei chymdogion.

Eto i gyd, roedd y ffôn wedi canu sawl gwaith, a'r rhifau, bron yn ddieithriad, yn ddierth, a fore Llun roedd rhywun wedi ysgwyd dolen y drws cefn. Ers hynny roedd hi wedi treulio'r rhan fwyaf o'i hamser yn y stydi, lle gallai gadw llygad ar bwy bynnag oedd yn dod at ei drws.

Daeth Dafina draw am hanner dydd. Tair cnoc fach ar y drws cefn a thair cnoc fawr. Roedd hi wedi rhag-hysbysu Bron y diwrnod cynt ei bod hi'n dod, ond doedd hi ddim wedi dweud bryd hynny ei bod hi am aros drwy'r prynhawn.

'Ti'n mynd i aros?' ebychodd Bron, a'i gwylio'n gollwng bagaid o nwyddau ar ford y gegin. 'Pam?'

'Achos dwi'n fusneslyd,' meddai Dafina'n gelwyddog. 'Mor fusneslyd â ti. Ac yn grac na ches i wahoddiad i'r angladd.'

'Daf!'

'Wel, pam ti'n meddwl dwi wedi gwisgo fel hyn?' Dododd Daf un llaw ar ei chlun, un llaw y tu ôl i'w phen a throi fel model. Gwisgai sandalau sgleiniog, du, trywsus du a blowsen biws â llewys byr. 'Dyma beth mae galarwr trendi "once removed" yn ei wisgo. Dyw'r dillad ddim yn ddigon parchus ar gyfer y capel, ond maen nhw'n grêt ar gyfer sbecian drwy'r ffenest, achos maen nhw'n gwneud i fi edrych fel cwmwl.' Safodd yn llonydd a chraffu ar Bron. 'Ti'n gwmwl hefyd.'

Roedd Bron mewn nefi blw. Sgert nefi blw a thop jersi nefi blw â llewys tri chwarter.

'Ta beth,' meddai Dafina. 'Dwi wedi dod â phot o swp, caws a bara o'r siop. Rwyt ti a fi'n mynd i gael bwyd a wedyn ...'

Wedyn.

Roedd hi'n un o'r gloch a drws Rehoboth yn cegrythu i gyfeiriad Stryd y Marian. Dafina'n unig oedd yn y stydi. Roedd Bron yn dal yn y gegin yn twtio. Dafina oedd wedi mynnu'i bod hi'n gwneud. 'Mae'n rhy gynnar i ni ddechrau pipo,' meddai, ond gan esgus ei bod hi'n mynd i'r tŷ bach, roedd hi wedi rhedeg i'r llofft, tynnu'i sgidiau a chripian ar ei phedwar at y ffenest.

Roedd hi wedi clywed yn y siop fod newyddiadurwyr o gwmpas. Doedd hi ddim wedi dweud wrth Bron. Doedd hi ddim chwaith wedi dweud bod rhyw fisitor wedi gofyn iddi, 'Who's this Caveman then?' ac un arall wedi ateb o'r tu ôl i'r silffoedd, 'We went out on the pleasure boat this morning and we saw his cave. The boatman pointed it out to us.' Rhyfedd meddwl bod hen dad-cu Moss wedi hwylio'r byd, a nawr roedd ei or-ŵyr, oedd heb symud ymhellach na'r traeth, yn atyniad i ryw dwba sinc oedd yn hwylio'r glannau'n chwilio am ddolffiniaid. Roedd rhywrai wedi dringo i lawr i'r ogof a gadael blodau ar y graig.

'Nyters!' chwyrnodd Dafina. Culhaodd ei llygaid. Oedd 'na fwy o bobl nag arfer yn eistedd wrth y byrddau y tu allan i Gaffi Carol yn esgus bwyta tships? Trueni na fyddai cawod o gesair maint peli golff yn disgyn ar eu pennau. Ond roedd yr awyr yn las a chymylau bach gwynion yn cwrso'i gilydd dros y môr.

Drybowndiodd Dafina. Tasgodd ar draws y stafell fel petai rhywun wedi'i hyrddio o gatapwlt. Roedd rhyw foi'n sefyll ar lan yr afon gyferbyn yn edrych draw ar Stryd y Marian.

'Daf?' Roedd Bron yn dod lan stâr.

'Sa' lle rwyt ti. Paid dod mewn.'

'Daf?'

'Paid!' rhuodd Daf. Roedd gan y boi uffar gamera yn ei law. Disgynnodd Dafina i'w chwrcwd a gweld traed Bron yn dod at y drws. Taflodd ei hun ati a dal ei migyrnau.

'Daf!' Roedd Bron yn colli'i thymer.

'Jyst cer o'r golwg!' sgrechiodd Dafina.

Ciliodd Bron o'r golwg ag ochenaid. Cropiodd Dafina ar ei hôl. 'Mae dyn â chamera'n tynnu llun y tŷ,' chwyrnodd drwy'i dannedd.

'Ti'n siŵ...?'

'Bron!' Pam roedd hi'n mynnu sbecian? Pam doedd hi ddim yn credu? Rhoddodd Dafina hwb iddi o'r ffordd.

Neidiodd ar ei thraed. 'Mae rhywun yn tynnu llun,' meddai yn wyneb Bron. 'Falle mai jyst rhyw fisitor diniwed yw e, ond paid mentro. Meddylia am Dylan.'

'All neb weld mewn,' protestiodd Bron.

'Shwd ti'n gwbod?'

'Alla i ddim cwato.'

'Galli,' meddai Daf. 'Fe ei di a fi i gwato rownd cornel y cyrtens.' Gafaelodd yn nrws y stydi a'i dynnu ati. Caeodd ddrws stafell Bron.

'Mae hyn yn ddwl!' meddai Bron.

'Mae pobol yn ddwl,' meddai Daf. 'Dwi'n deall achos dwi'n ddwl fy hunan. Gwna be dwi'n ddweud wrthot ti am unwaith.'

'Fe wnes i ddiwrnod angladd Sam Sheds,' atebodd Bron yn sych.

Gwingodd Dafina. 'Jyst unwaith 'to 'te,' ymbiliodd. 'Dwi ddim ise i ti ga'l dy frifo.'

Roedd Dafina wedi brifo. Dododd Bron ei braich amdani. 'Ocê,' ochneidiodd. 'Sorri.'

Gwnaeth Dafina sŵn fel mewial cath fach. 'Reit 'te,' meddai. 'O'n i ar fy ffordd i'r tŷ bach, felly dwi'n mynd i fynd nawr. Aros di fan hyn nes i fi ddod ma's.'

Pwysodd Bron yn erbyn y wal a'i dwylo'r tu ôl i'w chefn. Teimlai fel plentyn y tu allan i stydi prifathro. Teimlai fel un o'r trueiniaid ar y teledu ag wyneb tyn a llygaid mawr, wedi'i llethu gan amgylchiadau y tu hwnt i'w rheolaeth. Teimlai'n euog, euog, euog.

Daeth Dafina allan o'r tŷ bach a gwenu'n swil arni. Roedd diferion dŵr ar ei blowsen a'r rheiny'n sgleinio'n ddu yn nhywyllwch y landin.

'Ocê,' meddai. 'Gad i fi fynd gynta.'

Gwyliodd Bron ei ffrind yn sleifio yn ei chwrcwd tuag

at ffenest y stydi. Cilagored oedd y llenni. Roedd y ddwy wedi ystyried eu cau'n dynn, ond doedd hynny ddim yn arferiad bellach ar ddiwrnod angladd, a bod yn normal oedd yn bwysig. Normal? Ar orchymyn Dafina cripiodd Bron ar draws y stafell a swatio ar ochr chwith y ffenest. Swatiai Daf yr ochr arall, yn sbecian drwy gil y llenni.

Erbyn hyn roedd 'na glwstwr o bobl mewn du yn sefyllian yr ochr draw i'r harbwr fel petaen nhw'n fwriadol am ddangos eu hunain i breswylwyr Stryd y Marian. Roedd y dyn â'r camera'n dal i sefyll gerllaw, nododd Dafina, er ei fod wedi troi ei gefn erbyn hyn ac yn syllu ar draws yr hewl. Fan'ny safai criw teledu.

Cleciodd gwddw Dafina. 'Bron!' crawciodd.

'Be?' Edrych i gyfeiriad Rehoboth oedd Bron. Roedd 'na rywrai'n mynd i mewn.

'Y ferch 'na mewn gwyrdd o flaen siop Stanley, ife un o ferched y BBC yw hi?'

'Dwi ddim yn siŵr.' Pwysodd Bron yn nes at y ffenest a cholli'i balans.

'Bron!' llefodd Daf.

'Mae'n iawn.' Estynnodd Bron am lyfrau o'r silff y tu ôl iddi a gwneud stôl iddi'i hun. Estynnodd am y clustog ar y gadair o flaen y ddesg a'i wthio dros y llawr at Daf.

Symudodd y clwstwr o alarwyr tuag at geg Stryd Einion, y stryd gul oedd yn arwain at Rehoboth. Daeth rhagor i'r golwg o gyfeiriad y Stryd Fawr. Roedd y teulu'n amlwg wedi gwahodd tyrfa luosog. Y tu allan i Gaffi Carol roedd y byrddau'n dal yn llawn, ac ymwelwyr yn eu dillad lliwgar yn loetran ar hyd y palmentydd. Ar orchymyn y wraig ifanc mewn siwt drywsus werdd, trodd y camera teledu a'u ffilmio.

Llyncwyd y galarwyr bob yn un ac un gan ddrysau'r capel. Yn lle eu dilyn croesodd y criw teledu'r stryd. Rhedodd dau ddyn ar hyd Stryd Einion â chamerâu yn eu dwylo.

'Watsia dy hun!' rhybuddiodd Dafina.

Roedd y ffotograffwyr wedi dringo ar far isaf reilins yr harbwr. Swingiodd lens tri chamera i gyfeiriad Stryd y Marian.

'Bron!'

'Mae'n iawn,' sibrydodd Bron. 'Mae 'na gwch yn dod.' Roedd hi'n gallu gweld y cwch rhwyfo'n dod i lawr yr afon, ond doedd Dafina ddim. Cwch bach oedd e, a Lewis, oedd yn gweithio i Sam Sheds, a dyn arall wrth y rhwyfau yn eu siwtiau duon. Yn erbyn cefn y cwch pwysai torch o flodau gwyn ar ffurf angor. Dan lygaid y camerâu llywiwyd y cwch at yr harbwr, lle roedd dau ddyn arall mewn du yn barod i dderbyn y rhaff a'i chlymu'n sownd.

Cododd Lewis a'i gydymaith a chydio yn y dorch. Erbyn iddyn nhw gyrraedd y cei, roedd yr hers wedi dod i'r golwg. Symudai fesul modfedd. Safodd y ddau gychwr rhyngddi a cheir y galarwyr a'i dilyn yn araf i mewn i Stryd Einion. Yr ochr draw i'r dref roedd cloch yr eglwys yn canu.

'Ast!' hisiodd Dafina.

'Sh,' meddai Bron.

'Ond mae hi yn ast,' meddai Dafina. 'Mae'n trio rhwbio dy drwyn di yn y baw.'

'Angladd yw e,' meddai Bron.

'Sioe,' meddai Dafina dan ei gwynt.

'Angladd,' mwmianodd Bron. Cyn hir byddai'n

flwyddyn ers angladd Tref. Bryd hynny hi oedd yn dilyn yr hers a'i meibion bob ochr iddi.

Cofiai leisiau'r dorf yn sgubo fel ton fawr drwy Rehoboth ac yn ei chodi i'r cymylau. Ond chlywai hi mo'r canu heddi.

39.

Drannoeth yr angladd cododd Wil Parry'r ffôn a galw Emlyn. Gofynnodd am gymwynas, ond ddwedodd e ddim be oedd hi chwaith.

Roedd Wil ar ben ei ddigon. Drwy ffenest y stafell ffrynt gwyliodd Emlyn yn dod lan y rhiw fel pysgodyn ar fachyn. Fe, Wil, oedd y genweiriwr. Ffŵl oedd Emlyn.

'O'n i ddim yn meddwl bydde gen ti amser i fi nawr,' meddai gan daflu'r drws ar agor yn wyneb ei ffrind.

'Pam?' gofynnodd Emlyn yn bigog. Roedd golwg syndod o iach ar Wil, ac ystyried ei fod e newydd fod yn yr ysbyty. Roedd Emlyn wedi dychmygu'i fod e'n anhwylus, waeth pam fyddai e wedi ymostwng i ofyn am gymwynas?

'Ti wedi bod ar y telifision, 'chan.'

'Dim go iawn.'

'Ond o't ti 'na. Weles i gip ohonot ti ar y newyddion neithiwr.' Amneidiodd ar Emlyn i ddod i mewn ac yna'i erlid i lawr y pasej. 'Pam 'set i'n dweud wrtha i dy fod ti wedi cael gwahoddiad?'

'Dwi'n flaenor.' Roedd Emlyn wedi stopio yn nrws y gegin ac yn rhythu ar y papur lleol oedd yn agored ar y ford.

'Ond fe gest ti wahoddiad?'

'Dim ond drwy Elfed Jones.'

'Ond cha'th hi ddim, do fe?' meddai Wil yn flysig.

Anwybyddodd Emlyn y cwestiwn. Roedd yr ateb yn

hysbys i bawb. Yn doedd y papur wedi dweud hynny ar ei dudalen flaen? Gafaelodd liaw iach Wil fel gefel yn ei ysgwydd a'i lywio at gadair.

'Angladd mawr,' meddai Wil ar ôl iddo eistedd.

'Oedd.'

'Y dre'n llawn jyrnalists.'

'Oedd,' meddai Emlyn a llygadu'r llall. 'Pam wyt ti'n gwenu a tithe'n eu casáu nhw?'

Cilchwarddodd Wil. 'Dwi ddim mor ddwl â pharedio o'u blaen nhw, ydw i? Oedd Ieuan yn yr angladd?'

'Na.'

'Huw Harris?'

'Na.'

'Henry Otley?'

'Na,' meddai Emlyn yn finiog.

'Mi allen nhw fod wedi gofyn i Henry. Fe oedd yr un ffeindiodd Moss.'

'Mae Henry yn Birmingham. Ym mis Medi fuodd ei wraig e farw. Mae e wastad yn mynd at ei frawd yng nghyfraith ym mis Medi.'

'Richie?' meddai Wil. Plannodd ei fraich iach ar y ford a phwyso'i frest ar gefn y gadair arall.

'Mae Richie yn yr ysgol,' rhygnodd Emlyn a symud ei gadair i osgoi'r anadl boeth oedd yn llyfu'i wyneb, ac i osgoi crechwen Wil.

'Ha!' meddai Wil. 'Sticiodd y lleill gyda hi 'te.'

Wnaeth Emlyn ddim dangos ei fod e wedi clywed.

'Sticion nhw gyda Bronwen Jenkins,' meddai Wil, a'r gadair yn crynu dan ei frest. 'Ddylet ti ddim fod wedi mynd chwaith a hithe heb gael gwahoddiad.'

'Doedd e ddim yn fater o sticio,' meddai Emlyn. 'Angladd Moss oedd e.'

'Ie, wel, alla i ddweud wrthot ti, dyw un o dy fêts di ddim wedi sticio go iawn,' meddai Wil.

'Pwy?'

'Ieuan.' Stryffagliodd Wil i estyn sach blastig o'r cownter y tu cefn iddo a'i slamio i lawr ar y ford. 'Gofynnes i iddo fe fynd â hwn yn ôl iddi. Pallodd e'n blwmp, a ti'n gwbod shwd mae ei wyneb e'n sheino pan mae e ar gefn ei geffyl? Wel, 'swn i wedi ei roi e ar ben craig, bydde fe'n well na goleudy.'

Llygadodd Emlyn y sach. Doedd dim angen gofyn beth oedd ynddi. 'Fe gei di fynd â'r *dressing gown* 'na'n ôl dy hunan,' meddai'n gwta. 'A' i lawr â ti yn y car.'

Yn lle digio, daeth gwich o foddhad o frest Wil. 'Be sy'n bod arnoch chi'r cachgwn? Ti a Ieuan wedi cael eich tra'd dan y bwrdd cinio. Mae'n dweud hynny yn y papur.'

'Dyw e ddim!' meddai Emlyn yn chwyrn.

'Ydy, mae e. Mae'n dweud: "Since her husband's death, Mrs Jenkins has held a number of charity fund-raising dinners for local bachelors".' Dyfynnodd Wil o'r papur heb edrych, a'i wên bron â hollti'i ben yn ddau. 'Nawr clatsiwch bant, chi *bachelors*. Mae Bronwen yn mynd i fod yn fenyw gyfoethog.'

'Mae Bronwen yn mynd i roi'r arian i ffwrdd.'

'Gawn ni weld.'

Sugnodd Emlyn lond ysgyfaint o aer a thasgu'r stôr o eiriau fel bwledi o'i geg. 'Dwi'n mynd i Ffrainc.'

'Ie, wel, dwi'n siŵr yr arhosith Bronwen tan i ti ddod 'nôl,' meddai Wil yn llon.

'At Paule. Dwi'n mynd at Paule.'

'Pwy?'

Roedd y bwledi wedi cyrraedd eu nod, sylwodd Emlyn

297

yn falch. Taniodd fwled arall. 'Y ferch 'na dda'th draw o Ffrainc.'

'Pan o't ti yn yr ysgol?'

Nodiodd Emlyn.

'Ti'm yn dal mewn cysylltiad â hi o hyd?' Tynnodd Wil ei anadl i'w fegin a'i wyneb yn cochi.

'Ydw.' Drwy gyd-ddigwyddiad roedd ail lythyr Paule wedi cyrraedd y bore cynt, ac Emlyn wedi ailadrodd y geiriau yn ei ben fwy nag unwaith yn ystod angladd Moss. Roedd Paule mor falch ei fod wedi sgrifennu, ac wedi'i wahodd draw am wyliau. Doedd e ddim yn gynnig pendant iawn, a doedd e ddim wedi'i ystyried o ddifri tan nawr. Ond pam lai? Byddai'n werth mynd er mwyn gweld llygaid Wil yn suddo 'nôl i'w ben a chroen ei wyneb yn hongian mor llac â gweflau gwaetgi. Roedd Wil wedi cwrso digon o fenywod dros y blynyddoedd, ond yn rhy grintachlyd i briodi. 'Felly fe alli di gael Bronwen,' meddai Emlyn yn faleisus.

Fe ddifarodd, pan welodd Wil yn bwldagu.

'Ddwedest ti ddim byd,' meddai'n floesg.

'Am be?' Roedd poer Wil wedi tasgu dros y ford a thros foch Emlyn. Sychodd e mohono i ffwrdd.

'Y Ffrances. Un fach henffasiwn oedd hi, os dwi'n cofio.'

'Dim mwy henffasiwn na fi.'

Daeth rhochiad o geg Wil. Gwasgodd ei law dros y graith ar ei fol. Cymerodd Emlyn drueni arno.

'O'n i ddim wedi clywed wrth Paule ers bron hanner can mlynedd,' eglurodd. 'Hi benderfynodd sgrifennu ata i'n ddiweddar.'

'Ydy hi'n briod?' Gwibiodd y llygaid.

'Mae ei gŵr wedi marw.'

'Watsia di.' Symudodd Wil ei gap a chrafu cefn ei ben.

'Watsio?' Roedd Emlyn wedi deffro ben bore ar ganol breuddwyd. Yn y breuddwyd roedd e a Moss yn hedfan gyda'i gilydd i Ffrainc ac yn edrych i lawr ar fwthyn gwyn â tho coch. 'Hwnna fan'na yw tŷ Paule,' meddai Moss yn gynnes. 'Edrych, 'co Paule yn chwifio atat ti. Alli di byth fynd ar goll.'

'Pam ti'n gwenu?' rhygnodd Wil.

'Achos ...'

'Beth?'

'Dwi ddim yn siŵr.'

'Wel, fe ddylet ti erbyn hyn. Ti'n ddigon hen,' meddai Wil gan ymwroli. Gwthiodd ei hun i fyny, a throi i arllwys y te oedd wedi dechrau bwrw ffrwyth yr eiliad y gwelodd e Emlyn ar waelod y rhiw. Crynodd y tebot a gyrru chwistrelliad o de dros y cownter. Lwcus nad oedd Emlyn yn gallu gweld yr annibendod. Angorodd Wil ei benelin ar ymyl y sinc, cydio yn nolen y tebot nes bod ei ddwylo'n wyn ac arllwys dwy ffrwd grynedig. Cleciodd y tebot ar y cownter.

'Ti ishe i fi wneud rhywbeth?' gofynnodd Emlyn.

'Sa' ble rwyt ti.'

Sychodd Wil y pwdel o de cyn i Emlyn ei weld. Estynnodd un mŷg at y ford, ac yna'r llall. Disgynnodd fel sach i'w sedd a'i anadl yn llenwi'i gorn gwddw. Cododd wynt. Doedd ganddo mo'r egni i wawdio Moss eto.

Na'r awydd.

Doedd e 'i hunan ddim wedi gwneud ewyllys, achos allai e ddim dychmygu i bwy i adael ei arian.

40.

Daeth Mavis Camm i gasglu Bron brynhawn Gwener. Roedd hi wedi gwahodd Bron i Bantygwiail i gadw cwmni iddi, tra oedd Jim i ffwrdd am wythnos yn chwarae golff. Esgus oedd hynny, wrth gwrs, ond roedd Bron yn fwy na pharod i dderbyn. Roedd hi am droi'r cloc yn ôl. Nythu ym Mhantygwiail. Teimlo Tref wrth ei hochr. Heb Tref roedd y gwynt wedi plicio'i chnawd. Chwythu Moss ar draws ei llwybr. Ei throi ben-dramwnwgl.

Roedd y papurau tabloid wedi cael gafael ar y stori, ac wedi sgrifennu rhyw ddwli. Roedd y *Sun* wedi atgynhyrchu'r llun dynnodd Huw Harris ohoni yn ffenest siop yr hosbis o dan y pennawd 'Mother Substitute'. Roedd Huw bron â thorri'i galon, a Bron wedi rhoi llond pen iddo. Roedd e wedi galw yn y tŷ i ymddiheuro a hithau wedi gwylltio a gofyn pa hawl oedd ganddo i guddio'r tu ôl i lens ei gamera a thynnu lluniau heb ganiatâd. Doedd e ddim gwell na'r *paparazzi*. Roedd hi wedi'i ddychryn a'i frifo yr un pryd. A brifo'i hunan. A difaru.

Hi ddylai ymddiheuro nid Huw. Ymddiheuro i bob un o'i gwesteion dydd Sul. Roedd hi wedi trefnu'r ciniawau mewn pwl o dymer, a nawr roedd y gwenwyn wedi lledu.

'Paid â bod mor ddwl!' meddai Dafina wrthi'n

chwyrn. 'Ti'n swnio fel 'set ti wedi cydio yn llaw Moss a gwneud iddo sgrifennu'r ewyllys. Nid dy fai di yw e o gwbwl, a bydd yr holl beth yn chwythu drosto mewn cwpwl o ddiwrnode, gei di weld.'

Roedd Dafina'i hunan ar bigau'r drain. Hi, wedi'r cyfan, oedd wedi sefydlu'r Cwrs Carlamus, a dymuno ar i Bron fod yn llai sgwâr. Beth os oedd y gwynt wedi troi a'i dymuniad wedi dod yn wir?

Deffrowyd Bron yn ei gwely fore Sadwrn gan sbonc gyfarwydd y nant rhwng y creigiau a bref y defaid. Trodd yn ddioglyd i edrych am Tref a gweld gwacter lle bu wal.

'Tref!' Ymbalfalodd amdano, a chofio mewn rhuthr o ddiflastod. Doedd 'na ddim Tref. Ond mi oedd 'na wal. Hen stafell Gwyn oedd hon. Roedd Mavis wedi tynnu'r papur geometrig ddewiswyd gan Gwyn, a'i gyfnewid am bapur panylog, lliw lelog tyner. Gorweddodd Bron yn ôl ar y gobennydd a gadael i'r dagrau lifo i lawr ei hwyneb. Dim ond pum munud wedi saith oedd hi a hithau'n gaeth yn ei stafell, yn garcharor yn ei gorffennol a'i dyfodol wedi'i lurgunio gan ewyllys Moss Morgan.

Gwneler dy ewyllys.

Gorau po gynted.

Moss, cer â dy ewyllys i ffwrdd!

Rhaid ei bod hi wedi griddfan, achos fe ddaeth cynnwrf o'r stafell wely drws nesa lle'r arferai hi a Tref gysgu. Agorwyd drws y stafell a chripiodd traed at ei drws hi.

'Bron?' sibrydodd Mavis.

Atebodd hi ddim. Daliodd ei hanadl grynedig a gadael

iddi ffrwydro o dan y dillad wedi i Mavis fynd yn ôl i'w stafell.

Tawelodd.

Roedd hi a Mavis yn eistedd yn y conserfatori yn cael coffi ganol bore Llun, pan ddaeth fan y post i lawr y rhiw. Cododd Mavis a mynd ar ei hunion i'r iard. Yn lle mynd gyda hi i gyfarch Ron y postmon claddodd Bron ei thrwyn yn ei choffi. Roedd y gwynt wedi cryfhau, cymylau'n powlio dros yr awyr laswyn ac yn gyrru eu cysgodion dros wydr y to.

Swingiodd Ron mewn hanner cylch yn ei ffordd ddramatig arferol. Erbyn iddo ddod i stop roedd Mavis yn pwyso i mewn drwy'r ffenest. Credodd Bron iddi glywed Ron yn galw'i henw. Cododd ei phen fel ceiliog, a gweld Mavis yn rhoi slap awdurdodol i do'r fan. Canodd Ron y corn a neidiodd y fan i ffwrdd.

Daeth Mavis yn ôl i'r conserfatori â bwndel o lythyron yn un llaw ac un amlen werdd yn y llall. Daliodd yr amlen werdd i fyny. Roedd enw Bron arni.

'Christmas catalogues already,' meddai. 'I never bother sending catalogues on to you, but since you're here, Mrs Jenkins, it's all yours.'

'Diolch.' Cymerodd Bron yr amlen ond heb ei hagor, a gwylio Ron y postmon yn cyrraedd top y rhiw a'r fan yn codi'i chwt fel buwch goch gota cyn troi am y pentre.

Catalogau neu hysbysebion oedd gan Mavis hefyd gan mwyaf. Eisteddodd yn y gadair wiail yn ymyl Bron, a fflician drwyddyn nhw, gan agor ambell un a thaflu'r cynnwys ar y ford. Sglefriodd taflen insiwrans heibio trwyn Bron. Neidiodd Bron amdani a'i dal cyn iddi ddisgyn ar lawr. 'Steady on, Mavis,' meddai, ond roedd

Mavis wedi pwyllo beth bynnag ac yn syllu ar amlen ddi-stamp, wen.

'This is for you too.' Trodd yn ochelgar at Bron ac ychwanegu, 'It came inside the other.' Dangosodd fod yr amlen wen wedi'i chynnwys y tu mewn i amlen frown oedd yn gorwedd yn ei chôl.

Ar yr amlen wen roedd yr enw 'Mrs Bronwen Jenkins'. Ar y llall, uwchben y cyfeiriad, roedd y geiriau 'c/o Mr & Mrs Camm'.

'Was there a letter in the brown envelope?' gofynnodd Bron.

Ysgydwodd Mavis ei phen. Cymerodd Bron yr amlen o'i llaw. Astudiodd y sgrifen. Roedd ei bol yn llawn gwynt.

Dan lygaid gofalus Mavis, gwthiodd ei bys dan y fflap. Rhwygodd yr amlen ar agor a thynnu allan hen gerdyn post ac arno lun o Aberberwan. Sbiodd ar ei chefn.

'O.' Chwarddodd yn syn. 'It's a card from Richie.'

'Richie?'

'One of the men who came to my fund-raising dinners.' Darllenodd y neges: 'Rhag cywilydd y bobl 'ma sy'n dy haslo di. Dal ati, bach! Richie' – a'i chyfieithu i Mavis.

'Good for him,' meddai Mavis. 'Where does he live?'

'Aberberwan.'

'Aberberwan?' ebychodd Mavis.

'He has a girlfriend near Maesteg,' meddai Bron. 'He's been away a lot.'

'So he's only just heard, and that's why he wrote to you here. Is that it?' meddai Mavis.

Go brin. Plyciodd gewyn ym mraich Bron a neidiodd y llythyr o'i llaw. Cipiodd e o'r llawr a'i stwffio'n ffwndrus yn ôl i'r amlen. Roedd yr ysgol wedi dechrau ers wythnos. Bymtheg mlynedd ar hugain ynghynt, roedd Mrs Williams Welsh wedi'i stopio ar y stryd, syllu i'w hwyneb a dweud, 'Bronwen, Bronwen. O'n i'n siarad amdanoch chi yn y staffrwm bore 'ma, ac mae pawb wedi cael y siom ryfedda. Be ddaeth drostoch chi i adael y coleg? Mae'n shwd wastraff!' Os oedd ei henw'n dew ar dafodau pawb bryd hynny, byddai'n fwy felly nawr. Richie druan. Cododd ar ei thraed yn sydyn.

Dychrynodd Mavis a chodi gyda hi.

'It's all right,' meddai Bron heb fentro edrych arni. 'I just feel like stretching my legs. D'you mind?'

'No.'

Roedd gan Mavis sosbennaid o fitrwt yn ffrwtian ar y ffwrn. Tra oedd hi'n brysio i ddiffodd y gwres, dihangodd Bron. Roedd hi'n mygu. Gafaelodd yn y ffens yng ngwaelod yr ardd, a thrio tynnu holl awyr iach y dyffryn i'w hysgyfaint.

Fan'ny roedd hi, pan ddaeth y gŵr a'r wraig ganol oed allan o'r tŷ gwyliau.

'Lle braf,' galwodd y gŵr.

'Ydy.' Pesychodd Bron a gwthio gwên ar ei hwyneb.

'Y'ch chi ar wyliau hefyd?

'O'n i'n arfer byw 'ma.'

'Oeddech chi, wir?'

'O'n,' meddai Bron. 'Tan ychydig dan dair blynedd yn ôl.' Ers hynny roedd hi wedi byw mewn cloch wydr a'r storm eira'n chwythu o'i hamgylch.

'Eirlys a Llew y'n ni.' Daeth yr ymwelwyr draw ati. 'O Gaerwrangon, ond o Gaerfyrddin yn wreiddiol.'

'Bronwen,' meddai Bron.

'Bronwen?' Winciodd Llew. 'Y Bronwen Jenkins?'

'Ie,' meddai Bron.

Chwarddodd Llew yn llon.

'Fi yw hi,' meddai Bron.

Sgubodd dau bâr o lygaid drosti. Tonnodd sioc dros wynebau'r ddau.

'O, sorri, bach!' crawciodd Llew. 'Fyddwn i ddim wedi ...'

'Na fyddech,' meddai Bron. ''Sdim ots.'

Ond mi oedd ots. Iddyn nhw. Iddi hi. I gymaint o bobl. Gwyliodd Bron nhw'n dianc yn eu car, Eirlys yn pregethu a Llew wedi toddi dros y llyw.

41.

Dianc oedd Richie hefyd. Roedd hi'n tynnu at ddiwedd yr awr ginio ac yntau'n anelu ar ras ar draws maes parcio Ysgol Gyfun Aberberwan. 'Edrychwch ble chi'n mynd, ferched!' cyfarthodd ar y ddwy ferch Blwyddyn 10 oedd wedi methu symud o'i ffordd yn ddigon buan a bron â hyrddio'r ffôn o'i law.

'Sorri, Mr Rees,' llafarganodd y ddwy, a giglan.

Gafaelodd Richie'n dynnach yn ei ffôn a disgyn i sedd flaen ei Renault. Wrthi'n tecstio oedd e, pan daflodd car Tim Parish ei gysgod drosto.

'Rees-o!' gwaeddodd Tim, gan neidio o'i gar a drymio ar do Richie wrth fynd heibio.

Roedd Tim wedi cwrdd â'i wraig yn y dref i gael ginio. Byddai Richie wedi mynd adre oni bai ei fod e wedi addo dangos i Elaine sut oedd defnyddio'r sganiwr. Elaine oedd aelod newydd yr adran hanes, ac roedd hi'n dechnolegol anobeithiol, er yn groten ffeind ac yn dda am wneud brechdanau. Roedd e wedi bachu brechdan oddi arni, cyn dianc o'r staffrwm i decstio Joanne.

Allai e ddim dioddef tecstio o dan lygaid barcud gweddill y staff. Allai e ddim dioddef gwrando arnyn nhw'n trafod y 'sgandal' chwaith. Roedd pawb yn gwybod am y ciniawau dydd Sul erbyn hyn, hyd yn oed rhywun fel Elaine, ac yn troedio'n ofalus, yn ei wyneb beth bynnag. Tu ôl i'w gefn? Wel, tyllau'u tinau nhw.

Cyn hir fe fyddai'n ysgwyd llwch Ysgol Aberberwan oddi ar ei draed.

Joanne oedd y rheswm pam na allai decstio o dan eu trwynau. Doedd e ddim eisiau i *vibes* y staffrwm ei chyrraedd, hyd yn oed drwy neges decst. Un fach galon-dyner, hawdd ei brifo oedd Joanne. Roedd hi'n cribinio'r papurau bob dydd, yn poeni amdano ac yn ei holi'n dwll am Bron. Bob dydd byddai hi'n gofyn, 'Have you seen her?' a phob dydd roedd e'n dweud 'Na.' Doedd ei ateb ddim yn hollol wir. Roedd e wedi digwydd gweld Bron brynhawn Gwener, ond dim ond wrth iddi wibio heibio yn y Mercedes oedd yn perthyn i wraig y dyn oedd yn chwarae golff gyda gŵr Sophie Adams, symbylydd y trip tyngedfennol i Ibiza. Mater bach oedd cael Sophie i ddatgelu'r enw.

Pwysai Bron yn drwm ar feddwl Richie. Oni bai am Joanne, mi fyddai wedi mynd draw i gynnig ei gefnogaeth ac i ddiawlio'r ffyliaid oedd yn trio llusgo'i henw da drwy'r mwd, a hefyd y sawl oedd wedi gwrthod ei gwahodd i angladd Moss. Ond allai e ddim dioddef clywed y siom yn y llais bach straenllyd ar ben draw'r lein, petai e'n cyfaddef wrth Joanne ei fod wedi galw yn Stryd y Marian neu wedi ffonio'r tŷ. Ac yna brynhawn Gwener, ar ôl digwydd gweld Bron yng nghar Mrs Camm, daeth y syniad o 'letter-laundering' i'w ben. Os anfonai nodyn bach i Bron drwy law Mavis Camm, fyddai 'na ddim cysylltiad uniongyrchol rhyngddo fe a Bron, a byddai'i gydwybod yn glir.

Fe ddifarodd, serch hynny, cyn gynted ag y disgynnodd y llythyr i'r blwch. Fe ddifarodd fwy yn ystod y penwythnos. Roedd Joanne wedi syllu arno mor ofalus a chlwyfedig, a phob tro roedd e'n agor ei geg i jocan 'Customs officer eyes,' roedd y geiriau wedi troi'n llwch. Roedd hi wedi synhwyro, mae'n rhaid, achos roedd e wedi'i thecstio ganol dydd o'r cwpwrdd llyfrau, cyn gynted ag y canodd y gloch, a doedd e ddim wedi cael ateb. Tecstiodd eto: 'Miss u. Where r u? xxxxx'

Pwysodd ar lyw'r car a'r ffôn ar ei lin. O iard yr ysgol roedd afon Berwan wedi'i chywasgu'n denau fel gwythïen. Ym mhen ucha'r wythïen, lle'r ymwthiai drwy'r coed, roedd golau glas yn symud yn araf araf. Petai e wedi bod o gwmpas ei bethau, fe fyddai wedi sylweddoli bod y golau glas yn symud tuag at Gwynfa.

Ond doedd e ddim. Pan ddriliodd sŵn y gloch dros yr iard, neidiodd ac edrych ar sgrin ei ffôn. Dim. Daliodd y gloch ati i floeddio. Llusgodd Richie'i gorff jeli o'r car ac ymlwybro tuag at ddrws yr ysgol.

Clywodd Terry Roberts bigiad y gloch ar ei groen heb sylweddoli beth oedd e go iawn. Safai'r cyfreithiwr yng ngardd gefn Gwynfa yn syllu ar y twll yn ffenest y gegin. Wedi'i fframio yn y twll roedd Sarjant Euros Venn.

"Sdim lot o lanast heblaw'r gwydr,' meddai'r sarjant.

Agorodd y drws cefn, a daeth plismones i'r golwg, un fach dwt, frawychus o ifanc, a'i gwallt yn ffrilen felen o dan ei het. Daliodd y drws ar agor a chwythodd arogl marwaidd, melys y tŷ i gwrdd â'r cyfreithiwr.

Roedd y drws cefn yn arwain yn syth i mewn i'r gegin. Cegin mam-gu fyddai Terry'n ei galw. Sinc cafn o dan y ffenest, rhes o gypyrddau tsiêp ond glân wedi'u peintio'n wyrdd, bwrdd bach fformica, ffwrn yn sefyll ar ei phen ei hunan a rhewgell gyferbyn. Swatiai sgrwnsiad o bapur coch yn y lle tân.

'Watsiwch y gwydr,' meddai'r blismones.

Rhy hwyr. Teimlodd Terry'r gwydr yn crensian o dan ei draed. Dychmygodd y darnau mân yn ymwthio'n slei bach drwy ledr ei sgidiau, yn sleifio drwy wadnau'i draed ac yn cwrso'i gilydd drwy'i gorff gan losgi fel tân. Cawsai Terry ddrain du yn ei law pan oedd yn blentyn. Cofiai'r bandej a'r hunlle a'i gyrrodd ganol nos i wely ei rieni. Yna gorwedd yn faban unwaith eto yng nghynhesrwydd ei fam a chlywed ei hanadl yn ei glust a thynerwch ei gwefus. 'Na, fydd y drain ddim yn mynd i dy galon di a dy ladd. Byddi di'n iawn, iawn, iawn.'

Unig blentyn oedd Terry, 'run fath â Moss. Roedd Magi Morgan wedi goroesi'i fam e, ond heb fyw'n ddigon hir i achub Moss. Neu fyw'n rhy hir.

''Sdim difrod i'w weld heblaw am y ffenest,' meddai'r sarjant. 'Allwch chi weld rhywbeth arall o'i le?'

'Na,' meddai Terry. Unwaith yn unig roedd e wedi bod yn y tŷ a hynny yng nghwmni Dilys a Ken Douglas.

'Fe awn ni rownd y tŷ rhag ofn,' meddai'r sarjant.

'Iawn.'

Estynnodd y sarjant ei fraich a gadael i Terry fynd o'i flaen. Gadawsai drws y ffrynt fwa du ar y teils. Ar hyd ymyl bella'r bwa gorweddai bwndel o amlenni. Roedd rhagor wedi dianc ar hyd y pasej ac yn glynu wrth y llawr. Cydiodd y sarjant yn ei ysgwydd a'i lywio i'r stafell fyw, lle gorweddai cysgod plismon ar y llenni les.

'Symudwch yn ôl, syr, os gwelwch yn dda.' Gyrrodd llais PC Hanson ffrwd fach o huddyg i lawr y simne. Symudodd ei gysgod i ffwrdd, a neidiodd llygeidiau o haul drwy'r patrwm o ddail ar y llenni. Blinciodd Terry a gwylio'r llygeidiau'n powlio fel powdwr hud dros y stafell lonydd.

'Bois y wasg,' mwmianodd y sarjant, oedd wedi

cripian at y ffenest. 'Wel, un boi. Mae Hanson yn ei yrru fe i lawr y llwybr. Dan brotest.' Chwarddodd. Roedd y brotest yn daer ac yn gwynfanllyd.

Gwichiodd prennau'r llawr o dan draed y sarjant. Teimlodd Terry'r cryndod drwy'r carped tenau a gweld ei wefr yn y ddwy gadair fondew a wynebai'r lle tân. Roedd y ddwy wedi cyffroi, fel pe baen nhw'n ysu am groesawu dau fod dynol i'w breichiau blodeuog. Wedi'u parcio'n dynn wrth y bwrdd sgwâr mahogani yn ymyl y wal bella roedd dwy gadair bren â seddi lledr. Gwyliodd Terry lygaid y sarjant yn crwydro o gelficyn i gelficyn, dros ornaments twt, wedi'u trefnu'n gymesur, nes disgyn yn anorfod ar y llun.

Gorweddai'r llun ar ei fol ar lwch disglair y seidbord. Blerwch o olion bysedd ar ei gefn ac o'i gwmpas. Blerwch o olion haerllug yn tynnu sylw.

'Roedd y llun yn gorwedd fan'na pan ddes i 'ma gyda'r Douglases,' meddai Terry'n gwta.

Doedd Dilys Douglas ddim wedi trafferthu i'w godi, er ei bod wedi agor pob un o'r droriau oddi tano yn ei hymdrech i ddod o hyd i neges o ryw fath gan ei chefnder. Doedd 'na 'run. Terry ei hun oedd yn gyfrifol am yr olion bysedd, ond soniodd e 'run gair am hynny, dim ond gwylio'r sarjant yn nesáu at y seidbord, yn gafael yn y ffrâm. Disgwyliai ebwch o syndod, a chafodd e mo'i siomi.

'Moss!' meddai'r sarjant.

'Ie.'

'Moss yn glou iawn ar ôl iddo ddechre yn yr ysgol uwchradd, 'swn i'n dweud.'

Nodiodd y cyfreithiwr a chiledrych ar y llun. Roedd gên Moss bron â diflannu i wddw'r *blazer* newydd sbon, ei lygaid yn trio dianc o olwg y ffotograffydd, ei wallt du'n donnau startslyd, a'i wên mor frau â phapur sidan. Ochrgamodd wrth i'r llun roi naid tuag ato. Venn oedd yn craffu ar y goes weiren solet at ei gefn, yn ei hagor a'i chau.

'Chi'n meddwl mai Moss ei hun ...?' Ystumiodd y sarjant droi'r llun wyneb i waered.

'Mm,' meddai Terry.

'O'n i'n disgwyl gweld ei fam, a dweud gwir wrthoch chi,' meddai'r sarjant yn synfyfyriol. 'Neu'i dad. Meddwl bod Moss wedi rhoi llun ei rieni wyneb i waered rhag ofn iddyn nhw'i weld e'n gadael y tŷ a chael eu siomi.'

Nodiodd Terry, heb ddatgelu mai dyna'n union a ddisgwyliasai e.

'Ond galla i ddychmygu pam bydde Moss ishe cuddio hwn hefyd,' meddai Venn.

Allwch chi, meddyliodd Terry gan edrych ar wyneb crwn, bochgoch y sarjant. Allwch chi?

'Ga'th e amser caled pan ddechreuodd e'r ysgol fawr.' Tapiodd Euros Venn ei fys ar y llun. Pigo, pigo, pigo. 'O'dd Magi'n mynnu'i wisgo fe fel rhyw banc manijer bach. Rhannu'i wallt e, rhoi macyn gwyn ym mhoced dop y *blazer*.' Pigodd y boced. 'Ch'weld y rhimyn bach gwyn 'na? 'Na'r macyn. Mae e wedi trio'i stwffio o'r golwg.'

A gadael crac yn ei le. Doedd Terry ddim wedi sylwi ar hwnnw. Roedd e wedi sylwi ar bopeth arall.

'O'n i'n hunan flwyddyn o fla'n Moss,' meddai'r sarjant, 'ond o'dd pawb wedi clywed am y bachgen â'r triongl gwyn yn ei boced. Dim ond giglan wnes i a'm mêts, ond fe a'th rhai'n bellach. Rhoi plwc i'r macyn ac ati. Pryfocio'r cr'adur bach.'

311

'Druan.' Dihangodd y gair. Yn un ar ddeg oed cawsai Terry ei yrru i ffwrdd i ysgol breswyl. Tair wythnos yn unig barodd e fan'ny, ac roedd e wedi gofalu bod ei fam yn rhwygo pob llun ohono yn yr iwnifform. Pob un.

'Ond cofiwch chi,' meddai Sarjant Venn, a llonni, 'fe fagodd Moss dipyn bach o asgwrn cefn yn go glou. Do, wir, rywfodd neu'i gilydd. Dwi ddim yn cofio sylwi arno fe o gwbwl ar ôl yr wythnose cynta, felly o'dd e bownd o fod wedi toddi i mewn.' Rhwbiodd y llun ar ei siaced. 'Ro i hwn 'nôl fel o'dd e, chi'n meddwl?'

'Plis.'

Clywodd Terry glep y llun yn disgyn yn ôl ar y seidbord a gweld yr haenen o lwch yn crynu ac ystwytho fel blew cath yng ngolau'r haul. Roedd Venn wedi glanhau'r olion oedd ar y gwydr ond nid oddi ar y cefn, ac nid o gwmpas y llun chwaith. Anelai rhesi o olion bysedd fel saethau at y ffrâm.

'Mae pobman arall mor deidi.' Gwichiodd prennau'r llawr unwaith eto wrth i'r sarjant droi. Llithrodd mymryn arall o huddyg i lawr y simne. 'Doedd Moss ddim yn bwriadu dod 'nôl 'ma ar hast, oedd e?'

'Na.' Roedd Terry'n estyn at y seidbord.

'Ond mi fydde fe wedi dod 'nôl cyn y gaeaf, chi'm yn meddwl?' Edrychodd y sarjant dros ei ysgwydd.

'Siŵr o fod,' meddai Terry, er ei fod e'n amau pob gair. Trodd yn gyndyn ac yn waglaw at Venn.

'O'dd y tywydd mor wlyb ym mis Awst, 'na'r broblem,' meddai Euros Venn. 'Tywydd afiach.' Drachtiodd anadl. 'Mae'n debyg ei fod e swatio'n dwt yn ei loches, pan ffeindiwyd e, druan bach. Fel anifail bach yn ei wâl, meddai rhywun. Ac, wrth gwrs, o'dd miwsig yn chwarae.' Sglefriodd ei lygaid dros y drych uwchben y lle tân nes glanio ar adlewyrchiad Terry. '"Summertime". Yn ôl un o fois yr Ambiwlans Awyr, 'na beth o'dd y miwsig. "Summertime".'

Er gwaetha'i ffrâm chwaraewr rygbi, roedd Sarjant Venn yn denor hynod o felodaidd ac yn aelod blaenllaw o Gôr Meibion Aberberwan. Gwelodd Terry'r aeliau'n codi. Clywodd y sugnad gwynt.

'Eironig!' Ffrwydrodd y gair o'i geg a chwalu'r gân cyn ei dechrau.

Rhochiodd y sarjant. Pesychodd. 'Ie, eironig,' meddai'n llawn embaras. 'Chi'n iawn. Eironig.' Cliriodd ei lwnc. Cipedrychodd ar Terry. 'Awn ni lan i'r llofft 'te?' meddai'n wylaidd.

Ar y ffordd lan y stâr gwelodd Terry wyneb bach diniwed y blismones yn ei wylio. Yn ei siwt nefi blw a'i sgidiau trymion edrychai'n hynod o henffasiwn.

'Arswyd!' meddai'r sarjant o ben y landin. 'Mae'r lle'n drewi o rywbeth.'

'Lafant,' meddai Terry, a thisian wrth i'r lafant oglais ei wddw. 'Roedd Mrs Morgan yn hoff o lafant.'

Safai drysau pedair stafell y llofft ar agor a golau'r haul yn cronni ar y carpedi tenau. Arhosodd Terry ar ben y stâr, heb awydd mynd ymhellach. Roedd e wedi gweld y cyfan yn barod: y cloc digidol a diciai mor rhybuddiol yn stafell wely Mrs Morgan, a'r stafell ei hun fel pìn mewn papur, y gwely wedi'i stripio a dim byd ond gorchudd *candlewick* dros y matras. O dan y gorchudd llechai bar o sebon, a hongiai pecyn o hadau lafant o ddrws y wardrob.

Cripiodd y sarjant at ddrws y stafell gyferbyn, a sbecian ar y gwely sengl â'r blanced brown drosto. O dan y blanced roedd sgwaryn arall o sebon. 'Trist,' mwmianodd. 'Ond does dim arwydd fod neb wedi bod 'ma. Rhyw fath o sioe oedd torri'r ffenest, fentra i. Fel'na mae'r fandaliaid 'ma. Pan glywan nhw rywbeth ar Twitter neu Facebook, i ffwrdd â nhw fel robotiaid i wneud rhyw ddwli. 'Sneb yn fwy hunangyfiawn na throseddwyr.'

'A pha reswm sy gyda nhw dros fod yn hunangyfiawn?' gofynnodd Terry, a thisian.

'Wedi perswadio'u hunain nad oes gan Mrs Jenkins ddim hawl i'r arian maen nhw, mwy na thebyg.'

'Ond dyw hynny ddim yn wir,' meddai Terry. 'A, ta beth, mae hi'n mynd i'w roi e i ffwrdd.'

'Ydy hi?' Safodd y sarjant uwch ei ben a disgwyl iddo flincian y lleithder o'i lygaid.

'Ydy,' meddai Terry.

'Y cyfan?' Cododd Sarjant Venn un ael.

''Na beth ddwedodd hi.'

'Hm!' meddai'r sarjant â gwên chwareus.

Teimlodd Terry'r gwaed yn rhuthro i'w fochau a chydag ymdrech ymataliodd rhag gweiddi ar Venn druan. Trodd y waedd yn ffarwél sydyn a ffrwd o eiriau gorwresog.

'Diolch yn fawr iawn, iawn i chi am eich help,' meddai, gan afael yn llaw'r sarjant a'i phympio'n egnïol. 'Y peth gore i fi wneud yw mynd yn syth yn ôl i wneud trefniadau i ddiogelu'r tŷ. Gyda lwc, mae'r fandaliaid wedi cael eu cics, a ddôn nhw ddim yn eu holau, ond fe drefna i rywbeth cyn diwedd y dydd a rhoi gwbod i chi. Diolch yn fawr iawn.'

Dihangodd, gan besychu, i lawr y grisiau. Erbyn iddo gyrraedd y gegin, roedd y blismones wedi agor y drws iddo. Diolchodd iddi hithau a brasgamu i'r awyr iach gan lusgo cwmwl o lafant o'i ôl.

Roedd y newyddiadurwr yn loetran ar lan afon Berwan. Pan glywodd sŵn traed Terry, anelodd ar ei union amdano. Roedd Terry'n ei nabod o ran ei olwg, dyn ifanc bochgoch a braidd yn flonegog oedd yn gweithio i bapur lleol. Cyflymodd ei gamre.

'Esgusodwch fi,' meddai'r newyddiadurwr.

'Sorri,' meddai Terry a brysio'n ei flaen.

'Ond allwch chi jyst ddweud wrtha i faint o ddifrod sy?' Glynai'r dyn wrth ei ysgwydd, a'i anadl yn siffrwd ar ei wegil. 'Oes rhywbeth wedi'i ddwyn?'

'Oes. Pâr o adenydd,' meddai Terry, a chlywed y sŵn traed o'i ôl yn distewi.

Ar ôl cyrraedd y Ship, edrychodd dros ei ysgwydd a nodi â boddhad fod y newyddiadurwr wedi sefyll yn gegrwth, fel pe bai rhywun wedi rhoi dwrn ar ei drwyn.

42.

Yn y Mans y prynhawn hwnnw eisteddai Morwenna ar gornel desg ei gŵr yn gwylio'r bysys ysgol melyn, gwyrdd ac un cochliw yn gwau eu ffordd drwy'r dref islaw. Dychmygodd glywed sŵn pleserus cloch ddiwedd y dydd. Roedd deng mlynedd ers iddi roi'r gorau i ddysgu, ac un ar ddeg ers i'r mamograff ddarganfod y lwmp bach ar ei bron. El oedd wedi erfyn arni i ymddeol o'r ysgol bryd hynny, heb sylweddoli ei fod e'n gwthio rôl anoddach arni. Mrs Jones, gwraig y gweinidog. Llawn amser.

Ysu am afael yng ngwegil ambell blentyn a rhoi siglad go iawn iddo roedd Morwenna. Mrs Williams y Bwtsiwr oedd newydd ddatgelu dros y ffôn fod llun menyw fronnog, bag o arian yn un llaw a phlataid o fwyd yn y llall, wedi'i binio ar hysbysfwrdd yr ysgol brynhawn Gwener diwethaf. Roedd un o'r athrawon wedi sylwi ar dwr o blant yn giglan, ac wedi symud y llun yn go handi. Gyda lwc doedd Richie ddim callach. Gyda lwc byddai pethau'n gweithio allan rhyngddo fe a'r ferch fach 'na i lawr yn y de. Croesodd Morwenna'i bysedd, ac yna'u datgroesi ac anelu gweddi daer i'r Goruchaf.

Y tu cefn i Morwenna ac yn cyffwrdd â boch ei phen-ôl, roedd pad sgrifennu ei gŵr ac arno'r ychydig nodiadau ar gyfer ei bregeth nesaf. Geiriau oedd cleddyf a tharian Elfed. Â geiriau golygai hyrddio'r llysnafedd oedd yn bygwth Aberberwan am yn ôl. El bach, ei brenin Caniwt.

Doedd y bregeth wedi tyfu fawr ddim ers dechrau'r prynhawn, pan ffoniodd Jane, organyddes y capel, i riportio bod car polîs y tu allan i Wynfa. Digwyddai Morwenna fod o fewn cyrraedd y ffôn, ac fe'i cipiodd o'i grud cyn iddo gael cyfle i wichian ddwywaith. Ond un barablus, hirwyntog oedd Jane. Cyn i Morwenna allu cael gwared arni, roedd El wedi agor drws y stydi, wedi clustfeinio ac yna wedi codi'r estyniad. Yn fuan wedyn galwodd Mrs Williams y Bwtsiwr ac ymhelaethu ychydig ar y neges. 'Rhywun wedi torri i mewn ond heb ddwyn dim byd,' meddai. 'Plagio Bronwen druan maen nhw.'

Roedd y ffôn wedi bod ar dân ers marwolaeth Moss, ac ar dân drwy'r prynhawn hwnnw. Dymuniad Morwenna oedd ar i bawb gau eu cegau a gadael llonydd i El. Beth allai e wneud? Beth o ddifri allai Elfed wneud?

A nawr roedd ei gŵr yn siarad â Terry Roberts yn y stafell nesa. Roedd y ffôn wedi canu yn y stydi, Elfed wedi'i godi ac yna, gyda nòd fach o'i ben, wedi mynd i rywle lle na allai hi glywed. Roedd hynny'n golygu bod Terry Roberts yn gwneud rhyw fath o gyffes – rhywbeth rhyngddo fe a'r gweinidog – er doedd Terry ddim yn aelod o'r capel nac o unrhyw addoldy arall chwaith. Doedd bosib ei fod e wedi gwneud camgymeriad ynglŷn â'r ewyllys?

Pan ddaeth ei gŵr yn ôl i'r stafell, trodd Morwenna'i phen i edrych arno.

'Terry Roberts,' meddai Elfed.

'Ie?'

'Rhywun wedi taflu carreg drwy ffenest cegin Gwynfa.
Dim difrod arall, a dim byd wedi'i ddwyn.'

''Na i gyd oedd e ishe?' Snwffiodd Morwenna, cymryd
y ffôn o law'i gŵr a'i roi 'nôl yn ei grud.

'Wel ...' Golwg fach dyner, feddylgar ar wyneb El.
'Mae Terry'n gymeriad sensitif iawn. Mae e'n teimlo
busnes Moss i'r byw.'

Ydy, siŵr o fod, meddyliodd Morwenna. Ac mae e
wedi dympio'i ofidiau ar El, er mwyn cael anelu'n
ysgafndroed am y Clwb Golff. Pwysodd Elfed ei law ar
ysgwydd ei wraig. Cyffyrddodd Morwenna â'i fysedd.

'Fe wnaeth e f'atgoffa i ei fod e'n unig blentyn.'

Fel Moss a Richie ac Emlyn. Enwodd Morwenna 'run
ohonyn nhw, dim ond codi'i gên a dweud yn swta, 'Fel
fi 'te.'

'Ie. Ond mae gen ti deulu.'

'Fel sy gan Terry.' Cododd Morwenna a throi at ei gŵr.
'Paid â dechrau ffysan am Terry,' meddai'n daer yn ei
wyneb. 'Paid â ffysan am Gwynfa chwaith. Tân siafins
yw'r holl fusnes, El bach. Gad iddo ddiffodd o ran ei
hunan.'

'Ond mae hyd yn oed tân siafins yn gadael llwch,'
meddai Elfed.

'Ocê, ond mae llwch yn gallu chwythu i ffwrdd.'
meddai Morwenna, 'felly ...' Ochneidiodd. Roedd y ffôn
wedi canu unwaith yn rhagor ac El wedi dianc o'i gafael.

'Mrs Williams eto,' sibrydodd y gweinidog, a
chwpanu'i law dros y derbynnydd.

Mierda! Stelciodd Morwenna at y ffenest dairochrog
a phlannu'i stiletos yn ddwfn yn y carped. Pan symud-
odd hi ac El a'u tri phlentyn i Fans Aberberwan
chwarter canrif ynghynt, hon oedd stafell wely'r

bechgyn. Pan fyddai'r gwynt yn chwythu a'r glaw'n curo, byddai'r ddau ohonyn nhw'n sefyll yng nghilfach y ffenest ac yn esgus bod ar fwrdd llong. Rhyfedd sut oedden nhw wastad eisiau hwylio ar dywydd tymhestlog yn hytrach nag ar ddiwrnod fel heddi.

'Does 'na ddim gwynt, oes e?' El oedd wedi siarad. Roedd y sgwrs ffôn wedi dod i ben. Doedd Mrs Williams ddim yn un i falu awyr, a doedd hi ddim ond am gadarnhau beth ddwedodd hi'n gynharach.

'Na,' meddai Morwenna a gwylio cwch modur yn gadael yr harbwr a'i adlif yn driongl ewynnog ar wyneb tawel y môr.

'Felly mae'n rhaid i ni greu gwynt.'

Gwasgodd Morwenna'i dannedd. Dal i sôn am chwythu llwch y tân siafins roedd Elfed, a hithau'n hel meddyliau am y gorffennol. 'Mae 'na bobl heblaw ti yn y dre 'ma, El bach.' Pwysodd ei boch ar ei ysgwydd a syllu ar ei adlewyrchiad tenau fel ysbryd ar baen y ffenest. Roedd hi'n gwybod am yr angerdd bytholwyrdd a losgai ym mynwes ei gŵr, ond be welai pawb arall ond pensiynwr llac ei groen, prin ei wallt a'r label 'pregethwr' am ei wddw. 'Gad hi.'

Doedd e ddim yn gwrando. Safodd Morwenna rhyngddo a'r ffenest a lapio'i breichiau amdano. Os nad oedd Caniwt yn mynd i symud o'r traeth o'i ran ei hun, fe wnâi hi ei wthio.

'Morwenna.' Plannodd y gweinidog ei wefusau yn ei gwallt du. 'Morwenna Jones,' sibrydodd. 'Rhag eich cywilydd chi.'

'Be?' Cododd ei gên a syllu i lygaid chwareus Elfed.

'Does gyda chi ddim ffydd yn eich gŵr.'

'Wrth gwrs bod e.'

'Ond?'

'Wel, rwyt ti'n ...'

'Rhy hen i chwythu?'

'Na.'

'Ddim yn ddigon ffotogenig i siarad o blaid Bron?'

'Na. Rwyt ti'n hync.' Roedd Morwenna'n gwenu, er yn gwybod yr un pryd ei bod hi'n colli'r ddadl, beth bynnag oedd honno.

'Be 'te? Rhy ddwl?'

'Wel ...'

'Ym mha ffordd?'

'Ti'n ddwl i feddwl y galli di wneud gwahaniaeth, El bach.' Gollyngodd Morwenna'i gafael. 'Gad lonydd i bethe. Er mwyn dy hunan. Ac er mwyn Emlyn a Richie a ...'

'A! Ti'n meddwl y bydd y cyfryngau'n gwneud hwyl am fy mhen i. Hen foi arall yn cynffonna o gwmpas Bron.'

'Ydw,' meddai Morwenna'n bendant. 'Os ei dweud hi, ei dweud hi.' Snwffiodd. Roedd llygaid Elfed yn dal yn llawn direidi.

'O, chi o ychydig ffydd,' meddai.

'Ocê, El.' Cododd Morwenna'i dwylo. 'Gwna be ti'n moyn.'

'Dwyt ti ddim wedi gofyn i fi be dwi'n bwriadu'i wneud eto.'

'Be?'

'Mygu'r tân â miwsig.'

Mygu'r tân â miwsig. Ailadroddodd Morwenna'r geiriau dan ei gwynt. Rholiodd ei llygaid. 'A be mae hynny'n feddwl?'

'Mae'n meddwl y dylen ni ganolbwyntio sylw'r

is na Dusty Springfield yn byrlymu o'i gwddw: 'The only man who could ever teach me ...' Pwysodd ei thalcen yn erbyn ei dalcen. '... was my very own preacher man. Yes he was. Oh ...'

'Hei!' Cyn i'w gwefusau gyffwrdd, rhuglodd dyrnaid o raean dros y ffenest. Safai Gruff, y trefnydd angladdau, ar y darn lawnt islaw. 'Os y'ch chi'ch dau ishe snogian, sefwch rywle arall, wir Dduw,' gwaeddodd a chwifio'r amlen yn ei law.

'Byddwn ni lawr nawr,' gwaeddodd Morwenna'n ôl gan chwerthin.

'Lawr nawr? Jiw jiw, na, 'sdim ishe i chi,' meddai Gruff. 'Dwi'n rhoi hon drwy'r drws a dwi'n mynd.' Hyrddiodd yr amlen, oedd yn cynnwys siec am wasanaethu yn angladd Sam Sheds, drwy'r blwch llythyron a'i heglu hi tuag at y gât a'i gefn yn grwm. Cododd ei law'n ddrygionus cyn diflannu i grombil ei BMW. Neis gweld gwên ar wyneb yr hen barch, meddyliodd wrth yrru i ffwrdd.

43.

Asen grop! Roedd hi'n tynnu am hanner awr wedi hanner drannoeth, a Dafina newydd ddarlledu *Palwch 'Mlaen* ac yn crynu fel deilen. Doedd hi ddim wedi crynu yn ystod y rhaglen chwaith. Tra oedd yn darlledu, teimlai ei hasgwrn cefn yn fwy syth nag y bu ers tro. Gallai dyngu ei bod wedi tyfu o leia chwe modfedd. Teimlai fel brenhines yn rheoli'r tonnau. Ond yn syth ar ôl i'r golau coch ddiffodd roedd ei choesau wedi troi'n jeli, ac roedd hi wedi cripian o'r caban darlledu fel broga cartŵn. Nawr roedd hi yn yr ale y tu cefn i'r stiwdio yn trio cael rheolaeth ar ei bysedd cyn ffonio Morwenna Jones, gwraig gweinidog Rehoboth a chyn-athrawes ddrama.

Doedd fawr o Gymraeg wedi bod rhwng Dafina a Morwenna ers y Nadolig y cydiodd yr athrawes ddrama ym mraich Elfyn Ellis, ei lusgo o lwyfan neuadd yr ysgol a'i roi y tu allan i'r drws â'r geiriau, 'That's your lot, Lancelot! Cer o 'ma, a rho dy sgript i Seiriol.' Roedd Elfyn mor prowd o'r ffaith ei fod e'n chwarae rhan Lawnslot yn y pantomeim Nadolig. Roedd Daf wedi mynd i'r ysgol ac wedi gwneud ei gorau glas i drio cyfleu hynny i Morwenna Jones. 'Allwch chi ddim rhoi ail gynnig iddo?' ymbiliodd. 'Mrs Ellis!' Roedd Morwenna wedi chwythu fel neidr. 'Chi ddim yn meddwl 'mod i wedi rhoi ail gynnig iddo fe? A thrydydd? A phedwerydd?' Roedd Dafina wedi mynd adre a gweiddi ar ei mab, a rhegi Morwenna Jones yr un pryd.

Ond roedd Morwenna Jones wedi holi'n garedig iawn am hanes pob un o'r plant pan ddaeth hi drwy'r drws y noson cynt, ac yna'n annisgwyl wedi cynnig rôl i Dafina'i hun. Caniwt! 'Na beth ddwedodd hi.

'Caniwt?' crawciodd Dafina. 'Be? Chi ise i fi sefyll ar Draeth y Cregyn a'r tonnau'n swisian rownd fy nicyrs?'

Roedd Morwenna wedi chwerthin nes ei bod bron â thagu, a Dafina wedi cochi nes roedd ei gwaed yn berwi. Nerfusrwydd oedd yn achosi iddi ddweud pethau dwl. Roedd ar flaen ei thafod i ddweud wrth Morwenna mai dyna achosodd i Elfyn wneud hwch o rôl Lawnslot. Ond roedd ugain mlynedd wedi mynd heibio ers hynny, a doedd hi ddim eisiau dangos i Morwenna ei bod hi mor pathetig â dal dig.

Ta beth roedd Morwenna wedi sobri.

'Chi'n iawn,' meddai. 'Ddylwn i ddim fod wedi crybwyll Caniwt, achos methu wnaeth hwnnw.'

Roedd Morwenna eisiau iddi hi, Dafina, fod yn rhan o ymgyrch 'Ffrindiau Miwsig Moss Morgan'. Yn lle gadael i fois y wasg ddweud pethau brwnt am Bron a'r ewyllys, roedd Morwenna am iddi sefyll o flaen y tonnau a'u gwthio nhw'n ôl y ffordd arall.

'Heb wlychu'ch nicyrs,' meddai, a'r chwerthin yn gwreichioni yn ei llygaid.

'Wel, mae mwy nag un ffordd o wneud hynny,' oedd ateb Dafina. 'Ydy Bron yn gwbod?'

'Mae hi'n gwbod ein bod ni am gychwyn grŵp o'r enw Ffrindiau Miwsig Moss Morgan,' meddai Morwenna, oedd newydd fod yn gweld Bron ym Mhantygwiail. 'Ond o'n i ddim ishe sôn am eich cyfraniad chi, nes i fi gael eich caniatâd.'

'O, peidiwch dweud wrthi.' Roedd Daf wedi gafael fel gele yng ngarddwrn Morwenna. 'Dwi'n darlledu ar ddydd Mawrth o hyn allan, felly peidiwch dweud wrthi. Iawn? Achos os gwna i draed moch ...'

'Wnewch chi ddim. Dwi wedi gwrando ar eich rhaglen chi,' meddai Morwenna.

'Ydych chi?' Llygadodd Dafina hi.

'Y'ch chi'n donig. Ac yn gynhaliol. Elfed ddefnyddiodd y gair cynhaliol, gyda llaw.'

'Mae Mr Jones yn gwrando?'

'Mae'r ddau ohonon ni.'

'Gwnes i gawl potsh o'r rhaglen gynta.'

'Y rhaglen gynta oedd honno. Nawr y'ch chi'n cael eich traed danoch chi.'

'Ydw, gobeithio.' Teimlodd Dafina'i gwên yn llifo drwy'i chorff fel dŵr lan pibell. Tra oedd pawb arall wedi mwmian esgusodion, roedd Morwenna wedi cytuno'n ddiflewyn-ar-dafod fod y rhaglen gynta'n gawl potsh. Ond os oedd hi'n dweud y gwir am honno, tebyg iawn ei bod hi'n dweud y gwir am y gweddill hefyd. 'Peidiwch dweud wrth Bron ta beth,' meddai. 'Dim y tro cynta.'

Roedd Morwenna am iddi hysbysebu Diwrnod Miwsig Moss Morgan a fyddai'n cael ei gynnal ddydd Sadwrn yn Aberberwan. Miwsig yn lle mwd! Dafina oedd ar flaen y gad. Hi oedd i olchi'r baw o glustiau'r Cymry a'u llenwi â miwsig. Rhag ofn nad oedd Dafina'n ffan o *jazz*, roedd Morwenna wedi dewis darn o gerddoriaeth ar gyfer y rhaglen, darn digon cyfarwydd, ond hwn oedd y tro cyntaf i Dafina wrando arno go iawn.

Louis Armstrong yn canu 'What a Wonderful World'. Roedd ei thu mewn wedi toddi.

Swatiodd Dafina yng nghysgod y bin sbwriel, a chlywed clic y ffôn yn y Mans.

'Morwenna?'

'Dafina? Diolch!'

Roedd y ddau air yn gyforiog o ystyr. Anadlodd Dafina gorwynt o ryddhad.

44.

Chlywsai Bron mo'r darllediad, ond roedd y gair 'wonderful' yn diferu i'w chlustiau. Roedd hi a Mavis yn yr Ardd Fotaneg Genedlaethol, yn crwydro'r byd o dan do gwydr, Mavis yn barablus, frwdfrydig, yn sôn am ardd ei mab yn Ne Affrig, a hithau â gwên ar ei hwyneb, ond â choesau fel plwm.

Y prynhawn cynt roedd Elfed a Morwenna Jones wedi galw i'w gweld ym Mhantygwiail, yn llawn cyffro a chynlluniau. Roedden nhw am gynnal diwrnod o Fiwsig Moss Morgan. Diwrnod i roi'r byd yn ôl ar ei echel. Mor garedig oedd y ddau. Mor ddiniwed.

'Fydd dim raid i chi wneud dim, Bronwen,' meddai Morwenna'n daer.

Ond mi oedd. Dyna'r gwir. Mi oedd.

Ar ganol paned o goffi yn yr Ardd Fotaneg, diolchodd Bron i Mavis am ei gofal a'i chroeso a datgan ei bwriad o fynd adre'n gynnar fore drannoeth.

'Are you sure?' meddai Mavis yn ofidus. 'It's no trouble to me and I'm enjoying your company.'

'And I've enjoyed yours,' mynnodd Bron. 'It's just that I feel there are things that need doing.'

'Then you do whatever suits you,' atebodd Mavis a gwasgu'i llaw.

Ers iddi glywed am Ffrindiau Miwsig Moss Morgan roedd Mavis ar ben ei digon. Roedd hi wedi llyncu'r cynllun yn grwn gyfan, fel petai'n bilsen wyrthiol. Y noson cynt roedd hi wedi chwilota yng nghasgliad CDs Jim am rywbeth tebyg i *jazz*, ac wedi estyn am yr iPad a gwglan rhyw ddyfyniad oedd yng nghefn ei meddwl.

'This is it!' gwichiasai'n llawen. "'Music has charms to soothe a savage breast, To soften rocks or bend a knotted oak." It's true!'

Ond pan estynnodd hi'r iPad i Bron, fe ddarllenodd Bron y llinellau dilynol a gweld mai methu wnaeth y miwsig wedi'r cyfan.

Ar ôl gyrru Bron adre i Stryd y Marian fore Mercher, fe ddaeth Mavis i mewn am baned o goffi. Yn syth ar ôl iddi adael, cydiodd Bron yn ei chôt a brysio i'r Stryd Fawr heb edrych ar neb na dim. Roedd hi bron yn un ar ddeg arni'n cyrraedd yr ale ar bwys siop y cigydd, a phrin wedi cael amser i gael ei gwynt oedd hi pan ddaeth sgrech o gyfeiriad siop yr hosbis. Safai Jo ar garreg y drws. 'Bron!' gwaeddodd a thaflu'i breichiau ar led. Taflodd Bron gipolwg brysiog i gyfeiriad syrjeri'r fet i weld a welai Huw'n tynnu llun wrth y ffenest, ond 'Bron!' gwaeddodd Jo eto, a doedd gan Bron ddim dewis ond mynd tuag ati a chael ei chofleidio'n dynn.

'Bron!' gwichiodd Elen o gefn y siop. Bustachodd rhwng y dillad a chwifio casét. 'Roedd hwn yn un ohonyn nhw, yn doedd?'

'Un o be?' meddai Bron.

'Miwsig Moss, w!' meddai Elen, a thapio'i bys ar wyneb serchog Thelonious Monk. 'Roedd hwn yn un o'r casetiau ddaeth yn sach Moss, yn doedd?'

Symudodd Bron fys Elen er mwyn cael gweld y sticer 'J.J.' 'Oedd,' meddai.

'Tshiampion! Pan gawn ni *ghetto blaster* bydd y

miwsig yn llifo ar hyd strydoedd Aberberwan, fel deudodd Dafina, ond ni fydd yr unig rai fydd yn chwarae'r miwsig *genuine.*' Plannodd Elen gusan mawr ar foch Bron. 'Glywaist ti Dafina ar y radio ddoe, yn do?'

'Naddo,' atebodd Bron yn ffrwcslyd. 'O'dd hi'n siarad â Morwenna?'

'Na, na. Dafina'i hunan. Oedd hi'n grêt.'

Gadawodd Bron y siop, gan deimlo fel brigyn ar lif yr afon. Camodd yn syth i freichiau solet Twm Bwtsiwr ar y palmant y tu allan. '"What a Wonderful World"!' bloeddiodd Twm, ag un fraich yn estyn tua'r cymylau. Disgynnodd ei ddwylo mawr ar ysgwyddau Bron. 'Mi fydda i wedi cael gafael ar CD erbyn fory,' addawodd.

'Diolch.'

Dihangodd Bron i'r arcêd. O'i blaen roedd hanner dwsin o ferched ysgol yn ling-di-longian. Edrychodd un dros ei hysgwydd a chraffu arni. Cipiodd Bron ei ffôn o'i phoced a'i ddal fel tarian. Cymerodd arni siarad â Gwyn: 'Gwyn, paid â phoeni. Paid â gwrando. Bydd popeth yn iawn erbyn y doi di'n ôl.' Allai neb gystadlu â ffôn. Ar ôl cyrraedd y tŷ aeth yn syth i'r llofft. Taniodd y cyfrifiadur, mynd ar wefan Radio Cymru, a chlician ar y recordiad o *Palwch 'Mlaen.*

Gwrandawodd arno yn sefyll wrth y ffenest a'r sŵn y tu cefn iddi. Roedd hi fel plentyn sy'n sbecian ar raglen frawychus o'r tu ôl i'r soffa, er doedd Daf ddim yn frawychus o gwbwl. Siaradai'n synhwyrol â Susan, bum deg naw oed, oedd am hyfforddi i fod yn of, ac yn dyner a chalonnog â Mary oedd ar y clwt ar ôl gweithio yn yr un siop am ddeg mlynedd ar hugain a honno wedi cau.

Roedd gan Daf dalent, sylweddolodd Bron. 'Cadwa mewn cysylltiad, Mary fach,' meddai Daf. 'Cofia nawr.

Cofia.' 'Mi wna i,' meddai Mary a'r wên i'w chlywed yn ei llais.

'Nawr 'te,' meddai Daf.

Trodd Bron at y sgrin.

'Yn ystod yr ychydig funudau nesa, dwi am sôn wrthoch chi am ffrind.'

'Daf...' sibrydodd Bron, ac estyn ei llaw i'r gwacter rhyngddi hi a'r cyfrifiadur.

'Ei enw oedd Moss Morgan,' meddai Dafina. 'Cymydog i fi yma yn Aberberwan oedd Moss. Ei waith oedd codi siediau, a'i bleser oedd gwrando ar fiwsig.

'Fe fuodd Moss farw ddiwedd mis Awst, ac ers hynny mae hen storis dwl wedi bod yn y papure. 'Tai e'n gwbod, fe fydde Moss druan wedi'i ddychryn a'i siomi. Ond fydde fe byth wedi cael y gyts i ffonio *Palwch 'Mlaen*, achos dyn swil iawn oedd e. Felly dwi'n mynd i siarad ar ei ran, a dwi'n mynd i ofyn i chi am eich help.

'Be dwi am i chi wneud yw chwarae miwsig ddydd Sadwrn nesa i ddathlu bywyd Moss Morgan. *Jazz* oedd ei hoff fiwsig, ac yn y man bydda i'n chwarae cân i chi gan un o enwogion y byd *jazz*. Ond cyn i fi wneud hynny, dwi am i chi feddwl am y darn o gerddoriaeth sy'n gwneud i'ch tu mewn chi droi'n jeli. Gall fod yn emyn, roc a rôl, Mozart, yr anthem genedlaethol yn Stadiwm y Mileniwm, dim ots beth. Dwi am i chi feddwl am y darn a theimlo'r cryndod yn eich bola.'

Clywodd Bron leisiau Gwyn a Dylan yn canu 'Asyn Bychan' ym mharti Nadolig Capel Bryncelyn. Toddodd y lleisiau bach gwichlyd i fwrlwm llais Satchmo, 'What a Wonderful World'. Cododd cryndod drwy wadnau'i thraed, dirgrynu drwy'i chorff a throi'n ddagrau a lifodd dros ei bochau.

Prin y gallai Dafina siarad. 'Cadwch y miwsig i fynd!' crawciodd. 'Cadwch y miwsig i fynd.'

Yn fuan wedi pump, gwelodd Bron gysgod Dafina'n pasio ffenest ei stafell fyw. Rhuthrodd ar unwaith i agor y drws.

'Bron! Ti'n ôl!' Gollyngodd Dafina'i bag siopa a thaflu'i breichiau amdani. 'Neis dy weld di, 'rhen groten!'

'A neis dy glywed di,' meddai Bron.

'Be?' Gollyngodd Dafina'i gafael. Suddodd ei phen rhwng ei hysgwyddau.

'*Palwch 'Mlaen,*' meddai Bron.

'Wnest ti'm gwrando!' llefodd Dafina mewn braw.

'Gwrandawes i ar y recordiad.'

'Wyt ti'n grac?'

'Shwd allwn i fod yn grac? Ti'n seren.'

'*Black hole,* ti'n feddwl.' Roedd Daf yn gwenu fel cath Caer er ei gwaethaf. Dilynodd hi Bron i mewn i'r gegin. 'Ti'n gwbod bod Ron y garej wedi chware *jazz* drwy'r prynhawn. Fe ffeindiodd e hen CD oedd e wedi'i gael am ddim.'

'A siop yr hosbis,' meddai Bron. 'O'dd gyda nhw un o gasetiau Moss.'

'Miwsig Moss Morgan.'

'Diolch, Daf!' Plannodd Bron gusan ar ei boch.

'Ych! Chi, bobol capel, a'ch cusanu!' gwichiodd Daf, oedd yn hanner chwerthin, hanner crio.

Gwasgodd Bron ei llaw.

'Dwi wedi colli dy ddwli di,' meddai.

'Y'n ni ddim wedi gallu jocan ers amser.'

'Na dweud dim byd carlamus.'

'Wel, ti 'di gadael dy ddiwtor ymhell ar dy ôl.' Os oedd

Bron yn gwneud jôcs am y Cwrs Carlamus, fe allai hi wneud hefyd. Sythodd Dafina ac estyn am lwy dyllog oedd yn hongian ar fachyn. Pwysodd y llwy fel cleddyf ar ysgwyd Bron. 'Bronwen Jenkins. Doctor Bronwen Jenkins. Mae'n bleser gen i gyhoeddi eich bod chi'n ddoctor y tri Rh. Rhyw ewyllys. Rhyw fiwsig. Rhyw dderyn.'

'Dafl'

'Wel, mae popeth yn mynd i fod yn iawn nawr, yn dyw e? Yn dyw e?' meddai Dafina'n falch.

45.

'Joanne.' Sibrwd roedd Richie. 'What's wrong, love?'

'It's upsetting,' meddai'r llais bach tyn ar ben draw'r ffôn.

'What is?'

'This music thing.'

'It's nothing to do with me.'

'It's upsetting the children.'

'I don't understand.'

'I don't want them upset, after all that's happened.'

'Joanne. We'll talk it over on Friday night.'

'No.'

'You want me to come tonight?'

'No.'

'I could. I could drive back first thing tomorrow morning.'

'No.'

'What then?'

Roedd e wedi rhag-weld ei hateb. Roedd e'n ddealladwy. Roedd y plant wedi dioddef cymaint o achos hunanoldeb eu tad. Doedd hi ddim am iddyn nhw ddioddef dim mwy. Roedd e wedi trio'i darbwyllo. Wyddai'r plant ddim oll am ewyllys Moss Morgan, nac am ei fiwsig.

'Yes, they do!' protestiodd Joanne.

'Then we won't talk about it.'

'They're very sensitive because of what they've been through.'

Hi oedd yn sensitif. Hi oedd wedi dioddef. Hi oedd yn gofidio'n ddianghenraid. Roedd e am ei chymryd yn ei freichiau, a'i gwella. Hebddo fe be ddigwyddai iddi?

'I'll drive down,' mynnodd.

'No. I won't have it.' Cleciodd y ffôn.

Ffoniodd Richie eto. Tecstiodd. Daliodd ati i decstio.

Roedd Joanne wedi bod ar bigau'r drain ers y penwythnos cynt. Joanne fach. Aeth i nôl y botel wisgi o'r cwpwrdd ac arllwys llond gwydryn, ond yfodd e ddim, rhag ofn i Joanne anfon neges.

Cysgodd yn ei gadair. Erbyn y bore roedd pryfyn wedi marw yn y wisgi. Arllwysodd y ddiod i lawr y sinc a chyfogi'n wag wrth i'r arogl godi i'w drwyn. Roedd e'n crynu fel meddwyn ac yntau heb feddwi. Doedd dim neges. Cripiodd i fyny'r grisiau a thorri'i hun wrth siafio.

Yn y staffrwm roedd pawb yn siarad am ymgyrch Miwsig Moss Morgan. Roedd hi'n union fel petai rhywun wedi agor potel o siampên a'r bybls i gyd yn llifo. Iap-iap-iap-iap. Roedd sawl un o siopau'r dref yn mynd i chwarae *jazz* drwy gydol dydd Sadwrn. *Jazz-jazz-jazz*.

'O, caewch eich cegau!' rhuodd Richie.

Tawelwch.

'Dwyt ti ddim yn meddwl ei fod e'n syniad da 'te, Richie?' meddai llais cwta Sophie Adams. 'Rhywbeth positif, cadarnhaol.'

Positif?

Fe dreuliai Richie ran helaeth o ddydd Sadwrn yn gorwedd yn ei wely a'r dwfe am ei glustiau. Fe fyddai wedi dianc, pe gallai, ond doedd unlle i fynd.

O'i gwmpas roedd degau o gerddorion *jazz* yn datgan o blaid Moss Morgan. Llifai'r miwsig yn ddiheintydd soniarus di-baid ar hyd strydoedd Aberberwan. Tonnai dros doeau Stryd y Marian, drwy ffenest stydi'r Mans, ac i stafell ffrynt Gwynfa lle roedd Terry Roberts yn gwthio dwster i'w boced.

Roedd hi'n ganol dydd a Terry wedi glanhau pob smotyn o lwch o ben y seidbord. Nawr doedd dim byd i ddangos bod llun wedi gorwedd yno unwaith. Roedd y llun hwnnw yn ei boced. Eiddo Bron oedd e, a fyddai Bron ddim callach. Ac os byddai hi, wel ... Cododd Terry'i ysgwyddau. Teimlai'n chwyslyd, yn ddrygionus, yn falch. Roedd e a Moss yn rhannu jôc, yn fechgyn hyderus un ar ddeg oed yn codi dau fys ar bawb ac ar bopeth.

Pan gamodd e allan ac anelu ar hyd y Stryd Fawr, roedd patshyn o lwch yn glynu fel nod ar ei foch dde. Sylwodd e ddim nes cyrraedd adre. Dim ots. Roedd lleisiau Louis, Ottilie, Ella'n ei gyfarch o ddrysau siopa, nodau'n dawnsio, rhythmau'n cosi'i draed. Roedd hi'n ddydd Sadwrn braf a'r dref wedi denu llwyth o ymwelwyr. Pawb â gwên ar eu gwefusau. Pawb yn gresynu at ffieidd-dra'r papurau y buon nhw'n darllen mor awchus rai dyddiau'n gynt. Pawb o blaid Moss. Pawb yn Ffrindiau. Tra oedd ei wraig a'i blant lawr yn y dref yn blasu'r miwsig, tynnodd Terry'r llun o'i ffrâm a'i losgi yn yr ardd gefn. Claddodd y llwch ger y sied a godwyd gan Moss Morgan. Claddodd e i sŵn *jazz*.

Yn hwyrach y prynhawn, wrth allanfa'r Clwb Golff, gwelodd Terry Bron Jenkins yn gyrru'n ôl tua'r dref. Tybiodd, yn hollol gywir, ei bod hi wedi dianc am y dydd. Tybiodd hefyd y gallai ei hanes e'n cipio'r llun

ddod â gwên brin i'w hwyneb. Ond doedd e ddim yn bwriadu dweud wrthi. Roedd hynny rhyngddo fe a Moss.

46.

Fore drannoeth roedd pobman yn dawel, a'r dre'n teimlo fel y traeth ar ôl penllanw, yn llyfn a glân ac yn wincian dan lyfiad o haul. Roedd Morwenna wedi gadael Elfed wrth y bwrdd brecwast, wedi gyrru i'r Stryd Fawr, parcio â dwy olwyn ar y palmant o flaen siop bapurau Sunil, wedi prynu coflaid o deitlau, ac wedi fflicio drwyddyn nhw'n frysiog cyn mynd i mewn i'r tŷ.

Wales on Sunday oedd yr unig bapur oedd wedi rhoi sylw i Aberberwan ar ei dudalen flaen. '"The town that made music",' meddai Morwenna, gan sefyll o flaen ei gŵr â'r papur yn ei llaw. 'A 'drycha.' Agorodd y papur a'i ollwng dros blât briwsionllyd El. 'Tudalen tri.'

Sgubodd Elfed friwsionyn oddi ar y dudalen. 'Wela i ddim llun ohonot ti chwaith.'

'El!' Gwyddai El yn iawn ei bod hi wedi gwrthod tynnu'i llun. Pethau peryg oedd lluniau, yn enwedig pan oeddech chi wedi cyrraedd oed pensiwn ac yn lliwio'ch gwallt yn rhy ddu. 'Dwi yn yr ail baragraff. Morwenna Jones, llefarydd ar ran Ffrindiau Miwsig Moss Morgan. That's me.' Arhosodd yn ddiamynedd i Elfed bori drwy'r erthygl. 'Ydw i'n swnio'n ocê?'

'Wyt wir,' meddai Elfed. 'Ardderchog. A Dafina hefyd, chwarae teg iddi.'

'Ydy.' Roedd 'na lun bach o Dafina, 'the popular broadcaster' yn edrych yn hynod o sidêt. 'Mae llun y Stryd Fawr yn dda, ti'm yn meddwl?'

'Ydy. A mae llun Moss yn arbennig.'

Yn y Stryd Fawr safai'r siopwyr ar garreg y drws yn chwifio CDs. Wedi'i fewnosod uwchben y siop fara roedd llun o Moss a'i wên fel yr haul. Huw Harris oedd wedi cael gafael arno yn ei ffeil. 'Ife Moss yw hwnna?' fyddai ymateb sawl un yn Aberberwan y bore hwnnw, gan ryfeddu at lun y dyn ifanc gwalltddu, iach lawen, hyderus ei osgo, ei geg yn gilagored i ddangos rhes o ddannedd gwynion a'i lygaid yn dawnsio. Roedd e'n gwenu ar rywun y tu ôl i'r ffotograffydd. 'Jake Jackson oedd hwnnw siŵr o fod,' meddai Mrs Sheds. 'Roedd Jake yn gallu gwneud i Moss chwerthin.' Roedd Mrs Sheds wedi cael copi o'r llun gan Huw yn gynharach yn yr wythnos, ac wedi'i ddangos i Terry Roberts, a oedd wedi pwnio'r awyr. O dan y ddau lun roedd y pennawd, 'Moss Morgan, whose music lives on'.

'Hapus?' gofynnodd Morwenna, a lapio'i breichiau fel sgarff am wddw El.

'Ydw, wir. A ti?'

'Hapus iawn. Nawr dwi'n sylweddoli 'mod i wedi priodi *spin doctor*.'

'Nid *spin* yw helpu pobol i weld be sy'n iawn,' meddai'r gweinidog. 'Fydd pobl o'r tu allan fawr o dro'n anghofio am yr arian, gei di weld.'

'Ti'n meddwl?'

'Dwi'n obeithiol,' meddai Elfed Jones.

'Wyt,' meddai Morwenna, a phlannu cusan ar ei ben hanner moel. 'Un fel'na wyt ti, El.'

Ddwy awr yn ddiweddarach, wrth iddi gerdded i mewn drwy ddrws cefn Rehoboth ar ôl gadael ei gŵr yn y festri, fe ddaeth Morwenna wyneb yn wyneb ag Emlyn

Richards. Nhw eu dau oedd y cyntaf i gyrraedd y capel bob bore Sul, hi am ei bod hi'n wraig i'r gweinidog, ac Emlyn am mai fe oedd yn agor y drysau. Roedd Emlyn yn ôl ei arfer yn loetran yn y sêt fawr i osgoi cyfarch y cyhoedd. I gyfeiliant gwichiadau bach tyner styllod y llawr roedd e'n casglu'r ychydig ffrwcs oedd wedi disgyn o'r delias ac yn eu gollwng yn ôl i'r llestr blodau ar y ford.

'Emlyn!' meddai Morwenna'n llon. 'Bore braf.'

Disgwyliai i Emlyn gytuno – un fel'na oedd Emlyn – ond ciledrychodd y blaenor ar ffenestri melynllwyd y capel heb yngan yr un gair.

'Chi wedi gweld papurau heddi?' gofynnodd Morwenna.

'Na.' Trodd Emlyn yn ôl at y blodau. Cydiodd mewn ffrwcsyn.

'Maen nhw'n galonogol iawn.' Closiodd Morwenna at ei ysgwydd. 'Dwi'n meddwl ein bod ni wedi cael ein neges drosodd, Emlyn.'

Daeth rhochiad di-hid o wddw'r blaenor. Dychrynodd Morwenna. Roedd Emlyn flwyddyn yn iau na hi, ond o'r diwrnod cyntaf y cyrhaeddodd hi Aberberwan, allai hi mo'i gofio'n edrych fawr gwahanol i'r hyn roedd e nawr. Emlyn Richards, swil, gofalus, byth yn tynnu'n groes. Paent llwyd ar bapur llwyd. Dododd ei llaw ar ei fraich.

'Chi'n gwbod ein bod ni am ffurfio grŵp Ffrindiau Miwsig Moss Morgan, yn dy'ch chi? Emlyn?'

'Ydw.'

'Wel, y'n ni'n bwriadu ffurfio pwyllgor, ac o'n i wedi meddwl gofyn i chi ...'

'Dwi'n mynd i Ffrainc,' meddai Emlyn ar ei thraws.

'O?' Gollyngodd Morwenna'i gafael.

Crafodd llygaid Emlyn dros ei bochau. 'Mynd at ffrind. Paule.'

'Neis iawn.'

'Dwi wedi'i nabod hi ers hanner can mlynedd.'

Hi? Llyncodd Morwenna'i syndod. 'Wel, 'n...'na braf,' meddai'n ddryslyd. 'A ble'n union ...?'

Ond roedd Emlyn wedi troi i gyfarch ei weinidog, oedd yn camu'n llawen drwy ddrws y festri, a chyn i Morwenna allu ailofyn ei chwestiwn, na dirnad a oedd Emlyn yn dweud y gwir ai peidio, fe drawyd cord ar yr organ yn y galeri. Yn y drych uwchben yr offeryn disgleiriai wyneb drygionus Jane Hamer. Trawyd nodyn arall, a chwyddodd nodau cyfarwydd drwy'r capel. 'What a Wonderful World!' meddai llais syn, a byrlymodd y chwerthin wrth i'r criw oedd wedi bod yn cloncan yn y lobi ddod drwy'r drysau swing.

Roedd Bron yn eu plith, a dwy o'r aelodau hynaf, un ar bob braich. Roedd hi wedi ffonio Morwenna'r noson cynt i ddiolch iddi'n wresog am drefnu'r diwrnod o fiwsig. Yr un pryd fe gyfaddefodd ei bod wedi gadael y dref ganol y bore a heb ddod yn ôl nes wedi te. Siopa ar gyfer ymweliad gan Dylan a Mel oedd yr esgus. Thwyllodd hynny mo Morwenna, ac wrth fynd draw i gyfarch Bron fe'i siomwyd o'r newydd gan freuder y wên ar ei wyneb.

Erbyn i'r gwasanaeth ddechrau, roedd Morwenna wedi cyfarch dros bedwar ugain o bobl a'r gynulleidfa'n ddwbwl ei maint arferol. Safodd Emlyn a'i ysgwydd at y môr, gan anelu seiniau'r emyn cyntaf at y ffenestri dwyreiniol. Doedd e fawr o ganwr ar y gorau, ond yr ochr draw i'r capel prin roedd Bron yn canu o gwbl. Cododd pawb arall eu lleisiau, a phowliodd y nodau ar hyd y stryd gul o flaen y capel nes cyrraedd yr yfwyr coffi ar yr harbwr.

'Music Town,' gofynnodd plentyn i'w fam. 'Is it Music Town?'

47.

Rhinciai dannedd Mel a boddi'r organ oedd yn dal i chwarae. Roedd hi'n disgwyl am Bron ar gornel Stryd Einion yn y ffrog jersi las oedd yn croesi dros ei bronnau. Chwythai'r hem am ei phengliniau noeth a dawnsiai'i gwallt ar ei hysgwyddau gan yrru iasau i lawr ei gwddw. Roedd hi'n ha' bach Mihangel yng Nghaerdydd, ond yma yn Aberberwan roedd y gwynt yn chwythu o rywle oer.

Gwyliodd Mel fam ei phartner yn clebran a chyffwrdd breichiau ar risiau'r capel. Seriodd yr olygfa ar ei chof. Mi allai fod wedi codi ffôn a chlician llun, ond i be dda? Camera neu beidio, teimlai'r cyfan fel ffilm, Bron yn troi a'i gweld, yn dianc o'r breichiau ac yn prysuro ar hyd y stryd. Dwsinau o lygaid yn sboncio fel balŵns bach ar ei hysgwyddau ac yn ei dilyn bob cam.

'Mel! Pryd cyrhaeddoch chi?'

Teimlodd Mel wres llaw yn ffrydio drwy ddeunydd ei ffrog. 'Tua chwarter awr yn ôl,' atebodd, gan fachu braich Bron ac ychwanegu tap-tapian ei sodlau main at islais sandalau'r llall. Fel rhedwr mewn ras gyfnewid doedd Bron ddim wedi stopio am eiliad.

'A ble mae Dyl?'

'Gadawes i e yn y tŷ.'

'O?'

Gwingodd Mel wrth deimlo llygaid Bron arni. 'Oedd gen i neges yn y dre,' atebodd, a chyflymu'i chamre.

'Addawes i brynu rhywbeth i ti'r tro diwetha, os wyt ti'n cofio?'

Doedd Bron ddim yn cofio. Hyd yn oed i Mel teimlai'r dydd Sul hwnnw pan aeth Dyl allan i brynu papur a dod yn ôl yn llawn panig, yn bell bell i ffwrdd.

'Ffonau clust a *charger*.'

'O, Mel fach! Doedd dim rhaid i ti.'

Roedden nhw wedi cyrraedd y rhes o goed castan gyferbyn â Chaffi Carol. Y tu draw i'r afon symudai llygedyn o olau yn stafell ffrynt 5, Stryd y Marian. Yr haul oedd yn wincian ar ymyl y drych y tu cefn i Dylan.

O gysgodion y stafell gweiodd Dylan y ddwy'n stopio'n stond, Mel yn gollwng ei gafael ar ei fam ac yn tapio'r bag a hongiai ar ei hysgwydd, yr un lledr cwiltiog, drud, brynodd e'n anrheg iddi ar y ffordd adre o'r Maldives. Er iddi dapio'r bag, thynnodd hi ddim byd allan ohono chwaith. Falle nad oedd hi wedi llwyddo i brynu'i negeseuon. Os felly, bosib byddai 'na gyfle arall. Didolodd Dylan ei anadl rhwng ei wefusau.

Mel oedd wedi mynnu dod i Aberberwan y diwrnod hwnnw. Nos Wener, i'w berswadio, roedd hi wedi datgelu hanes y sach ddu a gyraeddasai Stryd y Marian bythefnos ynghynt. 'Ddwedon ni ddim wrthot ti ar y pryd, achos o't ti wedi cael amser mor braf gyda'r JCBs,' meddai a thynnu'i llaw'n famol dros ei wallt. Nos Wener roedd y ddau wedi caru'n nwydwyllt, ynysig.

Bythefnos ynghynt, i arbed ei deimladau, roedd ei fam a'i gariad wedi cael gwared o gynnwys y sach heb ddweud gair. Roedden nhw wedi'i drin fel plentyn, ac wrth weld y ddwy'n troi tuag ato fraich ym mraich daeth ysfa plentyn drosto. Dihangodd Dylan ar ras wyllt lan y

344

grisiau i'r stydi a'i fryd ar luchio iPod Moss i ddyfroedd afon Berwan. Plyciodd ddrôr y ddesg ar agor, a chlywed clec foddhaus y plastig yn erbyn y pren.

Chydiodd e ddim yn yr iPod chwaith.

Roedd rhith ei dad wedi neidio o'r drôr, ei dad ar Stryd Fawr Aberberwan yn cripian yn wargrwm fel petai ofn tynnu anadl.

'Dad?' Doedd y llun ddim yno, ond prin fod angen llun. 'Dad?'

Ym mhen pella'r stryd roedd ei fam yn cyfarch un o'i chymdogion.

Teimlodd Dylan y chwys yn codi i'w dalcen. Caeodd y drôr a throi yn ei ôl.

Erbyn i Mel a Bron fynd heibio'r ffenest, roedd e'n eistedd yng nghadair ei dad yn gwylio ras Fformiwla 1 o Shanghai. Cododd i sŵn rhu'r ceir a mynd at y drws.

'Dylan!' meddai'i fam.

Tynhaodd llaw Mel ar ei bag.

Cyfarfu gwenau'r tri, a swilio a chwalu.

Ar ôl cinio aeth Mel lan i'r stydi, a Dylan yn ei dilyn. Mynnodd Bron aros i dacluso'r gegin. Gwrandawodd am fiwsig rhwng tincian y llestri.

Chlywodd hi'r un nodyn, ond rhaid bod Dylan wedi clywed. Daeth i lawr stâr.

'Mam,' meddai a rhoi'i freichiau amdani.

'Dylan bach.' Gwasgodd Bron e. Mam oedd hi, nid tylwythen deg. Allai hi ddim ysgwyd gwialen hud, gwaetha'r modd, a rhoi'r byd yn ei le.

'Dim ond caneuon cyffredin y'n nhw,' meddai Dylan yn dawel. 'Y math o bethe o'dd Moss yn hoffi.' Cododd ei ysgwyddau, a'i gollwng.

Aeth Bron lan i'r stydi. Wrth glywed sŵn ei thraed, brysiodd Mel i sychu'r deigryn olaf o'i llygaid.

'Rwyt ti'n gwbod sut i ddefnyddio'r iPod, Bron, yn dwyt?' gofynnodd drwy len ei gwallt.

'Ydw.' Celwydd, ond doedd hi ddim am wrando nawr.

''Na ni 'te.' Gwenodd Mel yn ddagreuol a gwasgu'r teclyn i'w llaw. 'Fe basia i hwn mlaen i ti 'te. Dwi'n falch 'mod i wedi chwarae rhan fach yn hanes Miwsig Moss Morgan.'

'Mel ...' meddai Bron, ond roedd Mel eisoes wedi troi ar ei sawdl ac yn dianc.

adenydd pilipala a'i rhwbio ar gornel ei sgarff, er mwyn i Bron gael cyfle i ddod ati'i hun. Heb ei sbectol edrychai Bron yn niwlog a meddal, er mai onglog a bregus oedd hi go iawn. Heb ei sbectol roedd y croen dan lygaid Morwenna'i hun yn llaith fel cregyn gleision a'r blew llygaid yn nodwyddau o fasgara.

Doedd Morwenna ddim yn siŵr a oedd hi'n gwneud y peth iawn, ond roedd hi wedi cael gair yn gynharach â Terry Roberts, a hwnnw wedi dweud 'Ie, bwrwch 'mlaen â'ch trefniade. Alla i ddim gweld y bydd unrhyw broblem ynglŷn â'r ewyllys, a does dim byd yn eich stopio chi rhag sefydlu pwyllgor o Ffrindiau Moss Morgan beth bynnag.' Roedd y cyfreithiwr 'sensitif', chwedl Elfed, wedi byblan dros y ffôn fel potel o siampên – falle'i fod e newydd lyncu un – ac wedi canmol llun Huw o Moss i'r entrychion. 'Gobeithio y gallwch chi'i ddefnyddio, pan fyddwch chi'n hysbysebu'r gronfa fiwsig,' meddai Terry. 'Ie, bwrwch 'mlaen.'

Eisiau bwrw 'mlaen er mwyn Bron oedd Morwenna. Roedd Bron yn dal dan bwysau, ac roedd Morwenna'n awyddus i ddangos ei bod hi am gadw at ei gair ac ysgwyddo'r pwysau hwnnw o ddifri.

'Dwi wedi cael gwahoddiad i siarad ar raglen Dafina fory,' meddai'n sionc.

Gwên fach gan Bron, ond cwmwl yn ei llygaid.

'A dwi ishe dangos bod pethe'n symud mla'n,' meddai Morwenna. 'Meddwl o'n i y dylen ni alw cyfarfod o Ffrindiau Moss Morgan, a ffurfio pwyllgor dros dro. Ond o'n i ddim ishe gwneud dim byd heb siarad â chi'n gynta.'

'Does dim rhaid i chi siarad â fi,' meddai Bron. 'Hynny yw ...' Gwasgodd ei gwefusau'n ymddiheurol ac ailddechrau. 'Dwi ddim ishe bod yn anghwrtais, a dwi ddim ishe achosi probleme i chi chwaith, ond ...'

'Ond dy'ch chi ddim ishe bod ar y pwyllgor?'

'Nadw. Dim diolch.'

'Popeth yn iawn. Ond os newidiwch chi'ch meddwl ...'

'Wna i ddim.

Nodiodd Morwenna.

Symudodd Bron y mymryn lleia a theimlo'r chwys yn codi o ffwrnais ei chôt wau. 'Mae Terry wedi dweud wrtha i fod Gwynfa'n werth tua dau gan mil, a bod rhyw bymtheg mil ychwanegol yn y banc,' mwmianodd ar un gwynt. ''Na beth ddwedodd e. Tua dau gant a phymtheg o filoedd.'

'Diolch.' Roedd Morwenna wedi dyfalu swm go debyg wrth drafod gydag Elfed y noson cynt. Nid dyna'r unig beth drafodon nhw. Rhwbiodd Morwenna'i sbectol am yr eildro a'i rhoi'n ôl ar ei thrwyn. 'Bron,' meddai. 'Gwrandwch nawr.'

Doedd dim angen gwrando. Roedd Bron yn dyfalu'n union beth oedd gan Morwenna i'w ddweud. Yn doedd hi wedi clywed yr un peth gan Dafina? Fe wrandawodd beth bynnag.

'Gwrandwch,' meddai Morwenna a phwyso tuag ati. 'Does neb yn disgwyl i chi roi'r arian i gyd i'r gronfa. Wir nawr. Neb o gwbl. Yn bendant dwi ac Elfed ddim.'

'Arian Moss yw e,' atebodd Bron. 'Ac i gronfa Moss mae e'n mynd.'

'Arian Moss oedd e,' pwysleisiodd Morwenna. 'Eich arian chi fydd e. Mae'n rhaid i chi roi rhywbeth i Gwyn a Dylan.'

'Fydden nhw ddim yn derbyn.'

'Ond maen nhw'n ifainc.'

'A styfnig.' Gwibiodd gwên go iawn dros wyneb Bron.

'Wel, os newidiwch chi'ch meddwl,' meddai Morwenna'n daer, 'fydd neb yn eich beio di. Chi'n deall hynny, yn dy'ch chi?'

'Ydw. Dwi yn deall. Diolch.'

''Na ni 'te.' Suddodd ysgwyddau Morwenna ac ar ffrâm ddur loyw'r lle tân twll-yn-y-wal gwelodd ei hun yn troi'n un o luniau Picasso, ei chysgod wedi'i ddatgymalu a'i gwên ar wasgar. Yn sydyn, teimlodd cyn wanned â brwynen. Slapiodd ei llaw ar fraich y gadair, cyn iddi chwalu'n gyfan gwbl. 'Paned o goffi 'te, Bron fach?' meddai, a heb aros am ateb, fe gododd a hwylio am y gegin.

Ar ôl i Morwenna fynd, tynnodd Bron ei chôt wau werdd. Ym mhoced dde'r gôt roedd iPod Moss. Cyn gadael y tŷ roedd hi wedi mynd i'w nôl, gan fwriadu'i drosglwyddo i Morwenna. Cael gwared ag e. Ond be dda fyddai hynny? Ddoe yn y capel, roedd Emlyn wedi gwrthod edrych arni. Ddoe roedd Mel wedi mynd, ac nid ar Moss na'i fiwsig oedd y bai am yr un o'r ddau. Nid ar Tref chwaith. Plygodd ei phen i drio tawelu'i meddyliau, a'u gweld yn dylifo ar draws y carped yn dameidiau brau.

'Bronwen?'

Chlywsai hi mo Morwenna'n dod yn ei hôl. Cododd ei phen a blincian mewn llafn o haul.

'Yn dy'n nhw'n bert?' meddai Morwenna.

Pert? Eu meddyliau'n bert? Doedden nhw'n ddim byd ond llwch papur yn chwyrlïo yn eu hunfan.

Gollyngwyd hambwrdd ar y ford, a chydiodd Morwenna yn ei llaw. Cododd yn drwsgl a dilyn Morwenna at y ffenest a'r llwch yn sgubo dros ei hwyneb. Trawodd yn erbyn y bwrdd coffi, a chanodd y llestri.

'Y fantell goch,' meddai Morwenna'n falch. 'Cnwd yr hydref yn lifrai'r gwanwyn.'

Syllodd Bron yn ddryslyd. Uwch ei phen roedd haid o bilipalod coch, gwyn a du yn hofran yn nwyfus dros gornel y lawnt. Dawnsiai'u cysgodion yn y llafn haul a ddisgynnai ar letraws drwy gornel ucha'r ffenest. Deallodd.

'Yn dy'n nhw'n bert?' meddai Morwenna'r eilwaith.

'Dwi ...' ochneidiodd Bron. Caeodd ei llygaid, eu hagor eto, a gwylio'r mentyll cochion yn disgyn o un i un ar glwstwr o sêr-flodau piws, yn lledu eu hadenydd, a throi'n flodau eu hunain. 'Dwi ...' Llyncodd. 'Dwi'n meddwl eu bod nhw'n hyfryd. Maen nhw'n hyfryd.' Trodd at Morwenna â dagrau yn ei llygaid.

Cydiodd Morwenna yn ei llaw, a'i gwasgu'n dynn. Daliodd ati i wasgu nes teimlo Bron yn meddalu o dan ei bysedd. 'Beth am fy lle tân i?' gofynnodd yn y diwedd, yn ysgafn, chwareus. 'Ydy hwnnw'n hyfryd hefyd?'

'Mm?' Doedd Bron wedi talu fawr o sylw i'r nyth o fflamau ffug hanner ffordd lan y wal. Trodd yn lletchwith a chraffu drwy brism ei dagrau. 'Ydy.' Sychodd ei llygaid ar frys. 'Trawiadol.'

'Cael trawiad ar y galon wnaeth rhai o'r aelodau, pan rois i e i mewn.' Pletiodd Morwenna'i gwefusau a chyfarth, 'I be dda ma' ishe lle tân modern pan does dim byd yn bod ar yr hen un?' Cilwenodd yn ddrygionus. 'O'dd hwnnw'n anghenfil o beth. Lliw fel mwd ac yn edrych fel coeden sy wedi troi'n wrach. Allwch chi ddychmygu?'

'Gallaf,' atebodd Bron, a oedd wedi gweld ei siâr

o hen ffermdai. 'Dwi yn ei hoffi e, wir,' ychwanegodd.

'Diolch. Ch:'n haeddu paned 'te.' Cyffyrddodd Morwenna â'i braich. ''Steddwch, Bron fach.'

Wedi i Bron rowndio'r ford goffi'n garcus ac eistedd, fe ddisgynnodd Morwenna i'w sedd ei hun gan ollwng ei sandalau main strapiog ar lawr. Ystwythodd fysedd ei thraed a gwylio'i chysgod yn lledu'n grwm a Shrekaidd dros y ford wrth estyn am y pot coffi.

Pan oedd hi'n fach, ac mewn helynt, arferai Morwenna ddefnyddio lleisiau cymeriadau cartŵn i godi gwên ac osgoi pryd o dafod. Petai hi ond yn fach eto. Ar ôl estyn coffi a bisged i Bron, a chymryd llwnc ei hun, ailgydiodd yn llais Mrs Jones y gweinidog, a'i glywed yn rhuthro o'i cheg fel trên drwy dwnnel.

'I fynd yn ôl at y pwyllgor,' meddai. 'Sorri am hynny, ond mae 'da fi ychydig o bethe eraill i'w trafod.' Sbeciodd ar Bron dros ei chwpan. 'Elfed oedd yn meddwl y bydd y pwyllgor yn ffordd dda gael pobl *on board.*'

Nodiodd Bron, a chnoi mymryn o fisged.

Rhuthrodd y trên eto. 'O'dd e'n meddwl y dylen ni wahodd un neu ragor o deulu Moss.'

'Mae'n iawn,' atebodd Bron yn ddi-hid.

'Chi'n siŵr?' Craffodd Morwenna arni. 'Hyd yn oed os mai Dilys Douglas fydd yn derbyn?'

'Wneith hynny ddim gwahaniaeth. Fydda i ddim ar y pwyllgor.'

'Na ...'

'A does 'da fi ddim byd yn erbyn Dilys Douglas,' mynnodd Bron. 'Mae'r sefyllfa mor ddryslyd iddi hi ag yw hi i fi, a phetawn i yn ei lle hi, falle byddwn i wedi ymateb yn union 'run fath.'

353

Cymerodd Morwenna lwnc cynnil. 'Oes 'na enwau eraill yr hoffech chi awgrymu?'

'Na. Fe adawa i hynny i chi, os nad oes ots 'da chi.'

'Dim o gwbl,' atebodd Morwenna. 'Fe feddyliwn ni am rywun.'

'Daf?' meddai Bron yn sydyn.

'Wrth gwrs.'

'A Mrs Sheds?'

Gwenodd y ddwy.

'Wedyn ar yr ochr ariannol, o'n i wedi meddwl am Emlyn,' meddai Morwenna, 'ond … Wps!' Hi oedd wedi sarnu'r diferion o goffi, er mai Bron oedd wedi ffwndro. Ymbalfalodd am focs o facynon papur.

'Ond be?' gofynnodd Bron.

'Fe wrthododd e.' Sychodd Morwenna fraich y gadair.

'Pam?'

'Achos mae e'n mynd i Ffrainc.' Cododd Morwenna'i llygaid. 'O'ch chi ddim yn gwbod?' Doedd dim angen gofyn. Roedd syndod ar wyneb ei gwestai. Mwy na syndod. Siom. Dychryn.

'Dyw Emlyn ddim wedi siarad â fi ers i Moss farw,' meddai Bron yn gras. 'O'dd e'n un o'r rhai fuodd yn dod ata i gael cinio dydd Sul.'

'Oedd …'

'Cyn i Moss farw. Alla i ddim rhoi'r bai ar Moss am bopeth.'

'Bron …'

Siaradodd Bron ar ei thraws. 'Dwedodd Daf wrtha i ddigon ar y dachre, ond wnes i ddim gwrando. Dwedodd hi wrtha i y bydde pobl yn camddeall. A nawr …'

'Bron!' Trawodd pen-glin Morwenna yn erbyn y ford.

354

'Allwch chi ddim beio'ch hunan am gynnig cinio dydd Sul.'

'Ond petawn i heb wneud ...'

'Bydde Emlyn yn dal i fynd i Ffrainc.'

Daeth chwerthiniad dilornus o geg Bron.

'Bydde,' meddai Morwenna'n daer. 'Gwrandwch. Y rheswm pam mae Emlyn yn mynd i Ffrainc yw i weld ei *pen-friend*.'

'*Pen-friend*?' Chwerthin eto.

'Wir,' mynnodd Morwenna. '*Pen-friend* o ddyddie ysgol. Mae Elfed wedi gweld ei llun hi.'

'Hi?' adleisiodd Bron yn anghrediniol.

'Ie.' Roedd sgarff Morwenna wedi disgyn i'w chwpan heb iddi sylwi. Llithrodd yn neidr wleb dros y bwrdd. 'Bron fach, o'n i fel chi. Pan ddwedodd Emlyn wrtha i ei fod e'n mynd i Ffrainc, allwn i ddim credu 'nghlustie. Wedyn pan ddwedodd e ei fod e'n mynd at fenyw, feddylies i 'i fod e wedi mynd i chwilio am wejen-Ffrengig-ar-y-we. O'n i'n poeni cymaint amdano fe, druan bach, fe yrres i Elfed lan i'w weld e.'

'Ac fe welodd e lun o ddyddie ysgol?'

'Naddo, Bron!' mynnodd Morwenna gan roi clec arall i'r ford, ac estyn ei llaw i'w sadio. 'Naddo! Nid llun o ddyddie ysgol oedd e. Llun diweddar iawn. A nid stori yw hi chwaith. Mae'n ffaith. Paule yw enw'r *pen-friend*. Daeth hi draw pan oedd Emlyn yn Form IV. Chlywodd e ddim byd wedyn am flynyddoedd, nes iddi sgrifennu ato rai misoedd yn ôl.'

'Misoedd?'

'Ie. 'Nôl tua mis Mehefin glywodd e.'

'Chi'n siŵr?'

''Na beth ddwedodd e.'

Dweud? Doedd Emlyn byth yn dweud fawr ddim. Ac yna ar amrantiad gwelodd Bron e'n eistedd wrth ei bwrdd cinio a'i law yn ei boced fewnol. Cofiodd weld cip o amlen. Llifodd y gwaed i'w bochau. Syllodd ar Morwenna â gwên yn oedi ar ei hwyneb.

'Yn dyw e'n dderyn?' meddai Morwenna'n falch. 'Aderyn sy'n canu yn y dirgel. Bron fach, peidiwch â thrio byw bywydau'ch gwesteion dydd Sul. Mae gyda nhw'u meddwl eu hunain. Gadewch nhw'n rhydd.'

Cododd ei braich ac estyn am y cysgod bach adeiniog oedd yn hofran uwch ei phen.

Agorodd ei bysedd a gwneud iddo ddianc o'i llaw.

49.

Yn siop yr hosbis roedd Elen a Jo wedi cael trafodaeth ben bore, ac wedi penderfynu diffodd y miwsig oedd wedi hudo'r cwsmeriaid ers dyddiau.

'Isio bod yn normal, dyna be sy,' meddai Elen yn benderfynol, a gofalu bod y *music centre* o'r golwg yn y stordy cyn i Bron gyrraedd.

Hwn fyddai'r tro cyntaf i Bron fod wrth y til ers marwolaeth Moss. Hwn fyddai'r tro cyntaf iddi aros i edmygu'r arddangosfa hydrefol yn y ffenest, y tlysau'n hongian fel sypiau o ffrwythau aeddfed, y dail copr yn chwyrlïo, y gwiwerod yn cladru mes, a Doris y dymi'n pwyso ar ei rhaca mewn siwmper werdd, gashmir a jîns newydd sbon ond rhy-dynn-i-rywun.

Gwyliodd Elen hi'n dod dros ysgwydd Doris, a nodi bod gwên o ryw fath ar ei hwyneb. Ar y funud ola fe sleifiodd yn ôl at y til. Fe dreuliai'r prynhawn ar bigau'r drain, rhag ofn i Bron gael ei brifo gan embaras ambell gwsmer, neu gyfeiriad dieithryn diniwed at Moss Morgan. Ond roedd Bron mor ddiffwdan ag arfer, er braidd yn dawedog.

Pe bai Elen wedi gofyn pam roedd hi mor dawel, digon posib y byddai Bron wedi dweud wrthi. Cynllunio roedd hi. Y prynhawn hwnnw, ar ôl gadael y siop, fe âi ati i brintio pum copi o'r llythyr diolch gawsai hi'n gynharach, a choginio dros drigain o bice bach.

357

Yn y bore fe baciodd hi'r pice fesul dwsin mewn pum cwdyn. Dododd bedwar cwdyn yn ei bag siopa, ynghyd â phedwar copi o'r llythyr. Dododd y pumed cwdyn mewn amlen drwchus. Sgrifennodd 'Diolch' ar waelod y llythyr ola, ei roi yn yr amlen gyda'r pice a gollwng y cyfan i'r bag.

Gadawodd y tŷ chwap wedi hanner awr wedi naw. Roedd y llanw allan a ffrwtiai afon Berwan yn gynnil a threfnus rhwng dwy gefnen o fwd. Heblaw am Bron ei hun doedd neb yn symud ar hyd Stryd y Marian, nac yn yr arcêd chwaith. Winciai goleuadau yn ffenestri'r siopau bach del bob ochr i'r twnnel concrit, a chwythai arogl moethus, cynnes o'r siop malu coffi. Treiglodd ffrwcs heibio i draed Bron a chwythu i'r Stryd Fawr, lle roedd casglwr sbwriel wrthi'n cribinio'r gwter mewn siaced haul-felyn.

Yn ffenest siop yr hosbis, crafai Doris y dail yn felys freuddwydiol a gwe cop sidanaidd yn sgleinio rhwng y brigau uwch ei phen. Yn ffenest ei swyddfa ymhellach i lawr y stryd safai Terry Roberts 'run mor llonydd ond yn llai melys. Diwrnod arall o syllu ar Stryd Fawr Aberberwan. Roedd e wedi pwyso'i dalcen ar y paen, ac yn ystyried morthwylio'i ben drwy'r gwydr, pan welodd Bron yn prysuro o'r arcêd â bag ar ei braich. Welodd Bron mohono fe, na'i glywed yn galw ar ei ysgrifenyddes ag egni sydyn. Pwniodd Terry'r awyr. I ba beth y byddai brudd? Roedd e am setlo ewyllys Moss gynted fyth ag y gallai. Oedd! Llifed y miwsig.

Ymlwybro i'r siop i brynu bara oedd Emlyn Richards. Daeth rownd y gornel a gweld Bronwen Jenkins, prin ddecllath i ffwrdd, yn brysio tuag ato a'i phen i lawr. Trodd ar ei sawdl ar ei union gan feddwl dianc am adre.

'Emlyn!'

Rhy hwyr. Brysiodd Bronwen at ei benelin.

'O'n i ar fy ffordd i'ch gweld chi.'

'O,' rhygnodd Emlyn, a chofio'r tro diwetha megis ddoe.

'O'n i ishe dangos llythyr.'

Teimlodd Emlyn ei du mewn yn caledu'n dalp. Doedd bosib fod Bronwen hefyd wedi cael llythyr o Ffrainc. Gwyliodd hi'n rhyddhau amlen ddienw o afael dau becyn o bice ac yn rhoi'r bag ar y llawr wrth ei thraed. Tynnodd bapur o'r amlen a'i agor o dan ei drwyn.

'Llythyr diolch oddi wrth yr elusen gancr.'

'A.' Rhochiodd Emlyn mewn rhyddhad.

'Mae'n dangos ein bod ni wedi casglu pum can punt.'

'Da iawn.'

'Mae 'da fi gopi o'r llythyr i chi, a chwpwl bach o bice i ddiolch.'

'Fydda i ddim yn gallu dod i ragor o giniawau,' meddai Emlyn yn ei hwyneb.

''Sdim ishe.'

'Wa'th dwi'n mynd i Ffrainc.' Teimlodd y gair ola'n hedfan yn solet fel colomen dros ei wefus. Ailadroddodd. 'I Ffrainc!'

Disgwyliai i Bronwen syllu arno'n gegagored fel y gwnaethai Wil a Mrs Jones y gweinidog, ond, er syndod iddo, fe oleuodd ei hwyneb fel lleuad lawn. Am foment meddyliodd ei bod am ei gofleidio, ond 'Mwynhewch, Emlyn,' meddai'n frwd, gan wasgu'i fraich, a rhoi llythyr a chwdyn yn ei law.

Wedi iddi fynd, sylweddolodd Emlyn nad oedd e wedi dweud gair o ddiolch wrthi am unrhyw beth. Trueni mawr. Fe gâi lai o groeso fyth gan Ieuan, meddyliodd, pan welodd hi'n troi i gyfeiriad Penbryn Terrace. Roedd e wedi clywed Ieuan yn gwadu wrth un o staff y llyfrgell ei fod e'n nabod Bronwen Jenkins. Cyn cân y ceiliog ...

Yn Rhif 17, Penbryn Terrace, roedd Ieuan yn paratoi i fynd allan i'r llyfrgell eto fyth. Roedd e wedi gwisgo'i siaced, rhoi'i gap ar ei ben, ac wedi cilagor y drws pan welodd Bronwen Jenkins yn dod lan y rhiw. Welodd hi mohono fe. Roedd hi'n chwifio'i llaw ar blentyn bach oedd yn gwasgu'i drwyn ar ffenest un o'r tai gyferbyn. Caeodd Ieuan y drws yn ddistaw bach a chilio i'r gegin.

Byrlymodd sain y gloch drwy'r tŷ. Wedi iddi ddistewi, fe fu ennyd o dawelwch trydanol. Clustfeiniodd Ieuan, a chrebachu'n sydyn wrth i lygedyn o olau wibio drwy'r blwch llythyron. Roedd Bronwen yn gwthio rhywbeth drwy'r drws. O'r diwedd clywodd dapian ei thraed ar y llwybr. Mentrodd sbecian, a gweld bag plastig yn hongian fel tafod drwy'r blwch.

Yn ei ddychymyg gwelodd Ieuan dafod ei gyn-wraig. Gwelodd ei llygaid yn rholio yn ei phen a theimlo drewdod ei phiso'n llifo'n boeth ar hyd coes ei drywsus. Doedd e erioed wedi codi'i fys yn ei herbyn tan iddo'i dal yn gadael y tŷ a'i ches yn ei llaw a'r wrach o'r siop garpedi'n disgwyl yn ei char y tu allan. Roedd honno wedi rhedeg dan sgrechian drwy'r drws a bachu'i chrafangau yn ei foch. Gwynt teg ar ôl y ddwy slwt frwnt. Os meiddien nhw ddweud rhywbeth amdano fe a Bronwen Jenkins ... ond feiddien nhw ddim. Sut gallen nhw?

Camodd Ieuan at y drws a rhoi plwc chwyrn i'r bag plastig. Rhwygodd y bag a sgidiodd dwsin o bice bach ar draws y llawr, a llythyr yn eu dilyn.

Doedd Bron ddim wedi mynd yn bell. Roedd hi wedi aros i siarad ag un o gymdogion Ieuan oedd yn brwsio stepen ei drws. Clywodd glec y blwch llythyron ac edrychodd dros ei hysgwydd gan ddisgwyl gweld Ieuan yn codi'i law arni. Ond wnaeth e ddim.

Cerddodd Bron yn ei blaen i'r Hewl Dop. Yn ei dych-ymyg roedd hi'n gymeriad bach mewn gêm gyfrifiadurol a rhes o ddotiau o wahanol liwiau yn ei dilyn. Melyn at Emlyn, glas at Ieuan, a choch i dŷ Huw, coch 'run lliw â brics y tai mawr ffrynt-dwbl a safai ar ochr ddwy-reiniol yr hewl. Yn ôl ei llyfrau hanes, roedd sawl capten llong wedi byw ar yr Hewl Dop a'r rheiny nawr yn gorwedd yn y fynwent serth oedd yn cripian lan y bryn. Clwydai'u cerrig beddau â'u cefnau tuag at y môr, fel cychod wedi taro yn erbyn creigiau a suddo o fewn golwg yr harbwr.

Uwch eu pennau, yr ochr draw i'r fynwent, safai tŷ mawr Huw Harris. Roedd Huw wedi prynu'r tŷ pan oedd e'n ddyn ifanc yn breuddwydio am gael gwraig a llwyth o blant i lenwi'r pedair stafell wely. Ym marn bendant ei gymdogion, ar ei gamera roedd y bai am ei fethiant. Pa ferch gwerth ei halen fyddai eisiau gŵr oedd wastad yn cuddio'r tu ôl i glamp o drwyn plastig?

Roedd rhes o risiau'n codi o gwr y dreif i ddrws ffrynt y tŷ. Wrth i Bron nesáu, fe agorodd y drws a safodd Huw ar draws y rhiniog yn Samson main, onglog.

'Huw,' meddai Bron, ac aros i gymryd anadl.

'Bron.'

Cripiodd cath flewgoch heibio'i goesau a hisian o ben y grisiau.

'Talbot!' rhybuddiodd Huw. Mewiodd y gath yn sur, a

throi 'nôl am y tŷ a'i chynffon yn yr awyr. 'Dangos y ffordd i ti mae hi, Bron.'

'Ti'n siŵr?' meddai Bron, a dringo tuag ato.

'Bendant.' Symudodd Huw o'i ffordd.

Dilynodd Bron y gath dros garreg y drws, ac yna i stafell gyffyrddus o anniben a'i ffenestri eang yn edrych tua'r môr. Estynnodd Huw heibio iddi a sgubo dyrnaid o gylchgronau oddi ar y gadair agosa.

''Stedda,' meddai Huw.

'Huw,' meddai Bron, gan ollwng ei bagiau. Dododd ei llaw ar ei lawes a theimlo'r defnydd yn suddo at y fraich esgyrnog. 'Dwi ishe ymddiheuro.'

'Dwedes i wrthot ti'r tro dwetha,' meddai Huw. 'Fi ddyle wneud hynny.'

'Fe wnest ti, ond fe ddwedes i bethe anfaddeuol.'

'Twt! 'Stedda, Bron. Talbot!' Roedd y gath wedi bachu'r gadair. Cipiodd hi o ffordd Bron a'i dal dan brotest dros ei ysgwydd.

'Siarad yn fy nghyfer o'n i,' meddai Bron. 'O'n i ddim yn golygu beth o'n i'n ddweud.'

'Bron, 'stedda,' meddai Huw a disgyn ar y soffa. Dihangodd y gath, llithro dros bapur newydd a glanio'n bwdlyd ar lawr.

Eisteddodd Bron. Sglefriodd ei llygaid dros y wal gyferbyn, a oedd yn frith o ffotograffau. Er mor anniben oedd gweddill y stafell, roedd y lluniau wedi'u trefnu'n gelfydd, fel chwyrlïad o betalau lliwgar.

'Rwyt ti'n artist, Huw,' meddai.

Lledodd Huw ei ddwylo.

'Yn gofnodwr.' Gwenodd arno'n swil. 'O'n i mor falch o weld dy lun di yn y papur dydd Sul.'

'Fy llun i?' cwestiynodd Huw, ac estyn am Talbot, oedd newydd blannu ewin rhybuddiol yn ei goes.

'Dy lun di o Moss,' meddai Bron.

'Mae sawl un wedi canmol y llun,' atebodd y ffotograffydd, ei wyneb yn feinach nag erioed a'i gysgod gwelw'n chwarae mig rhwng y ffotograffau ar y wal. 'Ond dwi ddim yn siŵr pa mor falch ddylwn i fod chwaith, achos, fel dwedest ti, fy llun i yw e, ac mae e'n wahanol i'r llun sy gan bobl eraill yn eu penne. Dyna pam maen nhw'n canmol. Does neb yn cofio Moss yn edrych mor llon a llawn hwyliau.'

'Ond mi oedd Moss yn gallu bod fel'na,' meddai Bron. 'A phwy a ŵyr, falle 'i fod e'n hapus yn ei ffordd ei hunan.'

'Wel ...' Cododd Huw ei aeliau'n synfyfyriol. 'Mae Terry Roberts yn cytuno â ti beth bynnag. Stopiodd e fi ar y stryd i ganmol y llun. Gwell na'r hen lun ysgol diflas oedd gan Magi yng Ngwynfa, medde fe.'

Gwibiodd atgof o Moss o flaen llygaid Bron, Moss yn colli'i fag ysgol ar lawr ac yn sefyll ynghanol ei bentwr llyfrau a'i wyneb fel y galchen. 'Biti na fyset ti wedi rhoi dy lun di i Magi,' meddai.

'Fe wnes i,' atebodd Huw. 'Roedd Moss allan gyda Jake pan alwes i, felly fe rois i'r llun ...' Cloffodd. Yn ddirybudd clywsai bersawr lafant Magi Morgan a'i gweld yn sefyll ar garreg drws Gwynfa, golwg amddifad yn ei llygaid ac wyneb hapus Moss yn crynu yn ei llaw. 'Dwi'n meddwl 'mod i wedi brifo Magi,' meddai'n syn. 'Ddwedodd hi ddim, ond ...'

Oernadodd Talbot.

'... ond mi wnes i.' Trodd y syndod yn ddychryn. 'Huw!'

Anelodd y gath edrychiad milain ar Bron. Oernadodd eto.

'Huw, nid ti frifodd hi,' meddai Bron.

'Ond fe rois i'r llun iddi.'

'Wnest ti a'r llun ddim gwahaniaeth. O'dd Magi'n gwbod bod Moss yn hapus yng nghwmni Jake, ac o'dd hi'n ofan ei golli. 'Na beth o'dd yn ei brifo.'

Tynnodd Huw'i law dros y gath. Cripiodd Talbot yn erbyn ei frest a gwthio'i phen o dan ei ên. 'Druan.' Rhuglodd y gair o'i wddw. 'Druan â nhw i gyd.'

Siaradodd 'run o'r ddau am ychydig, dim ond gwylio'r haul yn neidio oddi ar doeau Aberberwan, Bron yn dychmygu gweld llun yn disgyn i berfeddion drôr a Huw'n dyfalu bod Medora, ei chwaer, yn iawn. Diniweityn oedd e.

'Dwi ddim ishe i ti stopio tynnu llunie, Huw,' meddai Bron. Trodd ato. 'Huw?'

Hisiodd Talbot.

'Huw? Wnest ti dynnu llun ddydd Mercher dwetha?'

'Mae llun dydd Mercher dwetha gen i,' atebodd Huw'n dawel.

'Wyt ti'n siŵr?'

'Galla i ddangos i ti.' Cydiodd yn y gath. Cydiodd Talbot yn dynnach fyth yn ei grys.

'Na, paid. Wneith Talbot ddim maddau i fi.' Gwenodd Bron yn grynedig. 'O, dwi mor falch, Huw!' meddai. 'Dwi mor falch! O'n i'n ofan 'mod i wedi dy frifo di, ac na fyddet ti bydd yn tynnu llun eto, ar ôl be ddwedes i.'

'Mae'n iawn,' meddai Huw, ond ddwedodd e ddim wrthi mai Nesta, un o'r nyrsys yn y syrjeri, oedd wedi tynnu llun dydd Mercher diwetha â'i ffôn symudol. Roedd merched y syrjeri wedi mynd i banics pan fethodd e droi lan fel arfer. Roedd hi'n bum munud wedi un ar ddeg arno'n ffonio i esgusodi'i hunan, ac erbyn hynny roedd Sarah, y milfeddyg, bron iawn â ffonio'r heddlu.

Sarah ei hun oedd wedi printio'r llun, wedi martsio lan i'r tŷ ar ôl gwaith ac wedi taro'r print yn chwyrn ar y ford. 'Huw,' meddai. 'Allwch chi ddim stopio tynnu llunie, achos os na fyddwch chi'n troi lan, dyma be gewch chi. Deall?'

Merch sbesial oedd Sarah. Nid yn unig roedd hi'n ffrind da, ond roedd hi hefyd yn deall ffotograffiaeth. Llun bach cam a niwlog dynnodd Nesta druan. Allai e mo'i beio. Roedd hi wedi rhedeg fel y gwynt i drio'i dynnu cyn i fys y cloc gyrraedd un funud wedi un ar ddeg. Llifodd ton gynnes drwy Huw wrth feddwl am garedigrwydd merched y syrjeri. Er eu mwyn nhw roedd e wedi cytuno i ddal i dynnu.

A hefyd er mwyn Bron.

Er mor giami oedd llun Nesta, roedd e wedi'i hadnabod. Am un ar ddeg fore Mercher diwetha roedd Bron yn sefyll yn yr ale yr ochr draw i siop y bwtsiwr. Roedd hi wedi dewis ei safle'n ofalus i osgoi cael ei gweld, a phetai e 'i hun wedi'r tynnu llun, fyddai hi ddim yn y ffrâm. Ond nid fe oedd y ffotograffydd y bore hwnnw, a doedd Nesta ddim mor fanwl.

Ddydd Mercher diwetha am un ar ddeg o'r gloch roedd Bron wedi dod i gadw llygad arno ac i roi sêl ei bendith ar ei luniau.

Felly byddai'r lluniau'n parhau ond roedd cyfnod y ciniawau wedi dod i ben. Dyna oedd neges y dystysgrif a wasgodd Bron i'w law. Cancr yr Ysgyfaint. £500. Diolch yn fawr.

Erbyn i Bron adael tŷ Huw, roedd hi mor boeth â dydd o haf. Safodd am foment ger yr Hen Fynwent i wylio barcutiwr yn cylchdroi uwchben Traeth y Cregyn. Dim ond un alwad oedd ganddi ar ôl, gan fod Henry, yn ôl Huw, yn Birmingham yn nhŷ ei frawd yng nghyfraith.

Wedi i'r barcutiwr ddiflannu o'i golwg, prysurodd i lawr y stryd agosa a throi am y rhes o dai Sioraidd lle cawsai Richie Rees ei eni a'i fagu. Tynnodd yr amlen drwchus o'i bag a'i gwthio drwy ddrws Sŵn y Weilgi.

Pe bai wedi aros i gymryd anadl, fe fyddai wedi arogli wisgi a chyfog drwy'r blwch llythyron. Ond wnaeth hi ddim. Aeth i wneud ei siopa ac yna mynd adre mewn da bryd i wrando ar *Palwch 'Mlaen*.

50.

'Summertime' oedd y gân a fyrlymai o'r radio. Un o hoff ganeuon Moss, yn ôl Dafina a Morwenna. Janis Joplin oedd yn ei chanu, a'r geiriau 'Then you'll spread your wings' oedd yn gyrru iasau i lawr cefn Bron, pan ganodd y ffôn.

'Bron?'

'Ie?'

'Richie.'

'O ...' Swatiodd Bron wrth ddrws y gegin a'r ddeuawd amhersain yn canu yn ei chlust. Llais trydanol Janis. Mwmian myglyd Richie.

'... "and you'll take to the sky".'

'Dim ond ffonio i ddweud diolch am y cacenne.'

'Iawn, iawn. Dim ishe.'

"Sdim bai arnat ti.'

'Mae'n iawn, Richie.'

Ond roedd Janis wedi tewi erbyn i Bron allu gollwng y ffôn.

Fe adawodd i bum munud fynd heibio, digon o amser i Dafina ddianc o'r stiwdio, cyn ei ffonio i'w llongyfarch ac i holi am y dewis o fiwsig.

'"Summertime"?' meddai Dafina. 'Honna oedd y gân ola i Moss wrando arni.'

'Be?' meddai Bron. 'Nid ti neu Morwenna ddewisodd hi?'

'Ie, ni ddewisodd hi,' atebodd Dafina. 'Ond Moss oedd

wedi'i dewis hi gynta. Honno oedd y gân oedd yn chwarae pan ffeindion nhw fe. Dwedodd Venn y sarjant wrth Terry Roberts, a dwedodd Terry wrth Morwenna. Ti'n iawn, cyw?'

'Ydw.' Er gwaetha reiat ei chalon, roedd Bron yn iawn. Wedi ffarwelio â Dafina, brysiodd i'r stydi i nôl yr iPod o'r drôr. Am y tro cynta dododd y ffonau yn ei chlust.

Gwasgodd y botwm, a pharatoi i hedfan.

Roedd amser cinio wedi hen fynd heibio a hithau heb symud o'r fan. Roedd hi wedi gwrando ar gân ar ôl cân, ond heb glywed smic o 'Summertime'. Dychmygodd y gân yn swatio mewn cilfach ymhell o afael ei bysedd trwsgl.

Roedd hi wrthi'n ailwrando eto fyth, pan ganodd cloch y drws ffrynt. Cododd at y ffenest a gweld Henry Otley yn sefyll islaw iddi. Curodd ar y gwydr, a brysio i lawr i agor y drws â'r ffonau a'r iPod yn ei llaw.

'Henry!' meddai'n ffwndrus. 'O'n i'n meddwl dy fod ti i ffwrdd.'

'Des i adre neithiwr.' Sylwodd Henry â gofid ar y gwallt braidd yn flêr, y croen llaith a'r llwybr pinc ar hyd ei boch dde.

'Dere i mewn.'

Roedd Henry wedi bod ar bererindod ers y bore bach. Doedd e ddim wedi aros am angladd Moss, ond roedd ganddo'i ffordd ei hunan o gofio'r dyn y treuliodd sawl awr gytûn a thawel yn ei ymyl. Heb siarad, tybiasai eu bod nhw'n deall ei gilydd, ac roedd e wedi treulio'r bore ar y graig, er mwyn Moss, yn gwylio'r haul yn disgleirio ar y tonnau. Plygodd i dynnu'i esgidiau a oedd yn drwch o dywod. Hyd yn oed ar ôl eu tynnu, fe adawodd sgeintiad o raean dros lawr y pasej a gollwng gronynnau i garped y stafell fyw.

Eisteddodd Henry ar y gadair oedd â'i chefn at y drws. Gan ei fod e'n fyr, eisteddodd ar ei hymyl er mwyn i'w draed gael cyffwrdd â'r llawr. Gwelodd fod Bron, er ei thaldra, yn gwneud 'run fath.

'Dwi wedi bod yn gwrando ar fiwsig.' Dangosodd Bron y bwndel yn ei llaw.

Cododd Henry'i lygaid. Ôl gwifren clustffon oedd ar ei boch felly. Allai e ddim cofio gweld y fath graith ar foch Moss erioed. Gorweddai'r gwifrau mor ysgafn ar ei groen.

'Rwyt ti wedi clywed be sy wedi digwydd ers i Moss farw, yn dwyt?' Seriodd ei llygaid ar ei wyneb.

'Ie.'

'Wrth gwrs.'

Nodiodd Bron yn ddiymadferth, a thynnodd Henry anadl gan feddwl ei sicrhau mai neithiwr yn unig glywodd e hanes yr ewyllys. Doedd 'na'r un papur newydd yn cyrraedd tŷ ei frawd yng nghyfraith. Doedd dim teledu yno chwaith. Ond roedd ei gymdoges yn disgwyl amdano ar garreg y drws y noson cynt ac wedi tywallt yr holl hanes i'w glustiau yn Gymraeg ac yn Saesneg. Roedd hi wedi adrodd yr hanes gydag awch. Roedd Bron yn nabod y gymdoges, a byddai hi'n deall hynny. Felly gollyngodd ei anadl a dweud yn galonnog, 'Mae Miwsig Moss Morgan yn syniad gwych.'

'Mae "dim syniad" yn nes ati,' atebodd Bron. 'Wyt ti'n deall rhywbeth am iPods, Henry?'

'iPods?' meddai Henry. 'Na.'

'Dwi wedi bod yn chwilio am "Summertime" ar iPod

Moss.' Tynnodd ei bys dros y teclyn yn ei llaw. 'Mae "Summertime" yn sôn am hedfan a dyna beth oedd Moss ishe i fi wneud. Wel, 'na beth ddwedodd e wrth Terry Roberts. Felly o'n i ishe gwrando ar y gân gan feddwl ei bod hi'n cynnwys rhyw fath o eglurhad o beth oedd yn mynd drwy'i feddwl e. Ond ...' Tawodd wrth weld wyneb dryslyd ei hymwelydd. 'I've been trying to find the song Moss was listening to when he was dying, Henry,' eglurodd.

Ysgydwodd Henry'i ben.

'When Moss was dying ...'

'Yes.' Cofiodd Henry'r foment honno pan gododd gwr tarpolin gwyrdd.

'"Summertime",' meddai Bron.

'Mis Medi,' awgrymodd Henry'n dawel.

'No,' meddai Bron. 'I'm talking about the song Moss was listening to when the police found him. A song called "Summertime".'

'Na,' meddai Henry. 'No.' Doedd 'na ddim cân o'r enw 'Summertime', dim ond anadl Moss, mor dawel ag adain pilipala. Ac arogl chwys. Chwys yn rhedeg i lawr y tarpolin.

'Na,' meddai Henry. 'Dim "Summertime".'

'No?' Cododd Bron ei haeliau. 'Well, no,' addefodd. 'I suppose when you found him it would have been a different tune.'

'There was no music at all on the iPod,' mynnodd Henry.

'Not when you found him?'

'Not at all.'

'No?'

Disgynnodd yr iPod o'i llaw heb iddi sylwi, a sglefrio

ar hyd braich y soffa. Difarodd Henry. Dyfalai ei fod wedi'i siomi.

'Moss didn't always use his iPod,' brysiodd i'w sicrhau. 'He didn't need to. O'n i'n eistedd gyda fe weithiau. Wel, dim gyda fe. Near him. Roedd Moss yn hoffi miwsig iPod, ie, ond roedd Moss yn hoffi haul, awyr a môr hefyd. Roedd e'n hoffi nhw'n fawr iawn. Dwi'n gwybod, achos roedd e'n gwenu. Falle sŵn y môr oedd y cân. Neu ...'

Wrth i Henry ymbalfalu am eiriau, pwysodd Bron tuag ato.

'So he wasn't listening to music when you found him?' gofynnodd yn ofalus.

'Dim ar iPod,' meddai Henry.

'Na?' Gwibiodd llygaid Bron tuag at y ffenest. Pan drodd yn ei hôl, roedd ei hwyneb yn olau a'i gwên yn ei gofleidio. 'Diolch, Henry,' meddai'n falch. 'Diolch.'

Mud oedd yr iPod pan gyrhaeddodd e'r tŷ. Roedd y miwsig wedi dod o rywle arall. Roedd Henry'n iawn.

Roedd hi bron yn chwech ar Henry'n gadael â'r pice a'r copi olaf o'r llythyr yn ei law. Wedi iddo fynd o'i golwg, fe groesodd Bron yr hewl a phwyso ar y reilins. Gwyliodd silwetau'n fflitian rhwng y goleuadau yr ochr draw i'r afon, a dychmygodd nhw'n dawnsio i fiwsig Moss Morgan. Clywsai un person "Summertime". Clywsai un arall ru'r môr. Fel'na oedd hi i fod. Roedd hi'n deall nawr. Dyna be oedd *jazz*.

Gyferbyn â hi camodd rhywun o Gaffi Carol a chodi llaw. Cododd hithau'i llaw'n ôl. Gleidiodd cwch pysgota rhyngddyn nhw a throi am y môr oedd yn gorwedd yn dawel dan ei fantell liw'r enfys.

Arhosodd Bron nes i'r haul hawlio'i fantell yn ôl. Roedd yr awel yn fwyn, ac yn arogli'n gysurus o swperau Stryd y Marian. O ffenest ei llofft gwelodd Dafina hi'n pwyso'n hamddenol ar y reilins. Ystyriodd a ddylai darfu arni, ond cyn iddi allu gwneud, trodd Bron am y tŷ.

Roedd rhywun yn curo ar ei drws cefn. Rory, dyfalodd a, 'Dod!' ochneidiodd, pan gurodd am yr eildro. Brysiodd drwy'r tŷ ac agor y drws gan feddwl gwrthod mynediad i'w chymydog trafferthus.

Ond nid Rory oedd y dyn a lechai yn y gwyll, un llaw yn ei boced a bysedd y llall yn crafu'n nerfus ar ddeunydd ei anorac.

'Richie?' Cyneuodd y golau, a dychryn wrth weld ei wyneb gwelw.

'Jyst dod draw rhag ofn 'mod i wedi dy ypsetio di, pan ffones i'n gynharach,' mwmianodd Richie, a'i fysedd yn dal i grafu gan wneud sŵn fel llygod bach. 'O'n i ar ras, t'weld.'

'Wnes i ddim ypsetio o gwbl!' meddai Bron. 'Dere i mewn.'

'Na,' meddai Richie. 'Alla i ddim aros. O'n i jyst ishe dweud, Bron ... Ti'n fenyw dda. A dwi gant y cant y tu ôl i ti. Cofia 'ny.'

'Richie ...' Symudodd Bron tuag ato. Cymerodd Richie gam yn ôl, a baglu, bron, dros ymyl y patio. 'Ydy, popeth yn iawn, Richie? Mam yn iawn?'

'Ydy.'

'Joanne?'

'Joanne ...' Fe fyddai wedi dianc am y gât oni bai fod drws Rory wedi agor. Cydiodd Bron yn ei fraich, ac yn ei banig fe adawodd iddi ei lywio i'r gegin.

'Alla i ddim aros,' protestiodd, pan gaeodd hi'r drws.

'Richie, be sy'n bod?' Edrychai Richie fel creadur bach yn edwino dan gragen ei ddillad. 'Be sy'n bod?'

Roedd llygaid Richie wedi'u hoelio ar ddrws ei hoergell, lle roedd y cerdyn o Ibiza'n dal i hongian.

'Cer i eistedd i lawr yn y stafell arall, Richie bach,' meddai Bron. ''Run man i ti gael paned. Cer.'

Am foment meddyliodd ei fod am wrthod, ond pan glywodd e Rory'n ateb ei ffôn yng ngardd drws nesa, fe drodd ar ei union am y stafell ffrynt. Llenwodd Bron y tegell a brysio ar ei ôl. Roedd Richie wedi disgyn i gadair Tref. Aeth car heibio a'i oleuadau'n crafu'r cnawd oddi ar ei wyneb ac yn creithio'r iPod ar fraich y soffa. Caeodd Bron y llenni, cynnau'r golau a throi tuag ato.

'Richie? Be sy'n bod ar Joanne? Richie?'

'O'n i ddim yn gwbod dy fod ti'n berson iPods, Bron.'

'Richie?'

'Achos Moss, ife?' Cododd ei lygaid.

'Wel ...'

'Blydi Moss!' Estynnodd am yr iPod a'i wasgu yn ei ddwrn.

'Richie ...'

'Poeni am y plant mae hi,' meddai, a gwasgu'n dynnach. 'Mae hi wastad yn eu rhoi nhw gynta, a meddwl dim amdani'i hunan. Un fel'na yw hi. Wel, ti'n gwbod 'ny.'

'Poeni ym mha ffordd?' gofynnodd Bron.

'Poeni y byddan nhw'n ypsetio o achos y pethe yn y papur. Dim dy fai di yw e, cofia, Bron. 'Swn i byth yn dy feio di. O'dd hi'n gwbod am y ciniawau. Wnes i erioed guddio hynny. Wel, fe dda'th hi 'ma, yn do fe? Gwrddoch chi.'

'Do ...'

'A dwi ddim wedi bod yma ers hynny, ydw i?' meddai'n ymbilgar.

'Na.' Roedd y tegell yn berwi yn y gegin. Gwrandawodd Bron ar ei sŵn heb symud cam.

'Mae'n pallu gadael i fi ei ffonio hi,' meddai Richie. 'A dyw hi ddim yn ateb pan fydda i'n tecstio.'

'Richie bach ...'

'Bai blydi Moss yw e!' Disgynnodd dwrn Richie a'r iPod ar fraich y gadair. 'Blydi Moss!' ffrwydrodd a'r dagrau'n llifo. 'Blydi, blydi Moss!'

'Richie ...' Symudodd Bron ato, ond cododd Richie ei law.

'Dwi'n iawn, Bron. Dwi'n iawn.' Tynnodd ei lawes ar draws ei wyneb, ac ymbalfalodd am facyn yn ei boced. 'Sorri.' Snwffiodd. 'Y peth sy'n fy lladd i yw'r ffaith 'mod i'n gwbod y gallwn i 'i helpu hi, petai hi ond yn gad'el i fi. Ond y plant sy. Wel, 'na beth ddwedodd hi, ta beth. Dwedodd hi mai achos y plant ...' Dirgrynodd ei anadl. 'Wyt ti'n meddwl ei bod hi'n dweud y gwir?'

'Wel ...' Be oedd gwerth geiriau? 'Mae hi'n naturiol ei bod hi'n meddwl amdanyn nhw,' meddai Bron.

'Ti'n iawn.'

Agorodd Richie ei ddwrn a gadael i'r iPod ddisgyn i'r llawr. Eisteddodd yn ei gwrcwd.

'A' i i wneud te, Richie.'

Nodiodd, heb edrych arni, a chripiodd hithau i'r gegin. Pan ddaeth hi'n ôl i'r stafell fyw â'r hambwrdd yn ei llaw, roedd e'n syllu ar lun Tref ar y silff-ben-tân.

'Faint sy nawr, Bron?' gofynnodd.

'Blwyddyn bron iawn. Blwyddyn ond pythefnos.'

'A faint o amser fuoch chi'n briod?'

374

'Tri deg a phedair o flynyddoedd.'

'Neis,' meddai'n drist. 'Neis iawn.' Cymerodd y paned o de o'i llaw a chymryd picen o'r plât. Bwytodd y bicen fesul briwsionyn a gwrthôd rhagor. Wedi rhoi'r llestri'n ôl ar y ford, fe wasgodd ei gefn yn erbyn braich y gadair, a throi ati. 'O'n i ddim yn reit i Joanne, o'n i?'

'Alla i ddim dweud, Richie.'

'Na.' Nofiodd gwên fach hiraethus dros ei wefusau. 'O'n i ishe bod yn reit, achos o'n i'n hapus, t'wel. O'n i'n wahanol pan o'n i gyda Joanne. O'n i'n well person, yn fwy call a llai dwl.'

'Dwyt ti ddim yn ddwl.'

'Ydw. Wastad wedi bod, er oedd y *booze* yn gwneud pethe'n waeth.' Rhwbiodd ei lygaid dan ei sbectol. 'Stopies i'r *booze* mwy neu lai, er parch i Joanne, ond pan godes i bore 'ma, o'n i'n teimlo mor glwc es i i moyn y botel wisgi. Cymres i un sniff a fe hwdes i dros y lle, a chwmpo'r wisgi dros y llawr. O'dd 'da fi 'mond amser i gymryd cawod cyn mynd i'r ysgol. Allwn i ddim clirio'r lle, a phan es i adre amser cinio, ces i sioc.'

'Richie,' meddai Bron. 'Fe gest ti rywbeth braf gan Joanne. Beth bynnag ddigwyddith, rhaid i ti gofio hynny.'

'Alla i ddim anghofio,' meddai Richie.

'Ond 'sdim ishe i ti. Mae Joanne wedi dy helpu di i sylweddoli be sy'n bosib. Paid â cholli gafael ar hynny.'

Teimlodd grafiad y bwrdd coffi yn erbyn ei choesau, ac yna wres Richie'n penlinio o'i blaen, ei freichiau am ei chanol a'i ben rhwng ei bronnau. Caeodd ei breichiau fel gefel amdano, a'i wasgu, a'i wasgu, a'i wasgu'n dynnach.

'Richie ...'

Ond roedd e eisoes wedi llusgo'i hun yn rhydd. 'Diolch, Bron fach,' mwmianodd dros ei ysgwydd. 'Wela i di.'

Clepiodd y drws.

'Tref!' sibrydodd Bron mewn dychryn. 'Tref! Tref!' Cododd i afael yn llun ei gŵr, a theimlo'r iPod yn dianc dan ei throed.

51.

Ar ddydd Mawrth ym mis Hydref, symudodd Mel o fflat Dylan. 'Penderfyniad ar y cyd,' meddai'i mab. Roedden nhw'n dal yn ffrindiau, ond mi âi Mel yn ôl i Lundain.

Drannoeth cychwynnodd Emlyn Richards ar ei daith i Ffrainc. Fe ddaliodd drên hanner awr wedi un ar ddeg, ond gan ei fod e wedi cychwyn am y stesion yn arbennig o gynnar, welodd Huw mohono drwy lens ei gamera.

Daeth cyfnither Bron o Hendy-gwyn i aros am rai dyddiau, ac fe gerddon nhw lwybr yr arfordir tua'r gogledd. Ffoniodd Gwyn yn annisgwyl, a'i gynnig i'w fam yn fwy annisgwyl fyth. 'Pan fydda i wedi gorffen yma, fe wna i dy gwrdd di am wyliau,' meddai. Yna roedd hi'n ugeinfed o Hydref unwaith eto.

Roedd yr ugeinfed yn ddydd Sul, a Dylan yn gwrthod gadael iddi baratoi cinio.

'Fe a'i â ti ac Alwyn ma's i'r Trewerydd,' meddai dros y ffôn.

Roedd e'n disgwyl am Bron, pan ddaeth hi adre o'r capel, a gyrrodd y ddau i Nant-ddu a Radio Ceredigion yn llenwi'r car â'i sŵn. Gwelsai Alwyn nhw'n dod o bell ac roedd wrthi'n cloi'r drws. Cododd bot o ffárwel haf o'r llawr. ''Sdim ishe i ti!' protestiodd, pan symudodd Bron o sedd y teithiwr i wneud lle iddo.

'Cewch chi'ch dau gloncan yn y ffrynt,' meddai Bron, a chael edrychiad sarcastig gan ei mab yn y drych gyrru.

Ddwedodd Alwyn yr un gair wrth i Dylan droi am Fryncelyn a dilyn yr hewl uwchben Pantygwiail. Roedd y cwm yn llawn haul a'r ffermdy'n nythu'n sgleiniog fel palas gwydr yn ei waelod. Hofranai ei rith o flaen ei llygaid ymhell wedi i'r tŷ ei hun fynd o'r golwg.

Dringodd y car y rhiw tuag at y fynwent a stopio o flaen y gât. Cydiodd Bron yng nghefn y sedd flaen ac edrych drwy'r barrau. 'Mam! Mam, ti'n dod?' meddai Dylan yn ddiamynedd.

'Ydw.' Llithrodd i ben draw'i sedd a dringo allan. Dilynodd yng nghysgod y ddau ddyn a'i breichiau wedi'u lapio amdani'n dynn.

Safodd Alwyn hanner ffordd lan y llwybr ac estyn y pot blodyn iddi. 'Wyt ti ishe rhoi hwn?'

'Na, rho di fe, Alwyn bach.'

Gallai weld y garreg o hirbell. Roedd hi'n sgleiniog ddu, newydd sbon, a'r arysgrif yn llosgi yn yr haul. 20 Hydref. Gwasgodd ei bysedd yn ddwfn i bocedi'i chôt. Nesaodd. Mynnodd y geiriau grisialu. Trefor Lloyd Jenkins, annwyl ... Gwyliodd Alwyn yn plygu, yn rhoi'r pot blodyn yn ofalus yn y twll crwn o dan y garreg. Cofiai Dylan yn agor ei geg fel petai am ddweud gair, ac yna'n dweud dim. Cofiai Alwyn, wrth drio codi, yn pwyso'i law ar enw Tref. Cofiai fod yr awel yn dal yn gynnes.

Ac yna'n ddisymwth roedd hi'n camu i fwrlwm gwesty Trewerydd. Roedd priodas wedi'i chynnal yno'r noson cynt a'r gwahoddedigion yn dal i ddathlu. Fe dorrodd y sŵn drosti'n don a'i gyrru i loches y tŷ bach. Pan gyrhaeddodd hi 'nôl i'r stafell fwyta, roedd Alwyn a Dylan wedi closio at ei gilydd. Trafod Bryn Barcud, siŵr o fod. Roedd Dylan wedi cynnig helpu i dacluso'r lle dros y gaeaf. Cododd Alwyn ei ben a gwenu arni. Trodd Dylan yn feddylgar ac estyn ei law.

Roedd Dylan yn dawel ar y ffordd adre i Aberberwan, a thra oedd Bron yn pacio llond bocs o basteiod a chacennau ar ei gyfer, crwydrodd o un stafell i'r llall, o'r stafell fyw i'r gegin, o'r gegin i'r ardd. Hiraethu oedd e, ond yn felys, ei ddwylo yn ei bocedi a'i wyneb yn olau.

Pan aeth Bron i mewn i'r stafell fyw, roedd e'n sefyll o flaen y ffenest.

'Be ti'n meddwl mae Gwyn yn wneud nawr, Mam?' gofynnodd.

Edrychodd Bron ar ei watsh. 'Be mae rhywun yn wneud yn yr Antarctig ar ddydd Sul?'

'Rhewi? Rhifo pengwins?' Cododd Dylan ei ysgwyddau. 'Ti'n meddwl ei fod e wedi dweud wrth unrhyw un mai heddi fuodd Dad farw?'

Bachodd Bron ei breichiau'n ddolen am fraich Dyl. 'Mae Gwyn yn cofio, paid becso,' meddai.

'Wrth gwrs ei fod e'n cofio,' atebodd Dylan. 'Ond ti'n meddwl ei fod e wedi dweud wrth un o'r bobol ma's 'na?'

'Na,' cyfaddefodd Bron. 'Wyt ti?'

'Na.' Dododd Dylan fraich ar ysgwydd ei fam a dangos y cymylau a orweddai'n haenen donnog drwchus fel carped o wadin euraid dros y môr. 'Pert.'

'Yn dyw e?' meddai Bron.

'Ydy,' meddai Dylan yn ddwys. ''Sdim rhyfedd fod Moss ...'

'Dylan.' Gwasgodd Bron ei fraich. ''Sdim ishe i ti boeni am Moss. Ymhen dau neu dri mis bydd popeth wedi'i setlo.'

'Iawn, ond o'n i'n meddwl am Moss jyst nawr. A

Gwyn.' Dylifodd ei anadl dros foch ei fam. 'O'dd Mel wastad yn dweud nad o'n i byth yn meddwl, dim ond rhuthro'n wyllt at bopeth, ac o'dd hi'n iawn 'fyd.'

'Dyl...'

'Na, paid â phoeni, Mam. Ta beth, bydde Mel yn falch iawn ohona i heddi, achos dwi wedi bod yn meddwl. Jyst nawr o'n i'n meddwl am Moss yn gad'el stwff i ti, ac o'n i'n dychmygu y galle Gwyn wneud rhywbeth fel'na. Achos fe wna'th Dad, yn do? Fe adawodd e rywbeth i Wncwl Al heb ddweud wrthot ti.' Edrychodd i lawr. Roedd Bron wedi gollwng gafael. 'Mam?'

'Pwy ddwedodd shwd beth?' gofynnodd Bron, a gwylltio.

'Wncwl Al.'

'Pam bydde fe'n dweud 'ny?'

'Am ei fod e'n nabod Dad,' meddai Dylan. 'Mae'n wir, yn dyw e? Ti'n gwbod y llun 'na oedd 'da ti yn y drôr?'

'Dylan!' rhybuddiodd Bron. 'Gad hi fan'na! Fe adawodd dy dad arian i Alwyn am ei fod e wedi bod yn dda wrthon ni.'

'Dwi'n gwbod.'

'Ac o'n i'n cytuno'n llwyr.'

'Dwi'n gwbod hynny hefyd. Dwedes i hynny wrtho fe, ac mae e'n deall yn iawn.'

''Na ni 'te.'

'Mam,' meddai Dylan. 'Gwranda am unwaith.'

'Unwaith?' Cododd Bron ei haeliau.

Gwenodd Dylan. 'Dwi'n meddwl dy fod ti wedi gwneud rhywbeth i helpu Moss,' meddai. 'Falle mai rhywbeth bach, bach oedd e. Falle nad wyt ti'n cofio, achos i ti doedd e'n ddim byd. Ond dwi'n meddwl dy fod ti wedi gwneud rhywbeth. A dwi'n meddwl 'na'r unig ffordd alle fe ddweud diolch.'

Syllodd Bron i wyneb didwyll a hynod ddiniwed ei mab. Beth oedd yr ots a oedd e'n iawn? Roedd y syniad yn bert.

'Diolch,' meddai.